中国书籍文学馆 大师经典

李劼人精品选

李劼人 著

中国书籍出版社
China Book Press

图书在版编目（CIP）数据

李劼人精品选 / 李劼人著.—北京：中国书籍出版社、2015.12
ISBN 978-7-5068-5268-5

Ⅰ.①李… Ⅱ.①李… Ⅲ.①中国文学—现代文学—作品综合集 Ⅳ.①I216.2

中国版本图书馆CIP数据核字（2015）第265262号

李劼人精品选

李劼人　著

图书策划	武　斌　崔付建
责任编辑	杨铠瑞
责任印制	孙马飞　马　芝
出版发行	中国书籍出版社
地　　址	北京市丰台区三路居路97号（邮编：100073）
电　　话	（010）52257143（总编室）（010）52257140（发行部）
电子邮箱	chinabp@vip.sina.com
经　　销	全国新华书店
印　　刷	北京富达印务有限公司
开　　本	710毫米×960毫米　1/16
字　　数	300千字
印　　张	23
版　　次	2016年3月第1版　2016年3月第1次印刷
书　　号	ISBN 978-7-5068-5268-5
定　　价	39.80元

版权所有　翻印必究

出版前言

我国现代文学是指用现代文学语言与文学形式，表达现代中国人思想、情感、心理的文学，是在20世纪初"五四"新文化运动的影响下，广泛接受外国文学影响而形成的新兴文学。其不仅用现代语言表现现代科学民主思想，而且在艺术形式和表现手法上都对传统文学进行了革新，建立了新的文学体裁，在叙述角度、抒情方式、描写手段以及结构组成等方面，都有新的创造。

我国现代文学的主流是人民的文学，集中表现为大大加强了文学与人民群众的结合，文学与进步社会思潮及民族解放、革命运动的自觉联系，构成了我国现代文学的基本历史特点与传统。此时的文学，以表现普通人民生活、改造民族性格和社会人生为根本任务。

在创作实践上，我国现代文学中出现了从未有过的彻底反封建的新主题和新人物，普通农民与下层人民，以及具有民主倾向的新式知识分子，成为了文学主人公，充分展示了批判封建旧道德、旧传统、旧制度以及表现下层人民不幸、改造国民性与争取个性解放等全新主题。也是通过这些内涵和元素，现代文学对推动历史进步起到了独特作用。

我们已经跨入21世纪，今天的历史状况和时代主题与现代文学的成长背景存在巨大差异，但文学表现人物、反映社会、推动进步的主旨并没有改变，在此背景下，我们非常有必要重温现代文学的经验，吸取其有益的因素，开创我们新世纪的文学春天。我们编选《中国书籍文学馆·大师经典》丛书，精选柔石、胡适、叶紫、穆时英、王统照、缪崇群、陆蠡、靳以、李劼人、张资平等我国现代著名作家的文学作品，正是为了向今天的读者展示现代文学的成就，让当代文学在与现代文学的对话中开拓创新，生机盎然。因为这些著名作家都是我国现代文学的开拓者和各种文学形式的集大成者，他们的作品来源于他们生活的时代，包含了作家本人对社会、生活的体验与思考，影响着社会的发展进程，具有永恒的魅力。

中国书籍出版社
2015年10月

李劼人简介

李劼人（1891～1962），原名李家祥，常用笔名劼人、老懒、懒心等。他生于四川成都，祖籍湖北黄陂。他是中国现代具有世界影响的文学大师之一，代表作有《死水微澜》《暴风雨前》和《大波》。他也是中国现代重要的法国文学翻译家，知名社会活动家和实业家。

李劼人出生于四川成都一个小知识分子家庭。1912年，他发表处女作《游园会》，至1918年，他发表短篇小说百余篇。"五四"时期，他加入"少年中国学会成都分会"。1919年，他赴法国勤工俭学。从1921年起，他主要致力于法国文学的研究与翻译。1923年，他写成中篇小说《同情》。

1924年，李劼人回国，先任《川报》主编，后任教于成都大学。1926年，他被聘为成都大学教授，后又被聘为文科主任兼预科主任，还兼任成都《民力日报》副刊编辑。同年，他发表短篇小说《编辑室的风波》。

1930年，李劼人对军阀、政客蹂躏大学教育和迫害进步师生感到强烈不满，他毅然辞去大学教授职务，回家开饭馆。1933年秋，他举家迁到重庆，出任机器修理厂厂长职务，由文学教育转向"实业救国"。1935年5月，他辞职回成都。7月，他写成长篇历史小说《死水微澜》。同年秋天，他出任纸厂董事长。

《死水微澜》将时代风云与人物命运紧密结合，把时代特征及变化渗透到整个故事情节中，因而具有史诗性特点。小说的最大成功是借人物命运的变迁来展现时代政治、经济生活领域里的变化，真实塑造了"典型环境里的典型人物"。作品还结合人物塑造和情节推进，细腻地写出了人物活动环境的民情风俗、起居服饰、地方特产等，从而增强了历史真实性，具有浓郁巴蜀文化的地方色彩。有文学批评家将此作称为中国现代小说史上"最精致、最完美的长篇"。

1936年春，日军飞机轰炸成都，李劼人从城内疏散到郊外沙河堡乡间，他在一菱角堰边修建了以黄泥筑墙、麦草为顶的栖身之所，取名"菱窠"，他在此从事创作。1936年初，他写成长篇小说《暴风雨前》。1937年，他创作了长篇历史小说《大波》。

《暴风雨前》深入地解释了近现代中国面临和正在发生的巨大历史变动，描绘了四川保路运动产生的根源。小说塑造了一系列性格鲜明的人物形象，对社会生活和地方风俗的描绘也相当广泛细腻。《大波》可以称为四川辛亥革命的一部宏大史诗和百科全书，具有恢弘的气势。

长篇小说三部曲《死水微澜》《暴风雨前》《大波》，都以成都为背景，真实而深刻地描写了从甲午战争到辛亥革命前后20年间广阔的社会生活及历史巨变，具有史诗性的意义。"三部曲"既独立成篇，又相互连贯，规模巨大，结构恢弘，被著名文学家郭沫若先生称颂为"小说的近代史"。

抗日战争爆发后，李劼人积极投入抗日救亡运动。1939年1月，他参加发起成立中华全国文艺界抗战协会成都分会的工作，先后担任文协的理事、常务理事、总理事及《笔阵》主编等职。1941年，他出任嘉乐纸厂董事长兼总经理，他又把全部精力投入纸厂，以实际行动支持抗战。1943年，他辞去纸厂职务回成都，重新从事翻译和创作。

1946年，李劼人出版短篇小说集《好人家》。1947年，他的反映新中国成立前夕畸形经济和畸形人性的长篇小说《天魔舞》开始连载。

1950年，成都解放后，李劼人出任西南军政委员会文教委员会委员、川西人民行政公署委员、川西区文联筹备委员会副主席等职。后任全国人民代表大会代表、成都市副市长、中国文联委员、四川省文联副主席、作协四川省分会副主席等职。

李劼人长篇历史小说深受19世纪法国文学影响，对中国历史小说传统形式具有根本性突破，他以崭新结构和独特叙述方式丰富了中国现代小说的叙事艺术。他将中国历史小说偏重于重大历史事件和显赫历史人物的描绘的传统模式，转变为寓政治、军事、经济的变动于广阔社会风俗史画面的勾勒。他以更完整的社会生活和文化风俗叙事，在左翼社会分析小说之外开创了寓社会政治史与文化风俗史于一体的新的现代历史小说的创作模式。

李劼人小说自觉借鉴了19世纪以法国为代表的欧洲经典现实主义的观念和方法，注重细节刻画及环境描写的真实性和整体性，追求客观、冷静地再现现实。他在塑造人物形象方面也深受法国作家福楼拜、左拉等人影响。总之，他既有对西方现实主义文学的经典手法的深入把握和运用，又有对中西社会政治和文化内在差异的准确体悟和描绘。因此，郭沫若先生曾说李劼人是"中国的左拉"。著名学者曹聚仁也说："从写作技巧上说，李氏也是一个很成熟的作家。"

李劼人在我国新文学史上具有开创意义，他创造了我国新文学史上的好几个"第一"：第一个以史诗般的艺术气魄描写波澜壮阔辛亥革命的作家，填补了近代以来文学史上的这一空白；他第一次在长篇历史小说领域内实现了内容与形式的革命，形式上打破了结构上的章回体例，内容上将我国长篇小说发展的两大类型历史传奇与世情小说融会在一起，创造了中国文学新的历史小说模式，是具有中国民族特色的崭新的历史小说形式，对后世作家产生了深远影响。

李劼人是我国新文学史上的一座丰碑，其作品蕴藏着极高的美学成就，是我们发展当代文学的光辉典范。他的大量散文、书信等作品，都是中国知识界风雨历程的心灵实录。他作为翻译家,最早将法国文学名著译介给中国读者。他又是民俗大家,中国饮食文化理论深刻的阐述者和卓越实践者。

目录

―散文―

余慨	2
悼念诗人吴芳吉	4
诗人之孙	6
追念刘士志先生	11
敬怀刘豫波先生	34
"五四"追忆王光祈	37
记先烈赵世炎	40
危城追忆	43
忆东乡县	83
正是前年今日	93
成都的一条街	104
访朝散记	110

随笔

《星期日》的过去和将来	120
唉！讲演	124
嘉游杂忆	130
今日！今日！	135
《乱谈》三则	138
热闹中的记言	141
春　联	144

小说

儿时影	150
强盗真诠	185
失运以后的兵	204
棒的故事	213
好人家	231
大　防	245
编辑室的风波	262
湖中旧画	269
对　门	283
梦　痕	294

书信

致王光祈	326
致谢扬青	328
致竹内实	331
致李眉	333
致楼适夷	338
致仲铉	339
致周晓和	342
致黄仲苏	345
致刘白羽	347
致巴金	350
致张篷舟	351

大师经典

散文

李劼人精品选

余 慨

我之认识孙鸥，自然是他在成都大学文预科读书，我去教书的时候；然而我之晓得"以泊"这个别号，却在民国十五年春，创始主编《新川报》副刊的时候。

成都报纸之有副刊，可以说是创始于《新川报》。那时投稿的豪杰，并不像现在这样风起云涌，十几期以前，几乎是由主编者在唱独脚戏，只要有投稿的莫不视之为哥仑布、麦哲伦，而投稿者，确乎也带有几分冒险性来尝试。

在这般冒险家中，就有一个别号"以泊"的，作品虽然不甚成熟，但是颇有新趣，并且从笔误之多上，也看得出他是一个胆大心粗的浪漫青年，也知道是成都大学的学生，却不知道他到底是哪一个。

终于有一天，就是"以泊"因得罪于女性同学，将要引起风潮的前两日，偕同李翰荪来问计于我，然后我才知道他叫孙鸥。

嗣后，我们常在学校中会见，他受了一次打击，很是颓丧。我却乘势劝他少做东西，多读书，多休养，并鼓励他把世俗的无聊毁誉看轻些，凡事只反求之于自己就是了。然而他对于我前半段的话，倒首肯了，而于我后半段的话，却始终，没做到。

我去年暑期出游之前，还见着他一次，仍然是那样的固执。及至年初回来，方听说孙鸥死了。

孙鸥死了！——病死了！倒好！近几年来，正是中国青年倒霉的时候。青年本来就爱走直线，何况又当革命之时，大家都勇于走直线，业已造成了风习。（见雨果VictorHugo所著Quater-vingt treize）。授此都在直线上，自然是要流血的。

孙鸥病死了，恭喜他入世尚浅，到底还抱着天真以没！自己没有坏，也还未多多受着抵抗坏的苦痛。

我今日还能编审他的遗稿，他的同学，还能来请我做这件事。我看稿子时，仍然有几分主编《新川报》副刊看"以泊"投稿时的心情，这总算我与孙鸥在师弟交情上的一件幸事！我拿现在情形看来，不能不这样想：要是孙鸥不死，他的思想激进了，我呢，还是五年来的我，难免不与某某等一样，与我相去愈远，遂捏造事实来攻击我，虽然我们并无什么利害的冲突。

现在的青年，其危机尚不在走直线，端在学会了他们所不满意的中年人、老年人最不好的坏毛病——含沙射影。假令孙鸥因走直线而死，到底还是进化程途中一员战死之鬼，较之走入鬼鬼祟祟的死路上，自以为得计，其实早把自己人格卖与了撒旦的人们，已不知光明到何等，何况他还克葆天真以没呢！所以我编究他这小册子时，很是酸辛，也为的孙鸥，也为的现在许多的青年！

一九三〇年四月二十日志于成都

（原载诗集《以泊》，1930年版）

悼念诗人吴芳吉

各位来宾：今天我们追悼的人，并不是有权有势的达官，也不是退居林泉的遗老，而是穷愁孤愤，抑郁牢骚的一位诗人。觉得我们今天到会的人们，都具了一副惨淡的面孔，热烈的衷肠，在这云淡风凄之中，来追悼这诗人，自然比别的追悼不同，而且很有意义的。至于，我们之必要追悼这位诗人的动机，就是因为他虽是一个诗人，但却不是通常那吟风弄月，抛撒点闲恨闲愁的诗匠，而是具有杜甫悲天悯人的思想，白香山平易近人的社会观念，逐处要想救国救民，逐处要想在民众悠悠的冤枉路上开一条直径，要想在森严黑暗中放一道明光，要想解除人民的烦恼，要想促进人类的幸福。这些惨淡经营的苦心，都一一表现在他的作品里，不用说，想来大家都是知道的。不幸我们社会的警钟，民众的喉舌，一但赍志殁了，那末，今后一切的痛苦生活，黑暗状态，辽阳的烟火，海上的风云，还有哪个来替我们悲愤的描写，代鸣不平，或者洒一掬同情之泪呢？所以，我们今天的追悼，形式上虽是一部分人的感情冲动，然而，实际上不啻是整个的四川和中国，乃至全世界的父老昆季诸姑姐妹们应有的悲哀。这样说来，我们追悼吴先生，意义更为浓厚，悲痛更为深沉了！

诗人之孙

民国纪元前一年，商务印书馆的《小说月报》，就在那时发行。不知在第几期上，看见了十首游戏诗，题名叫做《都门窑乐府》，不经意的一读，立刻就感觉到一种浓郁的趣味，于是读了又读，一直读到背得。

诗是那样的有味，当然要晓得作诗的是如何的人。但是题目之下，只简简单单印了三个字：王泽山。而于王泽山的身世来历，却无一点介绍。

事情不知过了好久，也实实记不起是什么人告诉我，使我忽然知道做《窑乐府》的王泽山，原是四川的诗人，并且是名士，死了多年了。又忽然知道同学中有一个怪人王光祈正是这位诗人和名士的孙子。

绝不是王光祈亲口告诉我的，他这个怪人，在那时节，除了读书作诗谈女人，是不说别事的，何况是自己的正经身世！何况是值得夸耀的祖德！但我终于从旁人口中，知道得很明白：诗人毕竟不离诗人的本色，除了吟哦推敲，规矩是不治生产，名士自然更有其潇洒出尘，用钱如水的派头的,以此,到诗人死在北京时,家产是说不上,而遗世的只有诗集一部,儿子一名。

诗人之子王茂生,自然也免不了诗人气习,要是多活一些时,也必有一部诗集的。不幸死得太早,早到不及见他儿子——王光祈——的面。光祈是遗腹子,到底出世在他父亲死后两月?或三月?告诉我的人没说清楚,我那时也没排给他作行述,当然恍惚了。而记得清楚的,就只在他出世后,他的家产至多不过三四百两银子,而恒定的收入,仅仅温江县城外一个锅厂,每年可收二十几千文钱的租。寡母孤儿便靠了这菲薄的收入,以及叔伯一点帮助,以及老太太一双手爪,居然过活了下来。

王光祈的学历,据说是如此的:自幼是他母亲亲自教读,一直到九岁,才进本地的私塾。在这时节,他的生活是很苦的,大凡后来那种"打得粗"、"吃得苦"、"跑得路"、"打落牙齿连血吞"、"咬紧牙巴不求人"的精神,就在这时节养成的。

他十二岁时,诗人有一个受业弟子赵尔巽,不知如何想起,忽由北方寄了一封很恳切的信给他老太太,主张他须得到成都来进学堂。所以他十三岁,才由四十里外的故乡,偕同一个乡人何学章来成都来,进了胡雨岚办的第一小学堂。赵尔巽恰于是时调任四川总督,因为感报师恩,便命他每一周作文一篇交去,亲自给他改削,同时并给他报捐了一个同知前程。

第二年,是光绪三十四年(一九〇八年),王光祈考进了当时比较有名的高等学堂分设中学堂的丙班,也与何学章一道。赵尔巽更于是时,于四十八家当商的罚款中,指拨银子一千两,交与东南门两个主脑当商存息,每年由王光祈使用息银四十余两。这一来,在宣统二年(一九一〇年),他老太太方有了力量,给他讨了一位比他小一岁的妻子,而望他赶快生个孙儿。但是,王光祈的长子是宣统三年生的,数月中就殇了，辛亥年才又生了第二个儿子，一岁半不到，也因出痘夭殇了。于是诗人之泽，便自此而斩。

我们的怪人可爱处就在此，在辛亥事变以前，我们何曾晓得他与四川总督有什么关系！而他本人又何曾稍为改过他那土样儿！发辫老是拇指粗一条，靴子、鞋子要穿顶大的，长衫、短褂照规矩是褴褴襟襟的，与同学们向是那样冷冷落落，在自习室里读他喜欢读的书，读得摇头播脑，不读时，便撑起高眉骨，鼓起圆眼睛，看着空际，那是怪人在作诗了。

我是光绪三十四年（一九〇八年）秋季考入分设中学堂的丁班，宣统元年（一九〇九年）同几个丁班同学被提升到丙班。只管同怪人在一个自习室里，就因为讨厌他那冷僻的样子，一直不大同他说话。宣统三年的春季吧？记不起因何原故，忽然发现他会做诗。以如此一个冷僻的人，居然能做诗，这真令我诧异极了！但是也因此，我们才算有了交情，有了吃茶喝酒的交情，而后也才从上天下地，往古来今，谈到女人。他已经是一个女人的丈夫，又快要当父亲的人了，只管小我一岁，谈到女人，却不能不让他逞强，这是他最得意的事。

诗人毕生潦倒，是有例可循的诗人之孙，却无例可说是应该受穷。只管无例，而我们的怪人终于因了辛亥兵变，当商遭劫，而立刻赤贫了。

所谓怪人就在于此，有钱吃饭读书时，是那样的土样，那样的冷僻，依然只剩下一个锅厂时，反倒肃然了，同我争看《西清散记》，或是围着火盆打诗钟。

只有一个时候顶无聊了。这是民国二年（一九一三年），我们把五年的旧制中学住毕，眼睁睁看着别的同学，出省读书的，到高等学堂读书的，到社会上找着了事的，而怪人虽在一个无聊的报社里编稿子，但是只有一碗小菜饭吃，日暇无聊，便来找着我，少城公园茶铺里一坐，相对无言，连谈女人的兴会都没有了。不久，报馆关门，他就挟起一个小包裹一迳跑回了温江。

他是民国三年春末，同曾琦一道由泸县启程出川的。那时，他的母亲，他的次子，俱先后死了。我也正找有个职业在泸县，并正在学填词。记得曾托他顺带几张小照去上海送魏嗣銮（时珍）、胡助（少襄）、周无（太玄）。他说："何不写几个字呢？"我一时骚性大发，便各填了一阕《丑奴儿》词，写在小照背后。事隔二十二年，《丑奴儿》词记不得了，只记得他们走后，我填了十几阕《浣溪沙》，有半阕是忆他们的，词曰：

  一水惹情牵远浦，
  万山将意渡平芜，
  计行人已过巴渝。

王光祈毕竟是诗人之孙，他的旧诗，在朋侪中实是最有工力的。他由北京写寄给我们几首过三峡律诗，做得真不错，可惜早已失去了！而他自到北京不久，也就大变，诗人之孙的气氛就磨灭了。虽然如此，他的命运，终不外乎是诗人的命运，你们说啦！

一九三六年四月十一日成都病榻前回忆的一段

（原载1936年4月《追悼王光祈先生专刊》）

附　王光祈遗著《夔州杂诗》

今夜孤城外，悲风战马嘶；猿声过峡断，人语入舟低；
蜀道仍荆棘，秦军自鼓鼙；居民苦行役，闭户水东西。

白帝城边树，春来处处深；征吴存大义，入蜀系天心；
髀肉今难抚，夔巫日又沈；遍怜东逝水，终古尚阴阴。

万里瞿塘水，滔滔怒不平；中原还逐鹿，竖子竟成名！
千载忧难已，深宵剑自鸣；直行终有路，何必计枯荣！

不知云外路，已作峡中人；水落鼋鼍怒，风微日月真；
野花迷古渡，幽草送残春；独有青城客，劳劳滞此身。

两岩如壁立，一线漏青天，乔木临风倒，苍藤带雨悬；
乾坤浮不老，云雾暗相连；只合同僧住，时携买酒钱。

雷声才着壁，风已过夔门；四面奇峰乱，千年怪石尊；
江湖如有托，舟楫漫招魂；无限浮生事，凄凉未忍论。

追念刘士志先生

于今将近四十年了，然而每每和几位中学老同学相聚处时，还不免要追念到当时的监督——即今日之所谓校长——刘士志先生。

至今我记忆犹新的，还是和刘先生初次见面的那一幕。时为光绪三十四年，我刚由华阳中学戊班，为了一个同班学生受欺辱，不惜大骂了丁班一个姓盛的学生一顿，而受了监督陆绎之，教务冯剑平不公道的降学处分——即是将我由华阳中学降到华阳小学去——我愤然自行退学出来，到暑假中去投考四川高等学堂附属中学的丁班时，因了报名的太多，试场容不下，刘先生乃不能不在考试之前，作为一度甄别的面试，分批接见的那一幕，刘先生是时不过三十多岁，个儿很矮小，看上去绝不会比我高大。身上一件黄葛布长衫，袖口不算太小，衣领也不太高，以当时的款式而论，不算老，也不算新。脑瓜子是圆的，脸蛋子也近乎圆，只下颏微尖。薄薄的嘴唇上，有十几二十茎看不十分清楚的虾米胡，眉骨突起，眉毛也并不浓密。脑顶上的头发，已渐渐在脱落。光看穿着和样子，那就不如华阳中学的监督与教务远矣！他们不但衣履华贵，而且气派也十足。刘先生，只能算一位刚刚进城的乡学究罢了！不过在第二瞥上，你就懂得刘先生之所以异乎凡众的地方，端在他那一双清明、正直、以及严而不厉、威而不猛的眼光上。

其时，刘先生坐在一张铺有白布的长桌的横头，被接见的学生，一批一批的分坐两边。各人面前一张自己填写好的履历单子。刘先生依次取过履历单，先将他那逼人的眼光，把你注视一阵，然后或多或少问你几句话，要你投考哩，履历单子便收下，不哩，便退还你。有好些因为年龄大了点，被甄别掉了。有一位，好像是来见官府的乡绅，漂亮的春罗长衫，漂亮的铁线纱马褂不计外，捏在手上的，还有一副刚卸下的墨晶眼镜，还有一柄时兴的朝扇，松三把搭丝绦的发辫，不但梳得溜光，而且脑顶上还蓄有寸半长一道笔直的流海。刘先生甚至连履历单子都不取阅，便和霭的向他笑说：

"老哥尽可去投考绅班法政学堂。"

这乡绅倒认真地说："那面，我没有熟人。"

"我兄弟可以当介绍人的。"

就这样，在初试时，还是占了四个讲堂。到复试结果，丁班正取四十名，备取六名，就中年纪最大的，恐怕要数我了，是十七岁。其次如魏崇元（乾初）虽与我同岁，但月份较小。在榜上考取第一名，入学即提升到丙班，第二学期又升到乙班的李言蹊，或许比我大点。而顶年轻的如魏嗣銮（时珍）、谢盛钦、刘茂华、白敦庸、黄炳奎（幼甫，此人有数学天才，可惜早死。绰号叫老弟。）、杨荫堃（樾林）等，则为十三岁。周焯（朗轩，民国元年后改名无，改字太玄而以字行）虽然块头大些，其实也只十三岁。如以籍贯而言，倒是近水楼台的华阳县籍，只有两个人，我之外，第二个为胡嘉铨（选之）；成都县籍仅一个人雍克元。

四川高等学堂附属中学，是光绪三十三年秋季开办的，第一任监督为徐子休（后来通称徐休老，又称霁园先生），招考的甲乙两班学生，大抵以成都、华阳两县籍居多，而大抵又以当时一般名士绅以及游宦世族的子弟为不少，个个聪明华贵，风致翩翩。丙班学生是光绪三十四年春季招考的，刘先生已经当了监督，如以下班学生为例，可以知道丙班学生也大抵外州县人居多，也大抵山野气要重些。刘先生对于甲、乙班学生的看法，起初的确不免怀有一种偏见——虽然他的儿子也在乙班肄业，总认为城市子弟难免近乎浮嚣，近乎油滑，所以每每训诫丙、丁班学生，一开头必曰："诸君来自田间……"

刘先生对待学生的态度，在高等学堂那方面，大概也无二致，就我们这方面言，的确是光明、公正、热忱、谨严。学生有一善可纪，一长足称，总是随时挂在口上。大概顶喜欢的还是踏实而拙于言词的学生。至今我们犹然记得刘先生常常嗟叹说："丙班之萧云，丁班之胡助（少襄，是时也才十三岁）吾深佩服！……"（胡助后来在陆绎之代理监督时，不知为了一件什么小事，因要拿几个学生来示威，遂没缘没故的同别的五个学生，一齐被悬牌斥退，大家都知道胡助是着了冤枉的好人，陆绎之之所以未能蝉联下去，大概于这件错误的处分上，也略有关系，因为学生们不太服了。）但是一般桀骜不驯，动辄犯规的学生，刘先生也一样的喜欢。这里，我且举几十例。

先说我自己。我是刘先生认为浮嚣、油滑的城市子弟之一，而且又知道我是一个不大安分，曾被在中学处分过的学生，（大概是陆绎之告知的。那时，陆正任上班的经学教习——教《左传》，虽然是寻行数墨的教法，但对于今古地域的印证，却有见地。）于头一次上讲堂时，就望见了我，并立刻走到我的座位前，察看我的名字。我曾大不恭敬的回说："还是这个名字，并没有改。"而且后来在斥退胡助的那事件时，他到丙班讲堂训话，头一名是点着我，大言曰："这一回可没你在罢？"后来，尚起过两度纠纷，不在题内，可不必博引它了。平常到夜间巡视自习室，在我书案前勾留的时间，必较多些，问这样，问那样，还要翻翻抄本，查询一下所看的书，整整一学期，都如此。大概后来看见我被记的小过多了，从记过的行为上，看出了我并不怎么坏罢，方对我起了好感。直到有一次，因我和张新治（春如）开顽笑，互相发散四六文传单，彼此讥骂。而我用的是自己发明的复写纸，发得多些，因才被监学无意间查获了两张；正遇刘先生照例在空坝上公开教训学生时，他立即告发前去。于是把洪垂庸（秉忠）和人骂架的案子一结，立刻就点到李家祥这一案。

李家祥的过失太大，当然从头教训到脚，从小演说到大，其后论到本题："看语气，自然是在对骂。那吗，张新治也不对，张新治呢？站过来！"

张新治站过来了。一件蓝洋布长衫满是油渍墨渍，而且从腰到衩三个钮扣，都宣告脱离。刘先生于是话头一转，从衣冠不整，则学不固，一直发挥到名士乃无用之物。然后才徐徐问到正案。张新治是绝口否认他也发过传单。取证到我时，且故意说："两个人共犯，处分要轻些的。"但我决意不牵引张新治在内，并且概乎其言的顶回去道："都是我一个人做的。我不要人分过。请你处分我一个人好了。"

刘先生微微笑了笑："那没别的说头，记两大过。"

教务在旁边说："李家祥，我记得已记了十一个小过，倘再记二大过，就应该斥退的。"

刘先生不假思索的道："那吗，暂时记一大过五小过再说。"

大过小过的确记了。但刘先生从此就不再把李家祥当作一个浮嚣而油滑的城市子弟。

其次一件事，在当时实算是学堂内政上一件大事，若交给任何监督来办——自然更不要说陆绎之——当然无二无疑的挂牌斥退。而且风闻其它学堂，的确是照这样办法办的。

事情是两个年轻的学生，不知利害的犯了一件小孩子处在一处时所难免的不好行为。不知怎样，忽然被丙班三个学生义愤填膺的认为太不道德，太有关风化了；并认为刘先生不声不响的处理为不当。于是，挺身而出，扛着一面无形的正义大旗，攻向监督室里，要求解决，虽不肆诸市朝，亦应明白逐出学宫，与众弃之。否则，人欲横流，国家兴亡都似乎有点那个。

无形的正义大旗一举，不但那两个将被作为祭旗的牺牲骇得打抖，便是我们一般并非讲仁义说道德的学生，想到刘先生之嫉恶如仇，之行端表正，之烈火般的脾气，究不知将因这面旗子的不可抗拒的影响，而暴发出来的，是怎样的一种可怕动作？然而才真正的不然，在星期六夜间，经刘先生出乎意外的，心平气和而且极尽情理的一解释，这旗子似乎就有点飘摇起来。刘先生谈话的大意是：小孩子不知道利害的胡涂行为，应该予以教训，使其明白这是不好的，并且有损于他们自己。但先要保存他们的耻，然后他们才能改。所以我们只能不动声色，慢慢指教，而绝不应该大鼓大擂，闹到人人皆晓，个个皆知。这样，他们一时的过失，岂不因为我们的不慎，而成为终身之玷，而弄到不能在社会上出头？不但损及他们的家庭声誉，甚而还可损及他们的子孙，这关系难道还小了吗？有许多人都是因了一点不要紧的小过，即因被多数的好人火上加油，弄到犯过者虽欲悔改而不能，因就被社会所指责，懦弱的只好终身受气，强梁的便逼上了梁山。这还说是真正犯了过的。至于某某两人的过失，尚未如你们所说的之甚，不过行为之间，有其可疑之点而已。我们从种种方面着想，只能好好的指教之，连挂牌记过都说不上，何能即便指实，从而渲染，将人置于不可复生的死地呢？

这种极尽情理的话，已将大多数学生的见解转移了。但那扛着无形的正义大旗的三位，却还顽强的不肯折服，不过来时是气势汹汹的攻势，去时已只能持着一张大盾来作守势。而这大盾，便是人生的道德，学堂的规则，与夫学生"大众"的舆论。

刘先生本来可以不再理会这三个道学者，但是他一定要说服他们，他不愿意随便利用他当监督的否决权，虽然那时还没有"德谟克拉西"的"意得约诺纪"，而刘先生又是著名的性情暴躁的正派人，曾经用下流话破口驾过徐子休，同时还拿茶碗掷过他。因此，到次日星期日的夜间，众学生都回到学堂之后，（当时的附属中学，并无走读制。甲乙两班学生，全住宿在本学堂，丙丁两班则住宿在隔一垛墙和隔一道穿堂的高等学堂——即从前王壬秋当过山长的尊经书院的原址——的北斋。借此，我再将我们那时所住的中学生活，略说一说。那时，我们每学期缴纳学费五元，食宿杂费二十元，我们每学年有学堂发给的蓝洋布长衫两件，青毛布对襟小袖马褂两件，铜钮扣，铜领章——甲乙两班在前一年发的，还是青宁绸作的哩——漂白洋布单操衣裤两身，墨青布夹操衣裤一身，长鞴密纳帮的皮底青布靴两双——甲乙两班在头一年还有青绒靴一双——平顶硬边草帽一顶，青绒阳帽一顶。寝室规定每间住四人至六人，每人有白木干净床一间，并无臭虫、虱子，白麻布蚊帐一顶，有铺床的新稻草和草垫，有铺在草垫上的白布卧单，有新式的白布枕头。每一寝室有衣柜一具至二具——别有储藏室，以搁箱笼等。有银样的菜油锡灯盏一只，每天由小工打抹干净后，上足菜油。每处寝室，有人工自来水盥洗所，冷热水全备，连脸盆都是学堂供给的。讲堂上不用说，每到寒天，照例是有四盆红火熊熊的大火盆。自习室到寒天也一样，不过且有一盆火。自然，每人一张书桌，但是看情形说话，如其你书籍堆得多，多安两张也可以。每桌有银样的菜油锡灯盏一只，有一个小工专司收灯、擦灯、放灯、上油。每人每学期有大小字毛笔若干枝，抄本二十五本，用完，还可补领，备科教科书全份。至于中西文书籍，可以开条子到高等学堂的藏书楼去借。一言蔽之，每学期二十元，除食之外——至于食，后面再补叙——还包括了这些。所以起居服饰，求得了整齐划一，而又并不每样都要学生出钱，或自备。故无可扰，亦无有意的但求形式一致，而实际则在排斥贫寒有志的学生。由此，学堂也才办到了全体住堂，而学生并不感觉像律监狱的制度。管理是严厉的，早晨依时起床点名，盥漱后不能再入寝室；晚间，摇铃下了自习后，才准鱼贯而入寝室。灭灯之后，强迫睡眠。星期日薄暮回堂迟则记过，也是严厉执行着的。记得那位秦稽查，人虽和蔼，但是对于学生名牌，却一点也不苟且，也一点不通融。）刘先生又叫小工将三位招呼到教务室，重为开导。这一次，刘先生却说得有点冒火了，大声武气的吵了一阵之后，忽然向着三人作了一个大揖道，"敬维觊，敬先生！梁元星，梁先生！蒙尔远（文通），蒙先生，三先生者，维持风化之先生也。如其他们家庭责问到学堂，我兄弟实无词以答，这只好请烦三先生代兄弟办理好了。……"

这一来，三先生的旗、盾才一齐倒下了。两个可怜虫并未作牺牲，而三先生也大得刘先生的称许。

此外还有一件极小的事件，也可以看出刘先生的通达、机敏，和处理有才。

刘先生性情直率，喜怒爱恶，差不多毫无隐饰的摆在面上，待学生们如此，对教习们也如此。当时，学堂里有位英语的教习顾祖仁，不知道是国外什么地方的华侨侨生，年纪只二十多岁，长于西洋音乐，大概回国不久，除流利的英语外，说不上几句国语，至于中国文字，自然更属有限。这与另一位英语教习比起来，那自然有天渊之别了。所谓另一位英语教习者，杨庶堪（沧白）是也。杨先生是巴县秀才，中文成了家，而英文哩，据说是无师自通，文法很好，发音却有些古怪。（杨先生曾在内班上大发牢骚说，甲班学生毁他连英文"水"字的音都发错了。当时，不知道是我的听觉不行吗，如是我闻，杨先生念了十几遍"水"字的英文音，的确不见得怎么对。）刘先生之与他，不但声气相投，而且在那时节，成都学界中加入同盟会敢于革命的，除了高等学堂少数学生外，（如张真如，萧仲伦，和已故的祝纪怀，刘公度都是。）在成都的教习班子里，恐怕只有刘、杨二先生了。因为再加此同志关系，刘先生之对于杨先生，较之对于顾祖仁，那自然两样。所以若干次在甲乙班二个讲堂之间的教习休息室中，我们常常看见杨先生含着一枝纸烟，吹得云雾腾腾的在说话，刘先生则老是亲切而诚恳的坐在对面，讲这样讲那样。如其顾祖仁穿着一身笔挺的西服走来，刘先生只管同样起身延坐，但是谈起话来，口吻间却终于抹不了一种轻蔑的意思，老是问着："你不怕冷吗？""你不感觉冷吗？"这，绝不因为刘先生守旧，瞧不起西装。因为杨先生不也穿的是一双大英皮鞋吗？只管是中式棉裤，而裤管还是用丝带扎着的。我们心里明白，刘先生只管在讲革命、维新，毕竟他是下过科场，中过举人，又长于中国史学，先天中就对于中文没有根底，而过分洋化了的人，总有点瞧不上眼。这是四十年前的风气，虽进步的刘先生到底也不能免焉。

刘先生不许学生抽纸烟，（这倒是几十年来中外一律的中学校的禁例，却也是许多中学生永远要干犯的。）每每当众说："我闻着烟子就头痛。"但我们在背后辄反唇相讥："那只有杨沧白口里吹出的烟子，闻了才不头痛。"本来，他两位先生个儿都一样的矮小，不说心性志趣如彼的相投合，即以形体而论，也太感得一个半斤，一个恰恰八两。因此，一个丙班的不免过于混沌一点的学生王稽亚，有一夜在北斋寝室中，偶然说到刘先生之不讨厌杨先生吹出的烟子时，他才忽然提高了调门，忘乎其形的说了两句怪话。妙在适为刘先生巡查寝室，在窗子外听见了。我们整个北斋的学生，于是都如雷贯耳的，听见刘先生狮子般的声音在大吼："王稽亚！……你胡说些啥？……明天出来，跟我跪在这里！"

我们当时都震惊了。但是一直到明晚灭灯安睡，并无什么事件发生。王稽亚虽是栗栗了一整天，却没有下过跪。其后我们把刘先生这一次的举动一研究，方深深感到刘先生之为通品。

其一，王稽亚原本是个浑小子，刘先生平日便曾与之开过玩笑。有一次，王稽亚为了失落一枝铅笔，去告诉监学，事为刘先生所闻，不由大声笑道："连一枝铅笔都守不住，你还要稽持亚州？算了罢！"

其二，浑小子说浑话，任你如何批评，只能判他个"小儿家口没遮拦"。倘若真要认为存心毁谤，目无师长，甚至存一个此风不可长，而严办起来，照规矩讲，何尝不可。但是这不免官场化了，示威则可，而欲令学生心服，则未也。

其三，只管是没遮拦的浑话，毕竟难听，况又亲自在窗外听见。于时，尚未灭灯，寝室外面，来往尚众，如其假作不闻，悄然而逝，岂但师长的身份下不去，即巡视寝室的意义，又何在焉。

其四，像这样的浑小子，放口胡说，若不立刻予以纠正，则将来定还有不堪入耳之言。苟再包容，则为姑息，若给予惩罚，那又近乎授刀使杀然后绳之以法了。

从这四点着想，我们乃大为折服刘先生之处理，不惟坦白，抑且机敏。学生是信口开河，先生则虚声恫骇，结而不结，牛鼻绳始终牵在手里。看似容易，但是没有素养的人，每每就会从这些不相干的小事上，弄成了不可收拾的大敌。因此，我常以单是有才，或单是有德的先生们，为经师或有余，为人师便嫌不足。这其间大有道理，从刘先生的小动作上看去，思过半矣。

据我上来所说，刘先生之于管教学生，好像动静咸宜，无疵可举，是醇乎其醇的一位最理想的中学校长了。我敢于全称肯定的说：是的。而且我还可以再来一个全称否定说，自我身受中学教育以来，四十年间，为我所目击的中学校长中，能够像刘士志先生之为人的，确乎没有。这样说来，刘先生一定是超人了。其实又不然，刘先生仍然是寻常人中可能找得出的。他之对待学生，只不过公正、坦白、不存成见，同时又能通达人情而已。他的方法是，不摆师长的官架子，不在形式上要求学生的一切都适合于章程规则，更不打算罗罗唆唆的求全责备将学生造成一种乡愿。但他也绝不怎样过份的把学生当着亲密的子弟，从而姑息之，利用之，以冀强强勉勉灌输一些什么主义，什么学说，而结为将来以张声势的党徒，或竟作为争取什么的工具。不，不，刘先生从来没有这样着想过。他看学生，只不过是一种璞，而且每个璞，各有其品德，各有其形式；他是手执琢具的工师，他要把每个璞琢之成器。但是，他理想中具储的模型极丰富，有圭，有玦，有环，有瑚琏，有楮叶，甚至有棘端的猴。因此，他才能默默的运用其心技，度量材料，将就材料，而未致像许多拙匠，老是本着师傅授予的一套本领，不管材料的千形百状，而模型只一个，只好拿着材料来迁就模型了。我们由古代的说法，刘先生之教育，只是因材施教四个大字。由现代的说法，他不过能契合于教育原则，尤其多懂得一些心理学而已。所以我说刘先生绝非超人也。

刘先生在差不多的两年监督任内，还有三件比较大的事情，值得我们的纪念。

第一件，是把四川高等学堂附属中学的招牌，改为四川高等学堂分设中学。

附属与分设这两个名词，从表面上看，好像分别并不甚大。但是按之实际，则大大不然。附属中学，好似高等学堂的预科，五年修业期满，可以不再经考试，直接升入高等学堂的正科一类或二类（即后来所称的文本科理本科）。平时，中学的教习，由高等学堂的教习兼任，即不得已而必须为中学专聘的教习，如每班的国文教习，英文教习等，也由高等学堂监督下聘，也由高等学堂开支。其它如中学的行政费用，学生食宿书籍等一切费用，也全由高等学堂监督下聘的庶务办理。中学监督，也由高等学堂监督或在教习中聘兼或者向学堂外另聘。虽然也名叫监督，其实等于后世各大学所设的预科或附中的主任。而且因为经费不划分，监督不能聘请教习和辞退教习，在实际上，还抵不住一个主任。刘先生本是高等学堂一个史学教习，由当时的高等学堂监督胡雨岚聘请兼任中学督监。在胡雨岚未死时，因为尊重刘先生之为人，中学这方面的用人行政，自然由刘先生全权作主，即一般高等学堂那边的同事，也能为了胡雨岚敬信之故，而处处与刘先生以便利。但是中国的事情，每每因人而变。及至高等学堂监督换了人后，虽然并不存心和刘先生为难，倒也同样的尊重，同样的敬信。或许由于才能差了一点罢，于是一般勉强能与刘先生合作的高等学堂的同事，尤其管银钱和管庶务的，便渐渐有意无意的自行划起界限来了。这中间一定还有许多文章，还有许多曲曲折折的花头，只是刘先生自己不说，我们也不知道。不过在宣统二年夏，刘先生病故北京，我们为之开追悼会时，高等学堂好些学生送的挽联，却曾透露过为刘先生抱不平的话。可惜记性太差，只记得一只上联，是什么"世人皆欲杀，我知先生必先死"。连送挽联的名字都忘了。

因为如此，所以在宣统元年秋季运动会——距胡雨岚之死大概一年罢——之后，刘先生才借了下文就要说的几件事情，不知道努了多少力，费过多少唇舌，才争到了将附属中学从高等学堂那面，把经费和行政划了一部分出来，成为一种半独立的中学，而改名为四川高等学堂分设中学。我们当时都很高兴，并不以损失了直升高等学堂正科的权益为憾。

后来，我们感到不足的，就是分设中学堂的地址太窄小了，仅有四个讲堂，十几间自习室，甲乙两班的寝室已很够挤，所以才把丙丁两班的寝室，挤到高等学堂的北斋。本身没有操场，没有图书馆。后来因为修了一间阶梯式的理化大教室，连食堂都挤到前面过厅上了。因之，才仅仅办了四班。彼时中学是五年制，不分高初中，而且春秋两季开班。如其在徐子休开办时有永久的计划，那就应该划出地段，准备分期修建十个讲堂，和其余足用的房舍。当时，在石牛寺那一带，荒地很多，购置划拨，都不困难，何况左侧的梓潼宫相当大，很可以利用。我们不知道最初的计划如何，只是后来并无扩充的迹象，以致丁班之后，不能再招新班，而且待到民国纪元时，甲乙两班毕业后，高等学堂监督周紫庭竟独行独断，宣布分设学堂停办——此即由于当初只争到半独立，而后任监督都永和又完全以周紫庭之属员自恃，不但还原了附属性质，而且还进一步办成高等学堂的枝指——而以纹银八百两的贴补费，将丙丁两班移到成都府中学，合在新甲、新乙两班去毕业——当光绪年间，开办学堂，多以天干数定班次，于是甲乙丙丁戊己之下，庚班就不容开了。此缘"庚班"与"跟班"之声同。跟班者，奴才也。大家觉得不雅听，因从庚班起，改为新甲新乙。其后，还是不方便，才改订了以数目字来排列。但是，我想，将来还是要改的——因此，分设中学，便成绝响。但我相信，倘若刘先生不在改换名称之后，急急离去，或者不在宣统二年病故，而能回任，分设中学说不定可能继续办下来的。不过，也难说。以刘先生的性情和为人，又加以是老同盟会员之故，像从民国元年以来的世变，他哪能应付！分设中学，纵然形式上存留下来，其精神苟非甲乙丙丁四班时的原样，那又何足贵焉！倒不如像现在这样的"绝子绝孙"，还可以令我们回忆得津津有味，这或者不是李家祥一人的私见罢？

第二件，可以说就是促成第一件的直接原因之一。时为清宣统元年秋季，成都全体学堂——也有外州府县的学堂远远开来参加的，如自流井王氏私立的树人中学，即是一例——在南校场举办了一次运动大会。我们学堂排定的节目，有甲乙两班的枪操。甲乙两班枪操了一学期，所用的旧废的徒具形式的九子枪，自然是高等学堂各有的。而高等学堂的学生，也有枪操节目。这一来，自然就与平日轮流使用不同，非设法再增添八九十枝真正的废枪不可了。

我们是附属的学堂，事务上平日既没有分家，那吗，枪之够与不够，自然是高等学堂办事人的事情，也是他们的责任。大约事前，刘先生也的确向那面办事人提说过，或商量过的，因此，在运动会开幕的头二天，刘先生才很生气的告诉甲乙两班学生说："今天你们下了操后，就顺便把枪带回来，放在各人寝室里。"

我们立刻就感觉这其间必有文章做了。果不其然，高等学堂的办事人遂一而再、再而三的前来要枪。起初还声势汹汹的怪甲乙两班学生不该擅动公用器物，刘先生老是笑嘻嘻的回答道，"只怪你们办事不力，为什么不早预备，我们的学生聪明，会见机而作。……至于你们那面够不够，有不有，那是你们的事，我不管。"

后来，演变到高等学堂的百数十个学生，被一般不满意刘先生的办事人鼓动起来，集体的侵入到我们的食堂上，非有了枪，不肯走。刘先生一面叫甲乙班学生将寝室门锁了，各自走开，不要理会；一面便亲自到高等学堂，找着那般办事人，很不客气的责备了一番。结果，还是高等学堂自己赶快去借不够用的枪枝，而索枪的集团也只得静静的坐了一会便散走了。但是，到运动会举行那天，专为他们高等学堂学生备办了午点，而我们没有。这虽是无聊的报复，却显然给了刘先生一个争取改换招牌的借口，而我们本无成见的学生也愤愤了。

第三件，这不仅是我们中学史上的一件大事，抑且是四川教育史上一件大事，再推广点说，也是清朝末季四川政学冲突史上一件大事。如其我不嫌离题太远，而将那一天的情形，以及事后官场所散布的种种谣言，仔仔细细写出一篇纪实东西来时，人们必不会相信这是三十八年前的陈迹，人们必会爽然于近两年各地所有军学冲突，政学冲突，警学冲突的流血事件，原都是三十八年前的翻版文章，不但不算新奇，而且今日政府通讯社和政府报纸所报道所评论的口吻和手法，也不比三十八年前的官告和告示有好多差异。但是我不愿这样做，仅欲赤诚的建议于今日一般有志作"官方代言人"的朋友，近百年史可以不读，但近三四十年的官书却不可不熟，为的是题目一到手，你们准可振笔直抄，一切启承转合，全有，用不着再构思，甚至连调门都不必掉易。你们的主人还不是三四十年前的主人。只不过以前老实点，称为民之父母，今日谦逊点，称为民之公仆而已。

宣统元年秋季运动会，本系成都学界发起，参加者限于文学堂，连当时堂堂的陆军也未参加。但是，临到开幕，忽有巡警教练所的一队大汉，却入了场，报了名。一般主办会事的人觉得不妥，即与教练所提调某官交涉，最好是请他的队伍自行退场，不要参加各种竞赛，以免引起学生们的误会，纵不然，即照幼孩工厂的办法，单独表演一番而去，作为助兴之举。后来，据说那提调本答应了的，不知如何又拒绝了。他的解释，巡警教练所也是学堂性质，如遭拒绝，不许加入学界，那是学界人员存心瞧不起巡警，也就是存心轻视宪办新政。大概正在一面交涉，会场里的竞赛业经举行，教练所的选手便不由分说的参加了几项。我那时充当了一名小队长，正领了一队选手，去作杠架竞赛、木马竞赛，而场子里忽然羼进一伙彪形大汉，运动衣上并无学堂标记，也无旗手领队，大家遂吵了起来："我们不能同警察兵比赛！"一声嗯哨，正在盘杠子的，正在跳木马的，便都中途收手，各各结队而散，声言"羞与为伍！"（这一点，我不能讳言，的确是学生们的不对，门户之见太深了。但也可以考见学生之与警察，实是从开始有了这两个名称起，就像是不能同在一个器内的薰莸。倘若探究其渊源，自不足怪，不过却是别一个题目的文章。）

及至我回到我们的学堂驻地时又亲眼看见场内正在举行障碍竞走。十几个少弱的学生们中间，也有两个彪形大汉。飞跑的时候很行，但一到障碍跟前，就糟糕了。我们正在笑他们像牛一样的笨，却绝料不到他们两个中间的一个，竟举起钵大拳头，朝一个学生的背上擂了起来。被擂的学生好像不觉得，反而被他的腕力一下就送过障碍，抢到前面。倒是我们旁观者全都大喊起来，申斥那出手打人的大汉"野蛮！野蛮！"随后不到五分钟，会场的油印报纸，便将这不幸的消息送达全场。在场子四周的学生驻地上，业已发现了不安的情绪。此刻，在官府的看台前（即后世所谓司令台），正由四个藏文学堂的学生，戴着面罩，穿着胸甲，各人手上执着一柄上了刺刀的枪，在作日本式的劈刺。我们亲眼看见成都府中学堂——时任监督的为林思进（山腴）——学生驻地内，跑出十几二十来个学生，吵吵闹闹的直向巡警教练所驻地上奔去。我们只听见断断续续的人声："去质问他们！……为啥打我们的人！……"

一转瞬间，委实是一转瞬间，距离我们的驻地三四十丈远的教练所队伍处，我亲眼望见有三四个大汉站在一张大方桌上，每人手中持着一柄上了刺刀的枪，向着跑过去的人群，一连猛刺了几下。立刻，人群像水样的倒流回来，立刻呼叫声像潮样的涌起。立刻，被戳倒的几个学生，血淋淋的被搀了几步，又默默的横倒在草地上，而杀伤了人的巡警也立刻集合起来，等不到排队报数，便匆匆的开拔出场，走了。

事情来得太快，也出得太意外。及至大家麻木的情绪一回复，乱嘈嘈的正待提起空枪去追赶巡警时，整个运动场已像出了窝的蜂子。各学堂的管理人都各自奔回驻地，极力阻拦学生，叫镇静，叫维持着秩序，叫大家继续运动，个个都在拍着胸膛，担保有善后办法。同时，四川总督赵尔巽也带着一大批文武官员，由看台上退下，而他那一队精壮的湖南亲兵，也个个挺着精良武器，摆着一副不惜为主子拼命的凶恶面目，在他身边结了个方阵。

当夜，几乎是成都全学界的负责人，不约而同的集合在石牛寺教育会里，商讨如何办法。大家都要看素负重望的会长徐子休是持的什么态度。后来，据闻，徐会长主张退让，认为学界力量决不是官场对手，假如一定要扩大行动，惹出了什么更大的乱子，那他断不能负责的。又据闻，即由于徐会长的态度软弱，大家很是惶恐，幸得刘士志先生、杨沧白先生，作了一场激烈的争执，然后才议决，各学堂自即日起，一律罢课，但须学生自行约束，不得在外生事，一面推举代表，禀见赵尔巽，要求严办出手巡警和教练所提调；一面将轻重伤学生送到四圣祠外国医院，希望取得外国医生证书，准备向北京大理院去控告；一面请求上海各报在成都的访员，用洋文电报把今天消息拍到上海去登报。又据闻，徐会长因为扑灭不了众人这股火似的热情，而又认为刘、杨二人这种言行，将来必免不了招出大祸，连累到教育会的负责人，于是，他当夜就向众人辞去会长名义，洁身而退，以冷眼来等待刘、杨诸人的失败。

  禀见赵尔巽的代表当中，自然有刘士志先生、杨沧白先生。大家自可想象得到，那时交涉之困难，岂与今殊？我们曾经看见刘先生在那十几天里，脸色是非常沉郁，而态度，却每到南院（俗称总督衙门，即今督院街四川省政府所在地。）去过一次，就越是激越一点。同时谣言也流播出来，说那天的运动会里，有革命党在场鼓动煽惑，大有乘机刺杀四川全省官吏，因而有起事造反的趋向，希望大家不要受蒙蔽才好，或曰：巡警教练所的队伍之临时开来参加，是巡警道某某奉了总督密谕施行的。因为总督早得密告，说学生中有不少的乱党在内，深恐无知学子受其摇惑，在运动时难免轻举妄动，自干罪戾，特谕巡警参加，意在一面监视，一面保护。不料果然出了事，可见总督大人是有先见之明的，或曰：学界代表中就有不安本分，惟恐天下不乱的乱党，他们不惜鼓动学生，将无作有，而且每对总督大人说话，很不恭顺，其目无长上之态，随便什么人看见，都觉得不是真正读书守礼的君子。这样的分子，倘再容留他们去教导学生，岂非国家之福，抑且是四川学界之耻。总督大人已经有话传出了，倘大家再不知趣的安静下来，还要作什么无理要求，那吗，多多少少总要严办几个人，才能把这场风潮压得下去的。

不消说，这些流言，都是有所指，而谁也明白指的是什么人。事实上，赵尔巽的态度，的确很横，他根本就不最认学生是巡警用刺刀戳伤的。他说，巡警向有纪律，不奉谕，是不敢妄动的。又说，四川学风，向来就太嚣张，这都由于办学诸君，没有忠君爱国宗旨，所以养成。又说，所贵乎为人师长者，就是要能管束学生，使其循规蹈矩，像这样动辄罢课要挟，可见心目中早无本部堂矣。又说，诸君之意，学生全无过失，过皆在官厅，此乱党之言也，诸君何能出诸口端？又说，诸君不论事之真伪，只是处处为学生说话，只是处处责备官厅，岂非诸君真欲附和奸人作乱耶？赵尔巽如此的横蛮，所以消息也就越坏，绅界、中学界中稍为胆小一点的，遂都消极起来，采取了教育会徐前会长的明哲保身的态度。而一直不肯退让，一直迈往直前，一直不受谣言威胁的，已是很少数，而刘、杨两先生则为之中坚。后来得力于廖学章先生，从外国医生那里，取得了负责签名的证明书，证明受伤学生委系被刺刀戳伤，而并非如官厅之所倡言，是学生自己以小刀栽的轻伤。而后，赵尔巽才因了害怕外国人的张扬和批评，遂让了步，答应惩办凶手，撤换提调，切谕巡警道从严管束警察，不许再向学界生事。对于抚慰学生一层，坚执不许，认为过损官厅尊严，不免助长学生的骄风。

这事之后，刘先生虽隐然成为学界的柱石，但是却躲不过"秀出于林，风必摧之"的定律。官厅对于他，自然是侧目而视，一方面也怀疑他当真是乱党的头子，即同是学界里的同事们，也嫌他锋棱太甚，不但骂人不留余地，而且在许多事上还耿直得像一条棒，不通商量。大约定有许多使刘先生不堪再容忍的事罢，所以当他把我们学堂的招牌力争更换之后，不久，已是再两个月就要放寒假的时候，我们忽然听闻刘先生已应了京师大学堂的史学教习的聘，很快的就要离开我们，到北京去啦。

我们那时不知道刘先生之所以不得不走的内情；我们那时都还是不通世故，不知情伪的孩子，也想不到要去探求那中间的曲折原因，以便设法解除，我们那时只是莫名其妙的感到一种很不愉快的心情，我们那时只是凭着我们直率的孩子举动，自动的，一批一批的，去挽留刘先生，希望他不走。而留得最诚恳的，反是甲乙两班学生，反是平日受训斥最多的学生，反是一般为管理人所最头痛，认为是桀骜不驯的学生。而刘先生哩，只是安慰我们，叫我们好好的遵守学堂规则，好好的读书操学问，将来到社会上去，好好的作一个有用的人，却绝口不言他为什么非走不可的理由。仅仅说，住一二年就回来的，本学期暂请陆绎之先生代理监督职务，陆先生是他佩服的朋友，学问人品都高，叫我们好好的听管教。我们那时也真没有想到像后世办法，举行一个什么欢送会，大家在会场上说些违背良心的话，或发点牢骚之类，热闹热闹。

刘先生一直到走，差不多在两年的监督任内，并没有挂牌斥退过学生——自行退学的当然有——他的理论是，人性本恶、而教师之责，就在如何使其去恶迁善。如你认他果恶，而又不能教之善，是教师之过，而不能诿过于他。况乎学堂本为教善之地，学堂不能容他，更叫他到何处去受教？再如他本不恶，因到学堂而习染为恶，其过更在教者。没有良心，理应碰头自责，以谢他之父兄，更何能诬为害马，以斥退了之？

刘先生又常能"观过知人"。（按：《论语》本为知仁，朱晦庵解为仁义之仁，我以为与殷有三仁之仁，和"并有仁焉"同解，即仁者人也，古字多通用，不若直写作人字为便。）他的理论，以为干犯学规的青年学生，正如泛驾之马，其所以泛驾，盖由精力超群。苟能羁勒有道，必致千里。故对青年学生之动辄犯规，他并不视为稀奇，他只处处提醒你，不要你重犯，不许你故犯。他希望你勉循规矩，出于自觉，而讨厌的是面从心违，尤其讨厌的是谬为恭顺，和假惺老成。

因此，刘先生才每每于相当时候，必将一般顽劣学生叫到身边，切实告以为人之道之后，必霭然曰："凡人未违于道之先，孰能无过？要在自己知道是过，自己能改。圣人之过，如日月之食，其过也人皆见之，其改也人稍仰之。我望你们在这一端上，人人学圣人。"于是凡记了过的，都在这一篇训诰之下，宣告取消，而大家也知道下次是不容再犯了。所以，在刘先生当监督的任内，我们学堂的学风，敢说是良好的，没有故意与管理人为过难，没有轰走过教习，没有聚众向监督开过玩笑。但是在刘先生去后的两年内，则不然了。平日最善良的学生，也会刁顽起来，平日凡是不在乎的学生，那更满不在乎了。第一坏在陆绎之之固执成见，以为管教之道，在乎严厉，严厉之方，又在乎立威示范。于是在他代理之初，便因一点小过失，斥退了六个学生，胡助便是其一。因为罚不当罪，反为学生所轻视；又因是非不明，便是纯谨的学生也不能不学狡猾了。然而陆先生毕竟还是正派人，还懂得一些办学道理，也还骨鲠无私。及至宣统二年，都永和来接任之后，才完成了把我们良好的学风彻底破坏到踪影全无。由今思之，丝毫不解办学为何事的都永和，何以会为周紫庭赏识，而聘为我们学堂的监督？或者以都永和之为人，颇像一个佐杂小吏，而能善于巴结上司乎？总之，都永和不但把分设中学弄得一团糟，而且还把分设中学的生命必诚必敬的送了终。

这里，我只好谈一件很小的事为证。当我们要给刘先生开追悼会时，都永和不准我们在学堂里办，说是于体制不合——他之动辄闹京腔，打官话，引用些不通的文句，以见笑于学生的事，几个插班学生如曾琦（慕韩），如涂传爵，都是在刘先生时代来插入丙班的，所以他们尚知道刘先生的一鳞一爪，如郭开真（沫若），如张其济（泽安），则都是都永和时代来插入丙班的，已经不知道刘先生——都可证实。而且定还记得他那喇嘛绰号之由来——要我们到隔壁梓潼宫去办。他起初态度很顽强，还训斥我们为不知礼。继后，我们请了全堂教习去与之理论

（陆绛之先生竟自开口骂起他来），他才像打败的牛一样，屈服了。但临到行礼时，都永和又妄作主张，只须向灵位三揖，而免去跪拜。他的理由是，以功名而论。刘先生是举人，他是廪生，相去只有一间，以地位而论，刘先生是卸任监督，他是现任监督，似乎还高一簸片；以礼制论，已有上谕免去跪拜，而三揖已为敬礼。陆绛之先生很生气的道："各行其是吧！"遂迈步上前，行了三跪九叩首的大礼。一般教习先生，都毫无顾忌的效了陆先生的作法。都永和也贯彻了他的主张，作了三揖，只是把他所聘任的两个监学难坏了。两个都是惯写别字的老秀才——可惜张森楷（石亲）先生早死了，不然，他很可以告诉你们，他曾亲眼看见这两个秀才在监学室里，要写一张条子，叫泥工修葺房屋，写到"葺"字，两人商量了一会，还是写成"茸"字——站在旁边，不知何从。我亲眼看见他两个交头接耳一会之后，也不跪拜，也不作揖，乘人不备，一溜而走，自以不得罪活人为智。

像如此的监督，如此的管理人，以之为刘先生之继，诚然害了学堂，害了学生，却也害了都永和本人。"人之患在好为人师"，不其然欤？

刘先生的私生活，也值得一述。他当我们中学监督时并未将家眷携来，身边仅随侍着一个儿子，即在乙班读书的刘尔纯。监督室恰在学堂中部两间形同过厅的房内，一间是卧房，又是书斋，一间是客室，也是召集学生说话之所。刘先生在学堂的时候极多，遇有公事出门，也照例坐轿。他是举人，有顶戴的，但我们从未看见他穿过公服，只有一件青缎马褂。平常的衣履，并不华丽，但也不像名士派之不修边幅，大抵朴素、整洁，款式不入时，也不故作古老。在学堂时，除了自己读书和教课外，教务、监学办事室和教习休息室二处，是常到的。巡视讲堂，巡视自习室，巡视寝室，没有一定的时间。学生有疾病，随时都在问询医药。厨房厕所必求清洁，但不考求与当时生活条件过于凿枘的卫生。

他不另自开饭,(这是当时各学堂所无。后来都永和继任,首先立异的,便是监督的饭另开。起初只是菜蔬不同而已,其后还在大厨房之外,另设监督的小厨房。只不像余舒——苍一,又号沙园——任潼川府中学监督之特设监督专用厕所而已。据说,都是官派。)日常三餐,全在学生大食堂上同吃。学生吃什么,他吃什么。我们中学时代的伙食,的确远胜于后世,而我们中学更较考究。桌上有白桌布,每人有白餐巾一方,每一桌只坐六人,上左右三方各二人,下方空缺,则各置锡茶壶一把,干净小饭碗一只。早饭是干饭,四素菜,一汤。午饭自然是干饭,三荤菜,一素菜,一荤汤。晚饭也是干饭,三素菜,一荤菜,一荤汤。不许添私菜,其实也无须乎私菜。但在都永和时代就不行了,菜坏了,也少了,也容许添私菜了。在打牙祭时,甚至可以饮酒,甚至可以饮酒搳拳,而学生并不叫都永和的好。菜蔬不求精致、肥甘,但要作得有滋味,干净。设若菜里饭里吃出了臭味,或猪毛头发之类,不待学生申诉,他先就吵闹起来。厨子挨骂之后,还要罚他每桌添菜一碗。所以当时若干学堂都有闹食堂的风潮,而我们中学独无。尤其是我们中学规矩,吃饭铃子响后,学生须排了班,鱼贯而入食堂,一齐就定位站着,必须监督、监学坐下,才能坐下举箸。记得有一次,王光祈(润玙)因为在自习室收拾书籍,来不及排班,便从走廊的短栏处跳入行列。被一个监学拉出来道:"那不行,不许这样苟且。"结果,罚他殿后,但并未记过。

刘先生死后,一直到如今,还未听见有人给他作过小传和行状。从前我们太不留心了,连他编的讲义,都未曾保留一份。如今要找他的著作,简直万难。民国三十一年我在重庆遇见杨沧白先生,谈到这点,杨先生也浩叹平生最抱歉的事,就是刘先生的诗文稿,原交他代管,都在这次逃亡中损失罄尽,今所余者,仅为杨先生所译雅作的一篇序文而已。又因刘尔纯世弟归隐故乡多年,甚至连刘先生的身世和家庭情形,以及有几个世兄弟，几个世姊妹，都不得而知。细想起来，全是我们之过。我们少数存留在成都的同学，也曾聚会过几次，就是顶热心而记忆力顶强的洪祥骝（开甫）谈起刘先生的一切来，也未能弥补我们的缺憾。

刘先生已矣，而我们中学堂的地址犹存。今为私立成公中学的一部分。四十年的风雨剥蚀，连房舍都不像样了！而成公中学的老训育罗为礼（秉仁）犹是住丙班时的模样，只是胖了，有了胡子。

刘先生讳行道，字士志，清四川绥定府达县举人，清宣统二年夏病故北京，生卒年月，皆不能详。

一九四六年七月三日敬述。时正燠热之后，大雨如注。

附 杨沧白先生七律一首成都送士志入京（己酉）

冠盖京华憔悴行，忽将血泪向时倾。
一生知己惟刘琰，何日还山了向平？
细雨骑驴知剑外，彼风归雁忆辽城；
会当各返鹤猿乐，白发相看无世情。

序后赘言

我要谢谢王介平君，得亏他几次婉转催我，要我实践为他的《花与果》作序的宿诺，我才无可奈何的，乘数日阴雨之暇，写成了这篇回忆。如其没有这合适的机会，就连这一点小东西也无法着笔，真真无以报刘先生的恩意了！

王君为人孤介骨鲠，为我所喜。平生研究教育，从事教育，并将终身倚之，这种锲而不舍的精神，又为我所佩服。故在去年初次阅看他《花与果》稿子时，就自动许他写一篇序，谈谈我们的现代教育。但是后来一想，我不是教育专家，而且脱离教书生活于今已十三年，纵然可以打胡乱说，不但不会中肯，还一定会贻笑方家，顺带连累了《花与果》的前途。越想越难着笔，几乎要曳白了。不知如何，忽然想到《花与果》是为一般中等女学生"说法"之作也，我何不将我们中学生活，回忆一段，以为读者的借鉴？虽然我不是女性。反至提笔一写，自然而然就专写了刘先生，并且不能自休，一来就是一万五六千字，作为一篇序看，不免是一顶蒙头盖脸的大草帽。

虽然不像序，但不能说和正文的意思没有丝毫关合，要关合得拢，就真不像序也罢。文章既是这样写出了，只好这样送出去。用与不用，以及别人的议论如何，那我可不再管。

（原载1946年《风土什志》一卷六期
中华书局出版《花与果》一书）

敬怀刘豫波先生

双流刘豫波先生与英国萧伯纳同年，都是九十一岁有零的老人。

我们从报纸杂志上，偶尔得到关于萧伯纳的记载，又从朋辈口中，偶尔听到关于刘先生的传说，使我们深深感到这两位中外有名的老人，在八十七岁以前，都差不多同样的健康。萧伯纳年年有新作品，或是戏剧，或是随笔，或是自传体文章。而刘先生也时时在写字，在作画，在赋诗，在写悲天悯人的文章。

萧伯纳平生厌恶政治，对于专门说好话干怪事的政客们，批评极其严格，而于英国社会和英国一般的定型君子，更是不留余地的最爱打穿其后壁，在表面看来，好像玩世不恭，其实也和我们刘先生一样，慈悲为怀，希望人人都做好人，都有良善行为，都以先哲先知为鹄的，都可以作到圣贤地位。萧伯纳作的反面文章，刘先生则专作正面文章，例如最近张群到成都来，访问刘先生，而刘先生在与之谈话中，所引用的两句圣人之言："民之所好好之！民之所恶恶之！"在这种时候，在这种环境，真不啻把刘先生全人格整个表现了出来。若令萧伯纳当此，他只管见解相同，而所说的话，必然异样或者简直就不说。

刘先生平生除了教学，除了以文章劝人，以书画感人外，也是不搞政治的。虽然当过几次议员，而在刘先生，却并未当作是搞政治的津梁，还是像讲道说教一般，在那里劝人为善，劝人以"民之所好好之，民之所恶恶之"。刘先生未始不知道中国的政客们，中国的定型君子们，也和英国一样，或许当兹叔世，还比英国的更恶劣，更坏，但刘先生所受的教育，和自己的修养，不同了，他只能本着中国的圣贤态度，勤勤恳恳，老老实实，示人以大道而不像萧伯纳那样动辄拿言语去刺人。

然而刘先生也绝非是成日价马起面孔，一开口便是四维八德，随时随地都在训人的道学先生。其实刘先生的风趣，好像并不亚于萧伯纳。（虽然我并未见过萧翁，只是从许多记载上看来，似乎有那么一个概念。）这在中国旧风习上讲，便叫作"是真名士自风流"。在刘先生自己，也好像宁取真名士而不取假道学。所以我们这般在中学里受过刘先生教学的学生们，（指的是清朝光、宣年间，四川高等学堂分设中学堂的事。刘先生教过丙丁两班的国文，并改过两班同学的文章。）一直到最近几年，有机会侍坐于刘先生之侧时，依然和四十年前在学堂里一样，于刘先生只觉有光风霁月之感，而无敬而远之之心。尤其我这李家祥（这是我读中学的名字。自从民国二年，便废去了，但刘先生还记得。）最为顽皮。记得刘先生八十二岁，在我家吃午饭时，我尚敢于同刘先生开了个小玩笑，我很正经的说："学生一切都不如先生，尤其是先生的字画文章，但有一事，却不让先生专美。"刘先生很惊异，还是由我加以解释说："先生胡须甚疏，几乎是草色遥看近却无，学生年将五十，胡须亦寥寥可数。只此算得青出于蓝。"刘先生大笑，不但不以为悔，而且还追说其先德之须亦颇少，每剃头时，必先慎重声明是蓄了须的，切不可胡乱修去。

即因刘先生是真名士，故为人和易，而乐于与晚生小子接近；即因刘先生是真名士，故能恬淡自处，而不伎不求；即因刘先生是真名士，故能胸襟洒落，而视人人为善人，视当前的龌龊社会为暂时过程，而认儒家的大同世界，并不是不能实现的乌托邦，并且也才能真正的作到随遇而安，自侍菲薄。这些，都不是讲功讲利讲现实的萧伯纳所能比拟。

我们几个常来往的老同学，每一谈到刘先生，都相信以刘先生之为人，至少可以与萧伯纳在人生的程途上竞赛一番。然而未却料到在八十九岁以后，刘先生似乎跑得过速一点。我是四年未曾侍坐，听人谈到刘先生，总说衰多了！本来，老年连丧二子，即令是圣人，也不免要动真感情，何况刘先生又是性情极其真挚，而不能自骗骗人的真名士！再加以年来纪纲日替，政治日非，魑魅魍魉，横行无忌，不是遁居山林的自了汉，谁也不大受得了！我想，假使萧伯纳与刘先生异地而处，即在人生途程上，最先跑到终点的，必不是刘先生。而像萧伯纳的那张惹是生非的利口，早已贴上戒严司令部的十字封条，闭也把他闭死了，哪能等到一九四九年五月二十六日寿终正寝！

我个人对于中学时代的先生，所受影响最大，塑性最强的，有两位，一位是达县刘士志（讳行道）先生，教我以正谊，以勇进，以无畏之宏毅。我曾经写过一篇追念文字，不足以述刘士志先生万一。另一位便是双流刘豫波（讳咸荥）先生，教我以淡泊，以宁静，以爱人。我今写此短文，亦不足以述刘豫波先生万一，而且先生之教我，皆非耳提面训，以语言，以文字为事，而是皆以身教。故述两先生之行谊，更觉为难，所谓"夫子性与天道，不可得而名"者，是也。好在纪念豫波先生的文字必多，我这一篇作为补白，倒还可以。

一九四九六月十七日敬述

（原载1949年《风土什志》二卷六期）

"五四"追忆王光祈

一九一九年，即民国八年的"五四"运动时，我在《川报》当编辑。这报，是民国七年由被查封的《群报》改组，在民国十三年十一月被杨森无理封闭后，便死硬了！

从《群报》时代起，一直到"五四"运动这年，我的一位中学同学王光祈先生正担任着报馆的北京通信记者。王先生是民国三年和我在泸县分手，到北京读书，已在一个法政学堂毕了业，做着一件小事，"五四"运动时，他在北京大学当旁听生。因此，于这运动，他不但亲身参加了，并且还彻头彻尾弄清楚了这运动的全貌。

"五四"那天，他从赵家楼一出来，先就拍了一通新闻电到成都。那时没有无线电，而新闻电照例比官电比商电慢，电费也比官电贵，比商电便宜不到好多，所以重要而又简单的消息，在《川报》上用大字登出时，已经是五（月）七（日）了。当时在成都，引起一般人的注意还不大，只有我们当编辑的不同，因为我们五年以来已被种种磨难训练得像猎狗一样：有一只闻风辨味的鼻子，有一双见于无形的眼睛，有一对听于无声的耳朵，而一个脑子也敏锐得有如能够响应蜀山西崩的洛阳铜钟，同时，又因为我们对于巴黎的中国留学生们反对中国代表在和约上签字的情形，早已知道了一个轮廓，这是我的另一中学同学周太玄先生所办的巴黎通信社供给我们的资料。

到五月十六日，王光祈在"五四"夜里所写的长篇通信到了，我们赶快把重要句子勾出，用三、五号字发表了，并在他写的通信前后做了很多含有刺激性的标题，和一长篇按语，把这运动渲染得更为有声有色。这一来，王光祈的关于"五四"运动的通信，在成都许多人——尤其在前进的含有革命性的知识分子的脑子中，真无异投下了一颗大的爆炸弹！

自此，成都方面接接连连的许多运动，我可以不再追叙，我这里只说三件与王光祈先生有关的。

一是工读互助社——王光祈凭他本身经验，同几个朋友在北京发起了这个组织，提倡知识劳动与体力劳动的合一。

成都方面在好几个学校中也响应了，把知识分子蔑视劳动的积习纠正了不少。

二是少年中国学会——王光祈感于离群独学的毛病，在北京同着几个朋友发起了这个组织，成都方面首先就成立分会，推动工作。

三是发行精简有力的周刊——王光祈虽然不是北京《每周评论》的主撰人，但也是参加了发起人的，在头几期里写过两篇文章，并且因他有力的宣传和鼓动，成都方面于是也出了一个周刊，叫《星期日》。

那时，成都真是全中国新文化运动的三个重点之一。（其余二个自然是北京和上海。北京比如是中枢神经，上海与成都恰像两只最能起反映作用的眼睛。）其所以致此的原因，当然很多，自不能完全归功到某一二人，不过因为某一二人的努力，而发生了引头作用，因而蔚然成为一般风气，这倒是不可没灭的。我于三十一年后的"五四"，而追忆到王光祈先生，也根据的这理由。令人不胜惋惜的，王光祈先生已于一九三六年，即"五四"运动后的十七年，因了用脑过度，在德国波恩大学科书馆中，患脑充血而死。他从一九一三年便孑然一身，什么亲人也没有，现在只剩下一堆骨灰掉在沙河堡菱角埝周太玄先生私有的坟地上，被洼地灌溉的水渠、被前航委会剩下的一堆烂草房，糟蹋得无法整顿，就特别提出它来说一说，大概也无妨的罢？何况王光祈先生的行为精神，在我看来，确乎可以作为新青年的模范哩！

王光祈先生是温江县人，如其尚在，今年应该满五十八岁。小于我不足一岁。

（原载1950年5月4日《川西日报·五四专刊》）

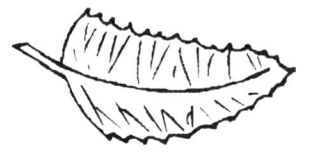

记先烈赵世炎

三十年前，当中国共产党代表十二人在上海开第一次代表大会，正式建党时节，我正由法国阿尔卑斯山中一个小城的一所公立中学，迁到山下一个相当有名的大城格罗卜。这时，在格罗卜大学本科和专科求学的中国学生很少，连我在内，算起来不到八人。除我之外，全是学工业学技术的先生，对于社会科学，尤其在政治经济方面，大都没有什么兴趣，更说不上见解。我在那时确不免有点"独立苍茫"之感。在暑假之后，即是说在十月底学年刚要开始时，因就离开格罗卜，而转学到地中海滨另一个相当有名的大城蒙北烈。

在蒙北烈的中国学生也不多，但对于社会科学比较有兴趣、有常识，可与共谈并且见解一致，谈得颇为投契的，倒有一个曾在成都中学同学的周太玄。

周太玄也是这年暑假后，才由巴黎将我们几十人所组织的巴黎通信社结束了，到此地大学专攻生物学的。他住巴黎时间比我久，活动方面比我宽，认识的中国学生比我多，我们每每在空闲时候纵论到当时一般的时贤，他提出的人最多；为我也认识，也倾佩的，当然有不少的人，并有好些已经历尽艰苦，今天成为中华人民共和国的大功臣了，我不用再提，然而无论如何，像赵世炎这个先烈，我却要说一说。

赵世炎的一个哥哥赵国兴，也是四川高等学堂分设中学堂的丙班同学。（这中学只办了甲乙丙丁四班，甲、乙两班在一九一〇年暑假毕业，丙、丁两班是由高等学堂出了一年经费，合在成都府联合中学堂新甲乙两班，于一九一一年毕业。毕业文凭还是分设中学堂名义。我当时的学名叫李家祥，恰好与赵国兴可以作对联）。因有这联系，故在巴黎第一次同他见面时，就比较亲切，就比较谈得来。

那时，赵世炎尚只是工读互助社社员。巴黎的中国共产党还在酝酿时期。他是以留法勤工俭学学生身份到的巴黎。我第一次会见他时，他已在一个铁工厂里学铁工。他的体魄极强健，中等身材，粗眉大眼，那时，他因为作工原故，一双手又大又有力。据周太玄告诉我说，他是白昼作工，夜里读书，法文的社会主义书籍读得不少，并且读得精细。所以一连三个星期日的晤谈，总不外于政治、经济，尤其谈得多的，就是当时正在受内外夹攻中的苏联情况。我们对苏联情况的真象，知道得并不多，法国报纸除了《人道报》一家外，报道苏联情况，大都是含有恶意的，何况那时法国政府还正派了一员大将帮着波兰的反动政府，在向苏联作战哩！不过，我们几个人却都盲目地、诚心诚意地，全相信苏联的大革命是必会成功，而欧美亚各帝国主义干涉者必要失败。在这种谈话中，赵世炎更表现出他的积极性和坚决精神。

我们离开巴黎，也就离开了赵世炎。到后来，仅只从旁的地方知道他正式参加了在法国的中国共产党，并成为在工运中的一个有力分子。

我于一九二三年暑假后，再出蒙北烈大学转学到巴黎大学时，赵世炎已不在巴黎，从此，不但没有同他会过面，更无由知道他的消息。直至一九二八年，有人从上海回到成都，方才知道赵世炎已于一九二七年，被蒋贼中正的爪牙杨虎、陈群这两个杀人魔鬼，在反共事件中，捕去杀了。同时，这人还告诉我说，他所认识的一个在陈群那里作秘书的女人，很悲哀地告诉他：赵世炎只管拉着黄包车在作工运，但蒋贼的特务却调查得清清楚楚，他是一个重要的共产党员，因此，将他逮去之后，曾用过各种非人所能忍受的毒刑，拷打他、残害他，要他供出共产党在各方面活动和组织全貌。因为他只管五毒备尝，仍然没有一句口供，其结果，只有杀死他的一途。据说，临到扶出上绑时，赵世炎还是坚挺得像铁人一样。这女人说，就连那杀人不眨眼的魔鬼陈群也颇为感动的，亲口告诉那女人："像这样的硬汉子，就在你们四川共产党人中也要算头一个！"

我听见这消息后，一如听见刘愿菴在重庆就义消息一样，好多天不舒服，因而更引起了我对共产党的同情，因而更增强了我对蒋贼中正和他那一伙的仇恨。我很感谢这两位先烈！我敢于说，自我从法国回国以后，我确实因了他两位的无形影响，使我愈益明确坚定了我这二十几年来的行动方向。

三十年来，中国共产党在革命奋斗中，壮烈牺牲的真不少，在这中间，我认识而与我以影响的也多，如恽代英便是其一。假使到后来没有毛泽东主席正确而英明的领导，把以前在摸索过程中许多过左偏右的思想，一一予以纠正的话，老实说，在一九五一年七月一日，使我追念赵世炎以及好几位我所认识的中国共产党先烈，我能有这样的感激和欣慰的浓郁感情吗？有是有的，恐怕不如此之甚罢！

（原载1951年7月1日《川西文艺》二卷一期）

危城追忆

序

据父老之言，再据典籍所载，号称西部大都会的成都，实实从张献忠老爹把它残破毁灭之后，隔了数十年，到有清康熙时代，把它缩小重建以来，虽然二百多年，并不是怎么一个太平年成；光是四川，从白莲教作乱，从王三槐造反，中间还经过声势很大的石达开的西进，蓝大顺、李短褡褡的北上，以迄于余蛮子之扶清灭洋，红灯教之吞符念咒，几何不是一个刀兵世界！然而成都的城墙，却从未染过人血，成都的空气，却从未混入过硝烟药味。这不能不说是它的"八字"生得太好了。

星相家有言：一个人从没有行一辈子红运，过一辈子顺境的，百年之间，总不免有几年的蹭蹬日子。成都城，如其把它人格化了来说，则辛亥年（一九一一年）十月十八日兵变，可以算是它蹭蹬运的开始了。

别的城也有被围攻过，也有在城里巷战过。这大抵是甲乙两队人马，一方面据城而守，一方面拊城以攻。如其攻者占了胜者，而守者犹不甘退让，这便弄到了巷战，但这形势绝不能久，而全个城池终究只落在胜的一方面的手中，这表演法在成都也是有过的，似乎太过于平常了，所以它还孕育出三次特殊的表演，为它城从没有听闻过的。

三次的表演都是这样：甲乙两对人马全塞在城墙以内，各霸住一两道城门，各霸住若干条街道，有时还把城门关了，把全城人民关在城内参观，参听他们厉害的杀法，直到有一方自行退出城去为止。

一、二两次的表演俱在民国六年（一九一七年）。第一次的主要演员是罗佩金与刘存厚；第二次的主要演员是戴戡与刘存厚。两次表演，我都躬逢其盛。那时已经认为如此争城以战，实在蠢极了，战争的得失利钝，哪里只在半座成都的放弃与占领！并且认为人类是聪明的，而我们四川人更聪明，我们四川的军人们更更聪明，聪明人不会干蠢事，至低限度也不会再干蠢事。然而谁知道成都城的蹭蹬运到底还没有走完哩。事隔一十五年，到民国二十一年（一九三二年），而我们更更聪明的人们居然又干了一次蠢事，这便是第三次，这便是我此刻所追忆的，或者是末了的那一次——实在不敢肯定说：就是末了一次，我们更更聪明的人们还多哩！

这第三次的演员，是那时所称的国民革命军第二十四军与国民革命军第二十九军，都是四川土生土长的队伍，事隔四年，许多演员的姓名行号都记不清楚了，虽然又曾躬逢其盛，只恍惚记得两位军长的姓名，一位叫刘文辉，一位叫田颂尧罢？

姓名尚且恍惚，还能说到他们为什么要来如此一次表演的渊源？那自然不能了！何况那是国家大事，将来自有直笔的史家会代写出的。如其是值不得史家劳神的大事，那更用不着去说它了。然而，事隔四年，前尘如梦，我又为什么要追忆呢？这可难说了。只能说，我于今年今月的一天，忽然走上城墙，以望乡景，看见城墙上横了一道土埂，恰有人说，这就是那年二十四军与二十九军火并时的战垒——或者不是的，因为民国二十四年（一九三五年）共产党的队伍距离很近时，成都城墙曾由城工委员会大加整顿过一次，凡以前一般胆大的军爷偷拆了的垛子，即文言所谓雉堞，也一律恢复起来，并建了好些堡垒，则三年前的战垒，如何还能存在？不过大家既如是说，姑且作为是真的，也没有什么了不起的关系——无意之间遂联想起那回争战时，许多极其有趣的小事情，有些是亲身的遭遇，有些是朋友们的遭逢。眼看着今日的景致，回想到当日的情形，真忍不住要大叹一声，"更更聪明的人，原来才是专干蠢事的。"

既发生了这点感慨，而那些有趣的小事情像电影似的，一闪一闪，闪在脑际；幸而亲身经历了三次关着城门打仗的盛事，犹然是好脚好手的一个完人，于是就悠悠然提起笔来，把它们一段一段的写出了。

一九三六年十一月五日

为的公馆

无论什么人来推测这九里三分的成都，实在不会再有对垒的事体了。举凡大炮、机关枪、百克门、手榴弹、迫击炮、步枪、手枪，这一切曾在城内大街小巷，以及在皇城煤山，在北门大桥，在各民居的屋顶，发过威风，吃过人肉的东西，已全般移到威远、荣县一带去了。

"大概不会再有什么冲突了罢？"虽然听见二十九军大队人马，浩浩荡荡从川北一带开来，已经到达四十里之遥的新都；虽然看见二十四军留守在成都南门一只角上的少数队伍，仍然雄赳赳气昂昂在街市上闯来闯去；虽然看见二十四军的留守师长康清，因为要保护他那坐落在西丁字街的第二个公馆，仍然把他的效忠的队伍，分配在青石桥，在烟袋巷，在三桥，在红照壁，在磨子街，重新把街沿石条撬来，砌成二尺来厚，人许高的战垒，做得杀气腾腾的模样。

"康久明这家伙，到底也是中级军官学堂出身的，到底也做到师长，到底也有过战事经验，总不会蠢到想以他这点点子队伍来抵抗大队的二十九军罢？"

"依我们的想法，必不会蠢到如此地步。"

"何况他公馆又不止西丁字街的一院。九龙巷内那么华丽的一大院，尚且不这样保护哩。"

"自然罗！实在无特别保护的必要。我们四川军人就只这点还聪明，内战只管内战，胜负且管有胜负，而彼此的私产，却有个默契，是不准妄动的，因此，大家也才心安理得的关起门来打。"

"何况他的细软早已搬空，眷属也早安顿好了。光为一座空房子，也不犯着叫自己的兵士流血，叫百姓们再受惊恐啦！"

"是极，是极！从各方面想来，康久明总不会比我们还不聪明，这点点留守队伍，一定在二十九军进城之前，便会撤退的，巷战的举动，一定不会再有了！"

大家全在这样着想。所以我也于吃了早饭之后——大约是民国二十一年（一九三二年）十二月下半个月的一天——将近中午，很逍遥的从指挥街的佃居的地方走出，沿磨子街、红照壁、三桥这些阵地，随同一般叫卖小贩，和一般或者是出来闲游的斯文人，越过七八处战垒——只管杀气腾腾，而若干穿着褴褛的兵士只管持着步枪，悬着手榴弹，注意的向战垒外面窥探着，幸而还容许我们这般所谓普通人，从战垒中间来往，也不受什么检查——一直到西御街，居然坐上一辆人力车，潇潇闲闲的被拉到奎星楼一位老先生家来，赴他的宴会。

老先生为什么会选在这一天请客？那我不能代答，或者也事出偶然。只是谈到一点过钟，来客仍只我和珍两个，绝不见第三人来到。

珍有点慨然了："中国人的时间，真是太不值价！每每是约好了十二点钟，到齐总在两点过钟。依照时间这个观念，大家好像从来便没有过！"

于是一篇应时的广国论，不由就在主客三人的口中滚了出来，将竭的语源因又重新汹涌了一会，而谈资便又落到当前的内战上。

"你们赶快躲避！外面军队打门打户的拉人来了！"中年的贤主妇如此惊惶的飞跑上楼来报了这一个凶信。

老先生在二十一年前果然被拉去过，几乎命丧黄泉，当然顶紧张了，跳起来连连问他太太："为啥子事，拉人？……"

"不晓得！不晓得！只听见打门，说是二十四军来拉人，要'开红山'了呀！……我们女人家不要紧，拼着一条命！……你们赶快躲出后门去！……快！……快……"

自然不能再由我们有思索、有讨论的余地了，尾随着惊惶失措的贤主妇，下楼穿室，一直奔出后门，来到比较更为清静的吉祥街上。

我的呢帽和钱包幸而还在手上。

吉祥街清静到听不见一点人声。天空也是静穆的。灰色的云幕有些地方裂出了一些缝，看得见蔚蓝的天色。日光也这样一闪一闪的漏下来看人。长青树也岿然不动的，挺立在街的两畔。自然现象如此，何曾像是要拉人，要"开红山"的光景！

然而老先生还是那么彷徨四顾的道："是一回啥子事？……我们往哪里去呢？"

珍比较镇静，却是也说不出是一回什么事，也不敢主张往哪里去。他也住在奎星楼的，不过在东头，我想他急于回去看看他家情形的成份，怕要多些罢？

我则主张向东头走，且到长顺街去探看一下是个什么样儿。我根本就不信二十四军在这时候会再进城。如其是开了红山，至少也听得见一点男哭女号，或者枪声啦！当今之世的丘八太爷们，断没有手持钢刀，连砍数十百人的蛮气力的。

大家只好迟迟疑疑的向东头走来。十数步之远，一个粗小子，担了担冷水，踏脚摆手的迎面走来。

"小孩子，那头没有啥子事情吗？"老先生急忙的这样问了句。

"没有！军队过了，扎口子的兵都撤了。"

我直觉的就感到定是二十九军进了城，所谓打门打户来拉人者，一定是照规矩的事前清查二十四军之误会也。

老先生和珍也深以我的推测为然，于是放大胆子走到东口。果然整队的二十九军的队伍正从长顺街经过，两畔关了门的铺户，又都把铺门打开，人们仍那样看城隍出驾似的，挤在阶沿上看过队伍的热闹。

我们仍然转到奎星楼街。珍的太太同着她的女儿们也站在大门外，笑嘻嘻述说起初二十九军的前哨，如何打门打户来搜索二十四军的情形。大家谈到老先生太太的那种误会，连老先生也笑了。

老先生还要邀约我们再去他府上，享受厨子已经预备好的盛筵："今天的客，恐怕就只你们两位了！……"

我于他走后，心中忽然一动："二十九军这一进城，必然要乘着胜势，将数年以来，便隐然划归二十四军势力范围之内的南门，加以占领的。如果康久明真个不蠢，真个有如我们所料，那么，是太平无事了。但是，当军人的，每每是天上星宿临凡，他们的心思行动，向不是我们凡人所能料定，你们认定不会如此的，他们却必然如此。这种例子太多了，我安得不跟在军队后面，走回指挥街去看看呢！"

跟着军队，果就走得通吗？没把握！有没有危险？没把握！回去看看，又怎么样？也说不出。只是说走就走，起初还只是试试看。

当我走到长顺街，大概在前面走的军队已是末后的一队。与队伍相距十数步的后面，全是一般大概只为看热闹的群众。他们已经尝够了巷战的滋味，他们已把用性命相搏斗的战事看成了儿戏，他们并不知道以人杀人的事情含有什么重要性！即如我个人，纵然跟随在作战的队伍后面走着，而心里老是那么坦然。

渐渐走到将军衙门的后墙——就是二十四军的军部，此次巷战中占着最重要的地位——忽然听见噼呖啪啦一阵步枪声，从将军衙门里面打起来。街上的人全说："将军衙门夺占了，这放的是威武炮。早晓得今天这样容容易易的就到了手，个多月前，何苦拼着死那么多人，还把百姓们的房子打烂了多少呀！"枪声一响，跟随看热闹的人便散去了一半。在前头走便步的队伍，也开着跑步奔了去。我无意的同着一个大汉子向东一拐，便走进仁厚街。这与奎星楼、吉祥街一样，原是一些小胡同，顶多是街口上有一两家裁缝铺，其余全是住户的。太平时节，将大门打开，不太平时节，将大门关上，行人老是那么稀稀的几个，光是从街面上，你是看不出什么来的，除非街口上有兵把守，叫"不准通过！" 幸而一直走到东城根街，都没有叫"不准通过"的地方，而东城根街亦复同长顺街一样，有许多人来往。我也和以前的轿夫，当前的车走一样了，只要有一"步儿"可省，绝不肯去走那直角形的平坦而宽的马路，一定要打从那弯弯曲曲，又窄又小的八寺巷钻出去，再打从西鹅市巷抄到贡院街来的。

另外一种理由是西南角也有一阵时密时疏的枪声，明明表示着二十四军曾经驻过大军的西校场，曾经训练过下级干部的什么地方，已被二十九军占去。说不定和残余的二十四军正在起冲突。战地上当然走不通，即接近战地如陕西街、汪家拐等街口，自然也走不通，并且也危险，冷炮子是没有眼睛的。

贡院街上，人已不多。一般卖牛肉的回教徒——要不是他们自己声明出来，你是绝对认识不出的。顶可惜是他们的洁癖，已经损失了，我们每每打从他们那里走过时，总不免要把鼻子捏着——都挤坐在铺门里面，探头探脑的在窥看。朝南走下去，便是三桥，也就是我来时的路。应该如此走的。但是才走到东西两条街交口处，业已看见当中那道宽桥上，已临时堆砌起了一道土垒，有半人高，好多兵士都跪伏在土垒后面，执着枪，瞄准似的在放，只是不很密，偶尔的一两枪。

我这时可就作难了。回头吗，业已走到此地，再前，只短短两条街，便到我们家了。但三桥不能走，余下可走的路，却又不晓得情形如何。

同行的大汉子是回文庙前街的，此时在街口上徘徊的，也只我们二个。彼此一商量，走罢！且把东御街走完，又看如何！

东御街也算一条大街，是成都卖铜器的集中的地方。此刻比贡院街还为寂寞无人，各家铺子全紧紧的关着，半扇门也没有打开的。前后一望，沿着右边檐阶走的，仅仅我们两个外表很是消闲的人。

我们正不约而同的放开脚步，小跑似的向东头走着时，忽然迎面来了一大队兵。虽然前面的旗子是卷着看不出是何军何队，然而可以相信是二十九军。不然，他们一定不会整着队伍，安安闲闲的前进了。我们也不约而同的把脚步放缓下来，免得引起他们的疑心。

然而这一营人——足有一营，说不定还不止此数哩——走过时，到底很有些兵，诧异的把我们看了几眼。而队伍中间，又确乎背篼了好几个穿长衣穿短衣的所谓普通人，这一定是嫌疑犯了。

在这种机会中，要博得一个嫌疑犯的头衔，那是太容易的事，比如我们这两个就很像。而何以独免呢？除了说运气外，我想，我那顶呢帽顶有关系了。它将我那不好看的头发一掩，再配上马褂，公然是一个绅士模样打扮，而那位大汉子的气派也好，所以才免去领队几位官长的猜疑，只随便瞧了我们一眼就过去了，弟兄伙自然不好动手。

但是东御街一走完，朝南一拐的盐市口和西东大街口，仍然是人来人往的，虽则铺子还是关着，也和少城的长顺街一样。

我们越发胆壮了，因为朝南一过锦江桥，来到粪草湖街，人越发多了，并且都朝着南头在走。

哈，糟糕！刚刚到得南头，便被阻住了。

粪草湖再南，便是烟袋巷。康清的兵士所筑的临时战垒，就在烟袋巷的南口。据群聚在粪草湖南头的一般人说，二十九军的大队刚才开过去。

不错，在烟袋巷斜斜弯着的地方，还看得见后卫的兵士，持着枪，前后顾盼着，并一面向正畔的群众挥着手喊道："不准过来！……前面正在作战！"

这不必要他通知，只听那猛然而起的繁密的枪声，自然晓得康清的兵士果真没有撤退，他们果真不惜牺牲来抵抗加十倍的二十九军，以保护他们师长的一院空落落的公馆。

正在作战，自然走不通了，然而聚集在这一畔的观众们——尤其是一般兴高采烈的小孩们——却喧噪着，很想跑过去亲眼看看打仗到底是一个什么情形。他们已被二十年的内战训练成一种好斗的天性了！

大约有十多分钟，枪声还零零落落的在震响时，人们的情绪忽的紧张起来，一齐喊道："打伤了一个！……"

沿着烟袋巷西边檐阶上，急急忙忙走来一个旗下老妇人，右手挽了只竹篮，左手举着，似乎手腕已经打断，血水把那软垂着的手掌和五指全染得像一个生剥的老鼠，鲜血点点滴滴的朝下淌。

她一路哼着："痛死了！……痛死了！"人们全围绕着她，说不出话来。

恰巧一辆人力车从轮藏街拉来，我遂说道："你赶快坐车到平安桥法国医院去！"

我代她付了一千文的车钱，几个热心观众便扶她上车。我们只能做到这步。她的生与死，只好让她的命运去安排了。这是保护公馆之战的第一个不值价的牺牲者！

枪声更稀了，但烟袋巷转弯地方的后卫，犹然阻着人们不许过去。大汉子便说："文庙前街一定通不过的，我转去了。"

我哩，却不。指挥街恰在烟袋巷之南，算来只隔短短一条街了，而且很相信康清的兵士一定抵挡不住，二十九军一定要追到南门，则烟袋巷与指挥街之间，决无把守之必要。我于是遂决定再等半点钟。

果然不到一刻钟，前面的后卫兵士忽然挺着枪走了。

既然没有人阻挡，于是有三十人便大摇大摆的直向烟袋巷走去。我自然是其中的一个，而且是领头的。

把那斜弯地方一走过，就对直着见前头情形：临时战垒已拆毁了一半，兵是很多的，一辆大汽车正由若干兵士推着，从西丁字街向磨子街走去。

三个背着枪的兵正迎面从街心走来，一路喧哗着谈论他们适才的胜利。中间一个兵的手上，格外提了一支步枪，一袋子弹，不消说，是他们的战利品了。

我第一个先走到战垒前，也第一个先看见一具死尸，倒栽在战垒后面。我虽然身经了三次巷战，听过无数的枪炮声，而在二十年中，看见战死的尸身，这总算第一次。但是，我一点不动感情，觉得这也是寻常的死。我极力寻找我的不忍，和应该有的惊惧，然而不知在什么时候失落了。

我急忙走过街口，唉，公然回到了指挥街！街口上又是三具死尸，有一个是仆着的，一只穿草鞋的脚挂在阶沿石上，似乎还在掣动，他的生命，还不曾全停呵！

一间极小的铺子前，又倒栽着一个死兵，血流了一地，那个相熟的老板娘，正大怒的挺立在阶沿上，一面挽她的发髻，一面冲着死兵大骂，说那死兵由战垒上逃下来，拼命打她的铺门，把门打烂，刚躲进去，到底着追兵赶到，拉出铺门便打死了。

她骂得淋漓尽致，自然少不了每句都要带一些与性关连的"国骂"。于是过往的兵，和刚从铺门内走出的人们，全笑了，笑她，自然也笑那死兵。

为保护一个空落落的公馆，据我们目睹的，打伤了一个平民，打死了十个兵——一个在烟袋巷口，三个在指挥街，三个在磨子街，一个在西丁字街，两个在红照壁，全是二十四军的兵，只一个尚拖有发辫的，是他们新拉去充数的——而公馆终于没有保护住。然而也只不值钱的东西，和一部破汽车损失了，公馆到底还是他的。我实在不能批评这种举动对不对，我只叹息我们的智慧太低了，简直没把握去测度别人的心意！

战地在屋顶上

住在少城小通巷的曾先生，据说，做梦也没有想到他的房子会划为前线，而且是机关枪阵地。

栅子街、娘娘庙街，以及西头的城墙，东头的城根街，中间的长顺街，已经知道都是战区。稍为胆小和谨慎的人们，在战事爆发的前两三天，都已搬走了，搬往北城东城，甚至城外去了。而曾先生哩，除了相信死生有命，并感觉既是几万人全塞在九里三分的城里在拼死活，而彼此还用的是较新式的武器；手榴弹啦，没准头的迫击炮啦，则其它街道，也未必安静，何况可以藏身的亲戚朋友的地方，难免不已被更切近的人早挤得水泄不通，自己一家四口再挤将前去，不是更与人以不便了？

曾先生平生学问，是讲究的"近人情"，加以栅子街、长顺街等处，确是已经不准通行，而长顺街竟已挖了三道战壕，砌了三道战垒了。

他感叹了一声道："龟儿子东西！你们打仗还打仗，也等我多买两斗米，放在家里！"这在他，已是过分要求的说法。

然而他犹然本着民国六年（一九一七年）两次城里打仗的经验，只以为把大门关好，找一个僻静点的房间，将被褥等铺在地上，枪炮声一响，便静静的躺下去，等子弹消耗到差不多了，两方都待休息时，再起来走走，把筋脉活动活动，并且估量自己的房子，似乎正在弹道之下，"无情的炮弹，或者不会在天空经过时，忽然踩虚了脚，落将下来罢？"

所以他同着他的那位有病的太太，和一个十二岁的女儿，一个七八岁的男孩，在堂屋里吃着午饭时，还只焦虑没有把米买够。"左近又没有很熟的人家，万一米吃完了，仗还没有打完，这却怎么办呢？向哪里去通融呢？"

就这时候，他的后院里猛然有了许多人声。"这里就对！把机关枪拿来！"

还不等他听明白，接连就听见房顶上瓦片被踏碎的声音，响得很是利害，而破碎的瓦片，恰也似雨点一样，直向头上打来。

成都——也可以说四川大部分的地方——是历来没有大风大雪的，每年只阴历二月半间有一阵候风，顶多三天，并不利害。所以成都的房子，大抵都不很矮，而屋顶也不大考校。除非是百年前的建筑，主人们还有那长治久安的心情，把个屋顶弄得结实些，厚厚的瓦桷之下，钉着木板，而又重又大的瓦片，几乎是立着堆在上面，预备百年之内，子孙三世，都无须乎叫泥水匠人来检漏。但这种建筑，已是过去了，只有民国时代，一般较笨较老实的教会中的洋鬼子，他们修起教堂、医院和学校来，才那样不惜工本的，把我们不屑于再要的老方法采了去，而且还变本加厉,摹仿到北京的宫殿方式:檐角高翘,筒瓦隆起。我们近代的成都人,才不这样蠢!我们知道世乱荒荒,人寿几何,我们来不及百年大计,我们只需要马马虎虎的享受,我们有经济的打算,会以少数的金钱做出一件象样的东西。所以自从光绪末年以来,我们大多数的房子,都只安排着二十年的寿命,主要柱头有品碗粗,已觉得不免奢侈,而屋顶那能再重?所以合法的屋顶,只是在稀得不可再稀的瓦檐上,薄薄铺上一层近代化的瓦片。好在没有大风,不致把它揭走,也没有大雷,不致把它压碎,讨厌的是猫儿脚步走重了,总不免要时常招呼泥水匠人来检漏。

曾先生只管是自己造的房子,他之为人只管不完全近代化,不过既有了"吾从众"的圣人脾气,又扼于金钱的不够,自然学不起洋鬼子,他那屋顶,到底也只能盖到那么厚。

其实哩,屋顶再厚,而它的功能,到底只在于遮避风雨太阳,而断乎不是坚实的土地,一旦跑上二十来个只知暴殄天物的兵士,还安上一挺重机关枪,以及子弹匣子,以及别的武器等,这终于会把它弄一个稀烂的。

机关枪阵地摆在屋顶上,陆军变成了空军,我们的曾先生,那时真没有话说,全家四口只好惨默的躲在房间里。

三间屋顶虽然全被踏坏,但战事还没有动手。阵地上的战士,到底是一脉相传的黄帝子孙,或者也是孔教徒罢?有一个战士因才从瓦桷中间,向阵地下的主人说道:"老板,你这房间不是安全地方,一打起来,是很危险的,你得另外找个地方。"

刚才是那么声势汹汹到连话都不准说,小孩子骇得要哭了,还那么"不准做声气!老子要枪毙你的!"现在忽然听见了这片仁慈的关照的言语,我们曾先生才觉得有了一线生的希望了。连忙和悦以极的,就请义士指点迷途,因为他高瞻远瞩,比较明瞭些。

"我看你那灶屋子挂在角上，又有土墙挡着，那里倒安全得多。"

我们的曾先生敢不疾疾如律令的，立刻就挟着棉被枕头毯子等等，搬到那又窄又小，而又不很干净的灶屋子里去？却是也得亏他这样做了，在半小时后，那凶猛的战争一开始，阵地上重机关枪哒哒哒一工作，对方——自然也是在隔不许远的人家屋顶上。这大概是新发明的巷战方法罢？想来确也有理，要是只在几条大街小巷的平地上冲锋陷阵，一则太呆板了，再则子弹的消耗量也不大够，对于战地平民又太不发生利害关系了，如其有一方不是土生土长的队伍，比如民国六年（一九一七年）的滇军、黔军，他们之于成都，既无亲戚朋友，又没有地产房屋、园亭住宅，自然尽可不必爱惜，放上一把烈火，把战场烧出来——便也在看不见的，被竹木屋顶隐蔽着的地方，加量的还敬了些子弹过来，自然，在这样的射击之下，真正得照一个美国专家所言，要消耗一吨的子弹，才能打死一个人。所以，如此打了一整夜。阵地上的战士们是没有滴一点血，但是，如其曾先生一家四口不躲开的话，却够他惊恐了，他房间里的东西，确乎被打碎了不少。

前几天的战争果是异常激烈，不论昼夜，步枪、机关枪、迫击炮老是那么不断的打过去，打过来。夜里，两方冲锋时，还要加上一片几乎不像人声的呐喊。

曾先生的房子是前线，是机关枪阵地，所以他伏在灶下，只听见他书房里不时总要发出一些东西被打破的清脆声，倒是阵地上，似乎还不大有子弹去照顾。

几天激烈的战争过去了，白天已不大听见密放，似乎相处久了的原故罢？阵地上的战士，在休息时，也公然肯"下顾"老板，说几句不相干的话，报告点两方已有停战议和，"仍为兄弟如初"的消息。这可使我们的曾先生大舒一口气了罢？然而不然，我们的曾先生的眉头反而更皱紧了。

什么原故呢？这很容易明白，曾先生在前所焦虑的事情证实了，"不曾多买两斗米放在家里，等他们打仗，现在颗粒俱无了！"

　　这怎么办呢？不吃饭如何得行？参听战争的事情诚然甚大，然而枵腹终难成功呀！于是曾先生思之思之，不得不毅然决然，挺身走出灶屋子，"仰告"阵地上战士们：他要带着老婆儿女，趁这不"响"的时节，要逃出去而兼求食了。

　　说来你们或者不信，阵地上舍死忘生的战士们会这样的奉劝曾先生："老板，我们倒劝你不要冒险啦！小通巷走得通，栅子街走不通，栅子街走得通，长顺街也一定走不通的，都是战地，除了我们弟兄伙，普通人无论如何是不准通过的，怕你们是侦探。……没饭吃不打紧的，我们这里送得有多，你们斯文人，还搭两个小娃儿，算啥子，在我们这里舀些去就完啦！"

　　如其不在这个非常时节，以我们谦逊为怀，而又不苟取的曾先生，他是绝不接受这样的恩惠。他后来向我说，那时，他真一点也没有想到为什么使他至于如此境地的原因，只是对于那几个把他好好的房子弄成一种半毁模样的"推食以食之"的兵，发出了一种充分的谢忱。他认为人性到底是善的，但是一定要使你的良好环境，被破坏到不及他，而能感受他的恩惠时，这善才表露得出。

　　又经过了几天，又经过了两三次凶猛的冲锋，战地上的兵士虽更换了几次，据说，一般的兵士，对于我们的曾先生，仍那样的关切。而曾先生便也在这感激之忱的情况下。以极少的腌菜，下着那冷硬粗糙的"战饭"，一直到二十九军实在支持不住，被迫退出成都为止。

　　战事停止那天清晨，一般战士快快乐乐从战地上把重机关枪，以及其它种种，搬运下房子来时，都高声喊着曾先生道："老板，把你打扰了，请你出来检点你的东西好了。我们走了后，难免没有烂人进来趁浑水捞鱼，你把大门关好啦！"

格外一个中年的兵士更走进曾先生的身边，悄悄告诉他道："老板，你这回运气真好，得亏你胆子大，老守在家里，没有逃走，不然，你的东西早已跟着别人跑光了。你记着，以后再有这种事，还是不要跑的好。军队中有几个是好人？只要没有主人家，就是一床烂棉絮，也不是你的了。"

这一番真诚的吐露，自然更使曾先生感激到几乎下泪，眼见他们走了，三间上房的瓦片尚残存在瓦桷上的，不到原有的二十分之一，而书房以及其它地方，被子弹打毁的更其数不清。令他稍感安慰的，幸而打了这么几天，一直没有看见一滴血。

抓 兵

军事专家很庄严的张牙舞爪说道："你们晓得不？战事一开始，不但要消耗大量的子弹，还要消耗相当的战士。所以在作战之初，就得把后备兵、续备兵下令召集，以便前线的战士死伤一批，跟即补充一批。"

军事家又把眼睛几眨，用着一种在讲台上的口吻说道："你们晓得不？世界文明各国，即如日本，都是行的征兵制，全国人民皆有当兵的义务。故在外国，你们晓得不？战士的补充，在乎召集，有当兵义务的，一奉到召集令，就自行赶到营房去。我们中国，……你们晓得不？以前也是行的征兵制，故所以有三丁抽一，五丁抽二的说法。从明朝以来，才改行了募兵制，募兵就是招兵，当兵的不是义务，而是一种职业。这于是乎，一打起仗来，战士的补充，便只好插起旗子来招募了。"

军事专家末了才答复到所询问的话道："所以在这次剧烈战争后，兵士死伤得不少，要补充，照规矩是该像往常一样，在四城门插起旗子来招募的。不过，你们晓得不？近几年来，当兵忒没有一点好处了，自从杨惠公发明饥兵主义以来，各军对于兵士，虽不像惠公那样认真到全般素食，和两稀一干，……你们晓得不？惠公的兵士，自入伍到打仗，是没有吃过一周肉的，而且一早一晚是稀饭，只晌午一顿是干饭。然而饷银到底七折八扣的拿不够，并且半年八个月的拖欠。至于操练，近来又很认真，虽说军纪都不大好，兵士的行动大可自由，你们晓得不？这也只是老兵的权利，才入伍的新兵，那是连营门都不准出的，一放出来，就怕他开小差。本来，又苦又拿不到钱的事，谁肯尽干哩，不得已，只好开小差了。已入伍的尚想开小差，再招兵，谁还肯去应招呢？所以，在此次战事开始以前，招兵已不是容易的事，许多人宁肯讨口叫化，乃至饿死，也不愿去当兵。而军队调动时，顶当心的，就是防备兵士在路上开小差。在如此情况之下，要望招兵来补充缺额，当然无望。故所以在几年之前……大概也是惠公发明的罢？不然，也是顶聪明的人发明的。……就发明了拉人去当兵的良好办法。……着呀！不错！诚如阁下所言，古已有之。是极，是极，杜工部的《兵车行》、《石壕吏》，白居易的《新丰折臂翁》……不过，你们晓得不？以前拉人当兵，只在拉人当兵，故所以拉还有个范围：身强体壮的，下苦力的，在街上闲逛而无职业的，衣履不周的。后来日久弊生，拉人并不在乎当兵，而只在取财，于是乎才有了你阁下所遇见的那些事……"

我阁下所遇见的，自然是一些拉兵的事了，各位姑且听我道来：

当二十九军几场恶战之后，感觉自己力量实在不如二十四军之强而大，而二十一军又不能在东道的战场上急切得手，于是只好退走，只好借着二十八军友谊掩护的力量，安全的向北道退走。这于是九里三分的成都，除了少数的中立的二十八军占了少数的势力外，全般的势力都归到二十四军的手上。

罢战之初，城内只管还是那么不大有秩序的样子，战胜的军士只管更其骄傲得像大鸡公样，横着枪杆在街上直撞，把一对犹然凶猛得像老虎的眼睛撑在额脑上看人。但是战壕毕竟让市民填平，战垒也毕竟让市民拆去，许多不准人走的战街，现在都复了原，准人随便走了。

人，到底是动物之一，你强勉的把他的行动限制几天之后，一旦得了自由，他自然是要尽其力量，满街的蠕动。有非蠕动而不能谋生的，即不为谋生，只要他不是鲁宾孙，他终于要去看看有关系的亲戚朋友，一以慰问别人，一以表示自己也是存在，搭着也得本能的把那几天受限制的渊源，尽量批评一番。

那时，我阁下也是急于蠕动之一人。并因为这次战事中心之一在乎少城，而亲戚朋友在少城居住的又多，于是，在那天中午过后，我就往少城去了。

一连走了几家，畅所欲议的议论之后，到应该吃午饭之时——成都住家都习惯了一天只吃两顿饭，头一顿叫早饭，在上午八点前后吃，第二顿叫午饭，在下午三点前后吃，是中等人家，在中午和晚间得吃一点面点，不在家里作，只在街上小吃食铺去端——是在槐树街一家老亲处吃的。因为在战乱之后，彼此相庆无恙，不能不例外的喝点酒，既喝酒，又不能不例外的叫伙房弄点菜。

但是，到伙房打从长顺街买菜回来之后，这顿酒真就喝得有点不乐了。

伙房一进门就嚣嚣然的说道："二十四军又在拉伕了！不管你啥子人，见了就拉！长顺街拉得路断人稀，许多铺子都关了门！"

我连忙问："人力车不是已没有了？"

"哪里还有车子的影子！拉伕是首先就拉车子，随后才拉打空手的，今天拉得凶，连买菜的，连铺家户的徒弟都拉！"

亲戚之一道："一定是东道战事紧急，二十四军要开拔赴援，所以才这样凶的拉伕。"

我心里已经有点着慌，拉伕的印象，对于我一直是很恶的，我至今犹然记得清清楚楚，在民国五年（一九一六年）之春末夏初，陈二庵带来四川的北洋兵，因为被四川陆军第一师师长（任四川威武将军周骏）从东道逼来，不能不向北道逃走时，来不及雇伕，便在四川开始了拉伕运动，一天的傍晚，我正从总府街的《群报》社走回指挥街，正走到东大街，忽然看见四五个身长体壮的北洋大汉，背着枪，拿着几条绳子，凶猛的横在街当中拉人。在我前头走的一个，着拉了，在我后头走的三个，也着拉了，独于我在中间漏了网。我还敢逗留吗？连忙走了几十步，估量平安了，再回头一看，绳子上已拴入一长串的人。有一个穿长衫马褂的不服拉，正奋然向着两个兵在争吵："我是读书人，我还是前清的秀才哩！你拉我去做啥？""莫吵，莫吵，抬一下轿子，你秀才还是在的！"他犹然不肯伸手就缚，一个兵便生了气，掉过枪来，没头没脑的就是几枪托，秀才头破血流而终于就缚了事，而我则一连出了好几身冷汗，一夜睡不安稳。并且到第三天，风声更紧，周骏的先锋王陵基，已带着大兵杀到龙泉山顶，北洋大队已开始分道退走。我和一位亲戚到街上去看情形，东大街的铺子全关了，一队队的北洋兵，很凌乱的押着许多挑子轿子塞满街的在走。我很清楚的看见一乘小轿，轿帘全无，内中坐了一个面色惊惶，蓬头乱发，穿得很是寻常的少妇。坐凳上铺了一床红哔叽面子的厚棉被，身子两旁很放了些东西，轿子后面还绑了一口小黑皮箱。轿子的分量很不轻，而抬后头的一个，倒像是出卖气力的行家，抬前头的一个，却是个二十来岁，穿了件长夹衫的少年，腰间拴了根粗麻绳，把前面衣襟掖起，下面更是白布袜子青缎鞋。这一定是什么商店的先生，准斯文一流的人，所以抬得那么吃力，走得那么吃力，脸上红得像要出血，一头大汗。我估量他一定抬不到北门城门洞便要累倒的。我连忙车转了身，又是几身冷汗。

北洋兵自创了这种行动，于是以后但凡军队开拔，伕子费是上了连长腰包，而需用的伕子便满街拉，随处拉。不过还有点不见明文的限制，就是穿长衫的斯文人不拉，坐轿坐车的不拉，肩挑负贩的不拉，坐立在商店中的不拉，学生不拉。而且拉将去也真的是当伕子，有饭吃，到了地头。还一定放了，让你自行设法回家。

不过，就这样，我一听见拉伕，心里老是作恶了。

亲戚之二还慨然的说："光是拉伕，也还在理，顶可恶的，是那般坏蛋，那般兵溜子，借此生财。明明伕子已满了额，他们还遍街拉人，并且专门拉一般衣履周正，并不是下力的苦人。精灵的，赶快塞点钱，几角块把钱都行，他便放了你。如其身上没钱，……拉进营房，就只好托人走路子，向排长向军士进财赎人，那花费就大了。我们吴家那老姻长，在前着拉去后，托的人一直赶到资阳，花了百多块钱才把人取回来，可是已拖够了！虽没有抬，没有挑，只是轻脚轻手跟着走，但是教书的人，又是老鸦片烟瘾，身上又没有钱，你们想……"

亲戚之三是女性，便插嘴道："这哪里是拉伕，简直是棒客拉肥猪了！"

我心里更其有点不自在了，我说："成都街上拉伕的次数虽多，我却只在头一回碰见过一次，幸而，或是太矮小了点，那时没有发体，简直像个小娃儿，没有被北洋大汉照上眼，免了。但是，川军的脾气，我是晓得的，何况又是生发之道。车子已没有了，就这样走回去，十来条街，二里多的路程，真太危险了！"

大家便留我尽量喝酒，说是"不必走了就在此地宿了罢"。但是问题来了，没有多余的棉被，而我又有择床的毛病，总觉得若是能够回去，蜷在自己习惯的被窝中，到底舒服些。

因此之故，酒实在喝得不高兴，菜也吃得没味儿。快要五点了，派出去看情形的人回来说，长顺街已没有拉伕，有了行人，只听说将军衙门二十四军军部门外还在拉，可是也择人，并不是见一个拉一个。

我跳了起来:"那就好了,我只不走将军衙门那条路就可以了。"

亲戚之二说:"我送你走一段罢。"

于是我们就出了大门,整整把槐树街走完,胡同中自然清净无事,根本就少有人来往。再整整把东门街走完,原本也是胡同,全是住家的,自然也清净无事。又向南走了段东城根街,果然有几个行人——若在平时,这是通衢,到黄昏时,多热闹呀!——果然都安闲无事的样子。

亲戚之二遂道:"看光景像是已经拉过,不再拉了。那我们改日再会罢。"在多子巷的街口上,我们分了手。

但是,我刚由东城根街向东转拐,走入金家坝才二三十步时,忽见街的两畔和中间站了七八个背有枪的二十四军的兵。样子一定是拉伕的了,才那么捕鼠的猫儿样,很不驯善的看起人来。

我骇然了,赶快车转身走吗?那不行,川军的脾气我晓得的,如其你一示弱,恭喜发财,他就无心拉你,也要开玩笑的骇你一跳,我登时便本能的装得很是从容,而且很是气概,特别把胸脯挺了出来,脸上摆着一种"你敢惹我"的样子,还故意把脚步放缓,打从街心,打从他们的空隙间,走去。几个兵全把我看着,我也拿眼睛把他的一一的抹过。

如此,公然平安无事的走了过去。刚转过弯,到八寺巷口,我就几乎开着跑步了。

路上行人更少,天也更黄昏了。走到西鹅市巷的中段,已看见贡院街灯火齐明。心想,这里距离驻兵的地方更远了些,当然不再有拉伕的危险事情了,然而天地间事,真有不可意测者,当我一走到贡院街,拉伕的好戏才正演得热闹哩。

铺子开的有过半数,除了两家杂货铺和几家小吃食铺外,其余是回教徒的卖牛肉的铺子。二三十个穿着褴褛灰布军装的兵,生气虎虎的,正横梗在街上,见行人就拉。有两个头上包着白布帕,穿着也还整齐的乡下人，刚由弯弯栅子街口走出来，恰就被一个身材矮小的兵抓住了。

"先生，我们有事情的人，要赶着出城。"

"放屁！跟老子走！又不要你们出气力，跟老子们一样，好耍得很！"

"先生，你做点好事，我们是有儿有女，……"

背上已是很沉重的几枪托，又上来一个年纪还不到十七岁的小兵，各把一个乡下人的一只粗手臂抓住，虎骇着，努出全身气力，把两个乡下人直向黑魆魆的皇城那方推攘了去。

情形太不好了，过路的行人，几乎一个不能免。可是被抓的人也大抵不很驯善，拥着抓人的，不是软求，就是硬争，争吵的声音很是强烈。

我在黑暗的西鹅市巷街口已经停立了有两分多钟，到这时节，觉得这个险实在不能不去冒了，便趁着混乱，直向西边人行道上急急走去——这时，却不能挺起胸脯，从容缓步，打从街心走了，我自己也没有想到会有如此的急智！

刚刚走了七八家铺面，忽然一个穿长衫的行人，从我跟前横着一跳，便跳进一家灯火正盛的杂货铺。我才要下细看时，两个兵已提着敞亮的大砍刀，吆喝一声："你杂种跑！……跑……跑得脱！……没王法了！"也从我跟前掠过，一直扑进杂货铺去。一下，就听见男的女的人声鼎沸起来。

我还敢留连吗？自然不能了！溜着两眼，连连的走，可是又不能拔步飞跑，生怕惹起丘八们的注意。

靠东一家牛肉铺里，正有两个老太婆在买牛肉，态度很是消闲，看着街上抓人的事情，大有"黄鹤楼上看翻船"的样子。那个提刀割肉的年轻小伙子，嘻着一张大嘴，也正自高兴地绝不会像那些被抓的懦虫时，忽的三个未曾抓着人的兵——两个提着枪，一个提了把也是敞亮的大砍刀——呐喊一声，从两个老太婆身边直窜过去，一把就将那个小伙子抓住了。

"呃！咋个乱拉起人来了！我们是做生意的人啦！……"

吵的言语，听不清楚，只听见"你还敢犟吗？……打死你！"

那提敞刀的便翻过刀背，直向那个小伙子的腿肚上敲了去。

在这样狂澜中，我不知道是怎么样的竟自走过三桥，而来到平安地带。

一路上，许多自恃没有被拉资格的老人们，纷纷的站在街边议论："越来越不成话！以前还只拉人当伕子，出够气力，别人还好回来，如今竟自拉人去当兵，跟他们打仗。并且不择人，不管你是啥子人，都拉。跑了，还诬枉你开小差，动辄处死，有点家当的，更要弄得你倾家破产，这是啥子世道呀！……"

因此，我才恍然于我这一天之所遇的是一回什么事，而到次日，才特为去请教一位军事专家。

军事专家末了推测我何以会几度漏网，没有被抓去的原故，是得亏我那件臃肿的老羊皮袍。

开火前的一瞥

你也不肯让出城去，我也不肯让出城去，你也在你们区域里布置，我也在我的区域内布置，不必再到有关系的地方拿耳朵打听，光看墙壁上新贴出的"我们要以公理来打倒好战成性的×××！""我们是酷好和平的军队，但我们要铲除和平的障碍"的标语，也就心里雪亮：和平是死僵了！战神的大翅已展开了！不可避免的巷战真个不可避免了！

战氛恶得很，只是尚没有开火。避湿就躁的蚂蚁，尚能在湿度增高时，赶紧搬家，何况乎万物之灵的人类？于是在火线中的一些可能搬走的人家，稍为胆小的，早已背包大裹，搬往比较平安的地方，而我的寒舍中，也惠顾来了一位外省熟人，在我方丈大的书斋里，安下了一张行军床。

我本着民国六年（一九一七年）两次巷战的经验，知道这仗火不打则已，一打至少得打十天才得罢休，于是便赶快把油盐柴米酱醋茶等生活之资，全准备了，足够半月之需。跟着又把酒菜等一检点，也还勉强够。诸事齐备，只等开火，然而过了一天又一天，还没有听见枪响，"和平果然还没有绝望吗？"这倒出人意外了。

既是一时还打不起来，那又何必老呆在屋子里？那熟人说他还有些要紧的东西，留在长发街口的长顺街寓所中，何不去取了来。好的，我便同着他从三桥，从西御街，从东城根街走了去，一路上的人熙来攘往，何尝像要打仗的样子？只是大点的铺子关了，行人都不大有那种安步当车的从容雅度，就是我们，也不知不觉的走得飞快。

东城根街是很长的，刚走了一小段，形势便不同了：首先是行人渐稀，其次是灰色人物多了起来，走到东胜街口，正有一些兵督着好些泥工在挖街，把三合土筑成的街，横着挖了一条沟，我心下恍然，这就是战壕。因为还有人从泥土中踏着在来往，我们便也不停步的走，走到仁厚街口，已见用檐阶石条砌就了一道及肩的短墙，可是没有兵把守，仍有人从上面在翻爬，我们自然也照样做了。再过去几丈，又一道墙，左右两方站了几个兵，样子还不甚凶狠。我们走到墙跟前一望，前面迥然不同了，三丈之外，又是一道宽而深的战壕，壕的那方，一排等距离的挺立了八个雄赳赳的兵，而向着前方，站着稍息的姿势，枪也随便顿在腿边。不过一望廓然，漫漫一条长街上，没有一个人影，只这一点儿，就显得严肃已极。

我找着一个稍有年纪的兵，和颜悦色问道："前面自然去不了，要是打从刀子巷穿出去，由长顺街上，走得通不？"

"你们要往哪里去？"

"长发街去"。

"不行了，我们这面就准你通过，二十九军那面未必准你过去。"

"这样看来，这仗火快打了罢？"

他还是那样笑嘻嘻，若无其事的样子，回答道："那咋晓得呢？"

我们遂赶快掉身，仍旧翻爬过一道短墙，踏越过一道深沟。我不想就回去，还打算多走几处。于是便趴金家坝转出去，走过八寺巷，走过板桥街，走过皮房前街，走过旧皇城的大门，来到东华门街口时，看见街口上站了许多兵，袖章上大大写着：28A（二十八军），我们知道走入中立地带了。

中立地带上，本就甚为热闹的提督东西两街，虽然铺子依然大开着在，可是一般做生意的人，总没有往常来得镇静，走路的也很匆匆。然而我们走到太平街口，还在雇人力车，要坐往北门东通顺街去，看一看珍和芬他们由奎星楼躲避去后，到底是个什么情境。一乘人力车本已答应去了，我已坐在车上，另喊一部迎面而来的空车时，那车夫睁着两眼道：

"你们还想过北门么？走不通了！我刚才拉了一个客，绕了多少口子，都筑起了堆子，车子拉不过，打空手的人还不准过哩！"

"呃！今天不对，怕要打起来了，我们回去的好。"我跳下车子，向那熟人说。

于是，赶快朝东走，本打算出街口向南，朝中暑袜街一直南下的，但是暑袜街北头中国银行门前，已经用旧城砖砌起一道人多高的战垒，将街拦断了。并且砌有枪眼的地方，都伸一根枪管在外面。然则，不能过去了吗？并不见一个人来往，但我们总得试一试。

在我们离战垒三丈远时，那后面早已一声吆喝："不准过！"

这一下，稍为使我有点着急，于是旋转脚跟，仍旧向东，朝总府街走去。铺面有在关闭的了，行人更是匆匆，大概都和我们一样，已经被阻过一次，尽想朝家里跑了。

我们本来走得已很快了，这时更是加速度起来。今天的天气又好，虽然灰白色的云幕未曾完全揭开，但太阳影子却时时从那有裂缝之处，力射下来，把一件灰鼠皮袍烘得很暖，暖到使我额上背上全出了汗。

与总府街成丁字形的新街，也是通南门去的一条大街，和在西的暑袜街，在东的春熙路，恰恰成为一个川字形式。这里，也砌起了一道拦断街的高大战垒，但是在角落处开了一个一个缺口，还准人在来往。我们自然直奔过去，可是不行，一个兵站在缺口上，在验通行证，没有的，必须细细盘问，认为可以过去，便放过去。但是以何为标准呢？恐防连他也不知道，他只是凭着他的高兴而已。

我们全没有什么凭据，只那熟人身上带了一枚属于二十四军的一个什么机关的出入证。他把那珐琅的胡桃大的证伸向那兵道："我是×××的职员，过得去么？"

"过去，过去，赶快！"

"这是我的朋友，我们是一道的。"

"不行，只准你一个人过去！"跟着他又检查别几个行人去了，有准过，有不准过，全凭着他的高兴。

那熟人懒得再说，回身就走。我们仍沿着总府街再向东去，街上行人，便少有不在开着小跑的了。一到宽大的春熙路北段，行人就分成了三大组，一组向北，朝商业场跑了；一组仍然向东，朝总府街东头跑了；我们一组向南朝春熙路跑的，大概有四十几个人，老少男女俱全，而只有我们两个强壮的中年人跑得快些，差不多抢在前半截里去了。

春熙路是民国十四年（一九二五年）才由前臬台衙门改建的，南接繁盛的中东大街，北与商业场相对，算是成都顶洋盘、顶新、顶宽的街道。因为宽，所以一般兵士临时寻找街沿石条来砌的战垒，才砌了一半的工程。足有两排人的光景，还在纷纷的在往来抬石头，而大家都是喜笑颜开的，好像并未思想到在不久的时候，这就是要他们只为一个人的虚骄，而拼命，而流血的地方罢？他们还那样高兴，还那样的努力呀！

前面已经有好些人，从那才砌起的有二尺来高的战垒跨了过去，我们自不敢怠慢。大概还有些比较斯文的男士和小脚太太们走得太慢的原故罢，我们已走了老远了，听见一个像排长的人，朝那面高声唤道："还不快些走！再砌一层，就不准人通过了！"

啊呀，我们运气还不坏！要是再慢三分钟，这里便不能通过。或许还要向东，从科甲巷，从打金街，从纱帽街绕去了。算来，我们从少城的东城根街，一直向东走到春熙路，已经不下三里，再绕，那更远了。而且就一直绕到东门城根，能否通得过，也还是问题哩。得亏那一天的脚劲真好！

我们虽走过了春熙路这个关口，但前面还有许多条街，到底有无阻碍呢？于是我就略为判断了一下，认定两军的交哄，最重要的只在西头，尤其是少城。一自旧皇城之东，从东华门起，即已参入二十八军的中立地带，则越是向东，越是不关重要，我们就以砌战垒的工程来看，西头早砌好了，还挖有战壕，西东头才在着手，不是更可明白吗？那吗，我们不能再转向西了，恐防还有第二防线，第三防线，又是战垒，又是战壕的阻碍哩！我在一两个钟头内，竟稍稍学得了一点军事常识了！

于是我们便一直向南，走过春熙路南段，走过与南段正对的走马街。这几条热闹街道，全然变像了，铺门全闭，走的人可以数得清楚。要不是得力太阳影子照耀着，那气象真有点令人心伤。

我们又走过昔日极为富庶，全街都是自织自贸的大绸缎铺，二十余年来被外围绸缎一抵制，弄到全体倒闭，全建筑极其结实的黑漆推光的铺面，逐渐改为了中等以下人家的住宅的半边街；又走过因为环境没有改变之故，三四十年来没有丝毫改善的一洞桥；然后才向西走入比较宽大而整齐的东丁字街。

东西两条丁字街口的向北的街道，便是青石桥南街了。这里一样的热闹，茶铺大开着，吃茶的人态度还是安安闲闲的，虽然谈的是正要开始杀人的惨事。而卖猪肉的，卖小吃食的，卖菜的，依然做着他们不得不做的生意。但是朝北一望，青石桥上，果然已砌起一段战垒了。我们如其图省几步路，必然又被打转。

我们走到西丁字街，就算走到了，面后才把脚步稍为放缓了一下。记得很清楚，我们刚刚走到家里，因为热，才把衣服解开，正在猜疑到底什么时候才开火，看形势，已到紧张的顶点了，猛的，遥遥的西边天空中，噼里啪啦就不断的响了起来。啊！第四百七十若干次的四川内战，果然开始了！

我回想到刀子巷口那个笑嘻嘻回答我的话的中年兵士。我又回想到此刻犹然在街上彷徨，到处走不过的行人！我深深自庆，居然绕了回来，到午饭时，直喝三斤老酒。

飞机当真来了

在一片晴明而微有朵朵白云的天空，当上午十点钟的时节，在我的书房里，已听见天空中从远远传来的嗡嗡嗡不大经听的声响。

我好奇的往外直奔道："飞机！飞机！一定是二十一军的飞机！当真来了！……"

其实，成都天空中之有飞机的推进器声，倒并不等在民国二十一年（一九三二年）十一月，只要是中年人，记性好的，他一定记得民国四年（一九一五年），陈二庵带着大队的北洋兵，在成都玩出警入跸的把戏时，已经使成都人开过眼孔，看见过什么叫飞机的。

陈将军当时只带来了一大一小两架飞机，是一直运到成都，才装台好的。他的用意，并不在玩新奇把戏，而是在虎骇四川人："你这些川耗子，敢不服从我！敢不规规矩矩的跟着我赞成帝制！你们瞧！我带有欧洲大战时顶时兴的新军器，要不听话，只这两架飞机，几个炸弹，就把你们遍地的耗子洞给炸毁个一干二净！"

可是不争气，那天预定在西校场当众显灵时——全城的文武官员和各界绅耆都得了通知，老早怀着一种不信除了鸟类，还有别的东西可以带着人上天的疑念，穿着礼服，齐集到演武厅上。而百姓们也不惜冒犯将军的威严，很多都涌到城墙上去立着参观——一架小点的飞机，才由地面起飞，猛的就碰在演武厅的鸱尾上，连人连机翻在地下，人受了微伤，机跌个稀烂——不知何故却没有着火烧毁。

观众无不哄然笑起，更相信除非神仙，人哪能坐起机器飞得上天去的。那时没有看清楚陈将军脸色如何，揣想起来，一定比未经霜的橘子还要青些了。

但是，人定胜天，在不久的一个上午，全成都的人忽然听见天空中有一片奇怪声音，响得很是利害。白日青光，响声又大，那绝不是什么风雨凄凄的黑夜，吱吱喳喳的从灌县飞来的九头鸟了。于是男女老幼都跑到院坝里，仰起头来一看："啊！那末大！那末长！怕就是啥子飞机罢？……他吗的！硬有飞机！人硬可以架着飞机上天啦？怪了，怪了！……"

随后，这飞机又飞起过两次，并在四十里外的新都县绕了一个圈子，报纸上记载下来，一般人几乎不敢相信"哪里几分钟的工夫，就能来回飞八十里的？"

但是陈将军的那架飞机，前后就只飞过那几次，并且每次没有开到半点钟，也不很高，除了绕着成都天空，至远就只飞到过四十里外的新都县、温江县、双流县而已。以后简直没有再看见过它的影子；护国之役，也从来听见过它的行动，而且一直没有人理会到它，而且一直把它的历史淡忘了。

事隔十七年，成都的天空，算是食了战争的恩赐，又才被现代的文明利器的推进机搅动了。而成都人在这几天把步枪、机关枪、迫击炮、手榴弹的声音听腻了，也得以耳目一新，尝味一尝味空军的妙趣。

突然而出现的飞机，在三个交战的团体中——二十一军、二十四军、二十九军——何以知其独属于二十一军呢？这又得声明了。

若夫空军之威力，在上次欧洲大战中，本已活灵活现著过成绩，当时有一个中国人参加法国空战，也曾著过大名的，而我们中国政府，在事中事后，却一直是茫然。直到什么时候才急起直追，有了若干队的空军？这是国家大事，我们不配记载。单言四川，则已往的四百七十余次内战——这在民国二十一年（一九三二年）十一月，所谓安川之战初起时，一个外国通信社，不知根据一个做什么的外国人的记载，说自民国二年（一九一三年）所谓癸丑之役，胡景伊打熊克武之战起，直至安川之役，四川内战共有四百七十多次，但我们一般身受过恩赐的主人翁，却因为虱多不咬之故，早记不清了——依然只是陆军中的步军在起哄，直到民国十八年（一九二九年）以后，雄据在川东方面的二十一军，才因了留学生的鼓吹和运动，居然把范围放宽了一点，在湍急的川江里，有了三艘装铁甲的兵轮，在平静的天空中，有了十来架"几用"式的飞机。而且飞机练习时，又曾出过几次惊人的意外，轰动过许多人的耳目，确实证明出空军的威力，真正可怕。就中有两次最重要，一次是一位二十军的某师长，试乘飞机，要"高明"一下，用心本是向上的，不意飞机师一定要开个大玩笑，正在上下翱翔之际，像是因机器出了毛病罢，于是人机并坠，一坠就坠在河里，这一下，某师长便从天仙而变为水鬼，飞机师的下落，则不知如何。还有一次，是二十一军军长率领一大队谋臣勇士,到飞机场参观"下蛋"的盛举,飞机师据说是一位毛脚毛手的外国人,刚一起飞,正飞到参观大队的头顶上,一枚六十磅重的炸弹,他先生老实不客气的便从空中掷了下来,据说登时死伤了好几十人,幸而军长福分大,没有碰着一星儿;后来审问外国飞机师,口供只是"我错了"!

二十一军除陆军外,既有了水军,又有了空军,还了得!我们僻处在川西南北的几个军岂有不迎头赶上之理?"你不做,我便老不做,你做了出来,我就非做不可"的盛德,何况又是我们多数同胞所具有的?不过在川西南北,虽然也有河道,但不是过于清浅,就是过于湍急,水军实在可以用不着。而空气的成分和比重,则东西南北,固无以异焉,那吗,花上几百万元,买他个几十架飞机,立时立刻练成一队空军,那不是很容易吗?我们想来,诚然容易,只是吃亏的四川没有海口,通长江的大路,给二十一军一切断,连化学药品都运不进来,还说飞机?同时省外更大更有势力的政府,又不能准我们这几个军得有这种新式的武器,所以曾经听人说过,某一个特别和政府立异的军长,因为想飞机,几乎想起了单思病,被一般卖军火的外国商人不知骗了多少"油水"!的确,也曾花了百十万元,又送了好几万给南边邻省一位豪杰,做买路钱,请求容许他所购买的铁鸟儿,越境飞到川西。从上至下,从大至小,都相信这回总可以到手了罢?邻省豪杰也公然答应假道,哪里还有不成的?于是,招考空军兵士,先加紧在陆地上训练"立正"、"少息"、"开步走",而一面竟不惜以高压的势力,在离省九十里处,估着把已经价卖几年的三千多亩公地,又全行充公,还来不及让地主佃户们把费过多少本钱和血汗始种下的"青",从容收了,而竟自开兵一团,不分昼夜把它踏成一片平阳大坝。眼睁睁的连饭都吃不饱的专候铁鸟飞来,好向二十一军比一比:"老侄!你有空军,就不准人家买进来,以为你就吃干了?现在,你看如何?比你的还好还多哩!哈哈!老辈子有的是钱！"然而到底空欢喜了一场，邻省那位豪杰真比我们川猴子还精灵，他并且不忘旧恶，把买路钱收了，把过路铁鸟也道谢了。事情一明白，可不把我们这位军长气得几乎要疯。

因此之故，我们川西南北的几个军，在交战之时，实实在在只有陆军，而无空军。

但是，也有人否认，是我亲耳所闻，并非捏造。当其天空中嗡嗡之声大作，我先跑到院坝里来参观，家人们也一齐踊将出来，一位旁边人指点道："你们看清楚，要是飞机底下有一种黑的东西，那就是炸弹，要是炸弹向东落下，你们就得向西跑。"我住的本是平房，虽然有块两丈见方的院坝，但是实在经不住跑。于是我便打开大门，朝街上一奔，街上早已是那么多人，但都躲在屋檐下，仰着头嚣嚣然在说：

"咋个看不见呢？只听见响。"

真个，飞机还没有现形，然而街口上守战垒的一排灰色战士，早已本能的离开战垒，纷纷躲到一间茶铺里，虽不个个面无人色，却也委实有些害怕。中间独有一个样子很聪明的军士，极力安慰着众人，并独自站在街心，指手划脚的道，"莫怕，莫怕，这一定是本军的飞机，如其是二十一军的，他咋敢飞来呢？"

这是我亲耳听见的，我真佩服他见识高超，也得亏他这么一担保，居然有七八个兵都相信了，大胆的跑到街心来看"本军的飞机"。

飞机到底从一朵白云中出现了，飞得太高，大概一定在步枪射程之外。是双翼，是蓝灰色，底下到底有无黑的东西，却看不清楚。

满街的人，大家全不知道"下蛋"的危险，只想饱眼福，看它像老鹰样只在高空中盘旋，多在笑说："飞矮些，也好等我们看清楚点嘛！"

无疑的，这是侦察机了。盘旋有二十分钟，便一直向东方飞走，不见了。

后来听说，飞机来的时候，二十九军登时勇气增大，认为友军在东道战事，一定以全力在进攻。而二十四军全军，确乎有点胆寒，他们被不负责任的外国军火商的飞机威力夸大谈麻醉了，衷心相信飞机的炸弹一掷下来，虽不垒城粉碎，至少他们所据守的这一角，一定化为乌有。而又不能人人像那聪明的军士，否认那是二十一军的飞机，却又没有高射炮——当其飞机买不进来，他们也真打算在自己土化的兵工厂中，造些高射炮来克制飞机。曾经以月薪一千二百元，外加翻译费月薪四百元，聘请了一位冒充"军器制造专家"的德国军火掮客，来做这工作。整整八个月，图样打好了，但是所买的洋钢，一直被政府和二十一军遮断了，运不进来。后来没计奈何，就将土钢姑且造了一具，却是弹药又成问题了，所以在战争时，仍然等于没有高射炮——因此，那一夜的战争打得真激烈，一直到次日天明，枪炮声才慢慢停止。第二天，又是半阴又晴的天气，在吃早饭时，嗡嗡之声又响了。

　　今天来的是两架飞机；一架双翼，蓝灰色，飞在前面，一定是昨天那架侦察机了。随后而来的，是一架单翼与灰白色的。前面那架像在引路，则后面那架，必然是什么轰炸机。果然，到它们飞得切近时，那机的底下，真似乎有两点黑色的东西。

　　于是，我就估量飞机来轰炸，必然是有目标的。我住的地方，距离我认为应该轰炸的地方，都很远，就作兴在天空中不甚投掷得十分准，想来也和射箭差不多，离靶子总不会太远，顶多周围二三十丈罢咧。因此，我竟大放其心，在街心里，同众人仰首齐观。

　　刚刚绕飞三匝，两机便分开了。只看见在向东的天边，果有一个黑点，从轰炸机上滴溜溜的落下来。同时就听见远远近近好些迫击炮在响，那一定是二十四军的兵士们不胜气忿，特地在开玩笑了。

　　"又在丢炸弹！又在丢炸弹！"好几个人如此在大喊。果然，西边天际，一个黑点又在往下落。

那天正午，就传遍了飞机果然投了两枚炸弹，只是把二十四军的人的牙巴都几乎笑脱了，从此，他们戳穿了飞机的纸老虎，"原来所谓空军的威力，也只如此，只是说得凶罢了！我们真要向世界上那些扩充空军的人大喊：你们的迷梦，真可醒得了啊！"

这因为在东方的那枚炸弹，象是要投炸二十四军的老兵工厂，而偏偏投在守中立的二十八军的造币厂内，把一间空房子炸毁了小半边，将院子内的煤炭渣子轰起了丈把高，如斯而已。至于西方的那枚，则不知投弹人的目的在哪里，或者是错了，错把二十八军所驻守的老西门，当作了什么，那炸弹恰投在距老西门不远的西二道街的西头街上，把拥着看飞机的平民炸伤了十一个，幸而都伤得不重。

像这样，自然该二十四军的人笑脱牙巴。但是，立刻就有科学家给他们更正道："空军到底不可小觑，这一天，不过才一架轰炸机，仅载了两枚顶小的炸弹，所以没有显出威风。倘若二十一军把它十几架飞机，全载了二三百磅，乃至五百磅的重量炸弹，来回的轰炸——成渝之间飞行，只须点把钟的工夫，那是很近的呀——或是投些燃烧弹，成都房子没有一间是钢骨水泥的，那一下，大火烧起来，看你们的步兵怎样藏躲，又没有地窖，又没有机器水龙。……"

果然如此，确是骇人，如其我们的军爷们都没有大宗的房产在成都，那到也不甚可怕，且等烧干净了再退走不迟。无如大家的顾虑都多，遂不得不赞成一般老绅耆们的提议，赶快打电报给二十一军，叫他顾念民生，还是按照老法，只以步兵来决胜好了，不要再用空军到城市中来不准确的投掷炸弹，以波及无辜。这电报公然生效，一直到战争末了，二十一军的飞机，便没有在成都天空中出现。

夺煤山和铲煤山

这一年巷战最激烈的两次中，有一次就是两军各开着几团人，夺取煤山。

煤山这个名词，未免太夸大了一点，并且和北平景山的俗名，也有点相犯。如其是从北平来的朋友一听见这个名词，一定以为成都这个煤山，大概也有北平景山那个规模了。如此，则北平朋友一定要上一个大当的。

虽然，在从前皇城犹是贡院时，每到新年当中，成都的男女小孩，穿着新衣裳出游，确也有许多很喜欢到这地方来"爬山"，佝偻着身子，做得好像登峨眉山似的艰难，爬到山顶，确也要大声喧哗道："真高呀！连城外的树木都看得清清楚楚的。"

真的，我幼年时也曾去登临过，的确比城墙高，比钟鼓楼高。在天气晴明之际，不但东可以望见五十里外青黝黝的龙泉山色，而且西也可以望见远隔百里的玉垒山的雪帽子。不过在多阴少晴的成都，这种良辰倒是不多。

其实，所谓煤山，真不足叫做山，积而言之，只是一个有青草草的大土堆。原不过是清朝时代，铸制钱的宝川局烧剩的煤渣，在这皇城的空隙地点，日积月累，不知经了好多年，积成了这个高不过五丈，大不过亩许的煤渣堆。成都人过于看惯了坦平的平地，偶尔遇见一点凸起不平的地方，便不胜惊奇，便是一个二三丈高的大土包，且有本事赶着认它是五丁担土而成，是刘备在其上接过帝位的五担山，何况这煤渣堆尚大过于五担山数倍，又安得不令一般简直连丘陵都未见过的人，尊称之为山，而公然要佝偻的爬呢？

这些都是闲话。如今且说自从民国二十年（一九三一年），三大学合并，成立国立四川大学时，皇城便由师范大学和几个公立私立的中等学校，而变为四川大学的文学、教育学两院的地址，而煤山和其四周的菜园地，早被以前学校当事人转当与人，算是私人所有，而恰处在大学的围墙之外。

当其二十四军、二十九军彼此都在积极准备，互不肯让出城去，而二十九军的同盟，复派着代表前来，力促从速动作，把二十四军牵制在省城，好让它去打它的老屁股时，城里的人，谁不知道战事断难避免，民国六年（一九一七年）的把戏一定又要复演一次了。

然而报纸上却天天登载着官方负责任的人的辟谣，说我们的什么长向来就是爱好和平的，向来就抱着宁人犯我，毋我犯人的良善心肠。并且他的武力是建筑在我们人民身上的，他绝不致于轻易消耗他的武力，拿来做无理的内战之用，他要保存着，预备打那犯我国土的外国人的。纵然现在与友军起了一点儿误会，然而也只是误会，友军只管进逼，他也决不还手。好在现已有人出来调停，合作的局面，一准不会破裂，尚望爱好和平的人民，千万不要妄听谣言。如有不逞之徒，造谣生事，或是从中构煽，以图渔利则负治安机关之责者、势必执法以绳，决不姑宽。

越这样，而在有经验的人看来，自然越认为都是打仗文章的冒头，只是要做到古文上的成语"不为戎首"或"衅不自我开"。但是在教育界中的赤心人们，却老老实实认为"大人无戏言"。第一、相信纵然就不免于打仗，也断乎不会在城里打，因为太无意义了，所得实在不偿所失，负责任的人在私下谈话，也是这样说的；第二、相信学校就不算是什么尊严之地，但也不算是什么有权势的机关，值得一争，纵然不免于巷战，学校处于中立，总不会遭受什么意外的波及罢，两方负责的人也曾口头担保，绝对不使不相干的学校，受丝毫损失。于是各学校的办事人都心安而理得，一任市上如何风声鹤唳，而他们仍专心一志的上课下课，准备学期考试，即有一些不安的学生，要请假回家，也着大批一个"不准"，而且被嗤为"神经过敏"。

旧皇城中的四川大学，是全省最高的学府，自然更该理智的表示镇静，办事人如此，学生也如此，他们真正做梦也没有想到那天一开火之后，他们围墙外的著名的煤山，竟成了两方争夺战的焦点。这就因为它是全城一个高地，彼此都想占着这地方，好安下炮位，发炮射击它方的司令部和比较重要的机关。

据说，煤山原就属于二十九军的势力范围，因为大学交涉，答应不在此地作战，仅仅留下一排兵在那里驻守。但是德国可以破坏比利时的永久中立，只图于它方便，则二十四军说二十九军要在此地安置炮位，攻打它的将军衙门的军部而不惜开着一团人，从四川大学前门直奔进去，穿过一部分学生寝室，打毁围墙，而出奇兵以击煤山之背，那又有何不可？但这却不免把学校办事人和学生的和平之梦，全惊醒了！

当学生在半夜三更，只穿着一身汗衣裤，卷着被盖，长躺到地面上躲避时，煤山脚下的战争，真个比德法两国的凡尔登之战还利害。据说，光是步枪、机关枪、手榴弹就像一大锅干豆子，加着猛火在炒的一般，还加上两方冲锋的呐喊，真有点鬼哭神号，令听的人感到只须半点钟的工夫，人类便有绝灭的危险。

可是这场恶战，一直经历到次日上午十点钟的光景，还没有分出完全的胜负来。因为这一场争夺战，也恰如凡尔登之战一样，两方都遇着的是不怕死的猛将，你也站在硝烟弹雨中，不动声色的督战，我也站在硝烟弹雨中，不动声色的督战，将官如此，士兵们哪里有不奋勇的！可是，兵都是训练过来的，懂得掩伏射击，并不像电影中演的野蛮人作战法，只一味手舞足蹈，挺着身子向前扑去，所以你十分要进一尺，我也就权且让五寸。待你进够了，我又进，你又让。一个整夜，一个上午，枪声没有停过半分钟，只是一会儿紧，一会儿松，听说煤山山顶，彼此都抢到手过四五次，而死伤的兵也确实不少。

争夺煤山第二天的上午，炮火还正利害时，我亲眼在红照壁街口上看见属于二十四军的足有一营人之众，或者是新从城外调来的，满身尘土，像是开到旧皇城去参加前线。一到与皇城正对的韦陀堂街上，便依着军官的口令，一下散在两边有遮蔽的屋檐下，挺着枪，弓着腰，风急雨骤的直向皇城那方奔去。我是没有在阵地上观过战的，单看这一营人的声势，已觉得很是威风了，旁边有人说："这是二十四军警卫旅的队伍，很行的，也扫数加上去了，皇城里的仗火真不弱呀！"

就在中午，彼此相约停战数小时，以便把大家的伤兵抬下阵地去时，我也偕着一般大胆到街上看热闹的人们，一直步行到三桥——说来你们也不相信，成都市民真有这种本事，就在炮火连天之际，只要不打到我们这条街上来，大家的生意仍是要做的。皇城里打得那么凶法，而在皇城外的街上，只管子弹嘘儿嘘儿唱歌般在天空飞过，而我们的铺子大多数还是热热闹闹的开着，买东西的人，也充耳不闻的，依然高声朗气讲他们的价钱，说他们的俏皮话——打从韦陀堂庙宇前经过时，亲耳听见那个值卫的，也是二十四军警卫旅的兵士，各自抱怨说："他吗哟！一连人剩了五十多个，还值他妈的啥子卫！"

到底二十九军力量薄些，不是二十四军的对手。他因为二十四军的人气要胜些，"我拼着那些人来死，拼着子弹不算，我总要把煤山抢过手，就不安炮也可以！"这也与不必在城里受二十九军无益的牵制，尽可把全力拿到东道上，我把较强的一方打胜下来，然后掉过枪口，回指成都，哪怕二十九军还不让出！然而也不如此，必要在城里打一个你死我活，终不外乎粮户们拼着家当要打赢官司，只为的争这一口气。

到底二十九军力量不济，再度恶战之后，只好从后载门退出，而就在门外大街上据守着，这一场恶战，才算告了一个段落。

及至这次战争之后，一般爱好和平，憎恨战争的中年老年绅耆们，忽然发生了一种大感慨。据说是看见红十字会在煤山收殓一般战士死尸的照片,以及听说四川大学、艺术学校、附设女子中学等处,和附近皇城东边的虹桥亭,附近皇城北边的好几条街,都因煤山之战,打得稀烂,一般穷人几乎上无片瓦以蔽风雨,而家具什物的损失,更无以资生,于是一面发起捐赈,一面就焦思失虑,要想出一个根绝巷战的好方法。

方法诚然不少,并且很有力,就是劝告人民一律不出钱,一个小钱也不出,其次是叫各家的父母妻室,把各人在军队中的儿子丈夫喊回去;再其次是勒令兵工厂一律关门,把机器毁了。然而这些能办得到吗?而且绅耆们敢出头说半句吗?都不能,只好再思其次可以做得到而又有实效的。不知是哪位聪明人,公然就想出了,一提出来,也公然被一般爱好和平的先生们大拍其掌,认为实在是妙不可言的办法。

是什么好办法?就是由捐赈会雇几千工人,赶紧把那可恶的煤山挖平,将已经变为泥土的煤渣,搬往别处去填低地。"将这个东西铲平,看你们下次还来拼命的争不?"这是砍断树子免得老鸦叫的哲学。

当时这铲山运动很是得劲,报纸上天天鼓吹,大多数人都附和着说是善后处置中,一个最有意思的举动。

既成了舆论,当然就见诸事实。一般人都兴兴头头的,一天到晚在那里"监工",在那里欣赏这伟大的工作。工人们似乎也很能感觉他们这工作之不比寻常,做得很是认真。果然,在不久的时间,这伟大的工程完毕了,成都城内唯一可以登高眺望的煤山,便成了毫无痕迹的平地。爱好和平的先生们都长长的叹了一口气,颇有点生悔"何不当初"的样子。也奇怪,自从煤山铲平以后,四年了,直到于今,果然成都就没有巷战了。

当时,只有一个糊涂虫,曾在一家小报上,掉着他成都人所特有的轻薄舌头道:"致语挖煤山的诸公,请你们鼓着余勇,一口气把成都城墙也拆了,房屋也拆了,拆成一片九里三分大的光坝子,我可担保,一直到地老天荒,成都也不会有巷战的事来震惊我们的。……"

(原载1937年《新中华》第五卷一至六期)

忆东乡县

我到江西东乡县，是清光绪三十年的三月，离开此地，是光绪三十二年二月，恰满两年。彼时我正在童年，父亲在江西作了一员小官，到东乡县，是为了一件小差事。

今日的东乡县，在浙赣铁路线上，自然交通很便。四十年前的交通工具，则只有轿子与独轮小车。由抚州东行，陆路八十里，并无水道。记得当时在东乡县吃鱼，确是一件不寻常的事。

在前，交通只管不便，因为东通浙江，西接抚河，故在太平天国战事时，也曾作过战场。我所获得于东乡的第一个深刻印象，便是那战迹犹存的城墙。城墙不很高，宽不到一丈，不但雉堞早已没有，而且遍城头全是乱石，有一些还垒在原有雉堞的一面，一定是守城士兵用以投击攻城敌人之用的。城门洞哩，太小了，敌楼与扉门早无踪迹，我去时，正是承平时节，居民已忘记了五十年以前的战乱，城与壕不过聊具形式而已，有城而无门扉，在那时倒无什么了不起的关系。

东门外约有一里远近一条路，满地瓦砾，看来好像不多时节遭过了大火灾似的，原来也是五十年来的兵燹余痕。我到那里时，这东门外毕竟还算是全城的商业区。平常有几十家小商店，且居然有三、四家洋广杂货店，最时髦而又最销行的洋货，除布匹外，便是洋油与纸烟。洋油零售价，每斤一角三四分，强盗牌、地球牌纸烟，每盒十支，或带竹烟嘴一支，或带蜡纸短嘴十枚，售洋五分。此二者，在当时为东乡县价格最高的货品。

已不甚记得清楚了，不知是二五八呢？抑是三六九，为场期，名曰趁墟，即在东门外。每逢趁墟，那荒凉的瓦砾场，便立刻变成了一条相当热闹的大街。当时一枚滥牌鹰洋换六百文制钱。鸡蛋每枚二文，顶便宜时到三文二枚，菌类极多，二文一斤，尚是大秤，青蛙最为珍品，每支二文，晚稻米一元两桶，约重今日市秤四十斤上下，松柴八角钱一车，重到二百余斤。

东乡出产，米为大宗，此外则为萝卜、芋头、红苕。东乡称红苕为薯，故当时有歌谣四句，以咏抚州府所辖之六县曰："临川才子金溪书，宜黄夏布乐安猪，崇仁子弟家家有，东乡萝卜芋头薯。"在六县中，东乡为山僻小县，出产最为贫瘠，而人文亦最落后故也。

城以内，最看得出兵燹余痕的，就是县衙门左右二方两大块空地。据言，原是县丞与典史的公署，毁于兵火之后，修复者只有县正堂的衙门，而左堂粮厅（即县丞）、右堂捕厅（即典史）便另买民房驻扎，并在原址上取土筑墙，将两大片空地全围于县正堂的范围内，而取土之处，遂变成了两个大塘。

城内并无大街，只有小巷，除了几家粮食店，和一家肉店外，全是住宅。衙门外半条街最为热闹了，有茶馆，有饭馆，有豆腐店，有小客栈，而最热闹则在春秋二漕，叫四乡人民踊跃来城上粮之时，然而鸦片烟馆则全城有八十余家，在县衙门四周为最多，开烟馆的又大多是三班差人。

我们在那里的第一年，是为东乡县黄老政治模范时代。那时那位县官，姓周，浙江人，举人出身，教子读书之余，顶喜欢的是抽鸦片烟。据说烟瘾不小，而且必要广土才能顶瘾。这位县官，我是看见过的，大约有四十岁，骨瘦如柴，面无血华，十足一位瘾君子，衣服也不考究，一条小发辫，很少是梳光生了的。但是一双眼睛，却有煞气，尤其在夜里十点以后，便衣坐花厅问案时。

周县官一年之内，一共没有问上十案。只有一件谋杀亲夫的三参案子，问过四五堂，每每一堂总要问上四五小时，夜半三更，书吏、差人都疲倦得不得了，而周知县的精神愈是勃勃。这时节，不但奸夫淫妇，因为抵死不招，被非刑（淫妇刚以细竹枝二束，左右二人执之，打在光背上，不上五十下，背肉就糜烂了，血丝每每飞染到左近的花树上，一次几百鞭，还是不招，扶入女监，将伤养好了再问再打。奸夫则跪抬盒，吊软板凳，拶十指。弄得鬼哭神号，可以从深深的大花厅内响彻到二堂以外），而且周知县于每次问了正经案子后，必要"比粮差"。

彼时，东乡县三班差人中，以粮差为最重要，全县若干都、若干图（数目字记不清了），每图有定额差人一名。但这一名之下，又有若干名下手，称为徒弟，在衙门内，则称为散差，而并无名册。粮差的本等，在催人民缴纳粮银，但粮差并无薪工伙食，好象纯是义务，但是每一差头，都穿好吃好住好，而且要供家养口，讲应酬，吃鸦片烟，手下还要供养几十名徒弟，每一徒弟的身口所需，也须得一并解决，甚至还有弄到小康的。试问钱从何来？自然是从催粮和代粮、垫粮等等上来。人民应出的粮，每年是缴纳清了的，除非有大势力的土豪，安敢欠上一分一厘？然而在县官的粮柜里，年年总有欠粮，这于是就有了一条习惯法，便是要粮收得多，只有"比粮差"，近的三日，远的五日，到比期，而无银可缴，则以竹板力打粮差两股，打得凶，钱就来得多。按规矩，挨打的应该是差头，然而不然，平常应比挨打的，大抵是顶名过堂的徒弟。周知县虽是读书君子，但本分钱是一分也不放松，他知道钱就在粮差的屁股上，尤其是差头的屁股，所以到他在半夜一点以后，"比粮差"时，你就看得出他那有煞气的眼光了。他在审问谋杀亲夫案子时，似乎尚有通融的意思，一到"比粮差"，总是抱着水烟袋，八面威风的咤叱着，一个粮差受比，起码是一千板，非打到两股上现出碗大两个血窿不止。有时一比就是四五人，打人的人有技艺的报着数目，并且有很好看的姿势；挨打的人也是老手，并不要人按头按脚，只安安稳稳平伏在水磨砖的地而上，应着竹板打肉声，而有调子的唤着："大老爷开恩！"

此外，人民的诉讼，便非周知县所欲管了。十控九不准，以致好打官司的东乡县人，控诉无门，除了投凭乡约，保正处理外，只有到粮厅衙门、捕厅衙门去打小官司。衙门小，气候不大，官司打起来也不见得热闹，这一来，东乡县真正办到了政简刑轻（自然，"比粮差"和那件三参案子除外。）加以周知县懒到连初一十五照例的上庙行香，也委粮厅捕厅代行，所以县衙门真个清净到执事仪仗都生了霉，大堂上的暖阁，倒败得和古庙的神龛一样。于是，县衙门里便发生了近乎小说的两件怪事。

第一件，我们去时，曾发现县衙门内大班房中，有一个犯人。据说，是前任拘留下来，尚未讯结的一名偷牛贼。因为是待审的犯人，不能收入监狱，便暂时押在班房里。到周知县手上，政简刑轻，班房中收押的人，渐渐肃清，所剩下的，便只有这位偷牛贼。不知是遗忘了吗？抑或案子太小了，不在县官心上？要是事主没有催过审，刑房便也不送卷，班房里早已没有看守差人；要是这位仁兄要走的话，确乎没有人去理睬的。但是，他偏能守法，白昼自行出去找生活，做短工，夜里便回班房炊饭，菜米油盐，色色俱备，柴哩，便将就班房里的地板天花、门窗户格。班房成了他的私有财产，大概除卖掉而外，他满可以自行处理的了。这位仁兄的下落如何，已记不清楚，所能记的，是我家也曾叫他来做过短工，虽然已五十多岁，仍旧体壮力强，脾气也好，问到他为什么到此地来，他毫不隐讳的直言奉告是偷牛。

第二件，则是周知县的政简刑轻的结果，衙门中一般寄生虫，在当时称为"衙蠹"的三班六房，除了粮差、户房而外，全弄到无法为生。有一些不必当班应卯的房书、差隶，便散而之四乡，各自谋生。比如厅房里一位书办，便实行归耕，偶尔骑着他家一匹曾经上过战场，由祖父传下来的黄膘老马，到衙门溜达溜达，便又飘然而去。其余，如皂班上的差人，以及县官"坐花厅"时，（上来屡言"坐花厅"，并来说明其体制，兹特略为补叙：县官衙门，在清时，大概全中国都一律，是为定制。大门三楹，外有石狮一对，照壁一垛，壁上照例画一大兽，首西尾东——衙门全是坐北朝南——又象是传说中的青狮，又象是传说中的麒麟，大约取法于哈吧狗，而加减之，使其更为狞恶可畏，而为现实生物中，所绝无者。其名曰"贪"。仰头向上，上有红日，"贪"身绿色，腿际复有火焰，在下角则为海波。画法也全国一律，或亦为定制。大门之内为仪门，亦三楹，再内，东西长庑各一列，为吏、户、礼、兵、刑、工人房。上为大堂，堂有暖阁，非有大事，不坐大堂。入内，又东西两庑各一列，为三班差役，或亲兵所驻。再进，无侧门，东西庑则为门稿大爷、签押二爷等住房。其上为二堂，无暖阁，仅设公案、印架，问案打人，应该在此。但县官坐二堂，例穿公服戴大帽，站堂之差役，录供之书办，俱应长衣戴帽。二堂之东，为大花厅，另一院落也，其中布置，则无定制，大抵必有花木。而县官平日办公之签押房，亦在此。东乡县之花厅颇大，又异于它处。县官之"坐花厅"，则比较随便，仅穿便衣，不必戴大帽，并可自己抱水烟袋，不必茶房或亲丁装吸。大抵坐炕床上，摆官架子，行刑打人，则在门外廊前。差役、书办、亲丁亦不必穿青衣，戴大帽，人数亦不如坐二堂之多。衙中其余房舍，以无关本文，虽皆有定制，亦从略。）必须当班的茶房，行刑皂隶等，因为白昼清闲，于是便利用废时，大伙儿组织了一个徽调戏班。特别从崇仁县请了一生一旦来做师傅，一个月后，居然能够上演《三戏牡丹》。这一个业余戏班，在县城内以及近郊，很为有名，生意也不错。一个出色的旦角，是号房里的，一个出色的小生，则是皂班里的。衙门里越清闲，城内外的戏越唱得有劲，一直唱到周知县去任，何知县上任，方才冷落了。

何知县大约是光绪三十一年春漕开征时来的。何知县也是浙江人，出身是进士，年纪与前任差不多，可是不抽鸦片烟，并且手面阔绰，具有威仪，恰是当日一员能吏。刚一接印，衙门便大为热闹起来，而且外自照壁，内到茅厕，都粉刷一新；而且师爷家人一大群，而且天天坐二堂问案；而且三班六房都纷纷复业，兴高采烈的；而且在空地上啃青草的，已不止礼房、书办的那一匹老马；而且衙门外那一条街的生意也好了起来；而且班房也修理好了，随时都有几十人愁眉苦脸的被押在那里；而且衙门里应有的三种声音，也听得见了。何知县把东乡县衙门复苏了，也得了县民的恭维，说何知县是管事的民之父母。

大概何知县的作风是正常的，但是给与我的印象却很浅。像他的作风及为人，在《官场现形记》里找得出来，就是在现今的许多县公署里，或者也有少许相似之处。独有周知县的作风，书上好像不甚找得出，至于今日，更哪能容许这样无为而治的仁兄！并且就在那时节，也能使我这个不知世故的童子感到一种奇趣，所以今日尚能从记忆中搜出两件怪事，以为谈资。而于何知县，则甚为渺茫，因此，就不再说下去了。

东乡县还有一官员，给与我的印象也很深。也是《官场现形记》以及任何笔记中，所不能找出的。而且从他一个人，又足以征见四十年前所谓政治军事的实情之一斑。我自然得稍为详细的写一写，但是务请读者不要以为是我的创造，我这笨人，实实创造不出像他这样一个有趣的人来！

　　此官，为东乡县坐汛的千总，寻常称为总爷的是也。何处人氏，则记不真了，只记得姓苏，号某某，名兰亭。何以记得其名兰亭？因为后来随父亲到抚州，曾在都司那里，看见六县总爷的履历，有四位都名兰亭，由于诧异，故一直记了下来。苏兰亭是回教徒，据说是很认真的，到我们家来，只喝白开水，只吃白水煮鸡蛋。却因为东乡县没有相当数目的回教徒，而东乡县地土薄瘠，更无水田，服劳力田者，并非水牛，即是可以宰食的黄牛。当时禁宰耕牛之令很严，所以苏总爷到必要吃牛肉时，他便下乡了。他有天眼通的本事，能够于数十里之外，查见某处某人，正在私宰耕牛。每次下乡回城，除照例的鸡鹅鸭羊之外，必有两个乡下人，担上好多块真正肥而鲜嫩的黄牛肉，跟在他的马后。这是充公来的。凡与总爷至好，而喜悦牛肉的，也可分担一点"责任"。苏总爷不但像貌并不起起，身材高而瘦，块头不大，面黄色，微有几团豆斑，见了人极其文雅，极其谦恭，并且一开口，便是之乎也者。据我家一位秀才亲戚说，他认字虽不多，记的书句却不少，抛的文，并不十分不通。

　　总爷也有衙门，我也到他那里去过。他有一位老太太，一位太太，一位大少爷，一位大少奶奶，一位小少爷，一位二小姐，那时快要出阁了。衙门里有一匹马，一名马夫，两名门兵，一名掌标子，即执旗手是也，有无师爷，有无厨子，有无女仆，则已记不得了。总之，上上下下吃饭的人到底有那么多，开销当然不小。在本县应酬不多，然而对于顶头上司抚州的都府（即都司）三节两生，却须送一份厚礼的，算来，一年中的巴结费用也不菲。然而问起来，总爷俸禄全年仅九十六两，七折八扣，能够到手的，不及六十两。巴结应酬约占三分之一，当年的生活费用诚然低廉，然而在宦场中的生活水准，并不见得怎么低下，单是穿之一字，从头到脚，公服戎装，单夹皮棉纱，俱有定制，既是现任官，不能不件件齐备，年年补充，至少也得占去四十两银子之一半。而全年所余，仅仅二十两，恐怕除了一马一夫，光叫总爷吃稀饭，也不够罢？于此，我们就用不着惊异于东乡县讯兵名额为六十名，而实际上，就只有总爷衙门里那四名，（一名旗手，两名门兵，一名马夫）。其余的五十六名，都在总爷的肚皮里去了。

虽然兵员不足，但是在秋春二季，仍然要举行一月三操。每逢操演，临时派定全城出壮丁十六名，届时齐集操场。制服哩，只有大红哔叽滚青布宽边的半臂一件，包头青布一条，由总爷颁发，操毕缴还，大抵十六名壮丁，每次都不同，老幼壮瘠高矮，都不一律，当时绿营兵操，犹然一根笋的中国古式操法，绝不是临时凑合来的人，所能办到。因此，这十六名穿大红半臂的家伙，也只是排排队子而已。临到操演，依然是那四名老兵担任了。于是，总爷亲自打鼓鸣金，以为军阵耳目，四名老兵一面旗，便要演出各种花样。先使明火枪，演出几个阵式，有所谓四门阵，梅花阵种种，确乎可以使一般观操的民众，为之目眩耳聋，饱闻火药气味。其次，就是南阳刀、长枪、羊骨叉，藤牌，短刀，所谓马下的十八般武艺，都要择优操一遍。在这些地方，你就可以看出苏兰亭的本事了。他虽然不亲自动手，但是要把那四个人调度到好像四百人的阵仗，一点不令人感觉到场面的落寞，煞是不容易，若非由军功出身，打过盗枭，镇压过械斗的苏总爷，任何人来，未有不丢丑的。

还有一件事，更足以见苏兰亭的勇敢与经纶。这是他那旗手亲自告诉我的，自少总有六成的真实性。据说，苏总爷与东乡王捕厅太爷一样，都是极其厌恶赌博的。两方面都放有耳目在外，只要听见某处有聚赌抽头的场合，他们必争着带领手下扑去，王捕厅因为有职责有事权，所以他的办法更严厉些，总要将赌棍们押去，打了又罚。总爷衙门因为不能押人，获有罪犯，理应送县衙门法办，所以他比较仁慈，只举一件，以赅其余好了。

某一天，总爷得到密报，距城二十里处，某姓人家，有人聚赌抽头，进出很是不小，而且当宝官的抽头的，都是本县著名流痞，动辄白刀子进红刀子出，随地随时，腰带里总插有几柄风快的匕首在的。于是，总爷不动声色，在黄昏时节，便率领两名老兵，连裁纸小刀都不带一柄，也不骑马，也不穿戎服，只顺带口袋两条，悄悄的直向那危险地方出发。及至走到，正是夜间赌场顶热闹时候。总爷先将地形察看一番，遂把两个老兵安置在前后门口，切嘱：听见场内发生什么时，只在外面吆喝着，以助声威。第一，不可不待声唤，便妄自扑入；第二，不可出手拿人，免得事情闹大了，不好收拾，而且与一般流痞们结下冤家，总是不利的。于是，总爷便独自一人，暗中遮掩而入，先挤在博徒们的背后，以观风势。等到场伙正旺，赌注最丰之际，骰盒一推出，总爷便伸出手去，先将骰盒抓了。这一下，全场都激动了，所有的匕首短刀，一齐雪亮的拔出，然而，瞪眼一看，认清楚了是总爷在抓赌，这场面登时改变：一群豪杰，立刻抱头鼠窜。及至总爷将台面清理了后，这才大声吆喝拿人，于是，前后门的埋伏，也吆吆喝喝的助着声威。其后，才将散钱以及零碎滥板鹰洋，帮总爷收拾在口袋里，还顺便收拾些水烟袋、茶壶、茶碗等件，名曰充公。

这么样，所以苏总爷才过活了去，一直到裁撤绿营时。然而，当我离开东乡县时，听闻省城才在开办新兵，武备学堂第一期学生，尚未毕业。

除却上来所叙者外，东乡县值得写的，还有好几件。比如那种"易内饮酒"，恬不为怪的民风。因为这在我个人看来，并不觉得奇怪，并且也可以说出它之所以构成的因由。但是，读者们难免不朝坏的方面着想，这一来，岂不将我所最喜悦的这个纯朴地方，点染了一些污痕！何况，那是四十年前的风俗，今日交通已便，而去年又曾遭了一次兵燹，自然一切都已改变了，我们旧日曾以为坏的，必然业已变好，旧日曾以为好的，必然变得更好，因此，我连那时曾去参观过的破天荒的东乡小学，也用不着再写。我只蓄此一个希望，何年何月，让我再能到江西走一遍；而抚州与东乡，恰都在铁路线上，来去也很容易，看一看今日的东乡，究已变成了一个什么样的面目。最可惜的，就是一般童年朋友，别来四十年，不但面目已记不得，甚至连姓名都记不起了。在抚州小学里，只记得一位最调皮的丁鼎鼐，即丁谷音先生是也。还是民国八年，丁先生在四川督军熊克武先生幕中，同我在报纸上打了一场笔墨官司，经人调解晤面，才重新认得。然而又二十四年了，此公究在何处呢？此外，还有一位姓梁的同学，曾于二十年前后，在川边做过县知事，向舍亲杨君说起，方知有此一段因缘。不过没有重晤，甚至榜篆为何，也忘记了。尤可惜者，丁、梁二公都不是东乡县人。我这篇回忆写到这里，不能再写下去。

（原载1942年《风土什志》一卷二期）

正是前年今日

> 四月十七,正是去年今日,别君时;
> 忍泪伴低面。含羞半敛眉,不知魂已断,
> 空有梦相随;除却天边月,莫人知。
>
> ——韦庄:《女冠子词》

韦先生制这阕词的原因,是怀感他那被夺的爱姬,我今天引咏他这阕词的原因,也为怀感我的所爱而然。

我的所爱吗?读者千万不要误会,这个"所"字绝非有人格的代名词,老实说,这个"所"字只代替的是个地方,是巴黎,是号称为世界花都的巴黎。但我何以独在今日来怀感她?此又有可说的。

韦先生的爱姬是四月十七被夺去的,故其词如是云云。我之离去巴黎,何幸恰是吾川《西陲日报》诞生的第二天,所以因《西陲日报》的二周年纪念日,我不由的便也如韦先生一样,怅然的怀感起来。

哈!巴黎!真有如弗洛贝尔说的"比海洋还宽广,带着一种殷红的

气象映在爱玛的眼睛里。"（见拙译《马丹波娃利》，中华书局出版）不过爱玛姑娘尚远不及我，不怕她是法国土生土长的女人，不怕我是远东的游客。因为她羡慕了一世的巴黎，到底不曾见过巴黎半面，除了用指头在地图上游行外，她何尝能如我这个可怜的游客公然在孟马特街上走过，公然在长田看过赛马，并公然在游戏场中度过诺厄尔佳节！（诺厄尔节即耶稣教之圣诞节。）

而且爱玛欣羡巴黎与我怀感巴黎的心情也不一样，爱玛之心情若何？读者看了弗洛贝尔的小说自能知道，现在我只把我自己的心情略谈一谈。

至今还崭新的记得：我同何鲁之由蒙达尔尼乘早车到巴黎的情形，火车才过了麦兰，沿途的房舍差不多没有间断过。可怜我这个丝毫未见过世面的远客，每逢火车到一个小站停顿时，总疑惑"怕已是巴黎了罢？"

是时，与我们同一个车厢，有一个少妇。到麦兰，忽又上来一位胡子先生，最初这先生与那少妇是对面坐着，其后，我忙着看窗外的景物去了，偶一回头，不知在什么时候，这胡子先生便已坐在那少妇身边，而且两个人还耳鬓厮磨的谈得很亲密，岂但谈，胡子先生的一双手早已架在那少妇的腰间；还有哩，那少妇，差不多说一句语必格格的要笑五分钟，有时打开手提包，取出一枚糖来自己吃一半，把一半直喂到胡子先生的嘴里。我那时的脑经还被咱们的礼教固蔽着，看见这种情形，很不以为然。其实所谓"不以为然"的真意，无非是嫉妒，艳羡，并从他们的举动上而竟思索到极秽浊，极不好意思说出口的地方，于是乎我就拿出咱们道学先生的态度来，马起面孔，眼观鼻，鼻观心的，正襟危坐在车厢角上。然而我的眼睛总不大听招呼，它们偏偏要斜溜过去，去偷看他们"现在是不是抱得更紧？是不是在亲嘴了？"不，他们仍旁若无人的在那里调笑，并且自然得很，倒是我的黄脸皮反觉得"有点烧烘烘了。"

于是我就构思:"这两个人一定是情人,一定因为在故乡不便彰明较著的相爱才私下的往巴黎去,男的在麦兰上车,必然是预先约好的:用以避人耳目之故也。"这是我根据西洋小说而来的经验。至于"这种婆娘一定不是个好东西,所以才被那胡子这样的开玩笑,早知如此……"这是根据咱们中国传统的思想而然。

其实,都错了。点把钟后,火车驰入里昂车站时,那胡子竟与这少妇握一握手,告了别,扬长的先走了。

巴黎本是人海,车站的总门犹之是一道河口。我与何鲁之,左提藤匣,右挈皮包,随波逐流的冲到门外,"呵!巴黎!"下文呢?

这事说起来,真如演戏一样,天地间事,居然有这样凑巧的!原来我们来巴黎之前,固然已函约李幼椿到车站来接我们,可是你们要知道,战后的法国火车简直是现在的中国伟人,谁有耐性来将就它?

然而,我们正在彷徨之际,周太玄居然迎面而来,他尤其是使我们惊愕的,便是引我们坐地道车。

地道车使我们惊愕。我从翻译的小说上早知道巴黎有这种东西的!只因看见别人费了那么大的工程:在地下打了地洞,甩磁砖将顶壁砌得如彼讲究,而电车之阔气更千百倍于成都华达公司的汽车。然而别人所取于乘客的,不论远近,不管你携带若干东西,一律不分贵贱,每位铜元两枚!(绝不是当二百的大铜元,乃是当五生丁的小铜元,价值还在我们当十铜元之下。)

到巴黎第一天还有一件事,也是使我至今不能忘的:便是吃中国饭。

是时周太玄、李幼椿同住在巴黎郊外一个小镇中,叫做哥洲布,又因为勤工俭学生的会馆(即所谓华侨协社是也),正在此地,所以在民国七八九这几年勤工俭学生鼎盛之时,这里几乎有点唐人街的气象。于是一般豆腐公司中的直隶朋友们，便应运而兴的伙组了一个小小的中国饭店，名曰协和饭店，每人四个法郎一顿，有中国菜两小盘，安南白米饭一钵。那天老周做东，于例菜之外，又特花四个法郎加了一色爆炒腰花。

我与老何本在蒙达尼尔中学校被陈面包、洋芋、通心粉、半生的牛肉、沙生鱼等等把胃撑粗糙了的，一旦吃着中国菜饭，那进口的饭粒好像都生有飞翅似的，舌头牙齿都拦不住，一迳的便钻进喉咙而去。我们诚觉这样吃法太不雅观，然而有什么办法呢？只好劳烦直隶朋友多在白磁饭钵招盛几次白饭罢了。后来因为面子问题，不能不把饭碗放下，其实，还只是一个半饱。

此外，还有一件事：是中国饭吃饱之后，又经老周引我们去游玩薄罗腻森林。森林是我们自小就喜欢的，但又从未满足过那欣赏的欲望，成都北门外昭觉寺的林盘也不算小，然而何尝能如小孩子的空想："走半天都走不完，"并且极讨厌的就是"落叶满地，无路可走"！

蒙达尼尔便有一个大森林，据说周围有十几里，到蒙城的第二天，曾慕韩便引着我们前去，坦道四出，浓荫蔽天，业已令我们欣赏不置了，（老曾口里只管说："自然之美！自然之美！"其实两只眼睛老瞅着脚尖，高兴时，便挥着手杖，畅谈天下大事，这是使我最难受的。后来我们游林时，总往往要设法把他躲开，然而失败的次数却也不少。）不过拿它来与薄罗腻森林相比，那简直是那拿登徒子的老婆去与宋玉东邻之子赛美，岂但不伦，也未免唐突美人呀！

要我具体的把薄罗腻森林之美写出来，我没有这种艺术，而且也去题太远，现在我只能笼统说一句：无论游玩我们中国的什么名胜，什么名园，诚然也有令我们极其惬意的地方，但是也有感觉不足之处，常常总觉得"这里再修理一下，那里再种点花树，便更好了"。可是在薄罗腻森林中就不然，总觉得处处都合人意，处处都熨帖入微，处处都有令人驻足欣赏的价值,除了这三句,我实在不能再赞一词。

或者有人要说:"够了,够了,仅仅巴黎郊外的一小部分的地方,你便这样赞叹得天上有,地下无,若再说到城内的繁华,怕你写一百万字还不能尽哩!总而言之,欧洲的物质文明,那不消说比中国发达,但是讲到仁义礼智信,所谓五常者,欧洲人总未必能如我们中国罢?"

此问甚属有理。我是笨人,说不出许多道理来答复,现在仅就我在巴黎亲眼看见,亲耳听见的几件事,姑且当做笑话谈谈,不知道与五常到底有无相干?

华林第一次从西伯利亚作哑巴旅行到巴黎时,一路之上,只说得出一个欧洲字,便是"巴黎"。在路上受俄国人三次热烈的帮助,德国人一次热烈的帮助,公然到了目的地。有一天到街上去邀游,不知不觉走到城外很远的处所,这不消说,要循原路回去,那是万不可能的。他便去问警察。但他仍只能说得出他所住居的街名及客店的招牌,警察向他指示了一长篇,他摇头表示不懂,又拿出地图给他看,他也用动作来表示不明白。是时看热闹的人业已不少,于是便有一个须发皓然的老头子挺身出来,不知向警察说了些什么。警察允许了。那老头因就挽着华先生走到一处,上了电车,走了一程,又改坐街市汽车。一路上通是老头子出的钱,并一路同华先生高谈阔论,而华先生一字也不懂。末后竟走到华先生所住的过条街,这个客店,那好事的老头始亲亲热热的与华先生告别而去。此一事也。

宗白华赴德国去时,路过巴黎,我们都各有功课,不能陪他,而他又不能说一个法国字,然而他却在巴黎整整的游玩了一个月,凡我们足迹所未到过的地方,他都去来。他说:"有什么困难!街道呢?我有地图。用钱呢?我有当五法郎的票子:我固然不知物价,也弄不清是生丁、法郎,但我有妙法,便是拿一张当五法郎票子出来,他们自会找补我。坐电车坐汽车,我只须把地图上我要去的地方指与他们一看,他们自会载我去，到了目的地，自会请我下来，车费呢？我只须把现钱抓一把摊在手上，他们自会如量的收取。在我只觉得他们过于廉洁，过于老实……"

李幼椿有一次在龚果尔广场赶电车，他自己太手忙脚乱了，一只脚抢上脚踏，电车开了，他便从脚踏上跌下来，但他仍死死的将铜柱握住。登时全车都呼号起来，电车立停，十双手把他掺上车去，从头给他检验到脚，殷殷勤勤问他伤了哪里？其实他仅把膝头处的裤子挂破了一块。

再说我自己。我害病当中受了法国人不少的同情，那不用说了，（因我在《同情》小册上业已写得很详细，此小册仍在中华书局出版。）此外最使我不能忘的，便是我出病院不久的时节，瘦得很像木乃伊，两条腿棉软至载不住上半截的身子。一天，我要去寻找周太玄，应该在卢森堡公园旁边，越过一片极热闹的广场。此处的汽车无匹其多，在健康的人当然很容易趋避，可是我却踟蹰起来。忽然，两个老太婆走来问我，是不是要过街去？我说是的。于是她们就去请了一个警察来扶住我的左臂，一个老太婆扶住我的右臂，硬从车子当中，把我缓缓的保卫过街。末了，只是向他们道一个谢字而已。

此外还有若干的事，一时断断写不完，比如在餐馆里吃了饮食，自己到柜上去报账结钱；又如曾慕韩同黄仲苏，由德国乘着头等车回法国，在路上被扒手将老曾的皮夹子扒去，连车票皆损失了，两个人仅仅剩了一百法郎，遇着验票的同他们开玩笑，而居然跑出一个法国工人，一个比利时的纨绔子弟，硬借了几百法郎给他们，连他们的姓名也不问。总而言之，重功利的欧洲人，随处都有不重功利的表现，而反求之于我们中国社会则何如？我在上海、汉口不知被车夫小贩欺了多少次，我在前面走路，后面的人赶上来踩了我一脚，反把我痛骂一场，说我不让他。这在欧洲我却没有见过，我们在那里随处都听见很恭敬的声口，在说："得罪，先生！"我们初到法国，看见那般苍壮的老头子，婀娜的年轻姑娘，总不免要定定的看他们一番，老头子察觉了，便向你脱一脱帽，年轻姑娘察觉了，便报你以巧笑，这种事我在中国社会中老不曾遇过。无论什么人的小孩子，你去同他说话，他必极恭敬的站着，极有礼貌并且极爽利极明晰的回答你，而每一句话总要冠一个"先生"。黄乃渊、陈昭亮们几个小朋友在法国国立中学读书，同法国孩子争斗起来，受先生处罚的总是法国孩子。于此便令我想及南尔森的儿子在分设中学读书，老同学们不是曾将别人按在地上撕头发，谓之拧羊（洋）毛吗？我们在南校场将哈尔德打了，他两弟兄进学堂找吕雨荪述冤，不是曾被我将人家哄出去吗？尤令我念念不忘的，便是前年回川时，"万流"轮船经过万县，载客上轮的小划子拼命抢来，偶一不慎，便弄翻了一艘小划子，眼见一个妇人、一个十七岁的少年、两个船夫登时淹死，而在甲板上打牌的朋友、吃饭的朋友，通没有一个动色相顾的，大概都有孟老夫子的修养吧？真非我们神明之胄的子孙不足以言此也？大成会的先生们以为如何？

我这一蹄野马真跑得有点收不住缰了，再这样跑下去，我前面的题目就非换过不可，算了，如今且来就题目谈点正文收束吧！

我前年之离去巴黎，直可说是不得已。不得已者何？没有钱容我再安坐读书是也。于是借了盘费，把要走的手续通办好了。海船定于六月五日由马赛启行，我于六月二日由巴黎动身，先枉道过蒙北里野走一遭，然后赴马赛。于是五月三十一日傍晚，在李碧芸女士（李幼椿的大姐）寓所吃了炒滑肉之后，李幼椿便提说："你在巴黎只有一天了，这一天不可辜负，当怎样玩一玩？经此一别，不知什么时候再来巴黎！"

于是我们商量了好久，总没有是处，后来因李大姐说："六月一日是凡尔赛官（又译为万岁宫，即一九一九年欧洲和约签字处）喷水的时候，我们在法国几年，总没有机会去看过，这次不可不去。是了，上半天到凡尔赛去看喷水。其次呢？回巴黎吃意大利餐馆，赴歌剧院（又直译为'峨伯纳戏院'）看演《浮士德》……"

凡尔赛宫这个地方，大凡读过法国史的未有不知道：因为它与路易十四及法国大革命的关系都非常密切。此地离巴黎约有五六十里，在巴黎的西南边，本来是个小镇市，因路易十四的离宫建在此地，于是就有名了。离宫的建筑那是很有名的，现在虽改成了博物馆（专陈设法国历史的战事画），而法国人也争气，就连以前的一案一几，细微至一管鹅翎笔都保存得好好的。凡路易十四、十五、十六，以及路易十四的宠姬，十六的皇后马利们的办公室、御书房、寝室、用具都一一照以前的原状留着，游客只须各出几个铜板，便可听看守人一处一处给你解说，比读一部死板板的历史书有趣得多。

凡尔赛宫最足以留连的并不只离宫，而是离宫背后的林园，这林园是路易十四时有名的林园大匠赖罗特所布置的，广大无匹，而每一个林子当中，又别有建筑。我这里不能详述，只就喷水池一项，略说一个数目罢。

凡尔赛宫林园中的喷水池全在前部：与离宫朝堂正对，走下两道大理石崇阶处，有一个比较稍小，池为圆形，约有五丈左右的直径，喷水之台共有三层，对直下去，走过一个约长半里的长方草地，极葱茏整齐之美，沿林之边，满置大理石花钟及大理石雕像，林外，又有一池绝大，池中置铁铸之日神像一具，八马踊跃，壮美入化；前者名为拉鲁克池，后者名为日神池。此外日神池之右偏林中又一圆池，名曰昂克那德池，在日神池左偏林中则为一石柱之林，两柱之间并有小喷水器一具，约有三十余具，此外，在拉鲁克池界下右偏林中共有四小池，每池之中以大理石琢一女像，象征春夏秋冬，即名为四季池；更下林中复有一池，名镜池。此数喷水池为最著名者，余外尚有多池，各异其状，更有为吾人所未及知者，实在说不清楚。

凡尔赛宫喷水池喷水之期，一年仅有几次，据我知道的：六月一日一次，七月十四日国庆节一次。据法国人说，因为喷水一次须花几千法郎的修理费，所以不能常喷。

现在且说六月一日之晨，九点钟时，我便从卢森堡公园后门侧，圣密舍尔大街中一段，跳上电车，三站，到了当霏尔广场停下，又步行一条街，方至李大姐寓所，是时李幼椿已在那里了，我们三个人便动手做起中国饭来。饱餐之后，李幼椿因中国学生会有事，只约定傍晚在歌剧院相会，于是我就同李大姐出来，乘地道车到孟巴纳士火车站，赶十点半钟的火车到凡尔赛宫。（由巴黎去凡尔赛镇也可在鲁渥博物馆前赶第一号电车，是时头等一个半法郎；二等才九十生丁，差十生丁方是一个法郎，但是要走一点半钟，时间不经济，所以我们改乘火车，头等来回才二个半法郎，而且五十分钟就可以走到。是时，一元中国洋钱换法郎十二枚，来回坐百余里的火车仅花一角多钱，且为时不过一点四十分钟，此物质文明之"大害"，不求方便的中国人，千万学不得的！）

火车一走过了哇尔，左右山谷及山陵上通通是森林，若干的人家全在森林中，而各家又都有一个小花园，房舍的建筑也各式各样，风景之美，不怕我就在这条路线上已走过十多次，却总有观之不足的感情。

那一天似乎是礼拜日，往游凡尔赛宫的男女真多，一直挤到了目的地，方才完事。

惜乎我们来早了一点，要正午十二点钟方开始喷水。离宫内，我们已经游厌了，尤其不合我们意思的就是地板太滑，差不多同溜冰场的冰面一样，只要脚胫上的劲一松，包你就会当场献彩，而且那些战画，画得诚然好，但我们对法国历史不熟，除了最熟悉的几幅外，其余如某某年某地之战，那便连眉目也弄不清楚，所以看着也没有趣味。

这点把钟的空隙，如何弥补呢？去游大小屠利亚泷吗？太远，步行来回，人已够疲倦了，去在大运河中划船吗？所有的划子都赁完了。踟蹢复踟蹰，恰好，左边林子里忽然乐声幽扬，"奇哉！今日助兴的音乐，何以在上午就开奏起来？"好，就听音乐去罢！

哈！今天林子里还特别，竟自有卖饮料的，可是坐位差不多都没有了，我们巡回了一周，才在几位乡绅太太丛中匀了两把绿铁椅子出来。口正渴了，一连喝了两杯啤酒，李大姐喝不来啤酒，喝了一杯鲜柠檬水，即此，连小费已去三个法郎，这却远不如我们的茶馆。

音乐队正在旁边空地上，有四十多人，原来不是军营中的乐队，却穿着普通衣服，悄悄一打听，才知是本市各工人自由组织的，导奏员是一个白胡子老头子，看他拿着两条短木竿指挥若定的好不有兴趣。

说到欧洲的音乐，成都的读者们，切莫要联想到学校里的风琴，更莫要联想到我们"干城"们在街上号咷的东西，尤不是一个大鼓，一个铜铙招摇过市，为人作广告那玩艺。现在研究西洋艺术的先生们已多，我是外行，说也说不清楚，你们最好去找那般内行，先请教西洋的乐器，以及它们的分类法，然后再请教西洋音乐的合奏原理，然后你们方能恍然悟到在森林当中，听四十多人合奏的西洋音乐，可多么爽快！

闲话不必多说，一言归总，等到我们看见众人纷纷出林而去，我们也跟着出来时，各喷水池的水早已冲天的喷了起来。

在各喷水池当中，自以日神池的水势最壮观。合计下来，喷出的水分下十几股，每股皆有品碗粗，皆喷到三丈多高。自然在堵勒利公园的喷水池中，也有喷到这样高的水，可是，仅仅一股，与日神池比起来，真有《儒林外史》夏老爹不欲观村里条把龙灯之概。

喷水的美观，我简直无法形容，只好请诸公闭眼想想，当诸公幼小时，每逢倾盆白雨，檐溜如帘，满阶之下，翻珠跳玉，不亦巨观也哉！倘诸公能忆此景，便可与言，"凡尔赛宫喷水，实百倍美于檐溜如帘时也！"

观水之后，复返巴黎，乘摩托之车，赴意国之馆，饱餐多马特面，畅饮"伤巴捏"酒（即香槟酒也）。这些琐碎事，权且略过不题，兹所欲言者，惟歌剧院之情形耳。

歌剧院称为法国国立戏院之一，其实并非完全国立，只每年得政府之补助费数十万法郎而已。此院为法国最高等之戏院，所演尽属歌剧，名角辈出，其经理一职，例属名人。在前五六年，有经理某，能通中国文学，曾将李白之长干行译为韵语，在此院排演，备受法人之欢迎。

歌剧院全为大理石所建，碧琉璃之飞甍，花岗石之游阑，气象之雄壮，雕镂之精美，直可谓并世无两。场内之辉煌，更不必说，所不便的，即是法国人之过于慎重其事，此在中国人之眼中，几何不使人笑绝，略述二事，以概其余：

入门之后，自卖票之人起，皆服大礼之服，戴峨峨之冠；女侍者即穿白围裙，戴白色花纱巾，恭谨将事，如对大宾，此可笑者一也。

观剧之人，头等座男必礼服，女必着袒胸之晚妆服；二等以下，虽不拘礼，但亦男限青色衣裤（女可随便），否则，不但受经理人之纠正，即在众目睽睽之下，亦将不终剧而去。

作者再拜而言曰：对不住！对不住！这篇东西，本欲给《西陲日报》凑个趣的，编辑先生却又限我要多写一些字，在我的私意未尝不想做活泼些。无知力与愿违，动手得既迟，而又因别的事牵掣，天气又热了起来，提笔便觉头痛，因此之故，我这篇短文，在前虽扯了一个大架子，而写到后来，不但衰而且竭，潦草到不堪，并且简直不能终篇了。莫奈何，只好就此夭折，这个过错，我甘愿以百身负之！

（原载1926年《西陲日报二周年纪念增刊》）

成都的一条街

我要讲的成都的一条街,便是现在成都市人民委员会大门外的人民南路。(按照前市人民政府公布过的正式街名,应该是人民路南段,但一般人偏要省去一字,叫它人民南路。这里为了从俗,便也不纠正了。)

要说明人民南路的所在,且让我先谈一谈旧成都的形势。

目前正在带动机关干部、部队、学生、居民、农民,分段包干拆除的旧城墙,是一个不很整齐的四方形。据志书载称,周围二十二里八分。因为从前的丈尺略大,最近据成都市城市建设委员会测量出来,是二十四里二分多(当然是华里)。又志书载称,这城东西相距九里三分,南北相距七里七分。

成都说起来是个古城市。若果从战国时候秦惠王灭蜀国、秦大夫张仪于公元前三一〇年开始建筑成都城算起,它的确已有二千二百六十八年的历史。但是,成都城随着朝代的变更,它也变了无数次,始而是大小两座城,继而剩下一座城,后又扩大了变为二重城、三重城,后又变为一座完整的大城。今天的规模，是唐僖宗乾符三年（八七六年）高骈作西川节度使时建筑唐城的规模。可是现在拆除的城墙，不但不是八世纪的唐城，也不是十三世纪后半期的明城，甚至不是张献忠之后、清朝康熙四年（一六六五年）所重修的城，而实实在在是在清朝乾隆五十年（一七八五年）彻头彻尾用砖石修成，算到今年仅止一百七十三年，并非古城。

成都位置，偏于川西大平原的东南，地势平坦。当初规划城市时，本可以像北京市街一样，划出许多正南正北、正东正西的区域来的。但是不知为了什么原故，城内街道全是西北偏高、东南偏低的斜街。我们把成都市旧街道图展开一看，便看得出，只有略微偏在西边一点、大致处于城市中心的旧皇城，是端端正正坐北朝南的一块长方形。

旧皇城，一般人都误会为三国时代刘备称帝的故宫。其实不是。它是唐末五代、前后两个蜀国在成都建都时的皇城。这地方，经过宋元两朝的兵燹，不但城垣宫殿早已无存，就连清人咏叹过的摩诃池，也逐渐淤为平陆，变成若干条街巷。到明朝第一代皇帝朱元璋册封他的第十一皇子朱椿为蜀王，为了使朱椿就藩，于洪武十八年（一三八五年）才在前后蜀国修建过的宫垣基础上，更加坚固、更加崇宏地造了一座和当时南京皇居相仿佛的蜀王宫。蜀王宫的规模很大，几乎占去当时成都城内总面积的五分之一。宫殿园囿之外，有一道比大城小、比大城狭的砖城，名宫城。一道通金河的御河，围绕四周。御河之外，还有一道砖城，叫重城。宫城前面是三道门洞。门外是广场，是足宽一百公尺以上的御道。与门洞正对，在六百三十余公尺远处，是一道二十余丈长、三丈来高的砖影壁，因为涂成红色，名为红照壁。在门洞外二百五六十公尺的东西两边，各有一座高亭，是王宫的鼓吹亭，东亭名龙吟，西亭名虎啸。明朝藩王就藩后，虽无政治权力，但以成都的蜀王宫来看，享受也太过份了。这王宫，到明朝末年（一六四四年），张献忠建立大西国，在成都即位称尊，改元大顺元年时候，又改为了皇城。不满两年，张献忠于一六四六年，统率军民离开成都，皇城内的一切全被烧毁、破坏，剩下来的，就只一道宫城、三道门洞，以及门外横跨在御河上的三道不很大的石拱桥（比横跨金河上的三桥小而精致）。十九年后（是时为清朝第二代皇帝玄烨的康熙四年），四川的政治中心省会，由保宁府（今阆中县）移回成都。为了收买当时的知识分子，开科取士，又将废皇城的部分地基（前中部的一部分），改建了一座相当可观的贡院。一九五一年被成都市人民政府加以培修利用，作为大小会议场所的至公堂、明远楼，就是这时候的建筑物。

从我上面所略略交代的历史陈述看来，这地方，实实应该叫作明蜀王故宫，或贡院。本来在门洞外那条街，早已定名为贡院街的。但是百余年来，人们总是习惯了叫它作皇城，把门洞外的一片广场叫作皇城坝，习惯真是一件可怕的事情！

现在我所介绍的这条街——人民南路，便是从旧皇城门洞（今天应该正名为成都市人民委员会大门）向南，六百三十余公尺，到红照壁街的一段，恰恰是明蜀王故宫外整整一条御道。不过今天的人民南路宽仅六十四公尺，比起三百年前的御道，似乎还窄了一些。这因为在一九五二年扩建这条街时，曾于东御街的西口、西御街的东口，在积土一公尺下，把那两座鼓吹亭的石基挖出，测度方位与距离（横跨在金河上的三桥，也是很好的标准），看得出，当时的御道，应该有一百公尺以上的宽度。

这条人民南路，以现在成都市的市政建设规划来说，恰好处在中轴线的中段。这条中轴线，向北越过旧皇城，经由后载门（现在街牌上写成后子门）、骡马市、人民中路、人民北路，通长四公里（从人民南路的北口算起），而达今天宝成铁路、成渝铁路两线交会的成都火车站，可能不久时将改称为北站。因为现在从人民南路南端红照壁起，已新辟一条通衢，通到南门外小天竺，不久，还要凭中通过四川医学院（原华西大学），再延伸四公里，直抵成昆（成都到昆明）铁路起点车站，也可能将来会改称为南站。由人民南路北口到成昆铁路起点站的黄家埝，有六公里。将来这条联系南北两车站的中轴线为十公里。请将我所说的距离想一想，现在的人民南路，岂不恰恰处在中轴线的中心一段吗？

在这条中轴线的南段，即是说在今天的人民南路之南，将来是会出现不少的崇丽宏伟的大建筑的。今天的人民南路，仅只在东西御街街口以南摆上了一些大厦，如新华书店、人民剧院、百货商店等（附图所摄的街景，便在这一小段的西边）。旧社会的卑陋窳劣，几乎等于棚户的房屋，尤其在北段地方，还遗留得不少，当然，不久的将来都会拆除改建的。

人民南路的北段，不像南段布置有街心花圃。这里是每年五一、十一两个大节日，广大群众为了庆祝佳节而集会的场所，旧皇城门洞，这时恰好就作为一座颇为适用的检阅台和观礼台。按照城市建设规划，这地方将来还要向东、向西、向南拓展若干公尺，使其成为一片名符其实的广场。

人民南路的兴建，它向成都人民说明了新社会的可爱，它增强了成都人民对美好远景的憧憬，也增强了成都人民对社会主义建设的信念。不要看轻了这条街的兴建，它确实具有很浓厚的政治意义的！

这里我应该谈一谈人民南路的前身了。

我前面所说的贡院，从清朝末叶废科举之后，它就几经变化；清朝时候是几个高、中学校兴办之所，辛亥革命（一九一一年）是军政府；其后是督军公署；是巡按使和省长公署；再后又是高级、中级学校汇集地方。抗日战起，学校迁走，起初是无人区域，其后便成为贫民窟。解放后，成都市人民政府于一九五一年迁入（仅占旧皇城的四分之一，其余地方作为别用，不在此文范围之内，便不说它了）。为了要利用至公堂，特别在新西门外修了一片人民新村，光从至公堂上迁走的贫民，差不多就上百家。几十年间，御河已经淤为一道臭阴沟，不但两岸变成陋巷，就河床内也修了不少简陋房子。至于宫墙，那是早已夷为旱地，不用说了。

旧皇城门洞外直抵红照壁的那条宽阔御道，在清朝时候，便已变成了三条街道。北面接着皇城坝，南面到东西御街口的一段，叫贡院街。这条街，是废科举之后才修起来。科举未废之前，因为三年必要开一次科（有时还不要三年），要使用这地方，在平时只能容许人民，尤其聚居在这一带的回族人民搭盖临时房子，要用时拆，不用时再搭。科举既废，再无开科大典，这条街因才形成而固定下来。

这条街的特色是，卖牛羊肉的特别多。因为上千家的回族人民聚居在四周，所以这里便成了回民生活上一个重要的交易场。除了牛羊肉外，几乎所有的饮食馆都标有清真二字。

贡院街之南一段叫三桥正街。三桥，便是横跨在金河上的三道砖石砌成的大桥。这桥的建造，可能还在明朝以前。但构成三桥那种规模，却与明蜀王宫的修建同时。若照三道桥的宽度来看，是可证明从前御道很宽。但是到清朝后期，这里变成街道，街道的宽度，就比中间一道桥的桥面还窄。六十年前，成都有句流行隐语，叫"三桥南头的石狮子——无脸见人！"意思便是三道桥当中一道桥的南头的一对大石狮，早已被民房包围，等于石狮躲进人家，无脸见人。街道比桥面窄，因此桥面的两旁，也被利用来做了卖破烂、卖零食的摊子。

三桥正街之南一段，正式名字叫三桥南街，一般人却叫它为"韦陀堂"。原因是这条街的西边有一座韦陀庙宇，街的东边，本来是一座戏台和一片空坝，辛亥年以后，也变成了一条窄窄的小街。

再南便是红照壁。六十年以前，照壁跟前不过是些棚户，清朝末年，照壁跟前成了一条街，所谓照壁，早已隐在店铺的后面，不为人知。一九二五年才被当时反动政府发现，以银洋一万元的代价抵给当时的商会，拆卖得一干二净。

今天的人民南路，宽度六十四公尺（三桥也联成了一片路面），不但有街心花圃，不但有行道树，而且是柏油路面。它是中轴线上的通衢，它也是人民集会的广场。今天看来，它是何等壮阔，足以表现新社会人民的雄伟胸襟。然而它的前身，却原是那么污糟的三条街！可惜那些旧街景的照片已难寻觅，这里所附的几张图画，是请伍瘦梅画家默画出来。请看一看那是何等可怕的一种社会生活！

不过今天的人民南路还在变化中。它将随着社会主义社会的建设，而一年一年的变。肯定地说，它将愈变愈雄阔，愈变愈美好。现在我所叙说的人民南路，还只限于一九五八年秋的人民南路。

一九五八年十一月八日写完

访朝散记

我们一过鸭绿江,踏上朝鲜的土地,登时就感觉到所有古今中外诅咒战争残酷的文字,在平时读起来尚有酸辛味道的,在此刻,简直不够味儿了。在鸭绿江边的新义州,尚还看得见所谓"废墟",所谓"断井颓垣"。越向东北部走,便什么都没有了,连"废墟",连"断井颓垣",这些差可令人留忆的东西,全没有了。而剩下的,只是光光的一些山岭,一些丘陵起伏的平地,一些哀飒迎风的秋柳。好像这地方若干年来就不曾有过人踪。但是这些想象却终于被现实取代了。因为穿插在这些地方上的,有新近才修复的铁路轨道,有正在修复的道路桥梁,有填补后痕迹犹新的公路,更令人注意的是沿铁路、沿公路,密密布满的炸弹坑、炮弹坑。有的弹坑蓄满了水,变成一个大池塘,但多数仍然是干的,甚至有的已被锄松了土,种上了粮食。朝鲜秋收较晚,我们经过时,有些弹坑中还黄澄澄地竖着令人喜爱的晚稻。如其你从火车上看见某些地方尚有未倒塌的烟筒,和几堵巍然耸立的洋灰墙壁,壁上整齐地排列着一些窗孔,那你一定会直觉地感到这是一所大工厂,没有烟筒而洋灰墙壁显出是座楼房模样的，必然是什么学校、公共建筑、或重要的行政部门；如其铁轨多，弹坑更多，只管看不见其它设备，如水塔之类，而仅有几间新近才搭盖成的茅屋或厂棚，那你也一定会知道是什么有名的火车站。

朋友，朝鲜地方遭受的战争祸害，就是这样的严重，严重到无法形容。我们住在西南的人，尤其在抗日战争时期的四川人，或许以为当时日本飞机轰炸重庆，将重庆一城炸得遍体创伤，大部分崇楼杰阁都化为瓦砾之场，是太残酷了罢？但是，只要你一跨过鸭绿江，并不必走多远，你的宿恨就会变样——我不是说你的宿恨会从有变为无，或从深变为浅，而是相反地，会恨上加恨，加到千重万重，会像过去恨日本军阀那样，甚至比那样更厉害地恨美帝国主义侵略者。因为拿过去重庆被轰炸所受到的创伤和现在朝鲜所受到的创伤相比，那实在渺不足道，日本军阀的飞机的破坏力，无论如何也难及现在美帝国主义侵略者的飞机破坏力的百分之一。在朝鲜，美帝国主义者两年多来光是在破坏铁路方面，就出动了飞机十五万多架次，投弹约十八万颗，约有八万八千八百多吨，这个吨数比起第二次世界大战中，德国投在英国本土的炸弹总数还多百分之四十以上；仅在一个主要桥梁近旁，两年多来就落下了两万多颗重磅炸弹。同时，在你感情上，同朝鲜人民之间也绝没有丝毫彼此界限的存在，而认为这是朝鲜，这是我们邻邦的灾难，好像与我无关痛痒，相反地，我觉得，我们这次同行的人，一看见朝鲜被美帝国主义侵略者所无端作出的这种深创巨痛，无一个人，不管是男的女的，不管是老的少的，无不咬牙切齿，痛恨那些侵略者，那些和平生活的破坏者，而将这种创痛，引为像自身所受的一样。

朝鲜所遭受的战祸，确乎是我们中国人，尤其是我们西南地方未曾身受过日本军阀的"三光"灾害的人们所能想象得到的。我们这次到朝鲜，脚踪有限，还未走近三八线地方，即以我们所走过的地方来说，已经没有所谓城市，所谓乡村。我们到达朝鲜时，已是停战协定签字之后的三个多月，沿路上，我们看见若干倔强的人们，在田间，在路旁，在山麓，在毫无树木遮蔽的光光的土地上，因陋就简地搭起聊以容足的、有地坑的茅屋。我们老早就听说，朝鲜工业相当发达，工厂虽未到处林立，而乡村电气化却是办到了的。今天所见，几乎使我们怀疑以前我们的所闻，城市人居，已经化为乌有，更从何处去找工厂？虽也曾偶尔看见一些未被炸塌的空烟筒，那只能说是全部被炸毁的工厂废墟中的幸存者。但就在这些幸存者当中，倔强的人们已经振臂而起，首先把弹坑填平，其次把机器修整，就在没有顶盖的厂房下面，好几所大工厂已像复苏的巨人，慢慢喘起气来。

朝鲜人民的生活，据我们所闻，在一九四五年解放以后，一般都比较富裕。尤其是乡村中那些曾经受到日本军国主义、资本主义侵略和压迫以及本土上地主阶级压榨的贫雇农，他们以前吃不饱，穿不暖，伸不起腰，抬不起头，而在解放以后，分得土地，打破枷锁，得以自由自在地成家立业，几年当中，大都成为小康之家。工矿业本来发达，解放后大多数又收归国营，工人没有失过业，生活得也颇优裕。但是，现在呢？你想象得到：他们美丽的城市，宏伟的工厂，花一样的田园，锦一样的乡村，什么都没有了，都被万恶的侵略头子美帝国主义，和它所率领的一伙比禽兽还不如的小强盗的飞机大炮炸光了，打光了，烧光了，毁光了！美帝国主义侵略者和寡廉鲜耻、甘心出卖民族国家、只为一己富贵，像蒋介石一样的李承晚，满心以为凭着这样的残酷手段，定可以使这些倔强的人民低头认输罢？那却不然！那伙强盗和禽兽的估计错了！他们不明白朝鲜这个民族，原本就是倔强刚毅、热爱祖国，虽经战祸而不馁的，残杀了一批，第二批又会挺身而起，残杀了男的，少壮的、老的、少的、女的却又会挺身而起；城市乡村烧光了，他们就毫无所有地迁入山洞山沟，凭着少数助力和一双粗手，一颗坚强的心，依然不屈不挠地生活下去，斗争下去，并且还满怀信心地期待着明天的胜利，一点也不颓丧。我们在朝鲜听说过这样一件事，一个正在工作的中年妇女，她的独生女儿被美帝国主义侵略者的冷炮打死，她亲手掩埋了女儿的尸体，没有哭一声，默默地回到工地，继续做起活来。一个中国人民志愿军战士看见，甚为诧异地问她，为什么不哭？她回答是："我们朝鲜人民的眼泪在几十年中已经流干了，现在摆在我们心里的，只有恨，只有恨！"多么倔强的妇女！这样的例子，到处可闻，到处可见。

这样倔强的民族已经令我们尊敬莫名了，同时更使我们钦佩的是朝鲜人民无论男的、女的、老的、少的，无论干着什么样艰苦吃重的工作，无论过着什么样的辛酸苦痛的生活，也无论处在什么样的危险困难境地，他们总是表现得严肃、认真、坚强、自信，同时还表现得高兴、快活，有时甚至高歌、起舞。他们用不很好的工具来耕田、种地、填弹坑、修筑公路桥梁、恢复工厂房舍、打石洞、运木材等，他们几年来吃不到油荤，有些歉收的地方，曾成月地吃过草根和松树皮！穿的更为单薄，十二月的天气，当寒风凛冽时，气温降到摄氏零下七、八度，多少妇女儿童，不仅一身单衣，甚至还有光着脚的；在简陋的房舍中，虽有热地坑可以御寒，但工作却常常在户外进行，儿童们每天都要跑相当远的路程去上学；他们在敌人炮火炸弹威胁之下耕种、工作，在距离前线阵地很近的地方抢运朝鲜人民军和中国人民志愿军英勇作战光荣负伤的伤员们，以及协助战士把弹药粮食飞运到最前线的时候，你在他们那刚强坚忍的面孔上，很难看到一丝愁苦、恐惧、焦急和烦闷。

我曾亲眼看见几位老年、中年、少年的男子和妇女，他们或她们在叙说一九五〇年九、十月间所经过的种种危难灾祸时，在叙说一九五一年到一九五三年七月二十七日停战协定签字之时为止，这一段时期中，如何在月光下耕种、收获，或跑路工作时，大都以谈笑处之；谈到敌人异常残暴之际，也只是目光炯炯，眉宇间横溢出一种难忘的仇恨，而丝毫没有悲哀可怜之色。

如此倔强的民族，如此有信心而快乐的民族，他们是生气勃勃，敢于恨，敢于爱，敌友界限极为分明的人。他们对美帝国主义侵略者，比恨蛇蝎、猛兽还恨，对中国人民志愿军，比爱他们的亲骨肉还爱。

我们听说，在一次敌机投下燃烧弹，把家屋包在烈火当中时，一位极可尊敬的妇女，宁可缓一步抢救她受了伤的亲妹妹，却冒着浓烟，首先把一个在屋中养伤的中国志愿军伤员背了出来。

我们还听说，朝鲜人民在前线抢运中国志愿军伤员，碰上敌机低飞扫射时，他们不惜伏在伤员身上，来作掩护。志愿军某师李师长告诉我，因此，若干志愿军重伤员不但感动得流泪，而且连骨折肉裂的痛楚也不知觉了。

这样的例子太多，太多，简直不胜列举。

这次我在慰问时，也遇到过两件极不足道而又为我平生尚未经过的两件小事：一件是，我同一小部分代表去某处新近才成立的郡政府慰问和访问，午夜十二时，我们在月光下告别上车之际，一位须发苍然、身体结实、出身农民的劳动党党员，突然同我这个没有胡子的中国老汉抱吻起来；不但热情的抱吻，一次又一次，而且还呜呜咽咽，泪流盈腮地说了多少意味亲切为我所不懂的话，那种依依不舍的情感，绝对不是外交应酬，也绝对不是寻常友谊所能有的。另一件，是我们在志愿军某师所在地祭扫烈士墓的事情。因为头一夜，我们在某处的里政府访问会上，一位朝鲜女同盟盟员谈到，她每次经过一处烈士墓前都要加一捧土的情况，我们才决定请这位妇女指引，前往墓地祭扫添土。祭扫后，我非常感动，把一枚中朝友谊章亲手别在这位妇女的胸前。当时，我看见她眼中发出的异样光辉，她紧紧握着我的双手，通过翻译对我说："阿爸基（即老大爷或父亲），你们放心罢！你们回国后，我一定照从前一样，要把这些坟墓好好地添土看护下去，并且永远地看护下去！"如此热情的语言，如此热情的把握，如此热情的顾盼，你能说是外交应酬吗？你能说不是出于至情吗？

朝鲜人民原本是敢于恨，敢于爱，敌友界限极为分明的人，他们经过这三年多战争的锻炼，受到了美帝国主义侵略者残酷的伤害，也受到了中国人民志愿军扶危救困，直接地，忘我的帮助，在损害和爱护的对比下，要使他们不死死记下恩仇，要使他们麻麻木木不把对思仇的感情强烈表达出来，那简直是不合情理的想法。一些同志告诉我们，美英等国的俘虏顶容易管理了，一大群俘虏，只须几个人带上，不管黑夜白天，翻山越岭，赶多少路，吃多少苦，冒多少危险，没有一个俘虏敢掉队，更不要说逃跑了。就让他们自由行动，他们也不会走掉。因为他们自己知道，他们在朝鲜干了些什么事，假若不跟着志愿军走路，一旦被朝鲜老百姓抓住，他们多多少少会吃一点他们所播种下的苦果的。甚至，有一个美国军官，腿子受伤，坐在路旁等候志愿军来俘虏。事后，这个美国军官十分感谢这位俘获他的徒手通讯兵，说："是你救了我！"

相反，每一个朝鲜人民对于志愿军，对于我们这些去慰问他们的中国代表，却真有一种难以形容的情感。老远的列队欢迎，代表们一下车，就被高高抬起，一抬就是几里路。女学生们人小力弱，抬着我们高大壮实的女代表，无论怎样流汗喘息，也绝不放手。六、七十岁的老太婆，一遇见我们去，就高兴得跳起舞来，一拥抱上我们上了年纪的女代表，就哭着笑着的说这说那。一些代表住在朝鲜人家里，衣服一换下来，就被女房东抢去洗涤得干干净净，然后送回。朝鲜的黄牛是最得力的牲畜，耕田用它，拉车用它，驼载用它，而美帝国主义侵略者又抢走和宰杀了不少，现在留存下来的，就更珍贵，要宰杀一头牛，必须得到好几级行政机关的批准，却不料我们这部分代表在访问一个郡时，朝鲜主人就特别为我们宰了两头牛。在另一个新成立的小郡访问时，他们也宰了一头牛来招待我们。无论在慰问会上，在座谈会上，在个别的访问中，我们每一个代表都受到了逾份的重视，每一句话都受到了逾份的欢呼。不管是在祭扫烈士坟墓的时候，还是在慰问完毕告别的时候，凡是上了年纪的老大爷、老太婆和感情浓郁的中年男女，大都会痛哭失声，使得一些代表们也眼泪婆婆地走了老远还不能自已。

朝鲜人民和朝鲜地方政府的同志们，在同我们谈到这次残酷的战争时，总是说，假若没有中国人民志愿军及时跨过鸭绿江，假若不是中国人民志愿军的艰苦奋斗，假若没有全中国人民响应毛泽东主席的抗美援朝的号召，并坚决执行下去，他们说，朝鲜的情形实在有点难于设想。他们又说，他们之所以能在世界上成为一个独立、自由，和将来有希望成为一个和平、统一的国家，以及目前在停战后，和平局面尚不大稳定的情势下，就能及时地着手恢复工作，除开苏联和其它爱好和平的民主国家的支援外，中国的帮助是更大，大到难以计数的程度。特别是最近中朝友好协定签字后，中国宣布自一九五〇年五月二十五日至一九五三年底，所有的对朝鲜的援助物资，作为无偿赠予，以及自一九五四年起，四年之间，继续对朝鲜进行无偿援助这一件事，他们更是感谢。他们这种心情，是人之常情。而我们慰问团的代表们却有另一种想法，也是人之常情，那便是：像在朝鲜这样一场残酷的战争，设若一旦战火烧向中国，或者战争在中国境内发生，对于我们国家经济的恢复和建设多少都有些不利。虽然我们在中国共产党和毛泽东主席领导下，已经站了起来，已非解放前百年间的积弱之国。我们并不害怕帝国主义的侵略，我们有力量把它伸入的矛头打断，有力量把它纵入的战火扑灭，但是我们毕竟要费些力量，毕竟要受些不应有的损失，毕竟要分去一些精力。因此，我们怎么能够不对朝鲜人民、朝鲜人民军、朝鲜政府和朝鲜人民热爱的英明领袖金日成元帅致以深切的感谢呢？我们感谢他们不屈不挠，在那样艰苦的环境中，在那样危难的情势下，依然充满信心，咬紧牙巴、苦战下去；同时还竭尽心力，协助中国人民志愿军，使中国人民志愿军得以取胜，使中国人民得以有时间来作好抗美援朝工作。诚如邓华司令员在志愿军出国作战三周年纪念大会上所说："没有朝鲜人民，朝鲜人民军及其政府，对我们的热烈帮助与协同，要战胜凶恶的敌人是不可能的。"的确，不但战胜凶恶的敌人不可能，连保卫亚洲和平，打乱帝国主义侵略者第三次大战的计划和时间，那也会成为问题。这一点，我们慰问团的代表全都深有感受，所以代表们对于朝鲜人民给我们的那种逾份的感谢，都不免深感惭愧，更感到自己或自己所在地区中的抗美援朝工作没有作好，还不够深入普遍。

朋友，承你们不弃，委托我们到朝鲜去慰问中国人民志愿军，慰问朝鲜人民、朝鲜人民军、朝鲜各级人民政府。我们感到幸运的是，得以在朝鲜停战协定签字以后最好的时候到达。我们的工作作得不算好，但朋友们叫我们必须转达给志愿军，转达给朝鲜人民的心情和敬意，我们算是作到了。我们也受到了不少爱国主义、国际主义和新英雄主义的良好教育。除志愿军外，朝鲜人民在一举一动，一言语，一顾盼中给予我们的教育实在不少。对于美帝国主义侵略者在朝鲜土地上进行的不可名状的损害情况，我们是永生难忘。由此，我们更加认识到帝国主义确是和平人类的死敌，帝国主义存在一天，对和平人类的威胁就存在一天！

朋友，我们这次朝鲜一行，获得的教育实在不少，就像一位代表所说："无异进了一次国际主义大学。"我个人愿将所得全部倾吐出来，贡献给朋友们，作为我个人的"杂包儿"（成都话，作客回家携带的糖果等）。但是很惭愧，嘴已经笨了，不能尽意，笔更笨，只能写出这一丁点儿不象样的东西，原谅罢！原谅罢！

大师经典

随笔

李劼人精品选

《星期日》的过去和将来

一年容易的过去了。今天是民国九年一月四日，新年的最新的星期日，却正是我们《星期日》周报第二十六期《新年增刊号》发行的时候，又是我们《星期日》在这新年里与诸公第一次的新见面，谨祝诸公的新喜！

中华民国八年七月十三日，成都市上初次发现小小的一种定期出版物——《星期日》周刊，这就是本报产生的纪念日。尔时世界的新潮正从大西洋里飞也似的翻滚而来，在东亚大陆沿海的地方受了这一番震荡，都激越起无数波涛澎湃的声音。那雪练似的长江，仿佛成了渡越"世界新潮"的电线，竟自冲破了夔门—巫峡—滟滪堆的滩头，笔直的透到细流纵贯的成都，也微微发出一些儿声响，这便是《星期日》产生的原故。

《星期日》的宣言曾经说过——

我们为什么要办这个周报？因为贪污黑暗的老世界是过去的了。今后便是光明的世界，是要人人自觉的世界。可是这里还有许多人困于眼前的拘束，一时摆脱不开，尚不能走到自觉的地步上。如其竟没有几个人来大声呼唤一下，那是很不好的。因此我们才敢本着自家几个少数少年人的精神，来略说一点很容易懂的道理，从这宣言可以知道《星期日》的目的，是"光明的世界"，《星期日》的希望，是"人人自觉"，《星期日》的作用，便是"要人人自觉去创造这光明的世界，迎受这光明的世界"。从消极方面说，要使人摆脱眼前的拘束，快断送这贪污黑暗的老世界，与它脱离关系。

人人应该自觉的是什么？我们的见解是——

（一）人生的究竟。
（二）世界的究竟。

人人应该摆脱的是什么？我们的见解是——

（一）现世界里一切束缚的、阶级的、掠夺的、残酷的有形制度，无形学说、风俗、习惯等等。
（二）自己旧生活里一切不自由，不平等、不道德、不经济的种种日常生活精神生活。

我们理想的、创造的、迎受的是——

人类进化生活中共同享受的最高幸福。

我们厌弃的、推倒的、排斥的是——

人类过去生活、现在生活中，身体、精神所遭遇的痛苦。

所以我们定了《星期日》的一种途径,便是——

　　从这黑暗世界里,促起人人的觉悟,解脱了眼前的一切束缚,根据着人生的究竟,创作人类共同享受的最高幸福的世界。

我们的组织最初只是编辑、发行两部。送报、零售都是雇人来做的。到了第十四期的时候,我们延请学生加入本社,一面负撰述文字的责任,一面做劳动的配送事情。居然得到多数同情,踊跃报名,竟至四十余人。后来由这许多的朋友推让出几位代表:第一师范学校二位,留法预备学校二位,外国语专门学校二位。从第十五期起,就改由我们新加入的社员自行配送。这几位社员劳工的勤敏,社会自有公评,不待我们自述。但是这几位中在本报上发表的文字,如像参差君、义伯君、劳工君的几次言论,和卜生君、特愚君、息争君的文艺同批评,都是很令人注意的。

到第二十五期,我们又延请小学生零售本报,国立高等师范附属小学校学生,一天的工夫就来了二十余人,内中有电政局局长邬君的令郎邬崑玉,和财政厅曾子玉君的令郎,也都欢喜的来做这劳工神圣事情。并且邬崑玉这位小朋友,半天的工夫,售卖至一百六十份。这也可见各位小朋友的志愿和能力,实在是有为那养尊处优的人所不及的地方。还有两个小朋友要说说的,就是本社不平君的令弟穆世济和今是君的爱子孙崧峻,他两个得了这个机会,也同着他们附小的同学加入本社,使本社增添许多活泼的精神和将来前进的希望。

上面所说的,是我们过去二十五期里可纪念的历史。至于我们在这二十五期中所经过的障碍和困难,那就比较多了——可也不必说了,本报在这短期的期间,社友劳人、纯一、倬章、新涛、助五位,都赴法留学，现在在飞渡大海波涛的时候。目前准备在今年赴欧美留学的尚有两人。将来为本报输入的材料，或者有可补现在的缺点，以付读者诸君的希望的。

为我们所忏悔的，是介绍的学术太少了，批评与议论太庞杂了，太落边际，太琐碎了，更令我们感愧的，是在社会里还没有丝毫贡献，却是得社会扶助我们的非常之多。也还能相谅，不有压抑的事情发生。但是这是最使我们难受的。

总之，以前的生活是过去的了，我们后来的生活不能不努力奋勉，向着我们的途径做去，就是：

（一）自我的改造；
（二）社会的改造。

却是话虽是这样说，我们究竟要怎样才能够实行呀？那么就是：

（一）奋斗！
（二）牺牲！

这两种精神，便是我们付读者的期望和谋人类生活幸福同进步的意愿，即是我们的将来；我们就从今日起努力将来，并望读者诸君指示我们的将来！

（原载1910年1月《星期日》周报第二十六期）

唉！讲演

一天，一位朋友兴兴头头的走来。我刚刚站起来让座，他早狂笑着道："好机会，今天又无意的听了一回街头讲演！"

原来我们成都可不像从前了。我回家的几个月中，觉得凡"五四"运动以后，无论书上口头所提倡的新文化事业，虽未全体在我们这九里三分的古城中实现，但是因努力之后，而实现出来的却也不少。

我们只拿讲演一项来说。

聪明有为而又好急功的少年们说道："我们中国的政治社会其所以糟到这步田地，都是由于人民毫无知识，全不了解他们自己的责任所致。我们且不必说大者远者，如张勋叛国时，北京市民居然高悬其黄龙旗，其后段祺瑞入京，黄龙旗又变成五色旗了。这种无知识的盲从举动，十足表现出无教育的奴隶根性来。

"即以目前近事而论，要改良市政，当然得先从市街入手，你看成都市街，如此的湫隘，如此的污秽，还配说是西南大省的省会吗？然而人民不但苟且偷安，毫无把它改良的意思，如今何幸有我们的大帅提倡于上，只不过叫大家把房子拆让出几尺来，再出几文修街费，并不劳他们一点儿神，委任许多有学问的人们来代他们经营，这是何等好的事！在别省人民馨香顶礼求之不得的，他们竟敢于口出怨言，说什么'兵灾连年，金融枯竭，骤然兴革，等于扰民'的屁话；还有一般假充读书明理的人，尤其可恶！他们首先不懂得市政为何物，并且不懂得改造社会为何事，又不曾研究过政治学、社会学、经济学等，却偏要妄发议论，说'省会非商埠可比，交通不便，人民经济力等于死水，城内街道再整顿，也无益于民生。'

"这番话，从表面上看来，似乎很有道理，其实全无根据，只好算是惑众的妖言，就在文明社会中，也得拿去砍头示众的。总而言之，人民是难与图始的；其所以难与图始者，就因为教育不普及，大家泥于守旧，略无新鲜脑筋的原故。

"不过说到教育，又有研究之处了。从当代各国新教育家、新社会学家等的学说看来，学校教育，固于讲坛式，往往和现代人生不生关系；假若由实用上着眼，学校教育确乎不及在学校外的讲演有力。并且讲演可以不拘地域，不拘形式，又没有编辑抄写印刷之劳，而经费复少花得多。我们相信，假若讲演收了效，成都的市政，自是轻而易举，就是共和基础敢说也要格外坚固些……"

因有上面这段议论，于是乎那位讲新文化的大帅对于这讲演一事遂也特别注意，特别提倡。好在他手底下的新人物比我家檐阶底下的蚂蚁还多，他只须吩咐一声做"什么"，差不多立时立刻这"什么"就似是而非的兴办起来。大帅本是万事皆通的外行，只须面子上做得好看，倒也不管里子如何，只是点头说"对呀！对呀！"而大家便也得意忘形的恭颂新文化成功。

所以不到两个礼拜，各式各样的讲演团体都如雨后春笋般纷纷成立了。本地报纸上天天俱有这项消息披露：宣言啦，简章啦，讲演题目啦，讲演场的盛况啦，各伟人的讲演词啦……许许多多的伟人，在他们未伟之前，我或许同他们碰过头，可怜他们那时连三句寻常应酬话，尚须红着脸咭咭呐呐的半天才说得出口的，并且除却吃喝睡觉以外，顶多只能哼哼木刻的唱本的，现在都聪明得了不得，都有了经天纬地的大学问，都把新名词背得上口。不过他们到底是不求甚解的人们，往往标出一个顶大顶好听的题目，开口一说，初听起来还像话，后来就不像得很了。这也不能再执"《春秋》责备贤者之义"来批评他们的不对，须知道"我老子姓张，你也姓张，我老子与你联了宗罢"的祝文，又何尝不算是张献忠先生的妙文哩！

偏偏我那朋友不明白这种道理，每每听了讲演之后，总要求全责备的到处向人嘲笑！有时高兴起来，还要做戏般把那讲演家的声音态度，淋漓尽致的摹仿一会。比如：这一天，他笑饱之后，就跳起来，站在我书案上指手画脚的喊道："你们都应该平心静气想一想，没有我们的大帅，你们见得着新文化的面吗？……所以我敢说没有大帅，就没有新文化！就没有市政！就没有一切！……你们都应该诚心诚意的服从、赞助大帅！来来来，我们大喊三声——大帅万岁！"

我那朋友年纪比我小几岁，他以为这样的讲演就有趣了，其实他何尝听见过真正有趣味的讲演！这天因为他怎的一胡闹，倒把我脑海里的一波掀了起来：

在前八年的光景，春夏之交，我不知为着什么事情，须出南门到青羊场去走一次。

青羊场在道士发源地的青羊宫前面，虽是距南门城洞有三四里，其实站在西南隅城墙上，就望得见青羊宫和它间壁二仙庵中的峨峨殿宇，以及青羊场上鳞鳞的屋瓦。场街只一条，人家并不多，除二、五、八场期外，平常真清静极了。

我去的那天，固然正逢赶场之期，但已在午后，大部分的乡人都散归了。只不过一般卖杂粮的尚在街的两侧摆了许多箩筐；布店、鞋店、洋货店等还开着门在交易；铁匠店的砧声锤声打得一片响；卖零碎饮食的沿街大叫。顶热闹的是茶铺和酒馆。

乡人们散处田间，又不在农隙之际，彼此会面谈天，商量事情，只有借赶场的机会。所以场上的茶馆，就是他们叙亲情、联友谊、讲生意、传播新闻的总汇。乡人们都不惯于文雅，态度是很粗鲁的，举动是很直率的，他们谈话时都有一种特别的语调：副词同感叹词格外多，并且喜欢用反复的语句和俗谚以及歇后语等，而每一句话的前头和后头又惯于装饰一种詈词。这詈词不必与本文相合，也不必是用来詈人或詈自己；詈词的意思本都极其秽亵，稍为讲究一点的人，定叱为"缙绅先生难言之"的，（其实缙绅先生之惯用词，也并不下于乡人们，不但家门以内常闻之，就是应酬场中也成了惯用语。）然而用久了，本意全失，竟自成为一种通常的辅语。乡人们因为在田野间遥呼远应的久了，声带早经练得很宽，耳膜也已练得很厚，纵是对面说话，也定然嘶声大喊，同在五里以外相语的一般。因此，每家茶馆里的闹声，简直比傍晚时闹林的乌鸦还来得利害。

乡人们不比城内人，寻乐的机会不多，也只有在赶场时，把东西卖了，算一算，还不会蚀本，于是将应需的买得后，便相约到酒馆中去，量着荷包喝几盅烧酒。下酒物或许有点咸肉、醃鸡，普通只是花生、胡豆、豆腐干。喝不上三盅，连颈项皮都泛出紫色。这时节，谈谈天气，或是预测今年的收成如何；词宽的，慨叹一会今不如古，但是心里总很快活，把平日什么辛苦都忘记得干干净净的。

我那天也在茶馆里喝了一会茶，心里极想同他们谈谈，不过总难于深入，除了最平常的话外，稍为谈深一点，我的话中不知不觉，总要带上几个并不新奇的专名词。只见他们张着大眼，哆着大口，就仿佛我们小时候听老师按本宣科讲"譬如北辰，众星拱之"一段天文似的。我知道不对，只好掉过来问他们的话，可还是一样，他们说深一点，我也要不免张眼哆口，不知所云了。

及至我出了茶馆，向场口上走来。因街上早已大为清静了，远远的就看见青羊宫山门之外，聚有十来个乡下人，还有好几个小孩子，都仰面对着中间一个站在方桌上的斯文人。那斯文人穿着蓝竹布衫，上罩旧的青缎马褂，鼻上架着眼镜，头上戴的是黄色草帽，他手上执着一叠纸，嘴皮一张一翕，似乎在讲演什么东西。我被好奇心驱使着，不由就趱行上前，走到临近，方察觉这斯文人原来是很近视的，而且是很斯文的。他的声音很小，口腔是保宁一带的人。川北口音本不算难听，不过我相信叫这般老住乡下的人们来听，却不见得很容易。

此刻他正马着面孔，极其老实的，把手上的纸拿在鼻头上磨了磨，把眼一闭，念道："蟋蟀……害虫！……有损于农作物之害虫也！……躯小……"他尽这样念了下去，使我恍如从前在中学校上动物课，听教习给我们念课本时一样。

我倒懂得他所念的，但我仔细把听众们一看，只见他们都呆呆的大张着口仍把这斯文人瞪着，似乎他们的耳神经都失了作用，专靠那张大口来吞他的话一样。小孩子们比较活动一点，有时彼此相向一笑，或许他们也懂了。

约摸五分钟，那斯文人已把一叠纸念完，拿去折起插在衣袋里，这才打着他那社会中的通常用语道："今天讲的是害虫类，你们若能留心把这些害虫捕捉或扑灭干净，农作物自然就会免受损失的。但是，虫类中也还有益虫，下一次我再来讲罢！"

说完，他就跳下方桌去，于是我才看清楚他背后山门上还挂有一幅布招牌，写着"通俗讲演所派出员讲演处"。

听讲演的乡人们也散了，走时，有几个人竟彼此问道："这先生说的圣谕，你懂得么？"

"你骂他做舅子的才懂!他满口虫呀虫的,怕不是那卖臭虫药的走方郎中吗?"

那一霎时的情节,我历历在目,所以我说照这样的讲演,才真正有趣啦!

一九二五年四月脱稿

(原载1925年10月3日《醒狮周刊》)

嘉游杂忆

大佛的脸

最近世的中国人所干出的事，已经很少不是故意在惹人发笑的了，比如袁世凯，要做皇帝就做皇帝好了，为什么要干着那瞒不着人的选举？又比如张宗昌到底是什么东西，他也讲起礼义廉耻，中国之罗盘来？

再加上我们四川一般"蛾子"般暴发军人的举动，三十年后的青年，有时看到这页历史，真不知如何的难过！

我不管，我还要再说一个小故事：这就是嘉定大佛的脸。

嘉定的大佛是就山岩凿成的，正当导江、沫江与岷江相会之处。据书上说是唐开元中海通和尚凿的，高三百六十尺，顶围十丈，目广二丈，虽然以现用的裁尺去量，或许要小些，然而到底是一件大工程。书上又说：为楼十三层以覆之，名曰天宁阁，明末兵燹后被焚毁，由是这尊石佛便露坐了快三百年。

我十岁时曾由它足下走过一次，是下水；十六岁时又走过一次，是上水。那时看得最有趣的，就是大佛的脸。广二丈的目是很明显的，目上层生了一列野草，俨然就是长眉，两颊甚红，船老板说是还愿的人用土红涂刷成的，究不知道是不是，总而言之，天然的痕迹多，看起来总觉有趣。

不幸，前年十月重到嘉定，再见石佛，令我大骇一跳，石佛的头已没见了，不是没见，是在它的本来石脸之外，被人给它加了一个面套，它的本来面目，也如当今好多世俗人一样，藏了起来了。

据说这个面套，又是什么陈师长的功德，花了好几千块钱，费了很大的事，才把若干的石条用石灰给它敷上，外面又通用调了红色的石灰抹了一层，鼻子自然没有，而眼睛眉毛与口，也只好劳烦匠人先生的大笔。

我不但为之大骇，而且还为之思索了许久许久，一直想不出做这面套的用意，若谓之功德，实在亵渎了菩萨，若谓之美观，实在是恶化了风景。

而且，在前年，因杨森的炮火，曾把大佛面套的左眼打了一个窟窿，我以为从此可以被风雨把这讨厌的面套给它撕去了罢？不想今年正月再去看时，这窟窿却又补修好了，不知是什么善人的力量，据说也花了好些钱……

依我的鄙见，大家既肯花钱花来干这种不急之务，倒不如把再上去的东坡读书楼培修培修，此地风景既佳，也算名贤遗迹，一任军队残破之后，再也无人过问，更过几年，也是万景楼的后尘了。

然而，大家宁可去造大佛的丑面套，他们的趣味如此，怎么说理！

题　壁

自从秦始皇在泰山勒石之后，凡中国到处的庙宇、客店的墙壁就遭了殃了。

诗曰：许久不见诗人面，不觉诗人丈二长；若非诗人长丈二，如何放屁上高墙！

又曰：如此放大屁，因何墙不倒？那边也有诗，所以抵住了。

不管是人屁是狗屁，到底还是诗。如今世风日下，我于由成都到嘉定的路上，一落客店，必先举烛以照墙壁，除了"张二、王三某日宿此"，或"东房的婆娘是……"外，惟有几首"身在路上心在家"一类的旧作，要找一二篇可以解颐的屁，实在不如在东大路客店中的方便。

在嘉定时，我以为此地既有山水之胜，题壁的东西必多，所以游凌云、游乌尤时，最注意的就是白粉壁墙。

粉墙上固然不干净，只是太退化，太令人失望：大抵都是土红白墨涂着"×占魁到此一游"；惟残破的东坡楼的楼梯边，或石碑上，倒还题了几首屁诗，可惜还不曾记下，而现在最记得的，只有一首，一字不改，照样的写在下面：

保国洋人威远军，不未（为）己事不未明（为名）。单（丹）心保国刀兵洞（动），保定江山得太平。

虽未署名，但细玩诗意，一定是个爱国军人，感慨时事的即兴之作，虽是别字连篇，可也不亚于吴佩孚的大作。

于此，吾又有慨焉，便是现在的文风衰颓，虽曾经礼部尚书章士钊极力提倡复古作文，然而"猫儿报"的首篇，总往往是段祺瑞的内感冒外感冒，足见武人不但能乱国，而且还是文章魁首，即以嘉定名胜处的题壁而论，好几首可传之作，也大都出于武人之手。这大概是气运如此，即题壁之风不盛，我想也绝不由于玉皇阁之一篇告示。玉皇阁建于龙泓寺半山上，贴了一篇告示，亦复"可爱"，照录于后：

玉皇神像庙宇，现以（已）培修光华，凡各界诸公有游览者，必须保护，方为获福也。后有无知者再来毁坏门壁，乱写乱涂等弊，被人拿获交与住持、善士，却（绝）不姑宽！

名实两致的钱钞

予生也晚，尚未赶上用咸丰、同治大当十钱的盛世。直到辛亥以后，才尝了一点军用票折合的滋味。

军用票的罪恶太大，当它盛行时，凡人所喜欢的硬洋钱大都被它赶出市面，赶到粮户们的地窖里去藏着；虽以胡都督之淫威，终不能把它的身份抬来与硬洋钱一样，从此以后，大家才一听见政府有发行纸币的消息，遂想起了军用票的故事……

弄得好几个人都因打算发钞票，失了民间的信仰，自然而然的吃了"倒下"的大亏。

"前车之覆，后车之鉴"，于是后来作恶的人便新翻花样，晓得你们不爱纸，而爱硬货，因就从硬货上作弊：货还是硬的，不过货面的价值越大，货的本身却越薄越小，越是不堪赏鉴。

况乎，作弊是公许的，今非昔比，坐轿的人照例是抬轿的弱，既然你可以无法无天的作弊，我又有何不可！况且，我的力量比你大，于是造币厂、铜元局就乡村化了起来。

不过，民间也自然有一种调剂的方法：这方法就是行市。你们的手足做得快，我们的方法也来得密，因此，一块洋钱在十六年前换一千文的，就被涨到八千以上！表面上是涨，骨子里却还跌了价。其故，就在货币的真价值上，十六年前的一千文，实实在在有一千杖小铜钱的价值，于今的八千几，实在只当了八百多枚的小铜钱，加以物产价值的增高，愈使货币的价值低落，作恶的人所得几何？徒然把平衡的生活程度弄参差了。

现在，各地有各地的币制，比如成都，大抵以鹅眼钱两枚作现市币价十枚，大青铜钱一枚又抵鹅眼钱两枚。至于嘉定比较更为复杂，除上述通行的两种制度外，还有把原有当五十的青铜元，作为当七十，把原有当二十的青铜元作为当三十。但这两种铜元是限于青铜而系双旗花纹比较粗劣的，若夫像以前紫铜而系龙纹的当十当二十两种铜元，价值又不相同。总之，民间的折合都有一种不成文法的公约，且都合于经济学的原理，有心人都应该随时记载下来，备作将来的史料的。

说到史料，我又想起了，像这样的拆合法，也是"古已有之"的。似乎是六朝时的梁武帝罢，曾重铸一种五铢钱，当时很通行，后来罢去铜钱，改铸铁钱，于是情形一变。也如现在四川的光景一样：造币厂、铜元局都乡村化了，不过那时名之私铸。私铸一多，那折合的办法就应运而生，在初，一百枚铁钱值铜钱七十枚，其后跌到值铜钱三十五枚。

我想，再照现在的办法干下去，一定可以弄到一枚大青铜钱值现行币五十文或一百文的。那吗，青羊宫席棚下的一碗茶，势非卖到二千文不可，而随手买花生十枚，也得要费去二三百文，欷歔盛哉，斯真可谓说大话用小钱矣！

（原载1927年3月《新川报副刊》二二三至二二五期）

今日！今日！

前年的今日，在世界上，尤其是在中国境内，显然有两种相反的现象表现出来：一是悲哀的，一是欣慰的。

悲哀是正面应有的现象，我们不必说它。因为在前年今日之后，接连好几个月，都有严重的、深切的形势，在各地方表现得很明白，虽然其中不少是应酬式的。

我这里要借机会说的，乃是极其暧昧的反面上的现象，即所谓欣慰的现象是也。

孙中山先生是一个有学问，有思想，有计划，有眼光，而且富有宽大的襟度，坚强的精神，猛进的魄力，为中国近世极罕有的伟人，而绝非吾国因袭想象中的英雄。

他毕生努力的只在"自强"与"反抗"一条线路上。因他生长在自己不长进的积弱的中国，所以最讨厌他的便是那以侵略为务而骄傲得了不得的所谓帝国主义的强盗们。在诸盗中间，自然以头一个抢入中国，手最辣，心最毒，鼻孔撩得最高的那个英国为顶恶了。它当着强盗头儿，把中国抢了几十年，从未受过主人一声咤叱，久矣夫行所无事的了，哪里想到会有一个尚未握有十分实权，具有百分强力的孙逸仙，居然要拿出主人架子来，说："我要收回海关。"这真是一个震惊。大约比章士钊忽然被段祺瑞提拔了一下，因就受宠若"惊"的那个"惊"还利害得多。恰恰近东的土耳其也居然挺起了腰杆。假若远东的中国再站起来，这打抢的营生，岂不连根子都会动摇了！于是乎，强盗头儿遂把这堂堂正正的主人翁恨入骨髓，随后一想，骇是骇他不倒的，要是真正打起仗来，主人翁的气焰既高，手头的家伙已非复八十年前的羊角叉，二十年前的南阳刀，况乎还有点两拳不敌八手之慨。因而就用下奸计：从荷包里挖出少许的赃银，买了一般不成器的败家子弟，从中捣乱。独惜那般败家子弟都不高明，才一出头，就遭大家的反对，一直弄到无容身之地，而强盗头儿损失了赃银，还说不出口，还加倍的吃惊。

　　因为种种原故，所以在前年今日之前好久，路透社就高高兴兴捏造起孙逸仙已死的谣言！何幸果然有个前年的今日，他们的欣慰，还能以言语形容吗？

　　除知强盗头儿英国之外，感此欣慰之情的，自然就是一般大大小小，老老少少，新新旧旧的家贼。这些家贼中间，第一自然就是一般北洋军狗，（我这里说的北洋军狗的范围，并不仅仅限于从小站出身的，并且不仅仅限于长江以北，所谓什么皖系、直系那般东西，就连奉天的匪军，营私自便的联省自治派，仰息北京臭茅厕的一伙地方土匪，都包括在内，谓之北洋，因为他们都是以北洋为正统的原故。）他们自以为咱们的运气好，趁你孙文捣乱，得亏咱们的宫保提拔，尊荣而且大富了，你孙文为什么还想生事？革命只许革一次，把清朝的宣统皇帝革掉也就罢了，你为什么还要革？还要革就是向我们造反……可是你的党羽多，你又会说，平日把你莫计奈何，幸得天老爷有眼睛，你也有今日！这种思想，从段祺瑞、张作霖等人起一直到我们四川的杨森止，都如此。虽然杨森此划不再"身入敌境",而喊"此先总理"来了。其次的小贼们,我也得一般一般的给他们代讲出来。只是时间可贵,权且让他们嗳唔,仅把他们的类别提一提如下:

满奴的余孽等;

袁贼的余党等(专指吃笔墨饭如杨度,以及一伙甘心劝进的东西);

师爷派的研究系;

弄小巧的政学系;

口口声声说"我们是做官的"一般老官僚新官僚;

口口声声说"我们在什么言什么"的一般人;

口口声声喊"项城"、"合肥"……(就四川省外的而言);

驹"简阳"、"金堂"……(就四川省内而言);

吃饱了饭叹人心不古的一般浑虫;

会做骈四俪六,自以为名士得了不得的书办们;

读了几句不哼的书,除《东莱博议》而外,不知有它;

以为做得出一篇"钓者负鱼,鱼何负于钓"式的东西,就是保存国粹的那伙小子;

看隔年皇历的乡约保正们;

赏玩了几年西洋景回来,自以为抱负甚大,其实一事不知的许多留学生们;

还有……

还有……

一时也数不清楚了。

(原载1927年3月《新川报副刊》二一二期)

《乱谈》三则

此之谓武力民众化

杨森先生别无它长,就是喜欢闹点矛盾笑话,一发言,一动作,无一不是新新《笑林广记》上的资料,比如去年乘机溜到宜昌去时,同一天竟会发出两封电报,向武昌说是"恭就军职",向郑州说是"身入敌境"。你们想,这除了他先生还谁有这宗本事?只不知这本领是哪一位代书传给他的?或不是傅振烈罢?

最近,杨森先生除了痛喊先总理不算,还闹起武力民众化来,不过他的解释,又不平常,仍然是新新《笑林广记》上起兴事。

他说:"本军地狭额多,筹办月捐,实属万不得已之举,矧此军事时期,非武力为民众化,不能救国保民……"我不知这又是哪位代书替他拟的稿子,或仍不是傅振烈罢?!

饥兵政策

吃饭所以求生，打仗所以求死，生死不相容，所以要打仗就不必吃饭。这是一个逻辑。

《官场现形记》上某道台的主意也不错：兵不要吃饭，上了阵自会向敌人扑去，并引他家喂猫的方法为证，说是猫吃饱了就不捉老鼠。

吾川的杨森深通此理，他治军的方法就是两稀一干，募兵的策略就是寓赈于军，因此才能在一年之中，从一个师扩充到全国第二的兵力。便是其它的军官也都深识此妙，所以他们的钱只管百万千万，而兵则未见能饱，他们或不一定打算中饱肥己，可以说，他们是借此在练兵。

如此中国就太平了

到征兵考验时，一百个青年中只有一两个不曾受过国民教育,目不识丁的；只有三四个不曾受过高小教育，能识字而不能写的；只有十来个不曾受过中等教育，写得出而不漂亮的。

虽不人人穿花缎衣服，但田间的农工起码也穿的是漂亮的白布汗表，并无补缀的痕迹。

上百人的村子中，便有一所电动机械工厂。

上千人的城市里，便有一所极完备的公共实验室，和一所很下得去的图书馆。

天空中看不见电线，但随时随地都可与五千里以外的朋友讲话，或听音乐，听讲演。

由成都到北京坐四天的电动车，还嫌慢了，有事的多半改乘六七小时便到的飞艇。

长江里的轮船通改了样子，除极笨的货船外，便是极轻便的游船，随时有新式滑艇的比赛，比赛的路线大抵从一百里起码。

曾经当过师长、旅长的，退伍之后，仍旧干他们的本行。剪发的去剪发，挖田的去挖田，或重新到大学里去当勤苦的学生。

广东、福建的人能说国语。

游遍全国不带被盖卷、洗脸盆等物。

春秋佳日，到处的公园或公共场所中都有五十人以上的乐队在那里演奏，而音乐的感兴力，可以使几里外的鸟儿都能与之和鸣。听音乐的人，从六七岁的男女到七八十岁的男女，都静立或静坐在四处领略，连经几小时，除采声外，听不见一点鄙骂。

游戏的团体，几乎遍地都是，到处都听得见优美的情歌，老年人听了绝不以为不然。

大城的报纸发行额大都在一百万份以上；上海、广州在昨夜出的姤杀案，至迟在成都今日的午报上就有四栏的记事，通用五号兼七号字印；而出事时所摄的照片，也极清晰的附印好几张。

世界科学年鉴上，年年都有很多的中国人名；如诺贝尔等光荣的奖金，大约隔两届总必落在中国人的头上。

政治上的讨论，露天讨论的力量比屋里讨论的力量大；而且，除了事务员与职员外，就是二十岁的小妈妈也要抱着她小宝宝来参与的。

热闹中的记言

一、热是真热。即以着笔之今日而言,在上午八点钟,平常家用之寒暑表上,水银已上升到八十六度。闹哩,亦真闹。有嗡嗡之声,有丁丁之声,有铿铿之声,有轰隆之声,乃至于诸般不能用文字写出之声,更不必说从各各高等动物之诸窍中,有意识无意识而发出者。记言云者,说过的话,将其痕迹留下之谓也。原夫话痕之可留者,据说,不必一定是圣经贤传,也不必一定是名人言录、道学先生语录,乃至堂堂正正墙上,用"国色"或苟简一点用白石灰、土红等所大书的"起来""打倒",一直到尿坑之侧,以瓦片画出的"乱屙尿是龟儿"等等,只要合了时会,或经什么人赏识了,都可留的,且据说,都有留的价值。

二、说话本来很难。无论怎样说法,难免无可诋之漏洞,何况再经一度之翻译。韩柳欧苏八大家,我们何尝不可骂之为狗屁不通,人人所恭维了不得的莎士比亚,而福禄特尔便曾批评之为"狂人醉语"。

三、不过中国老话说的"天子无戏言"。大凡位越高、权越重的角色，哪怕便是一个道地的浑小子，似乎说过的话，便也如灼过火印的一般，是作算的，作算便有至理存焉。

四、然而亦有不然者。即如当今之世，名言夥颐，乃至说一句话，赌一个咒，似乎灼过火印者矣。假如你真个信了，那你起码也是一个道地的浑小子。如今是硁硁然的小人（这小人的涵义是细民），才讲究言哩必信，行哩必果，你懂得吗？

五、所以我们现在但看一个人的话痕，是为艺术而吹吹的吗？抑或是要顾着行的？假如张家狗娃子非常诚恳的向着李家火娃子讲交情，一说一个笑，"你哥子，我兄弟，你不吃，我怄气。"而乘势便踢他一脚，将他油糕夺去，复又从而安慰火娃子曰："咱们要好弟兄，打打夺夺见得什么！别哭，哭了，就生分了。"如此者，张家狗娃子便是名人，而位必高，权必重，其话痕中便有至理存焉。

六、阿Q打不过人，结实挨了之后，心头以为我总打赢了你。这还不算，要是我处此境，尚必说几句硬话曰："你小子打得好！是角色便待着，待我回去了再来！"则无论你待与不待，你都输了；待，是你服从了我的吩咐，不待，你胆怯逃走了，虽然我挨了，而你在论理上都输定了。此之谓"长期抵抗"。假使其间而无至理，我们的伟人名人何至挂在口上？而我亦何至窃取而论之？

七、孟老爹之后的荀老爹说过一句话："乱世之文匿而采"。乱世之至理忒多，而乱世之至理又十九是弯弯的。上海法学名流吴大才子，绞脑汁，挖肾脏，草拟宪法半载，而正名曰："中华民国三民主义共和国"。其中之理或有而未至，或至而无大理，故舆论界乃得而批评之。今得孙科先生出而证明其对，则吴大才子又安得而不对哉！有此一例，其它都可代表矣。

八、谈理之青，且须弯弯而要说得好，更不必说"琐语呓言"了，故其卒也，鲜不为"狂人醉语"。况在又热又闹之中而记言，则所记话痕，是什么价值，从可想矣。以上八条，权作序例，大家愿闻，且待我慢慢的胡说八道。

一九三三年七月十二日

（原载1933年《新世界》第二十六期）

春 联

想到壬寅春节是我国在连续三年大灾害之后，决可转入一个上好年景的年头。为了表达我至诚祝愿，因拟一副春联，安排过春节时，贴在我菱窠的木板门扉上。春联刚刚拟好，恰巧《西安晚报》编辑同志远道来信，要我对壬寅春节写点什么东西。无已，便将这副春联移赠《西安晚报》作为我对西安朋友一片至诚祝愿，假如可以的话，便请看这春联的联文：

人尽其才，地尽其力，物尽其用；
花愿长好，月愿长圆，人愿长寿。

通统是古人撰的文词，我当然不能代表说撰得不好。我只能说，下联三句头二字着我颠倒一下，未免点金成铁。其次是，上联有个"人"，下联又有一个"人"，也是毛病。再其次是，二十四个字几乎都是"平"对"平"，"仄"对"仄"，若叫我的私塾老师看，（幸而老师早已去世，没法看得见！）准要打手板几下，以作"俭腹谈文"之戒。春联虽是一种"雕虫小技"，到底是我国文艺中一种特技。从前的文人学士，好多人都喜欢搞这一道。尤其在腊月下旬，我们成都街头巷尾，就有春联摊出现。老师们（大抵是三学中穷酸，和教私塾的学究先生。）磨出大盘墨汁，裁选出大大小小、长长短短的朱砂红纸，等候农工商贾、住家人户来照顾一两副春联，去贴在刚正打扫或是洗涤干净的大门门枋上，作为除旧迎新的标帜。

春联摊上写的春联，大多数是现成诗句，或者早已传诵的成联。但遇着老师高兴，也可问清你是哪行哪业，临时撰就一副切合身份的联语。比方说，你尊驾是打铁的，那，他撰的联语，便是：

三间东倒西歪屋，
一个千锤百炼人。
（注：此联借用于某笔记）

你尊驾是裁缝，他撰的联语，则是：

裁遍春风三月锦，
缝成花样十分新。

你尊驾是摆书摊，兼收售新旧书籍的，联语是：

九十日春朝暮雨，
两三间屋古今书。

你尊驾是开骡马店的么？他撰的是：

左手牵来千里马,

前身定是九方皋。

（注：此联亦借用于某笔记）

诸如此类的联语，多罗，再录百十副，也录不完。

不过老师们年年挥洒出来的，还是古人诗句和现成联语为多。以我们成都而言，记得从前到处看得见的，总不外是："小楼一夜听春雨，深巷明朝卖杏花。""又是一年春草绿，依然十里杏花红！""五风十雨升平世，万紫千红总是春。"四字句，多半是："物华天宝，人寿年丰。""开门见喜，对我生财！"一般商贾们大抵都喜欢贴这样的春联："生意如三春花柳，财源似万顷波涛。"

在清朝光绪末叶，我们成都出过一件因贴春联而得了好处，因而出了名的佳话，现在成都七八十岁的老年人还知道这件事。容我记述于下，作为我这篇该打手板的短文煞尾好了：

那时节，有一个候补知县大老爷，是陕西省泾阳县举人出身，姓名叫伍生辉，号介康，分发来四川候补，因为赋性梗直，不善逢迎，一条水晶板凳，一坐十年。据说，这一年，穷得几乎当尽卖绝，过不了年，伍大老爷满腹牢骚，遂在除夕日，撰写了一副春联，贴在大门口。不想次日元旦，四川总督锡良朝了会府回衙，打从伍大老爷寓所而过，从轿中看见这副春联，不由大喜，认为这是才人手笔。不但当日就传见了伍大老爷，而且不等开印，就叫布政司挂牌，委他署理绵竹县知县。伍大老爷从此飞黄腾达，才名远驰。

从前许多穷酸说起此事，无不垂涎羡慕。措大们眼孔小，没有抱负，且不管他。若以文笔而论，伍生辉这副春联确还可诵，现在请看他的联语：

十年宦比梅花冷,

一夜春随爆竹来。

      一九六二年腊尽冬残之时

(原载1962年1月31日《西安晚报》)

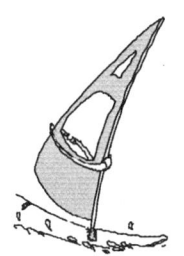

大师经典

小说

李劼人精品选

儿时影

其一

啊呀，打五更了！急忙睁眼一看，纸窗上已微微有些白色，心想尚早尚早，隔壁灵官庙里还不曾打早钟！再睡一刻尚不为迟，复把眼皮合上。朦胧之间，忽又惊醒，再举眼向窗纸一看，觉得比适才又光明了许多，果然天已大明！接着灵官庙里钟声已铿铿嗒嗒敲了起来，檐角上的麻雀也吱吱咯咯闹个不了。妈妈在床上醒了，便唤着我道："虎儿，虎儿，是时候了快点起来，上学去罢！"

我到此时真不能再挨，只得哼了一声，强勉坐起，握着小拳，在两只睡不醒的眼皮上，揉了几揉。但那眼珠子仍觉得酸溜溜，涩沽沽，十分难过，又打了两个呵欠，才把床沿上放的衣服抓起来披起，心里便想，几时哪天永不明亮。岂不好长长的睡一个饱觉，不然便把那学堂里的老师一齐死尽，也免得天才见亮就闹着人去上早学。心里虽是如此想，手里却仍忙着穿衣服，缚鞋韈，诸事齐备，登的一声跳下床来。妈妈又模模糊糊的说道："虎儿，你还不曾走么？不早了，快点快点！莫要久耽搁，恐老师发怒，条桌左边抽屉里，有四个铜钱，拿去吃汤元去！"

我一听吃汤元，不觉精神一爽，连忙将钱取了，把一个小书包挟在腋下，说声"妈妈我去了！"开门出来，晨风冷冷，地上宿露，犹滋润未干；两旁铺店，尚都关闭严紧。一条坦坦荡荡的长街，除我一个上早学的小学生外，寂寂静静绝无第二个行人踪迹。走到街口，在一家大公馆门前便有一个卖汤元的张幺哥，正把担子挑来，烧了一锅开水，一见我来，便笑道："小学生好勤学，恁早就上学了！明年科场，怕不抢个大顶子戴到头上？"

我听了只好一笑，把书包放在凳上。张幺哥便舀了一碗炅热的汤元给我，吹着吃毕，用衣袖把嘴抹了，将四个铜钱，锵的一声掷在张幺哥的竹钱筒内，挟了书包，几跳几跳，便跳进学堂。掀门一看，老师尚未起来，只见众同学的桌凳，七高八矮，七长八短，七歪八倒，纵横一地。地上鼻涕痰唾的痕迹，斑斑点点，犹如花绣一般；几扇零零落落的窗棂格子也脱了，纸也破了，老师终年终月，兀坐窗下，从不肯稍稍收拾一次。略一瞻顾，随着轻轻的走到自己的桌前，歪着头，鼓着腮，把桌上的灰尘吹净，又把书包拂了两拂，取出书本，方要诵读，心里忽一转念，为时尚早，莫把老师惊醒，再玩一刻儿罢！于是又轻轻跳下座来，又着手一想：如何玩呢？忽掉头见同学桌上积的灰尘，比自己桌上的还厚，便想了一个妙法，走到桌前，伸出一个指头便去灰尘上画了无数减笔老鼠，也有立的，也有跑的，这张桌上画毕，又到那张桌上去画。正画得入神，忽见桌上又伸出一个细长指头，把我画的一个没尾巴老鼠，忽添了一根绝长的尾巴。我大吃一骇，连忙抬头一看，原来也是一个小学生，在同学中年龄比我还轻，平常最爱哭泣，老师又是最恨他，无论他读的书背得背不得，讲得讲不得，一日之间，他那手掌同屁股，总得与老师的毛竹板子亲热几次。自他进学堂以来，便不曾欢喜过一天，终日都在号哭，久而久之，习与性成，那眼泪鼻涕，倒同他一刻不离了。众同学都代他起了一个别号，叫做"哭生"。他也居之不疑，每每提起一支大笔，壁上、墙上、桌上、书上，到处都写些"哭生"两字。当下我一见是他，便握着他的手，低低笑道："你今晨又不曾赶过我？"

哭生皱着眉头低声应道：

"我倒不想来赶早学，我只想怎的一天长成了大人，我爸爸送我去学手艺，永世不进这牢门，那就好了！"

我道："何必哩！你读了书，以后入学中举，岂不好吗？却甘愿去学手艺！"

哭生摇着头说道："莫说入学中举那些虚话，我只求今天那毛竹板子不尝我的肉味，就万……"尚未说毕，歔的一声，眼泪汪汪，早滴了一桌子，把一个才画的长尾巴老鼠，也淹化了。

我连忙将衣袖伸去，替他擦了泪珠，劝道：

"你也太柔懦了！快不要哭，我教你一个避打的法子罢！你回去把那粗草纸，取得四五张，叠成两片宽宽的纸版，用细麻绳拴在裤子里。纵说老师的毛竹板子力量重，有一层草纸隔着，究竟轻些。"哭生仍摇头说道："枉然枉然！你这方法，只能避得屁股上的痛楚，那手掌上，还是避不了的。"

我低头一想，也是道理。正欲再替他想个方法，猛听见地板上砰砰訇訇响了几声，原来两个十七八岁的大学生，挺胸扬臂，大踏步走了进来，一个忽然说道："噫！又是你两个早来！怎不读书，却鬼鬼祟祟的嚼些什么？"

我道："希奇！要你来管我们吗？"

他两个笑了一笑，也不多说，翻开书本便商颂曰、秦誓曰的乱喊起来。

　　这一下，早把老师惊醒了。只听见床钩一响，接着咳嗽吐痰，闹了一阵，房门一启，老师早已披了一件油污烟渍，其臭难当的蓝呢夹衫，脚下趿了一双云头夫子鞋，走到教案之前，打了几个大呵欠，方才坐下，在抽屉中取出一副白铜宽边大近视眼镜，擦了两擦，往鼻子梁上一架，慢慢举头把天光一望，忽然大发雷霆的说道：

　　"恁迟了，怎还不曾来齐！读书人三更灯火、五更鸡，举人进士，岂是晏起迟眠做得到的？"

　　老师这几句训辞，本非新制，每隔两三日，总须按本宣科的说一次。我们已经听得厌了，也不在意。只是老师人本瘦小，弯腰驼背，自显得斯文尔雅。至于脸上，更是一张粗黑油皮，包了几块凸凹不平的顽骨，再架上一副大眼镜，早把一张不到三寸的瘦脸，遮了大半；头上发辫，乱蓬蓬堆起半尺多高，又黄又燥，恰如十王殿上泥塑小鬼的头发一般。老师讲毕训辞，未到半刻，许多同学都陆续来到。登时一间屋里，人喊马嘶，十分闹热起来，接着背熟书的背熟书，上生书的上生书。我与哭生，今晨都在上生书之列，我们两人，又都是读的"下孟"。

　　我先捧书上前，递到案上。老师把书拖去，提起笔来，先把句读圈点了，然后将书移到我的面前，哑着声音念道："孟子曰：有布缕之征，粟米之征，力役之征，君子用其一，缓其二，用其二而民有殍，用其三而父子离。"顿了一顿，又念道："孟子曰：诸侯之宝三，土地、人民、政事，宝珠玉者，殃必及身。"

　　我用一根指头，指在书上，一面跟着老师声音念去，一面偷眼去看老师，见老师正伸手在衣领上捉住了一个大肥虱子，递到鼻尖上去赏玩。我不觉一阵恶心，口里便顿住了。

　　老师登时怒气满脸，伸手把我脸皮一拧道："心到哪里去了？"随又抓起一柄尺许长的木戒尺，嗍一声便打在我脑袋上。

当时我又急又怕，又觉脑壳上火烧火痛，不由的两行痛泪，纷纷流下。

老师尚大声叱道："你还敢哭吗？"又把戒尺举了起来。我急急忍着痛楚，抹了眼泪。幸而老师待我尚有几分慈悲心肠，因我妈妈望我读书有成，时常备些点心菜肴，叫我送给老师，所以老师才不再打，只把手向书上一指道："自己念！"

我连忙捧着书，一字一字念了一遍，幸未有错，这才平平安安回到自己桌位。在我之后，上生书的，就是哭生。只见他捧着书本，愁眉泪眼，战战兢兢挨到教案之前，老师瞪了他一眼，早把他骇得面如土色。但今晨甚是奇怪，老师虽恨了他一眼，却不曾打他一下。他转身之时，恰与我打个照面，把舌头伸了两伸，眉梢眼角，微微有点喜色。哭生面有喜色，在我眼里只见过三次：头一次，是他生日，在老师面前，偶然说出，老师大变成法，居然赏了他一天假期，我见他笑过一次；第二次，是他在书本内，忽翻得一张外国图画，我并不知是谁人夹在他书本中的，图背还写了几个红字，是"可爱哉此儿"！他一见了，如得珍宝，放声一笑。我问他究竟是谁的，他总不说出。这次之后，直到今晨，虽未曾笑，也算他展过一次眉头。我们生书上了两段后老师便放了早学，众学生都回家吃饭。我出得门时，哭生已经走远，因他不与我同路，我便独自回去。此时街上铺店，都已开张，路上行人，熙来攘往，迥不似清晨那番寂寞光景了。张幺哥汤元卖毕，已经回去改卖别种东西去了。妈妈待我吃饭方毕，便急急催我去上学。我算老师此时，正在吃饭，老师饭后，尚须吃烟出恭，耽搁很久。我便挟着书包，躲到灵官庙里，去看那些烧香敬神的妈妈姐姐们，许久许久，方才跑进学堂。早饭后的功课，第一就是背诵熟书。我的熟书是：《三字经》、《千字文》、《诗品》、《孝经》、《龙文鞭影》、《大学》、《中庸》、

《论语》、《孟子》，还不算多。哭生比我多读一部《幼学琼林》，一部《地球韵言》。我背诵之后，就是他了。他因今晨不曾挨打，便胆大了些，将书本送上教案，一不留心，刚把老师一个千钉万补的百衲碎磁茶壶，微微碰了一下，登时老师拼着破竹片喉咙，哇喇喇大叫一声，一举手早把哭生一大堆书本，蝴蝶闪翅般掷了一地，然后一把将他一个小髻儿，抓了过去，早在教案侧摸出一根二尺来长、七八分宽、四五分厚的毛竹板子，雨点似的只顾向哭生肩背股腿之间，抽来抽去。

哭生也是一个怪孩子，每每挨打，只把两手抱着脑袋，拼命的号哭，也不求饶，也不躲闪，直待老师手腕软了，方才放下。哭生哭着，弓下腰去，满地里把书本拾起，仍然清理整齐，重新捧到教案上去，眼泪汪汪，候着老师看了，方好背诵。老师是时正把茶壶捧到鼻尖上去，细细察验，见未碰坏，方缓缓放下，举眼去看哭生，见他泪流满面，两只手隔着衣裤，摸索伤痕。

老师大恨一声道："你也算是一个人了，不知你前世是那片蛮山上的一条野狗！看着我做啥？不快背书，还想讨打吗？"

哭生这才转过面去，带着泣声，把书一本一本都背过了，幸无差错，老师这才从轻发落，叱回座去写字。接着，又一个学生上去背书，却又生又错，老师气极了，重重的责了那学生两下手掌。只因那学生也同我一样，时常有些东西送来孝敬老师，所以老师也另眼相看。当下背书皆毕，老师吩咐写字，大家磨起墨来。我与哭生两人尚在模写核桃大小的大字，每日只写八十字，故不久都写毕了，交到老师教案上去。

正在此时，忽见老师一位朋友，弯腰曲背，手上比着六字形，脚下踏着八字式，摇摇摆摆，走进学堂，唤道："三兄，尚未毕事么？能否到香泉居吃碗茶去？"

老师一见，连忙除了眼镜，站起来让座道："大兄有此雅兴，敢不奉陪！但请稍坐，待与顽徒们出个诗题。便可偕去。"

原来此人是老师第一个好朋友，每每邀着老师出去吃茶饮酒，或是赌博、看戏，只须他来，老师必要出去一次。老师出去，至少总有一两个钟头的闲暇，所以我们一见他来了，大家的精神都为之一爽。当下老师写了一纸诗题，是他们大学生的，又写了一纸对子，是我们小学生的。写毕，放在案上道："题纸在此，我回来时，都要交卷。未交的，一百毛竹板子，半个不少！"

老师吩咐后，便同着那位朋友，摇摆着出了学堂。众学生尚不敢擅自离座，大约半刻时候，早见一个最大的学生，哈哈一笑，跳了起来道："你们为什么还不来取题纸，定要等那老东西发给你们吗？"

这人一倡首，那些大的小的，都纷纷的跳了起来，又说又笑，登时把个严冷学堂，闹得一团糟。

我此时也跳下座来，同着众人去抢题纸，却被一个十四岁的学生抢到手上。众人又向他手上去抢，他早跳上教案，站了起来，举着手道："莫闹莫闹，听我宣读！"众人果然不闹，都仰着头看他读道："诗题是'溪水抱村流，得村字，五言六韵；对子是'千点桃花红似火'。"

我一听了，忙跑到哭生桌旁，见他正提着笔，在一张白纸上写了无数"哭生"二字。我摇着他的肩头，问道："你听见了不曾？"

他抬起头来道："听见了。"

我道："你如何对法？"

哭生把笔一掷道："对对对！今天这一顿，把我打结实了！你摸我左边背上，同这只腿上，无一处不是半分高的板子痕！"

我道："今天倒怪你自己！老师清早并未打你，你为什么要碰着他的茶壶？"

哭生道："那不过一时大意，并不曾把他茶壶碰坏，怎么就这样打我！我再顽劣，究竟是个学生，并非是那犯了王法的偷牛贼！"说着又呜呜的哭了起来。

我道:"这些都不说了,且把这对子对起,也好放心玩玩。"

我们两人正说时,旁边一个大学生便插嘴道:"谁请我吃二两落花生,我替他对个顶好的?"

我道:"不希罕!这对子并不难,不知哭生对得起不?"

哭生抹了眼泪道:"我已经对起了!"便提笔在纸上写了七个字道:"两堤杨柳绿如烟。"

我道:"很好很好!你已有了,我呢?"

哭生道:"这个还不十分好,算我的,我再替你想个好的罢!"

那插嘴的大学生笑道:"你不要绷面子了!除了这个,我看你还有什么好的!"

哭生也不回答,只歪着头想了一想道:"有了有了,这个送与虎哥哥罢!"

于是又写了七个字道:"一弯溪水碧于天"。

那大学生,不由叫了起来道:"你们快来看!哭生今天一顿打,倒把他心思打出来了!"

众学生果然一轰跑来,都七嘴八舌的夸奖哭生聪明。我便说道:"哭生,这如何使得?我用杨柳的一个罢!"

哭生道:"你不要怎的?我同老师不知是几世里的冤孽!我纵用了好的,他仍说是不好,倒把这几个字可惜了。我虽用了那一个,我觉得还委屈了他哩!"说着眼圈儿又红了起来。大家都不禁替他黯然,便各各散去。我也只得谢了他一声,便取纸条写上,交到教案上去。不多时,老师回来,时候已经不早,便放了午学。

我回家去时,一路上心想:"哭生真真可怜!遇着这个蛮子老师,只好吞声痛哭。我今天即得了他这个好对子,如何酬谢他一下,才对得住他?"

想了多时,忽然想得一个妙处,不禁大喜。原来我家街口有个茶铺,近几夜正请了一位说评书的,讲说《水浒传》,我前几夜曾去听来,十分好听。哭生终日抑郁,谅未听过这种好书,不如请他来听一夜,也使他心胸开阔开阔。

想得停当,午后进学堂时,读了一首唐诗,放学后,我便约哭生同去听评书。

哭生不肯。说他爸爸不能要他夜间在外。我心里一思索,只得同到他的家里,见了他爸爸,把话说明。他爸爸须发都已斑白,眉宇之间,极其严厉,两只圆眼,凶光闪闪,尤为可怕。见我说毕,闭着唇,瞪着眼,沉吟半晌,才道:"既然世兄约他同去,也使得。只不到二更,务必叫他回来。"

我忙应允了,挽着哭生,先回到我的家中,见了妈妈,把这番情节说明。

我妈妈倒不说什么,只叫早早回来,莫去同下流人交接。临走时,又每人给了十六个铜钱,及到茶铺内,评书已经开场。听了一段"李逵怒打殷天锡,柴进失陷高唐州",时候不早,哭生便要回去。我也因他爸爸不是个慈父,只得送他回去。一路上,哭生极赞《水浒》这书:"怎做得恁好!一字一句,都是人心坎上要说的。假若我们读的书,都这样有趣时,我就打死,也情愿到学堂里去。惜乎我们读的书,一句也讲不得,知道它上面说些什么!老师单叫我们熟读,不知熟读了,究竟中什么用!"说罢,又叹息一声道:"今天倒过去了,明天又要上学!我一说起学堂,真如上刀山一般。几时才得离脱这个苦海,就讨口叫化,也是甘心的!"

说到这里,不禁又纷纷泪落。我好容易劝了半天,才把他劝止了时,已经走到他家门外了。哭生掀门进去,我便急急回家,脱衣睡觉。想起明早上学时候,恨不立刻就睡着,偏偏李逵、柴进时时扰人心坎,直到三更过后,方渐渐入梦。不久之间,啊呀一声,又天明了!

其二

中国小儿，每于读书之初，父母之期望，师兄之劝勉，千言万语，总不离做官两字，好似人生一世，除了做官一事外，更无他种高大希望。在从前情形不同，原也是万般事业，皆不如作官，既可作威作福，又可名利双收；对于祖宗，便算光耀；对于父母，便算报达。此外尚落了个妻封子荫，就是在戚党乡里之间，遇事都须占些体面，得些便宜，一举一动无不我是人非。至于肥田广厦，美婢俊仆，那些"居移气、养移体"的事情，更不必说了。所以惹得人人心羡，倒不希奇。记得我五六岁时，有一天，大约像是仲春光景，正赶过青羊宫不久，吃了早饭的时候，我爸爸忽把我估量了几眼，便向妈妈说道："虎儿今年又长了一头了，据我看来，已是发蒙读书的时候，你说使得么？"

妈妈道："有啥使不得！小孩子长了五六岁，正该发蒙，我早想与你说说的，因你事情多，哪有空闲时候来教他！故此便不曾说得。你既有了这番意思，看你还是自己教，还是送出去附馆？"

爸爸道："太小了，还不是附馆的时候。目前我权且自己教着，等他上了路后，再送出去附馆不迟。只是这发蒙一事，还要好生斟酌，我看许多人家，都把此事不很看重，胡乱教孩子认几个字，便算发蒙，不知小儿一生的好歹，都在这发蒙上定轻重。所以我的意思，很想得一个品学兼优，又有功名的老先生，与虎儿发蒙，也好使小孩子后来有个趋向。你看我这番意思何如？"

妈妈笑道："我倒想不到此，既然你如此说来，虎儿的舅舅，倒还合式。大哥的人品学问，不须我说，你是知道的。论功名也是一个举人，虽不曾会进士、殿翰林，也如你时常说的，只欠一步罢了。"

妈妈刚说至此，爸爸连点几个头道："靖哥的为人，倒无啥弹驳处，如此就去费靖哥的心罢！只我这几日事情正多，不能亲身前去，你明天领虎儿回去就是了。"

妈妈道："也要看看历书，择个好日子，倒不论明天后天。"

爸爸是时已经饭毕，便取出历书翻开一看道："果然明天是个破日，不甚好。后天也不见佳。今天倒宜上学发蒙，只可惜天气太晏了一些，不然倒是一件恰好的事。"

妈妈笑道："这领儿子发蒙，又不是拜生吃喜酒，要恁早做啥！今天日子既好，就今天去罢！你去叫张升买点点心，我收拾一下，就可以去了。"

爸爸道："是的是的，我叫张升办去。"说着爸爸取了水烟袋出房吩咐张升去了。妈妈匆匆把饭吃毕，唤老婆子收了碗筷，对镜子掠了头发，换过一身衣裙，与我也换了一身蝴绉夹衫，一双蝴蝶花鞋。我穿了新衣，不禁大乐，张开一张笑口，喜的合不拢来。因我妈妈素来极其俭省，平常所穿的旧布衣裳，大都是破了又补，绽了又缝，非是过年过节，或做客走人户，这身新衣，是不容易穿的。今天忽然穿了起来，真是梦想不到，几乎像平步登天的一般，怎的不心喜难禁哩！不多时，张升办的东西，已经齐备，轿子也来了，妈妈便带着我乘轿过大舅家来。

大舅父母均已亡故，只大舅母尚在，生有三个表哥，五个表姐，都比我年纪大。第三个表哥，小名唤做嵩嵩；第五个表姐，小名唤做韶姐，也有八九岁了，平常与我最好。我才下轿时，两个小朋友喜的跳了起来。韶表姐便来牵我的手道："虎弟，你才来么！今年你去赶过青羊宫不曾？我倒同爸爸去过，多少热闹！多少好玩！有卖花的，有卖竹器的。爸爸与我买了一个多细致的竹丝编的花篮，三姐又做了几朵绫子花装在里面，真是比活的还好看！你喜欢看不？"

我此时怎么不喜欢看哩！拖着韶表姐的手，便向房里跑，道："快去看！快去看！"刚进房门，只见大舅母、大表姐、二表姐、三表姐、四表姐诸人，正陪着妈妈在房里谈天。大舅母见我进来，便笑道："虎儿近来更胖了些。韶韶今天又添了伴了，这才好玩呢！"

大表姐坐在一张藤心春凳上，一把便将我揽到怀里，抱着问道："虎虎！你妈妈正和大舅母商量，要给你发蒙读书，你怕不怕？"我摇着两手道："不怕不怕，我正喜欢呢！"

三表姐也坐过来笑道："你不怕吗？你知道什么叫做发蒙？"

四表姐正挽着我的手便接着说道："我告诉你罢！发蒙是要穿鼻子的！"

我挤着眼睛，伸伸舌头道："莫诳我，大表哥，二表哥都发过蒙的，怎么他们的鼻子还是好的呢？"

正说之间，忽见二表姐哈哈笑道："你们快看，嵩嵩的家当又搬出来了。"

我抬头一看，果然见嵩嵩表哥两手抱了一个尺许长的白木匣，从耳房内笑嘻嘻跳了进来，叫道："老虎，快下来看！我前天又买了四个新灯影，都是穿盔甲的。"

大表姐道："不看不看，快拿开去！"

嵩表哥睁着一双大眼睛道："又不给你看，有你什么相干！"说着，便把木匣放在地板上，又蹲身下去，打开匣盖，一伸手就举了两个灯影起来道：

"老虎，你快看！……好么？"

我刚要看时，大表姐笑道："偏不看，偏不看！看你怎么样？"抱起我来，便跑向后房来，只听见嵩表哥叫着骂道："龟女子，又不要你看，干你屁事！"接着訇的一声，匣盖关了，一阵脚步响，登登登的，便见他又抱着木匣跳了进来，道："你跑得来，难道我跑不进来！"顺手又把木匣放在地上，正去开匣盖时，大表姐又抱着我跑到小厅子上来，道："气死你，今天偏不看你的！"

嵩表哥又抱着木匣赶来道："你这龟女子，不是个好人！"

这次他却不开匣盖了，丢了木匣，便把我一双脚抱住道："老虎，快下来！这一下我看你把他抱到哪里去？"

此时大舅母也在房里唤道："大女莫尽气他了，让他们去玩玩吧！"

大表姐才笑着将我放下地来。嵩表哥的灯影，自然是倾囊倒匣而出。韶表姐也将竹丝编的花篮取了来，又取出一个小皮匣来，中间堆了无数小玩意，如彩线缠的菱角、锦缎斗的方胜，一样一样都搬出来给我玩。我此时真如走进七宝世界，左顾右盼，应接不暇，只落得满面是笑。

正乐之时，大舅已由街上回来。妈妈便唤我去拜见大舅。大舅将一副大玳瑁框眼镜除在手上，笑眯着双眼，弓下腰来问我道："你愿意读书不？"

我笑着道："我愿意。我爸爸也愿意我读书的。"

大舅点了几点头，伸起腰来问我道："你读了书，后来愿做什么呢？"

我想了一想，大舅这话是什么意思？哦，我明白了！便随口答道："我读了书，便学大舅，做大舅做的事，又学爸爸，做爸爸做的事。"

大舅哈哈笑道："你爸爸倒很可以学的。你大舅年纪虽有了，却一事无成，不要学他罢！"随又掉头去向妈妈夸奖我道："虎儿聪明，这几句答应我的话，就不是无灵心人说得出来的，倒是一个读书好材料。老妹子真有福气！"

妈妈笑着谦了两句，便请大表姐去堂前桌上点了一对蜡烛。这是来时从轿上带来的。妈妈引着我来到堂前，请大舅出来，她先与大舅平磕了两个头，说了许多托付话，又叫我过去向大舅恭恭敬敬磕了四个头。大舅只拱着手，把腰弯了两弯，口里说道："得罪得罪！"一面又说：

"恭喜恭喜！从今天以后，读书立志，入学中举，会进殿翰，出仕扬名，报达君亲。"

我磕头既毕，大舅便就桌上一张红纸，写了几个字，教我读道："幼而学，壮而行，上致君，下治民，扬名声，显父母。"一连三遍，于是发蒙礼节，就此终了。

妈妈将红纸收了，给我装在衣袋里。我仍去同嵩表哥、韶表姐玩耍，直至吃过午饭，这才同妈妈乘轿回家。

爸爸已经回来，接着问了发蒙时一番情形，我便搜出那张红纸，捧与爸爸看道："爸爸，你看！这便是大舅教我读的。"

爸爸笑嘻嘻看了一眼道："好好，大舅如此教训你，但愿你后来能够如此做去，就算是好宅相了。"

从此以后，爸爸每晨起来，便教我读八句《三字经》、又三四行《孝经》，说是如此读去，十三岁可望把五经读毕，那时候就可以开笔了。爸爸说这番话，我也并不懂。只爸爸如何教我，我便如何读去就是了。

日居月诸，又是六月下旬。那年天气热得异常利害。一天，到黄昏时候，红日西没，碧天如水，玉绳低转，银河灿烂。爸爸回来将一床大竹凉席铺在堂前石板地上，又叫张升去买了些水果回来，盛在一个大冰盘里，放在席上，吃着乘凉。我是时只顾吃水果，别的什么事情，一概不管。爸爸却唤着我道："虎儿，莫只顾去吃，今晨读的书，可背得么？"我睡在席上道："背得背得。"便"非先王之法服不敢服，非先王之法言不敢言"的背诵起来。

爸爸听了辗然一笑道："今天的，当真读得熟。再把个苹果去吃。"息了一刻，又道："虎儿莫闹，听我再教你一首诗，若再背得时，明天我还有一个好玩意儿把给你。"

我骨碌一声爬起来道："什么好玩意儿？今天就把给我罢！"

爸爸道："胡说，我明天才买哩！"

我道："那么明天等你买了，我再读。"爸爸妈妈都笑着骂道："放屁，读书原是你分内的事，哪有要了东西才去读书的道理。"

我道："使得使得，就教我读罢！"

爸爸便点头播脑的念道："五百名中第一仙，等闲平步上青天，绿袍乍着君恩重，黄榜初开御墨鲜；龙为马，玉作鞭，花如罗绮柳如绵，时人莫厌登科早，月里嫦娥爱少年。"

我也跟念了几遍，仍不懂他说的什么，只觉音韵铿锵，极为悦耳罢了。

爸爸又与我讲解了一番说："这并不是一首诗，是一阕词。词名叫《鹧鸪天》，是从前的人少年中了状元做的，你看他说来多少荣华，多少光耀，凡人幼年好生读书，长大了入学中举，会进殿翰，不说中了状元有十分体面，就只殿了翰林，也是凤凰池上的贵人。"

接着又把唐朝中书省中许多可羡可慕的故事，如上直时有宫女熏衣待朝，下直时驰马天街，赐宴绿光宫，登科之后，曲江大宴，探花宴，种种热闹事情，都一一讲与我听。我那时也弄不清楚，什么是中书省，什么叫探花宴，只觉耳朵里听得甜蜜蜜，眼光前一片锦绣，五光十色的罢了。心想，读书果有这些好处，怎么许多人尚去种田做生意？怎么不都去读书呢？方想问问爸爸时，却早朦胧一梦，已不知所之了。

今年既过，到第二年正月廿四日，爸爸忽叫我穿了新衣，又叫张升买了香烛，将一本新书叫我包了，随着爸爸走到一家公馆里，厢房中有个学堂，进门看时，读书的学生七长八短，已有十一二人。靠壁一张神桌，张升便把香烛点燃，摆在桌上，早有一个四五十岁的老师，迎着爸爸，坐下笑谈。许多学生，都放下书本，呆着双眼，只顾灼灼的看我。不久爸爸便叫我到神桌前，磕了三个头，说是敬孔圣。我却并未看见孔圣。只见一张二尺余长的红纸，写了一行墨字，贴在壁上。敬毕，爸爸又叫与老师一跪一起，磕了四个头起来。老师也拱拱手道："好生读书，长大了入学中举，会进殿翰，好出来做官为宦。"

我此时心中，不知如何忽起了一个奇念，便问老师道："为啥只叫我做官为宦？难道我来读书，只为的官宦吗？"

老师哈哈笑道："人生读书，原为的做官为宦，除了官宦，又何必读书呢？"

我还想问时，爸爸忽喝住我，道："这孩子疯了，怎么放出这些屁来！还敢说吗？真讨打了！"

老师笑道："小孩子不知什么，自有这番疑问，稍长大时，自会明白的。"

幸而我此时遇的这位心气和平的老师，故经我一问，并不见怪。若在后来那位蛮子老师时，想那吃人的威风，早已动了。当下，爸爸又教我与诸位同学作过揖，便把我安在老师桌上，与老师对面坐着。爸爸便领张升回去，吩咐我好好读书，晌午时候，叫张升来接我。

我此时坐在位上，好似大海之中，着了一艘孤舟，左右均不是路。四面望望诸位同学，也有笑的，也有挤挤眼睛，努努嘴皮，向着我做怪相的。其中惟有一个学生，年纪不过与我相上下，头上挽个桃子髻儿，两眉心间，点了一点鲜红胭脂，眉清目秀，十分可亲，向我点点头，又向我抿嘴一笑，把手向书上指指。我后来问着才知就是哭生。照他此时看来，真是光风霁月，哪有后来那片凄风苦雨的景象。不知哭生此时妈妈尚在，这位老师又是他的母舅，十分爱他，穿得好，吃得好，处境又顺。故看了他后来的苦日，迥不料他今日尚在乐境中处过的。

当时老师叫我站过去，教了几行新书，便算我一天的课程。晌午时分，张升果来，我便辞了老师与诸位同学，便先走了。临走时，回头去望哭生，又向我一笑。心想，此人真有趣，比大舅的嵩表哥更好玩哩。明天须尽早来。

其三

我爸爸在我进学堂之后，不久便带着张升，往外省经商去了。他为啥不待入学、中举、会进、殿翰之后，去做官为宦，却一旦改行为商？我也莫明其故。只可惜那位心平气和的老师，就是哭生的母舅，将次一年，也因一个做官的聘他当书启师爷去了，便把老师这一席，让与他一个同门学友来坐。

他这学友，并非别人，就是前段所言的蛮子老师。自从他接了这席之后，我们学生，就算一齐上了厄运。不到一月，几阵蛮风，早把一个和乐庄严的讲坛，弄得阴风惨惨，鬼哭神号起来。从前他未来时，众人脸上，无论何时都有番悦色喜气，所读之书，人人背得，就以我而言，一年中读了两本《诗品》，一本《大学》，一本《中庸》，至今还能默诵得三分之二，觉得读书也非难事。爸爸常喜说他幼年读书许多苦处，我还以为爸爸说的诳话。天地间虽不定说读书便乐，但也不能说读书是苦，及至蛮子老师来了，方信天地间至苦之事，莫若读书，最可怕之人，莫若老师。从前怕人说鬼，但又喜欢听人说鬼。每到大舅家中作客，夜里无事，大表姐、二表姐、三表姐便在灯前说鬼。

我与韶表姐、嵩表哥，都坐在床上，互相拥抱，听得毛发森立，彼此瞪着双眼，都向暗陬里侦视，好似那灯光不到之处，便是鬼巢。设或不曾坐在床上，务须将两只脚翘到凳上，不然便抱在怀里，生恐垂下地去，便有鬼手出来擒住。及与蛮子老师相处一月，漫说是鬼不足怕，若能躲避得老师的音容一时半刻，就真有鬼巢，也甘心与鬼为邻了。

蛮子老师不仅其人使学生可怕，所教之书也能使学生不易记得。蛮子老师教了我两年，只读毕四本无注的《论语》，两本无注的上《孟》，一半无注的下《孟》，此外两本《唐诗三百首》，如斯而已。

但我于蛮子老师所教之书，其记性只有两三天的功夫，每读毕一本熟书，只待背了通本之后，仍然变为生书。故我每月到背通本熟书的日期，便如债台百级的穷人过除夕一般，除了设法躲避一法，并无再好的道路。只是躲得过便好，躲不过时也只有拼着脑壳、手掌、屁股，去与老师的杂木戒尺、毛竹板子，亲热亲热。老师打了之后，又不再教，只痛骂两声蠢才，便看这学生平日的孝敬如何，好的只把书掷与再读，不好更有酷法相待，虽不如公门中之待囚犯那般利害，但其间相去，也不过五十步与百步罢了。全学堂中能有记性的，二十余人中，只有一个姓戚的，此人最善孝敬老师，每日在老师面前殷殷勤勤，故老师不常打他。其实此人也未必真有记性，不过有些鬼聪明，到背通本熟书时，常弄点手脚。我有一次，亲眼见他从衣袖中抽出一本小书，眼里看着，口里便背，一字不错。背毕那小书也就不看了。我才恍然大悟，原来他是看着背的，但不知他怎的会有那本小书。我们虽没有小书，大书也还用得，大家商量一番，此法甚善，便有一个姓张的学生，已经十四岁了，正在读《书经》，那天该他背通本《禹贡》，他便先藏一本《禹贡》在衣袖里，将背的那本送到老师面前，转过身去，取出藏的，看着读了一遍，居然混过。只是他回到位上说道，头一次究竟胆怯，生恐老师觉着，心里止不住乱跳。他说这话，果不欺人。我见他转身取书时，那张油黑面皮，好似成精的冬瓜，白了青，青了白，顷刻万变。但此人平素尚是有名的勇李逵，又伶俐又胆大，至此且不免色变心惊，可见在蛮子老师手上作伪，真是如诸葛孔明之借东风。何况又是初次，也怪不得他。他又歪着嘴皮笑道：

"我已经闯过头阵，你们何妨如法炮制，免得老戚一人独占面子！好在老师又是近视眼，更好做假，大家落得手掌屁股轻松些，岂不是好！"

众人自然称善。那姓戚的却蹙着眉头："坏了坏了，这一弄，包管要弄出事来！以后更难做假了。"

众人都看着他，要问他何以会弄出事来。其中有几个性子躁些的，便开言骂道："我知道你的意思，不过是怕众人都会了，莫了你的长处，是不是哩？好儿子，我们偏要这样做，看你还有什么说的！"

那姓戚的道："我倒不怕你们会不会，做不做，只我有言在先，弄出事来，若说出是我开的端，我便要……"众人都道："这层你可放心！若说了你的，算是你生的儿子。"

哭生更道："你们都做得，只我仍然去牵驴子过板桥，不来走这条捷路，免得带累众人。"

众人听了这话，心里也知其意，也不相劝。此后大家果然照书行事，按本宣科。就是我胆小，也无可如何的学做了两次。如此一两月间，除了哭生一人，大家背起熟书，果无一人似从前那般艰难。老师手腕居然闲得软了，几次觅人练习，总不如从前遂意。哭生虽是个长主顾，终出不了老师的蛮气。

那日，也合当有事。一个姓王的学生，约有十五岁年纪，别号叫做狗脸儿，该他背通本《易经》，不消说是率由旧章，预先便藏了一本书在袖里。

只恨他多做了几次手脚，胆子便大了，也不十分顾忌了。背书之时，因预藏的篇页与所背的不曾清理妥当，到转身之后才摸出来旋翻，口里因不曾看着，自然是格格不吐，心里又慌，老师又拍着戒尺，连连催促，急得他手足无措，忘乎其行，捧着那本预藏的书，低着头，只顾刷刷刷的去翻，弄得那声音如春蚕食叶一般，众人都听见了。

老师眼睛虽近，耳朵却不聋。起初还不知是什么声音，侧起头来细听。

众人见了，都骇得面面相视，有两个座位与狗脸儿距离得很近的，便于着咽喉，不住的吐痰咳嗽。揣知其意，一半是想搅乱这翻书的声音，一半又是警觉狗脸儿，叫他留心。更有两个捧着书，要想借故去问老师，以便狗脸儿藏拙，刚走下位来，不料老师已一把抓住狗脸儿的左臂。

狗脸儿也算伶俐，知道不好，乘势一转，右手已把那本书，向一个学生座位下一抛。这学生也是一个伶俐人，忙把一双脚伸去踏着。正想弯腰去捡，谁知两个伶俐人，瞒不过一个蛮老师。早被老师喝住，走去拾来一看，不禁眯着小眼，露出一口包金贴翠的牙齿，格格大笑起来。

此时我也记不清楚狗脸儿在当时是什么形象，只觉得我一听见老师的笑声，两耳根哄的一响，脑袋上好似顶了一炉火的光景，身上鸡皮皱起得寒毛子根根倒竖，神志昏昏。但听得老师的咆哮声，板子敲肉声，众学生吃打的号痛声，似乎我也吃了一顿痛打，又都罚了两根长香的跪。记得所跪还不仅在平地上，有所谓梅花落地跪法，这是把些烧不了的炭渣，选那又坚硬又锋利的铺在地上，学生罪重的就罚跪在炭渣上，光景不到半点钟时候，那炭渣的锋棱，如利钉一般，直刺入皮里，抵到膝盖骨上，痛彻心腑。狗脸儿及那个踏书的、咳嗽的、下位的共七人，都玩的这梅花落地跪。其次又有所谓独木桥者，是用一根酒杯粗的连皮青杠木棍，平置地上，学生罪稍轻的，便令跪此。凡是藏书作弊在二次以上者，就玩的这个独木桥跪。不幸我恰恰做了两次，便也请在独木桥上跪了半天。再其次才是平地跪，也有一个美名叫"走马川"，何以名为"走马川"？我也不解。只因为这些美名，并非老师所赐，不过是几个年纪大的学生随口取的。

这次风波，全学堂中没一个躲脱了的。哭生虽极力辩白不曾做过弊，老师仍然要打，道："为什么你不告发呢？难道你的舌头被屠户剜去了说不出话？就说不出话，用笔还可以写的。既不告发，即是同党。"不过他罪名稍轻，打后只罚去玩"走马川"跪。

此时幸无一个外人到学堂里来，不然者乍进门时定叫他大吃一惊，怎么全学堂学生都变成土地菩萨了！似这种风波，也不只一次，若一一写出，恐罄南山之竹，也不能尽其万一。如今只提纲挈领，把老师初次发威的情节，细细一说，就可以笼罩一切了。

论起老师初来之时，还不如是之暴厉，一般学生也不曾在意。只说老师初来，于众学生性情尚未十分知道，我们自己总要抬点身份，不叫老师管束，以后就少许多蹂躏。因此之故，众学生便都优游自在，读书时，任意谈笑，背诵之书，也不求十分熟悉。就有求教于老师的事情时，也不十分庄重。在众学生的心意中，以为不如此便不足抬高身份。那时我也随声附和，毫不把老师放在心上。记得老师来的第二天，我吃过早饭去上学，觉得身子异常疲倦，两眼皮上犹如载了万钧之重，闭着了就睁不开，因想我们是有了身份的，管它什么时候，且饱睡一觉再说。于是把书本抛在一旁，放心大胆，扶头便睡，经老师唤了几次，方才略略清醒。执此一端，可见我们那时真放纵了。

谁知到第四天上午学时，忽见粉壁上，贴了一张大纸，上写着许多字迹，众学生都围绕一处，正指手画脚的议论。我便问他们这是什么东西，哭生告诉我，是老师亲笔写的学规。又听见个大些的学生念道："第一条不准轻慢师长；第二条不准藉故逃学；第三条不准废书谈笑。"以下还有四五条，如今已不甚记得了。只说一般学生，都张着眼道："似这种学规，只好去管那西藏里的蛮学生罢了！我们概不遵守，看他把我们如何？"我也和着叫道："是的是的，谁去遵守！"

此时众声齐发，恰如闹林的麻雀一般，其中独有一个十八岁的大学生，本来姓黄，众人因他生得又高又瘦，便送了他一个别号叫"竹竿子"的，偏笑嘻嘻抄着两手，倚在一张方桌楞上站着，不言不语。众人闹了半响，他才冷笑一声道："你们都是糊涂蛋！老师又不曾在这里，你们闹与谁听？算了罢！只听我一句话，我自有收伏他的妙法。"

众学生于是都围绕着"竹竿子"问道："有什么妙法？你且说来听

听！若果能收伏他时，我们从今以后输心悦意的拱服你。"

"竹竿子"笑道："自然有妙法！只要你们一心一意，包管三四日中，定弄得他哭不得笑不得。此时还不能说出，做出后你们自会知道的。"

众人被他说得糊里糊涂，也不计利害，只一味称赞他聪明有为。自此日后，老师的面目渐渐严厉，学规也渐渐实行。众学生的身份，自然渐渐低微，大家的心里也因此渐渐气忿，都闹着"竹竿子"，问他有啥妙法，何以尽不做出来。看看老师日变一日，若不乘此折他一折，以后还有我们学生的势吗？

"竹竿子"被闹不过，恨不得把脚几跌道："你们真不是个东西！我还是个学生，难道你们着急，我反不着急的吗？我虽有妙法，岂能孟孟浪浪一点也不审慎！若弄坏了，算我的还是算你们的？"

众人叫道："算我们的，只要你放大胆去弄！"

"竹竿子"咬着牙齿，恨了两声道："就是就是，我有啥放不大胆的！明后天我就动手，你们只留心看罢！"

当下，我一听得，恨不今天就变作明天，明天变作后天，忙忙去找哭生，笑道："好了，'竹竿子'明后天就动手了！我们以后仍可以玩身份。"

哭生那时比我还小一些，也不知什么，自然也很喜欢。不觉两日已过，仍不见有动静。老师威风便渐放渐大。记得他才来时，教案上不过仅仅一条杂木戒尺，此时忽见戒尺旁边，又多放了两根毛竹板子，一根二尺来长、四五分宽；一根三尺来长、八九分宽。众人见了，不觉心里一寒，便起了三分怯心，只望"竹竿子"快些弄个法子把他收服了才好。

直到第三天上，"竹杆子"忽然不来上学，众人都大大失望，以为他不管了，谁知到上午学时，老师戴上那副近视眼镜，忽又取下，将一片长衫底襟,细细擦了一擦,重新戴上,举起头来望了一望,复行取下,低着头,眯着两眼,把眼镜凑到眉毛尖上一看,猛的大喝一声道:"胆大!这是谁做的?"

他这一喝,众学生都惊了一跳,忙举眼去看他时,只见他气得眼粗眉大,皮青骨黑。半晌,才唤了一个年纪小的学生过去,盘问道:"你说,谁把我这眼镜钻坏了?"

那学生起初只推不知道,后来被盘不过,只得说出"竹竿子"与众人商量,要想妙法来收服老师的一番话,只这眼镜,仍不知是谁弄坏的。

老师听了,禁不住气得呵呵冷笑,把一众学生都唤到案前,道:"我未来时,就听说这学堂的学生目无长上,无恶不作。我来了这半月,果见人言不虚,我尚以为可以默化,故把学规贴出,待你们自己修省,如今更胆大了,居然同谋不轨,把我眼镜钻坏,不消说为首的今天是不来了。我如今只责问你这些同谋的,看我这老师究竟把你们管得下管不下?"

这席话说得众人哑口无言,只看着老师,待他发落。老师举眼把众人一望,陡把威风一起,喝叫取条长板凳来,手上拿了那根三尺来长的毛竹板子指着一个十五岁的大学生,道:"你来领个头罢!上板凳去!三十大板,自己数着!"

那学生自然不肯。老师的板子早雨点般纷纷乱下,打得众人东西乱窜。

老师闭着双眼,只赶人多的地方乱打。登时学堂里便鬼哭神号起来。我算躲得快,只头上背上各挨了两下。打够多时,大约老师自己打得厌烦,才收住板子,把众学生一齐赶走,不准再来。

到次日各家父兄,都来给老师赔礼,请老师从严管束,不必徇情;又遣人去把"竹竿子"的爸爸请来,劝了老师一番,问明"竹竿子",

这眼镜果然是他晌午时见老师吃饭去了，偷来溜出去，叫一个补烂碗的，在镜面中间，一连钻了五个大洞。"竹竿子"的爸爸自然把他当着老师痛打一顿，赔了老师一副新的眼镜。老师收了眼镜，送出各家父兄，又从"竹竿子"起直到哭生止，一人三十大板，打个满堂红。从此以后老师的威风日大，学生的苦味日深，大家都说不出口，只好自怨自艾，低头容忍去了。

其四

最可怜而又最可恨的事，无过于子弟逃学。但我以为在蛮子老师手上逃学，独为可怜，不为可恨。因其中种种不堪之故，便叫子弟不得不走这条路。

其不是之处，倒不全在子弟身上，所谓物必先腐，而后虫生；人必先疑，而后谗人。老师必先不善，而后子弟逃学。故此我于蛮子老师教学第二年上，也曾班门弄斧，逃过两次学：第一次，记得是三月中一天放夜学时，老师忽令众学生各把书本收拾回去，好生温习，待他扫过坟墓，再来上学。当下，我们闻得此语，好似半天落下凤凰卵，真是梦想不到的事。方寸之间，不知怎的，只觉又麻又痒。大约是欢喜极了的缘故，你望着我一笑，我望着你一笑，精精神神，收拾书本，也有用书包裹的，也有用绳子缚的，一声声中，都觉喜气洋溢。这番景象，除了端阳、中秋、过年放学时有后，此次真算创闻。再者，端阳、中秋、过年放学，是人人算得到的，虽是欢喜，倒觉有限。

独此次出人意料之外，并且明天又是背通本熟书之期，众人正忧个不了，忽闻一声放学，那一天喜气，叫人如何收拾得住！

大约老师也知觉了，只见他一双胡豆大的鳅鱼眼，在那宽铜边大近视眼镜里，转了两转，又把众人看了一遍，瘦腮之上，微微一笑。待众人把书本笔墨收拾妥当，忽又发出一令，叫自明天起，大学生每日须做一首试帖诗，小学生每日须写三篇字。看他这意思，定是怕我们太清闲了，所以又加了这个限制，弄得我们欢喜之中微有不足。但是这也无关紧要，只求早晨不上生书，饭后不背熟书，手掌屁股不遇戒尺、板子，膝头不点地，脸皮不被拧，就写六篇字，也是小事。何况我的三篇字，共算还不到两百，所以当时毫不介意，随着众人，胡乱答应一句，挟着书包，散学出来，寻见哭生，握住他的手腕，不禁大笑。哭生只瞅着眼，也不言也不笑。半响，忽伸手把我一攘道："你疯了么？"我道："你才疯了呢？这是半天里落下的喜事，金子也买不来的，为何你一点也不觉得？"

哭生道："想不到老师这人，还知道扫坟祭祖！"

我笑道："你这句话，更有点疯气！他既是个人，怎会不知？"

哭生一面走一面又说道："怪了！老师既是老师，怎的又是个人？"我正要说时，他又接着道："你们只说放了学是好事，不知好不了几天，到上学时，老师那顿下马威，却够受了！"

我道："这是后来的事，目前究竟好玩。"

哭生道："老师的下马威又打不到你身上，你固然是好玩。"

我道："你放心，这是老师为私事放的学，不比过年过节，定要寻人出气的。"

哭生摇摇头道："人各有心，我们不说了罢。明天夜里，你再来约我去听一夜评书好么？"

我连忙答应了，便与他分手，回到家中，见过妈妈，照例一揖，便把书包往桌上一抛，道："明早不上学了！"妈妈笑着骂道："又要顽皮了吗？不怕打的东西！"我一头便滚在妈妈怀里去，道："老师放了学，还去做什么？"妈妈诧异道："又不是过节，怎会放学？"

我道："老师说要回去扫坟墓，我知道他为什么！"

妈妈摸着我颈项，说道："哦，原来清明将近了！虽是老师放了学，仍须把旧书温习温习，莫荒疏了，又叫老师劳神！"我自然唯诺了几声，便放心大胆的玩去了。

次日，晓梦方回，陡闻灵官庙晨钟几杵，不禁大吃一惊，心想完了完了，今天太迟了，老师定然起来多时，急忙翻身起坐。妈妈也醒了，便问我道：

"做什么又起来？你不是说老师已经放了学了？"

我定一定神，才想起昨天果放了学的。惺忪之间，不禁大乐，忙又倒身睡下，闭着眼想道："也有今日，当真不上早学了！"又在被窝中翻了一个身，想这早觉的滋味最佳，须要好好的领略，不要一闭眼就睡过了。及至睡醒起来，同妈妈吃了早饭，便高高兴兴，取出纸笔，磨墨写字，以了今天的课程。谁知墨还不曾磨酽，陡闻门外一阵喜锣同喇叭声音，吹打过去，不觉丢下墨池，急忙跑去观看。原来是一家过礼的，镜台、花盆、磁瓶、玻器、花红、酒果、衣服、盐茶，光怪陆离，不下百抬。看完之后，又进来与妈妈一事一物的讲论。如此便耽搁了一两点钟，才跑去写字时，砚池中磨的墨已经干了，又慢慢磨了些时，这才把着笔写了三四个字，心头忽然想起，前天嵩表哥送我的几个灯影，还未好好赏玩，何妨取出来一看哩，便放下笔，跑去把灯影取来，只见内中一个白胡须的花脸，却戴了一顶包文正的相帽。心想，这如何使得！不如将就花脸改一个包文正也好。便提起笔来，一阵乱涂，花脸的白胡须已涂黑了，倒像个包文正，但把那张写字纸，却也涂成一个花脸。好在那张纸上写字不多，还不费力，换一张另写，只是那支笔，又不适用起来。因刚才乱涂了一阵，笔尖上的锋毛早已弄断，又不得不要钱上街去另买。不一时，笔虽买回却早又晌午，把午饭吃毕，又忙着去约哭生。放学的第一天便如此混过，三篇字的课程一篇也不曾写。从此糊里糊涂便过了三天，才写了一篇半字。

到第四天上，屈指一算，已欠了十篇半字，如何得了！便起了个决心，从早晨未吃饭时便写起，一刻也不休息。到吃午饭前，已得了六篇半，所欠仅仅四篇，不觉心头大慰。想道："好了，已有了八篇整字，且去放心玩玩，明天再起个决心便清楚了，又何必如此着急呢！今天权写四篇，明天再写不迟。"

如此因因循循便是九天。那天黄昏时候，正在灵官庙里代一个小和尚撞晚钟，一声两声，正撞到极悠扬、极清越地方，忽见那个别号雪李逵的学生，陡站在钟楼门外，大声说道："老师回来了，叫你明早仍去上学！"

当下，我一听得老师回来了这五个字，不觉心头一软，手上拿的那柄钟杵，早咚的一声，落在楼板上。雪李逵说毕，各自下楼去了，我还糊糊涂涂呆在楼上，想道："老师当真回来了吗？"只觉一身寒噤，好似寒天腊月跌到水里去的一般。钟声虽好，无心再撞，摸着梯子，一步一步挨下楼来。忽见那司钟的小和尚走来拦住我道："你走，四十九下钟，才撞了三十六下，就跑了，害我好去跪更香！"

我只把他一推，道："害你害你，老师已经回来了，我还有心撞钟哩！"

说着早飞跑出了庙门。小和尚赶在后面不住的叫骂，我头也不回，一口气跑回家去，先把字数一清，只写了十五篇，算来尚欠十二篇，不觉骇了一跳，道："怎的才写了这点子？明天如何去见老师？"转念一想，尚早哩，此时，才黄昏时候，赶快写个通夜，明天就可了账了。于是急急忙忙，点灯磨墨。

心里又急，又恐妈妈知道了要挨骂。才写得两张，已经打了二更，妈妈便来催我睡觉。说是"打更了还写什么，明天写也不为迟。"

当下，我觉心里一动。暗想，难道妈妈还不知道老师回来了吗？果然如此，我又可以想方法了。便拈着笔假意向妈妈笑道："怎的老师去了九天还没回来？"

妈妈道："我也这样说哩！你也到学堂里去看看，恐老师回来，你还不知信呢！"我道："使得使得，我此时就去。"

妈妈又不准，道："打二更了，去做什么！白日不好去吗？"

其实我的心意并非去看老师，不过借此去寻雪李迣，叫他明早在老师面前，替我告个病假，老师若准了，我就趁此把字赶齐。谁知妈妈不准我出门，我只得托个故又奋力赶字，心里越急，手里越赶越写不起走，一时心又想到一边去了，嵩表哥的灯影、韶表姐的彩线粽子、哭生的西洋画、灵官庙的钟楼，一一涌上心头；一时又想起那司钟的小和尚，不知此时尚在跪更香不曾？

那和尚说是崇庆州人，据我看来，家里定还有爹妈兄弟，不知怎的要跑来出家？心里如此一想，手里更不能写，定神一看，才写了半篇字。时候已经不早，妈妈又连催去睡，砚池里墨也干了，呵欠连连，眼皮只顾要闭，正如楚霸王围困垓下，四面楚歌齐起，不觉心里一懒，又活动起来。寻思尚有九篇半字，谅今夜未必写得起，不如想个方法，明天权且逃一次学，再赶写罢。

当下懈力一生，只觉手腕也软了，心里也不发奋了，便把笔墨收拾，放心睡觉。

究竟心里不静，一夜梦魂颠倒，哪及前几夜睡得安稳！次日一早起来，乘着妈妈未醒，轻轻溜出门去，一口气跑进学堂，幸得老师还未起来，寻着雪李迣请他替我扯个谎。怎奈那厮抄着一双手，斜着眼睛向我一笑，道："你倒有主意，你逃学罢了，却叫我来替你扯谎！也使得，但把什么来谢我呢？"

左说右说，直勒逼我谢了他四两落花生、半封黄豆米酥，方才答应。我们正说时，听得老师已经起来。我连忙战战兢兢跑出门来，心里还觉突突的乱跳。跑回家去，妈妈自然有番问询，不待吃早饭，便磨起墨来写字。

今天真一点不敢耽搁，直赶到下午，方把九篇半字——写毕。心下一放，便跑出门来散散精神。忽见哭生低头走来，我不觉心上一跳，生恐雪李遗弄了我的手脚，便跑去迎着他，问道："就放了学吗？你来做什么？"

哭生道："我来给你通个信，今天有五六个人都不曾来上学，老师大发其怒，说明天定要到各家来清问，不信他才走了九天，就有许多人害病！你今天为啥也不来呢？"

我摇摇头道："说不得！老师吩咐的字课，弄到此时才赶写妥贴，你叫今早把什么去搪塞呢？"

哭生道："怪了！你们一天三篇字，无论如何也写起了，怎么到了临头，还弄不清楚？你还须留心明天的熟书，我们今天倒过了，老师非常认真，说他走了九天，大家都变了禽兽了！今天从大至小已经打了十一个人，说明天还要结实重打。"

我听一句心里紧一下。待他说毕，便问道："今天你呢？"哭生道："天幸天幸，只挨了两下手掌！"

哭生说后，回身走了。我心上却如压了一块重铅似的，又闷又怕。回家告诉妈妈，说老师已经回来，明天要去上学了。妈妈自然喜欢。我去把熟书翻出一看：《诗品》、《孝经》、《龙文鞭影》、《千字文》、《大学》、《中庸》，都不要紧，"上论"尚还背得，"下论"已有一半生的。至于"上孟"简直一本也背不得，连忙清出来读。起初还雄心勃勃，及至打更之时，喉咙也干了，脑袋也昏了，眼睛也花了，才读了两遍，不过仅能上口，离背诵地位，大约还有八九十遍的远近，又急又气，比昨夜赶字更难过十倍，不禁大恨，前八九天为啥看也不看！到这时候，却弄得下不了台！算了，此时如何读得熟，拼着明天挨打去罢！好在也不止我一人，也够出老师的蛮气了。

心里一横，立刻掩书睡觉。

到次日上学，见老师尖鼻缩腮，满脸秋霜，仍如前状。心想：照老师一生看来，大约五金都有改变的时候，唯独老师虽天翻地覆未必能变。又想：时常听老年人说起，从前麻脚症大瘟疫，死人如麻，东北两门每日不知有多少棺材出入，何以那次瘟疫，并未把老师疫死！可见老师这人，真是得天独厚。但今天不知如何，老师竟自行不践言！我们六七个逃学的，俱未被责一下，只每人骂了几句。我放了学时，好不欢喜，心想：原来逃学还可免罪！

无怪那些学生，时常逃学，既有这种好处，我也不妨再做一次，所以我第二次逃学，竟不求别人替我扯谎了。此后不久的一天，不知为着何事，忽然起了逃学的念头。上早学时，便大胆向老师请个假，说今天家里来了个远客，妈妈叫我回去耽搁一天。老师因我素不扯谎，居然信了不疑。我满心是笑，跑回家去，又向妈妈说是老师有事，放了一天学。妈妈自然无话。那天真把我乐得不知所以，后来不知怎的，这事又弄得老师知道，把我从头至脚，结结实实打了一顿。从此我便胆寒，不敢再去尝试。这也是我年幼胆小的缘故。

若在那些大学生，倒愈接愈厉。老师既不准我逃学，我还有个妙法，可以躲避，不过稍稍苦些，原来老师虽利害，但不能不准学生生病。我就借题发挥，每怕上学，便假装生病，或是头昏，或是肚子痛，大约既不为剧，又不能指斥为虚。妈妈一听我生病，便叫去就医吃药。记得那时常为我看病的一个医生，姓冯，一见我去，也不摸脉，也不问病，只笑道："又病了么？仍是原方，三钱竹心，三钱灯心，泡水吃了就好。"大约这医生也知我这病不甚利害，所以十次八次只是竹心、灯心，我也感激他不把苦药给我吃。但装病如何能久，既想它久，必须真个害病。不知那时这病好似与我有仇一般，日夜祷告，请它照应一次，也毫无影响。每见人家害病，睡在床上，多少清闲，恨不与他商量，请他让给我害几天也好。祷告频频，神天鉴察，后来果然大病一次，缠绵床笫，三月有余，居然与蛮子老师脱离了三月之久。后来病起，人人都替我耽忧，说我病中如何的利害，亏你命大，居然好了起来。我却不然其说，甚愿这种大病，再见辱几次，直待蛮子老师死后再好，岂不甚妙！

谁知盛愿难偿，只好仍去求那姓冯的医生，时常给我三钱竹心、三钱灯心吃吃便了。

其五

腊月十六，哈哈，腊月十六！不信，今天果是腊月十六！据理而论，一年中之有腊月，腊月中之有十六，也是日月之常，并不为奇。但在我们私塾小学生眼里看来，却把这天，当成金鸡下诏之期。自从八月中秋节后，仰望这天，不知屈了多少指头，算了多少日子。朝来暮去，心眼皆穿，以为一生一世，再没有这天了。却不想早晨起来之时，妈妈忽然吩咐我道："今天不用去上早学了，且去买张红纸回来，吃了早饭，好与老师送学钱去。"

以妈妈这几句话看来，莫非今天真是腊月十六，心中仍不相信。跑到纸铺里一问，众口一辞，都说是腊月十六。这才恍然记起，昨天十五，早晨放学回家，还燃点香烛，敬过祖先。下午散学，众人还笑说："过了明天，今年再不来了。"哈哈，今天不是腊月十六，学堂大赦之期，更是何日？这一喜直差跳上房去。

陪妈妈把饭吃毕，盥漱之后，眼见妈妈在立柜里，取了四串青铜大钱，先把草纸包了，再用红纸封好。一面向我笑道："你看，一节把许多钱去，送你读书，两年来的学钱，堆在一处，比你还高！若不再用一些心时，真可惜钱了！"当时听了妈妈这番话，口里虽无言语，心里却暗暗寻思：这钱真送得有些可惜！数月中，所受的痛楚，算来比钱还重；所认的字，还没有这钱的十分之一多。有其如此，不如每天把两文钱，去请算命先生教一个生字，四串钱用完，所认之字，既多又免得吃打受痛，岂不甚好！但逆料妈妈必不以此意为然，故我也不曾说出，直待妈妈将钱封好，放在一个木茶盘里，叫王妈托着，同我到学堂里来，见众同学各在桌上清理书本笔墨，光景今天是不读书的了。老师撑着那副大近视眼镜，抄手坐在椅上，不言不动，只把一双鳅鱼眼睛，左右乱转，形态大似我家间壁油米店内，坐高脚竹椅的罗掌柜一般。

我进门时，老师尚未觉得。王妈才走到门外，老师已伸起长颈，隔窗子看见了。王妈因未到过学堂，不知谁是老师，只站在门外，端着茶盘，张眉痴眼问我道："虎相公，这学钱把给谁？"老师此时已站了起来，道："拿来拿来，是送我的！"

王妈这才把茶盘端到老师面前，还未放下，老师已竖起眉头，伸开十指，猛一下将这钱包，直从茶盘里，抢到桌上。不知是老师的手重，或是王妈的手软，砰的一声，那茶盘忽磕落坠地。王妈一面弓腰去捡一面埋怨道："老师！你也慢些！是你的终是你的。"

老师此时也无暇与王妈辩论，只瞪着双眼，急急忙忙，把包钱的红纸草纸，纷纷拉了一桌子，提起钱来，见四串都是选择过的青铜大钱，整整齐齐，并无一个沙版、毛钱掺杂在内；又打开麻索，取了一百短些的，仔仔细细，一五一十数了一次。实底实数，未扣一文束底，不禁满面是笑，露出一口玉麦黄牙，再也包不拢去，抬起头来，见王妈还站在桌前，生恐王妈见财起意，斗然做出不法行为，有碍学堂体面，连忙打开抽屉，把钱尽数藏了，然后抄手坐下，向王妈说道："回去给你们太太请安，我明年，正月二十开学，可叫你们相公早些来，莫荒疏了学业。此时就将你们相公的桌凳抬回去，我先放了他的学了。"

老师意中以为王妈之不走，不过想知道明年开学之期，所以才有此番言语。不知王妈意中，却非为此，因她时常遣去给诸亲六戚处送礼，每次都须得些赏钱，以为此次给老师送学钱，不消说也是有赏的。却不晓得学钱非礼物可比，原是老师应得的束脩，在大方之家，或者敬使及主，可望几文例外赏钱。若这位蛮子老师，却不能妄破此例，因此王妈空站了些时，只讨得一口冷气，不禁大怒，未待老师说，已登登的冲出门去，口里尚叽咕不已。大概老师也识得个中之玄，佯作不见，只掉头向我说道："回家去，仍宜将所读的旧书，时时温习，不可一味贪玩，十分荒废，到明年来又一概忘记了。"

我鹄立受教后，便到老师面前恭敬一揖，不知老师今天怎么忽然谦和起来，居然也抬起身来，还我一拱。于是我便收拾书本纸笔，最先出了学堂。

众同学眼睁睁看着我，好似出了笼的彩凤，不胜羡慕，只恨家里学钱尚未送来，不能早升天界。这也不过一时半刻的事情。一到下午，众人也纷纷放了学了。

我回家之时，王妈还气忿忿向着妈妈，指手画脚，表演老师的穷气象。

妈妈笑得无可奈何，但又把王妈埋怨几句，说她不应侮慢老师。

自这日过后，我真如登了天堂，每日只计算过年时的乐处，看看年景将近，街上卖对子、卖门神的接踵而出。家里也非常忙碌，打扫房屋，糊窗子，办年货，贴对子，我年纪虽小，却也帮着妈妈，做点不要紧的小事。一直到除夕那天，方才诸事齐备，到晚来灯烛齐明，敬过天地祖先，那鞭炮之声，便接接连连不绝于耳。

大舅领着嵩表哥到我家来辞岁，妈妈便留着消夜。吃毕尚未二更。大舅回家，妈妈又遣我同去，给大舅母以及几位表姐辞岁。记得那时一到街上，只见灯火如昼，炮声盈耳，夹杂着许多管弦锣鼓之音，真是一番太平景象，令人心快神怡。如今呢，已大大不同，近两年虽不曾在省城过年，听人说起，简直落寞万分。昔日繁华，不堪回首。我那怀旧词上，有两句"前尘影事知何在，一思一度销魂"的言辞，真可移作今昔年景之感了！

我到大舅家中辞岁之后，大舅母自然留着消夜，不觉多吃了几杯老酒，醺然大醉。大舅叫他用的家人骆兴背我回家，已昏不知人。只觉走街上过时，一阵鞭炮硝烟，直扑鼻尖，醉中闻着，十分舒服。及到夜中醉醒，犹听得远远炮声不绝，直到四更时分，略略清静。但一交五更，那出天方的炮声，又哗哗剥剥响了起来。次日一早起身，不消说自有一番磕头作揖的忙碌。我那最不易上身的新衣裳，此时也光明正大穿了起来。不待吃早饭，便跑了上街玩耍。只见满街的铺户，家家关闭，一律的红纸对联、红纸喜门钱，贴得如火如荼。门前火炮纸渣，铺得无一些空隙。街上行人，寥若晨星，除了几个穿靴戴帽、手执护书拜早年的而外，并不见一个闲人。彼此会面，最先开口，就是那恭喜发财的喜话。到吃早饭后，游人渐伙，却都照例要到南门外青羊宫、二仙庵、草堂寺、武侯祠等处游逛。其实这游逛并无大味，不过跑得满身灰尘，胡乱吃些小饮食。那时我也未能免俗，约着嵩表哥跑出南门，两人费了八文钱，共坐了一辆二把手小鸡公车，推到武侯祠去。路上尘土又重，道路又窄，游人又多，最可恨的，就是那些驮米的瘦马，被一般二水公爷骑着，一颠一蹶，跑来跑去，弄得尘头十丈，如雾如烟。及至到了武侯祠，尚未入门，便见那些烧香的妈妈姐姐们，身穿红蓝布衫，手上拿着大把长香，如潮似水，涌进涌出。大门之内草地里，尽是些卖小饮食的，凉粉喽、豆花喽、抄手喽、素面喽，大约城内所有的，此处都齐备了。内殿池塘侧，尚有卖茶的，我与嵩表哥此时还无吃茶的资格，只从那凉粉、素面吃起，应有尽有，吃了一肚皮，连昭陵也不曾瞻仰，便游兴阑珊，跑出门来。与嵩表哥商量，鸡公车坐得不舒服，不如多花几文钱，也学二水公爷，跑一趟溜溜马罢。

嵩表哥自然应允。两人便各出二十文钱，共雇了一匹老马同骑。他在前，我在后，不知是我们不善骑马，还是这马故意闹脾气，左打也不肯走，右打也不肯走，只在一株老柏树下，转来转去，依依不舍。那放马的卖了九牛二虎之力，好容易才把它引上了大路。它又闹起老派来，一步三点头，不肯快走一步。大约到城门之时，足足走了一点多钟。我两人下了马时，已急得遍体是汗。嵩表哥便道："从此以后，再不骑马了。"我却尚有骑马之意，只不骑老马便了。

如此一天一天，不觉破五已过，上九又来。上灯之后，便忙着上东大街看牌坊灯，看出令箭种种热闹，及至过了元宵，烧过龙灯，忽听得满街上许多小孩子拍手唱道："火烧门钱纸，开门作生理。"啊呀，这便是过新年的尾声了！别人听了，还不打紧，惟有我们小学生听了，不禁愁上心头，只因正月二十便是开学之期，又将拘进学堂受罪去了。这如何是好！啊呀，这如何是好？

（原载1915年7～9月《娱闲录》二卷一至三期）

强盗真诠

一天,有个乡场上忽然捉了两名强盗。据那捉盗的兵官说,因为强盗太厉害,捉他时倒很费了一番手脚,所以兵官便对那场上团总开起谈判来了。兵官说:"你晓得么?只因你们这方太不清静,我们才奉了司令的命令,特地来替你们清乡捉强盗,保护你们平安。现在,兄弟伙拼着性命,居然给你们捉了两名强盗,从此以后你们很可不用惊怕,很可安心乐业。但是我们可不能白白出力的,你们打算酬劳我些什么?"

团总忙赔笑说:"自然要酬劳的,像你先生怎地替我们出力,真真难得。不过,不过,敝场向来不是大去处,一时也寻找不出什么好东西,只有杀一头猪,买三十斤酒,权且表表我们敬心罢了!"

兵官大为不悦,一般兵士也叫了起来:"放你娘的臭屁!谁没吃过酒肉来的?我们舍生忘死,给你们把强盗捉了,难道才换得一头猪,三十斤酒?哼哼,没那么便宜的事!"

兵官接着又说:"这么样罢!我也不难为你,本来我们是奉令清乡,并且明天便要开回城去,别的东西也不消送,就送我们也不便拿起走。我这里一共三十七人，你只每人送他们四十块洋钱，彼此也就不相亏了。"

团总只把舌头一伸，说："三四一千二，四七二百八，一共一千四百八十元，啊哟，先生！不瞒你说，敝场说来有二百多家，但近来稍有几文钱的，大都搬进城里去了。目下就是团防经费筹起来，尚且千难万难，那里还出得起这么多钱！"

兵官微微笑说："我又不要你提团防经费给我，你只各家摊派去便了。"

团总越发慌了手脚，说："先生！如今场上，各人大都穷得几乎饿饭，那里还派得出半文钱来？还是求求你先生怜悯我们一些罢！"

兵官大怒说："别说了！你们这般杀不死的嗇鬼，简直不知好歹！你晓得么？我手下这般兄弟伙自从就抚以后，几个月还未领一文钱的正饷，大家心里早不自在，如其你们当真不愿出钱，也不要紧，但是，一下把兄弟伙惹起气来，料不定一把火把你这个鬼场烧个精光，一顿刀杀你一个爽快！到那时节可别怪我收拾不住！"

兵官说话时，果然那一般兵士都一齐鼓噪起来，纷纷提枪跑上街去，先把场头场尾守住，然后，砰砰訇訇，一阵枪声，早将通场上男女老少吓得哭喊震天。

团总那时已双膝点地，跪在兵官跟前，磕头哀告："先生，先生！求你快把各位安住罢！我，我，即刻下去，照你吩咐，拼命赶办。只求你先生安住各位，快别动手好！"

兵官起初只扬着脸，不瞅不睬。后来，被团总求急了，没奈何才答应下来。团总慌忙出去赶办银钱。这一面兵官也才将众兵士陆续招回，但众兵士仍然三个五个，气忿忿地提着枪，在场街上叫骂不绝。

直至入夜好久，团总才带了多人把赶办的酬金送上，摆了一桌子洋钱，也有铜元，也还有十多串小铜钱，此外，还有一个木盘，盛了一盘子零星银锞以及首饰等件，兵官愕然问："一共有多少数目？"

团总忙领着一众送礼的，跪伏尘埃，先磕了几个头，才说："求你先生赏收就是了！"

兵官又笑了笑，便令两个兵士上来，清数洋钱五百二十七块，小角子六十八枚，铜元大小一共五十三千二百文，小钱十四串，银锞、首饰一百四十一件，估重一十五两。算来不过六百余元，余欠尚巨。

兵官顿把脸色一沉说："这是怎样的！连一半都凑不上么？"

一众送礼的，慌得都一齐哭告："实在没有了！实在是凑不上！倘若有钱藏着还隐瞒不献的，天诛地灭！"

哭告许久，兵官方强勉收下说："罢了，罢了！论起这事，本不由我一人做得主的，但我究竟爱民如子，不忍你们再为难，我就权且做主，给你们收了。但是……第二次再来，可要替我补足的！"

当夜，场上居民因兵官存心"仁爱"，在如今世上实为不可多得之好人，酬金送后，先前团总曾许的猪一头，酒三十斤，大家会商之下，依旧又补送了去。于是更博得兵官满心是笑。次晨，也不再扰他们酒饭，整起队伍，押着强盗顺顺的便回城去了。

司令一听兵官捉了强盗回来，好生欢喜，连说："这下我可对得住人民了！……这下我可对得住人民了！……"登时就敦请县知事过部会审，并且还传令通城人民，只管来部看审强盗。

是时，司令部内好不整齐，好不威风，从大门外起直到内面，临时公堂之下，密密层层的兵士两对面立着，全部内的快枪，尽其所有都亮了出来，也有枪头上上着刺刀的，也有未曾上着的。直等县知事一进大门，平地一声"立正"，"举枪"，百十余支快枪竖举起来，简直成了一条枪巷。门外看审的人民见了都心惊：司令果然实力不小，单是站队的快枪便有这么多。

一会，司令、知事同登公堂，并肩坐下，带上两名强盗，可怜骨瘦如柴，都不甚强壮。司令犹恐其有强暴行为，忙将一柄手枪捏在右手上，掉头把知事一看，似也示意叫他防备。其实两名强盗已经垂头丧气，晓得到了此地，那里还有生路，所以司令喝问都认了供了。

甲强盗供说："……在前，我本是安分良民，家里也还薄有点产业，那里会当强盗！只因从去年七月以来，遍地都是强盗，一连抢我二十多次，家里什么都扫光了，并且连我两个孩子……"

强盗说到这里，喉咙已经哽了，神光离散的眼里也泪如雨下。

司令听得不耐，只把脑袋一摆说："不必东瓜、葫芦连根带叶的胡扯！只供你到底抢了多少人家，牵了多少肥猪，现在有赃若干，纠伙若干便了。"

甲强盗又供说："抢了多少人家却已记不清楚。说起赃来，真真可怜极了！老实说，我们当强盗的，只为的肚皮，没有快枪同炮火，不少大户庄家有防备，不敢去送死，只好寻些有气无力的穷人家，抢一次罢了，那里还有什么赃物……"

甲强盗供后，乙强盗所供也大抵相同。

司令便切齿说："地方之不清静，全由这般东西闹出来的。不求无职业，简直以抢人吃饭，那还成个什么世界！杀……杀……杀……这般东西可恨极了，非痛杀几个，不足以惩其余！"

于是，司令与知事商量之下，便将两名强盗绑出枪毙，一面又广写罪状，通城张贴。果然一般人民从此都恭颂司令的盛德，花起无数金钱，登报的登报，送匾的送匾；更有一般格外见好心的绅士，今日请司令吃酒，明日请司令看戏，末了还想替司令修生祠，供长生禄位牌。谁知就这当儿，早已传来一个恶消息。

是什么恶消息呢？原来这位司令乘运而起，目前虽然号称有一团之众，实则快枪仅仅一百二十多支，并且素性骄横，对于上官不服点验，不听调遣，又往往截留税款，任意报销，因此触怒上官，便打算实行派人来编制，不服就勒令解散。暗暗已派了两营大兵，由一个团长统着向此县进发，只等军队一到，立刻举动。不料消息一播，司令慌了手脚，忙将全部兵官调集，开了一个秘密大会，商量对付方法。在众兵官心下，很为胆怯，有主自行解散，但求三个月恩饷的；有主暂时敷衍，以后再想方法扩充的。独司令一人因位置太高，利害太切，颇不以众兵官之主意为然。末后，便由司令想了四个字的退路说将出来，众兵官都大喜赞成，并且力主速行。

原来，那四个字是，第一字曰："变"；第二字曰："抢"；第三字曰："逃"；第四字曰："待"。好在司令麾下枪虽不多，兵却不少，而且人人齐心，又极服从命令，但听兵官一声"变"，大家都喜形于色，立刻就变而为强盗；再叫一声"抢"，更不必说，居然不用兵官统率，各自分了两队，一队往扑知事署，一队往扑征收局，两个所在倒也不费吹灰之力，只一排空枪立刻攻下。知事、局长本领自比人民不同，事起之时，已不知溜往那里去了，一任司令部下横扫竖拿之后，随着分头上街，挨家征取。

司令的部下向来举动文明，虽则变脸之后，毕竟也和别的军队不同，凡是军队中素具的烧、杀、淫、掠四字特性，司令的部下因受了兵官教导，仅实行了第三、第四两个字，并且时间也俱短促。从第一夜十点钟前后动手，到第二天早饭时节，便收队出城，行那前第三字的"逃"字的退路去了。临去时，司令尚出了一张大告示通街张贴，一半是辩白此次兵变，并非他的本心，纯由上官扼饷不发，勒令解散，兵士不服，所以才激成此次大变，一半又安慰人民，自行认错，口口声声叫着父老昆弟诸姑姐妹，说此次苦了父老昆弟诸姑姐妹，但是事出无心，诸希原谅，以后倘能开拔归来，再向父老昆弟诸姑姐妹领受责言，此时却不得不暂时出亡，而与父老昆弟诸姑姐妹暌别，云云。

事隔一天，城内已经清静，知事、局长也才陆续回任，赶着一面出示安民，一面飞函详报。正忙之际，上官派的两营大军也撞金伐鼓的来了，一众人民都好似拨云雾而见青天，以为从此可以出水火而登衽席的了，听见号鼓响亮，都欣欣然奔上街来，瞻仰。

大军来后，眼见抢劫之余，人烟惨淡，市井萧条，无论官长、兵士也皆惨然替人民扼腕，不过，大军远来也未免过分辛苦，吃茶饮酒，购买东西，自不免要格外占点便宜，就是寻觅妇女消遣，原也在情理之中。所以阖城绅商各界，依然发出传单，准定备办酒席，次日在商会开欢迎大会，欢迎团长及各官长，一以联络感情，免再遭二次蹂躏；一以商量筹款，用来贩济一般受祸最深的难民。

次午，果然来者很多，一间绝大议事场，早黑压压塞满了。知事、局长忝列地主之谊，自应早到恭候，直待团长及各官长一齐来后，略略用了一点茶点，铃声嘟嘟，所谓欢迎大会便开幕了。各发起人及各体面绅商，自然都各有一篇演说，如今不必详为记述，仅列其演说大概于后。

欢迎大会开后不多几日，团长忽广发名帖，招请全县绅商在团部开会，说有要紧事件和众人商量。但凡那日曾经赴过欢迎会，或在欢迎会上出过风头的，都备帖请到。一般绅商都不明白团长究竟有什么要紧事，如之何竟向我们商量起来。几个有体面、有声名和官场素有来往的绅士，便暗暗跑去问县知事、征收局长……也不知道团长葫芦里卖的甚药，大家拟议一番，想来必是团长那日多谢了众人，心上过不去，今儿特意请众人去还情的，不然必是商量和地方有关系的事……或者，就为开剿司令一件要事也未可知，总而言之，看来必非恶意。既然备帖相请，断乎没别的危险猜疑，去却是去定了。

届日，一般奉到请帖的绅商，大家都一半怀疑，一半兴头的纷纷往团部而来。原来那团部本是驻扎在一个大庙之中，众客一到，军士们便一一引至中间一层大殿上，只见桌椅板凳倒摆了一地，但是，除此之外，其余陈设的物件一点没有，若与那日欢迎会相比，简直一在九天一在九渊。众客心里虽不快乐，但又不得不原谅团长，因为他究竟是在此客居，措置一切自都不甚方便。

又一会，客已来齐，济济一堂，所有桌椅板凳都占完了。但是，举眼一看，除客之外，并不见有一个主人，不特团长先生并未露面周旋，便是一般营连排长们也不见一个出来。众客虽然怀疑，却也莫名其妙，只好私下议论："这光景，如何这样冷淡？既然拿帖子将我们请来，难道就单叫我们在此枯坐一会便完了事吗？"其间，有四五个人便站起身来打算走了，不料就这一瞬之间，忽听一声极嘹亮的军号凭空吹了两下，登时就见几排军士从旁殿门上整队而出，一色快枪，枪头满上了刺刀，一到殿下，自然而然就分两路向殿旁抄去。

起初，众客只图观光，都还不甚经意，继后偶有一人悄声说："照这样看来，我们不是已叫这几排军士围着了吗？"众人方恍然大悟，忙四下里一瞧，可不真个被围得水泄不通！任凭打从何方看出去，几无一处不见有刺刀影子。然后，众客才忙了手脚，连闹："不好，不好，只怕今天这会凶多吉少！要能出了大门才算得没有事哩！"

其时，又听殿门外几声吆喝，便进来了一群戎服佩刀的军官，打头一个营长，因那日曾在欢迎会上受过众客的欢迎，所以一进殿门认识他的倒有一半，不过，前次在欢迎会上当嘉宾时，言谈举止十分和蔼，而此次却板起一副面孔，一手握着刀柄，简直就和生铁铸的一般，一进门来，冲着众客只微微点了点头。便说道："各位今天惠然肯来，于敝团长面上，实生光彩！敝团长本应出来相迎的，无如偶然发了一点小病，不能冒风……"

营长还未说完，众客中，那几个常和官场来往之人知道礼节，便急忙插嘴争问："怎么说贵团长先生竟然欠安起来？天相吉人，想来当不甚重罢？"

营长只把眼睛一眨，哼也不哼，依旧接着前言道："所以才命我们代表款待各位！"

众客听说"款待"二字，都不约而同齐说："不消，不消！团长先生的盛情，我们心领就是。既是他先生欠安，我们也不便再扰，就此告辞，改日再来问候起居便了。"

营长把手一摆道："且慢！这是一层……此外，还有一事要和各位商量商量，团长也派我们做了代表……"

众客一听有事商量，大家眼光不禁你向我射，我向你射，一霎时，那数十道无线电光，纷纷以极其惊讶的神色互相张望着，其间，有几个顶胆小的早已变了颜色。

营长咳嗽一声，便道："这事本不甚要紧的，只因敝团这两营之众，自从今年二月以来，就不曾关饷的了，这次，从北路开到省城，原为领欠饷而来，谁知到省没有几天，就碰着你们贵处出了这个劫城大事，上官因省里驻军无几，便派敝部前来，我们也知道你们贵处正在水深火热之中，来不及等待欠饷补下便星夜赶来，今已数日，不料所领的公费恰恰用完，弟兄们慢说没有一分饷银用，恐怕再过两日连伙食也开不起了。团长因此焦急异常，打算在征收局里拨用几文，无如自从被劫之后，局里并无一文收入，所以，团长才命我们和各位商量商量，到底设个什么方法才好……"

其时，众客早都颜色大变。起初，两只眼睛尚还活动，等到听营长说完，简直连眼睛都定了，只各张着一张大嘴，呆呆的看着营长，几乎和睡着了的一般。

营长举眼看了一遍，又连问两声："各位可有什么好方法，只管请说出来罢！"

好半会，仍然鸦雀无声。营长不耐烦，故意把刀鞘子在地上一顿，众客猛的一惊，才如梦初醒，听营长又在那里朗朗说道："……据我想来，省上的饷一时未见领得下来，而我们这里几百弟兄，断无饿着肚皮等饷的道理，目今只有一条计策，"说时又把右手食指竖起扬了一扬道："只有一条计策……这计策，便只有请你们各位暂时借助几万块钱，权把目前军心安住，一俟省上饷来，立刻奉还！……"

众客听犹未毕，早"啊哟"一声，争着辩说："你先生这主意略有不妥之处！为什么呢？你先生但想我们都是甫经兵燹之后，损失罄尽了的，谁人家里还存得有百把块钱现洋！既然征收局尚没有一文收入，我们更从何处寻钱呢？"

你一言，我一语，倒也说得道理十足，无如那营长只是充耳不闻，一口咬定至少须借五万现洋。

两方面说了一点多钟，最初，两方面都还势均力敌。其后，客一面软一分，主人一面便硬九分；客退两步，主人进八步。到末了，客软无可软，退无可退，主人倒愈硬愈进。当此时节，设若客一面也是手握兵权的兵官，那倒不必多心，两方面早就打将起来。幸亏客却是绅士商人，笼统都为中华民国无拳无勇的主人翁，所以逼到极处，也只有以"担任"二字了之。

营长便叫人取出笔墨纸砚，请众客坐下，把五万元总数写上，叫众客各自摊派。说到众客素来对地方公事原都是很热心的，但凡地方要举办一种新事体，不是你争，便是我抢，独在此刻，偏偏都仁义起来，你让我先写，我又让你先写，一会儿，论资格；一会儿，又论年龄；闹到后来，还是由营长派定某甲某乙依次写下，及至第一次写完，总数不足一万，一连四次，方才强勉足额，但是已经挨到黄昏了。

那天，众客虽休于四周围的刺刀影子，强强勉勉依从营长的吩咐，各人尽其力量算凑了五万之数，但大劫之后，各家都和大水冲刷过的一般，那里有许多现钱放在家里！就是前日开欢迎大会所花的三百多串，以及当场慷慨认输的捐款等，犹仅仅付过四分之一，其余三分尚在你观我望拿不出手，此刻骤然要拿出这么多钱——多的至于六千元，顶少犹在八九百元之间——却从那里筹办！所以，散会之后，各人出来，一例的愁眉泪眼，叹声不绝，路途之间，又不敢出一句两句怨言，恐怕恶客听见不惟无益，反转罪上加罪，只好低着头一步一步挪回家去，对着祖宗灵牌痛哭一场——第一，恨祖宗为什么要生子孙！又为什么要给子孙遗留这些产业！第二，恨自家为什么要当百姓！又为什么还当有钱的百姓！——弄得如今倾家破产，出钱受气不算，而自家除却当百姓及当绅士而外，良心并不黑，脸皮并不厚，且无别的本领可以保身养家，万一几次风波把几个祖宗遗产荡完了，后半截日子可怎么过呢！……想到痛处，只有仰天呼道："天那！……我们究竟犯了何罪，才罚到今生过起这样痛心日子来哟？"

以上所叙，虽则仅是一个绅士的苦楚，但其余诸人的情状也大同小异，并不敢怨恨团长，只有自磋生不逢辰，不该安分守己，当什么中华民国的主人翁！

事隔三日，众人认借的款子，有已缴了十分之一的，有全然没有缴过一文的，团长便派出兵来，分赴各家催促。诸公须要晓得，这般催款军人都是当今应运而生的豪杰们，平日吃粮当兵，会的是抓拿骗吃，白嫖大赌，打起仗来，又极肯卖气力。枪虽打得没有准头，然而子弹却不吝惜，并且又舍得喉咙，一个人可以喊出三个人的声音，末了无论胜败如何，而烧、淫、抢、掠四个字，却件件认真。这都是豪杰们垂芳百世的真本事，也便是十三步升到提台的老方法，不必细表。如今这般豪杰既奉令催款，原本是军国大事，岂不格外认真！所以，得令之后，一到这般应该出钱的人家，不管主人在与不在，便登堂入室，高巍巍坐着，只吼一声"拿钱来！……"早似晴空霹雳，骇得全家男女老少矢流屁滚。倘这家人中有几个识得时务的，只将甜言软语先哀求一番，再好烟好茶、大酒大肉极力奉承之后，或更孝敬一点小意思，豪杰们也可略回个笑，赏个面子，顺顺的回去销差。若其不然，或言语举动失了礼数，那却别怪……

因此，同是一样该出钱的，同是一样奉令催缴的事体，其间颇颇有些不平。然而，闹到结果，五万元确是不少一个。团长等固然很快活了，只苦了一般出钱之人，房子也卖了，田地也当了。起初因为有钱的原故，所以才由百姓升一等当了绅士，如今钱弄光了，只好官还原职，仍当一个一品大百姓罢了。

团长在城内弄钱不说了，还有一个和他遥遥相对，单在四乡弄钱的，你猜是谁？不必明说，自然就是那位四字政策的司令了。原来司令实行了第三个"逃"字之后，便集合队伍，驻扎在一个四通八达的场镇上，依旧旗帜鲜明，威风凛凛，一面实行他第四个"待"字，观望大兵如何举动。倘若真要与他为难，也只得避之大吉。苟不然者，自己仍可待时而驾，从强盗变作官兵，一面又广招队伍，四处弄钱。其弄钱之法，也和城内团长举动不相上下，不过名称上略有不同。团长弄钱叫作借饷，司令弄钱便叫拉肥猪。其实拉肥猪的苦处，人人可以说得出口，并又可以做张禀帖，到上官处去控告他。而上官也必批个"实属可恨！"虽则于被害之家毫无益处，但究比城内一般出钱绅士值得多了。

直至半月之后，司令名声越闹越大，银钱弄的越广，队伍拉的越多。至于枪支子弹，确也比前加了一倍有余。听说团长大兵并不出城，而团长又新近纳了一个小星，温柔乡中，滋味正浓，于是司令更肆无忌惮，有几夜居然在城门之下，就拉起肥猪来了。城内一般人民都实在看不过了，才托人来向知事说。知事也实在听不过了，才跑去禀见团长，会面之下，知事便道："现在民不聊生，城垣之外，几乎成了强盗世界，地丁、粮税简直无着，恐怕再过一月，就征收局也要关门。那时，团长这里兵饷，又向那处筹拨？城内呢，也罗掘俱穷的了，所以，这事总得恳求团长派一营大军，先把四乡清一下，将那些小强盗除尽后，再派大军把那司令驱逐出境！……此举，不仅人民受福，就团长兵饷也才有个来源！不然，竭泽而渔，终有弄尽的一天，那时……"知事长节文章才做了一小段，团长早把眉头一皱道："别说了，这些情形，我满清楚的。不过，我这里仅仅两营兵力，实在单薄，保城有余，清乡不足。至于驱逐司令，更不容易，你要晓得，眼前司令不再是从前的司令了，枪支已足在七百支以上，要驱逐他，实非四营大兵不可！……但是，我已打了个万全主意，倒不必用兵的了。"

知事忙问："是什么方法？团长可否示知一二？"

团长正色说道："也并非别的奇法，只有'抚'之一字。我想，倒还有益无害，一则把司令招抚之后，其余诸匪。譬如蛇无头而不行，不必用兵，自然而然便可消灭；二则也免糜烂地方，只因一下用起兵来，未必便将司令的部下剿灭得尽，那时，譬如一个大疮戳破之后，脓血四溃，不维疮口难合，反把四围好皮肤都弄糟了。况且我兵力有限，还未必有这般把握，万一打败下来时，收拾不住，更是不堪设想；三则本省、本国现在正当大乱，将来难免没有用兵的时节，此刻正宜养精蓄锐，不犯着把些有用兵力，消耗在这些地方，并且司令招抚过来，还可将他枪支壮丁好好练成一股劲旅，将来也未必没有用处。因为有这三层，所以我就晓得'抚'之一字，实在有益无害。现在只有一件事体稍觉困难……"

团长说到这里，便撑着两眼把知事看着。知事莫名其妙，也呆呆的看着团长。

末了，团长又才说："这困难的事，就是要花一笔大钱，犹之偷鸡贼，断乎离不了一把米的。现在若要招抚司令，并非空口白舌说得下的。所以在前几天，我已遣人去说了几次，什么条件皆磋商妥当，惟有招抚费一层，却很棘手。昨前两日，我就打算招呼你来商量了，恰好今天你既过来，我就把这筹款一事，交把你去办罢！……"

知事一听,知道这并不是什么好差事,慌忙站起来,鞠身弓回说:"知事才力薄弱,实在不胜此任。恐防有误军机,求团长还是另委能员!"

团长登时作色说道:"你别推诿!这本是你地方上的公事,若司令就抚以后,你地方也可清静一时,何况钱也不多,你又素有能名,限你三天筹齐!倘若疲顽误事,你把印信交过来,只管请罢!"

知事当下只吓得心内冰冷,外面火热,不由暗暗叫着苦道:"这可完了我了!好容易费了九牛二虎之力,还报效了军装四千套,才弄了这个事情,只说到这里来捞摸几文利钱还家,谁知不到一月,就吃司令一个大亏,衣物等件损失了一个罄尽,此刻又得了这么一桩不讨好的差事,不知他招抚费究是若干?若不上万数时还好,如其不然……"想到这里只顾打了两个寒噤,便忙请问团长:到底招抚费须筹多少?团长回说:"仅仅一万五千!"接着还连说几声:"不多不多!"

知事明知这块朝片定然拿不稳了,却又不甘独自上路,心想:"不如拉个同伴,一路之上也免得寂寞寡欢……"于是慨然答应之后,又把征收局长推举出来,力说此人也素著能名,并且于筹款一事,比知事更有经验,"拟请团长委令同办,或可依限筹齐。不然,知事宁可缴印回省,三日限期实在赶办不及的。"

团长果然又给征收局长也下了一个命令,叫他会同知事办理。其实,这事也并无十分难办之处,不过把满城绅商一齐招来,把团长命令恭诵一遍之后,再加上许多恐吓言语,勒令某某出三百,某某出五百,也就完了事了。所难者,县城只有这么大,人家只有这么多,富力也只有这么厚,平常几个现金,司令变时,已经扫去大半,到团长筹军饷又扫去小半中之一大半,余下的现金确确有限得很,虽然勒派下来,只是众人宁死也拿之不出。所以知事和局长时时催促,什么方法都用尽了,只差放下地来打着屁股逼追,然而,众人仍旧拿不出。

转瞬三日，好容易才筹了一千七百余元的现金，知事晓得骨渣子也是榨不出油的了，自家这块朝片，惟有放下之一法，便和局长商量之下，把些应该出钱的绅商，仍满传到衙门里，请在一间大花厅上坐着，外面拿几个破铜烂铁的警卫队看守着，自家便捧了那些已筹出的一千七百余元，同局长一同来见团长。相见之下，知事让局长把筹款困难情形详详细细说了一遍之后，自家便奉上那一千七百余元，不待团长开口，自家便先说道："知事筹款不力，贻误军机，实在罪无可逭！求团长立刻撤任，另委贤员！"

团长听后，从鼻孔里只哼了一哼，又抬眼把局长一瞧，道："你呢？"

局长很懂风色，也忙回说："局长奉行不力，其罪惟均！也求团长一律撤换！"

团长把头点了点，便对他二人道："既然你们都甘心请求撤任，我也不客气了。你们各自回去，赶着办理交代。跟手我办起公事，就打发人来接印罢！"

于是，他二人的饭碗就此轻轻的便打翻了。出了团部大门，局长才稍稍露出一点不平之色道："我们辞事，不过是略谦一句的，想不到他就老实认起真来。这手段未免也太辣了一些……"知事倒心恬意淡的笑着，劝道："罢那！这样下台，据我看，还算我二人的好结果。其实，你已到任五个多月，你那事情又与我的不同，料想本利都早已捞到手了？不说别的，就前次司令之变，我听说，你运省的三千金，也已润在总帐内一笔报销的了。这也算对得住你，何况此后的事已同鸡肋，嚼之无味，不如丢了倒落得一身清闲。比较起来，还只有我一个人才可怜呢！……"

局长听到这里，晓得知事这次买卖做蚀了本的，生恐粘着自己，未免有些不便，忙把别话岔开，再也不提起这事了。

知事和局长别后，刚回公署，坐席未暖，那奉令来接印的新知事早已追踵而来。旧知事在大堂上碰见，便忙迎住，将团长命令接来一看，可怜墨还未干，又再举眼把新知事一端详，实在不明白他是那一道轮回上挤出来的，只好极力张罗着，一面催促各课赶办交代，一面便将他引到大花厅上，将一般应该出钱的绅士们点与看了，跟手就请他先生接印大吉。

说起新知事，原是才收了算命生理，钻到军界当了一名书记。出山未久，那一世梦过做官！自然更不晓得新官上任还有种种步骤，只当也如子丑寅卯排四柱般那么容易。所以，才奉令即行，随身只带了两名护兵，别的什么案牍、收发各种人物，并未招请一个，且也并未想到，知事衙门里还要须用这种物件。因之，他老先生云里雾里，和旧知事俩偷偷摸摸，在一间空空洞洞的签押房里，人不知鬼不觉，便一个交印，一个接印。天大一桩交易，就此轻轻的便做了。旧知事印一交过，满面春风，只向新知事说声失陪，转身一溜，把个新知事孤单单撂在那里。从此以后别说是人，鬼也没一个来瞅睬他。窗子外面，虽则时有人来人往，但都是尔为尔，我为我。新知事不知他们干什么事的，便先生阁下的招呼，而他们看见新知事，也只当旧知事请来的算命先生，也无一个请教他贵姓、尊章。可怜只抛得他先生举目无亲，好似掉在大海里面四顾茫茫，一点捞摸没有，呆呆的守着那块冷铜劳什子，简直不晓得这官究竟从东南西北那一方上做起……

待到黄昏时节，直累得新知事饥渴难当，肚皮里一阵怒吼，好像通知他这官味实在是不好尝的一般。亏他人还聪明，居然打从山穷水尽……想出了柳暗花明……原来他才想道："这样儿那里是做官，简直叫受罪！还是回去向团长请教一个方法，若果长像这样，我可闲不来，只好请他另找高明，我还是写我的报告、命令等好干的家伙去罢！"登时便抱起那冷铜劳什子，带起护兵，仍旧一溜焉溜回团部。亏他来无踪去无迹，官虽做得不称，却倒扮了一折《时迁偷鸡》。

新知事最初举动虽则那般可笑，但是俗话说得好："木头人不会走路，暗地里却有提线子的。"所以，他先生在团部里只宿了一宵，便已学会了多少聪明。好在中国之于官学，又异常性近，一点便明，不比别的科学还须下点苦功夫。再而军事时代的官学，更属容易图之。他先生第二天再回衙门，举止言谈，居然大不相同。旧知事心知他受过真言来的，便也刮目相待，不惟不敢和他顽皮，并且还把衙门里一般离不了的物件，如案牍、收发之类也都转荐了给他。

如今长言短说罢。三日之后，一切交代妥当。旧知事收拾行李，起程还省。新知事才发展新猷，第一事便约同征收局的新局长，商议继续筹款之法。知事最先开口说："蒙团长天高地厚的恩典，把你我弟兄提拔起来，做了民之父母，则团长他老人家实无异于你我弟兄的本身父母了……"

局长慌忙作色而起道："本身父母？……你哥子未免比喻不伦，须知你我本身父母，单单生了我们下世，随着他吃了多少辛苦，何曾拿一天快活日子给我们乐过！如今，团长他老人家，竟把我们提拔出来，置于万民之上，这种恩典岂是本身父母所能比的！至少也须从高祖头上比起，但是拿你我弟兄的高祖去比他老人家，犹不免亵渎了他了！"

知事也连点头说："是呀，是呀，可见他老人家既要银钱使用，你我都应怎样的尽心才是。所以，请你哥子过来商量商量……如今他们那般出钱的人，虽然口口声声惜钱不惜命，我们总须打个什么主意，偏叫他们顾命不顾钱！"

当下，他两个新官各出心裁，商量了好半晌，然后才议决了一种硬做的方法。据两位新官说来，这般出钱的人多是服硬不服软的东西，要向他们取钱，断乎不可拿礼节去劝，不惟得不到一个大钱，而且，还要受他们多少冷气，势必拿出一点武辣手段，劈头就给他一个大厉害，然后再略施一点颜色与他，要取一千，不怕他们只出八百！那时不特头一次款子筹得爽利，叫团长他老人家看见了喜欢，就是以后再要筹措，也自然容易多了。

商议既定，局长又说："事不宜缓，缓则生变。不如趁这火头上，立刻就动手罢！"于是，知事便吩咐护兵，赶紧去传集差人、书办等人站堂。局长又吩咐叫他们准备刑具，恐今天难免不要用它。护兵嗷应着跑了出去。一霎时，人声阵阵，二堂之上，斗然就变得和森罗殿一般。知事、局长两位新官一同出去升了公座，俨然也就是两位铁面无私，笑比河清的阎罗、包老……只听堂上高呼一声："一齐带上来罢！"接着二三十个破喉咙，忽地一吆喝，那一般押在大花厅上奉令出钱的绅商们，都被差人带着垂头丧气进来，黑压压站了一地，无论老的少的，人人脸上都蒙着一层形容不出的惨象。一上堂来，未待两位阎罗开口，七嘴八舌早就告起苦楚。

知事还好，局长因在军队中比较多历练了一两月，气性便自不同，一听众绅商述苦好不生气，只把一块惊堂木，当作说评书的戒方，在公案上噼噼叭叭，敲得震天价响。好久才拼着喉咙叫道："不行不行！……钱是出定了的！无论你们再说得怎样可怜，总之，招抚事大，团长命令不可不遵！我们今天并不是来听你们告苦的，只是追缴你们的捐款，休想再和我们支吾！你们须明白，我们都是精明强干的官长，所以团长才差委来管束你们，并不像前任那两个没力量的瘟官，管你们什么民穷啊，财尽啊，这些屁话，少和我们胡说！一句话说完，今天的事，只是团长吩咐的一万五千元，除却已缴一千多元外，余下的必得如数缴清，半个不少！……半个不少！……"

众绅商虽则听他说得如此斩钉截铁，因为实在没钱，只好仍旧哀告，请求减免。局长冷笑一声，便向知事说："这般贱骨头！势非给他一个厉害，不知你我弟兄的手段了！"知事忙说："好极了！好极了！"当下便在人群之中择了一个年轻体壮的，也不问他贵姓尊名，身任何事，只把手一挥，叫差人给我捆起，架到软板凳上去。

那少年一听，慌忙叫道："我们堂堂绅士，身犯何罪？却把这毒刑我受！"差人也趑趄不前说："这汪老爷，是有声名的！他哥大老爷，尚在省上做大官，我们不敢侮慢他！"局长更是生气道："什么有声名的老爷！我不管这些！任他宣统皇帝、冯大总统，违背了团长命令，我还是要捆上软板凳去的！"说后，见差人们仍然不敢进前，自家便跳下公座，督着护兵动手。

那少年汪老爷，只是乱跳乱叫，一面又抬出多少护身符来：什么某旅长是他妹夫……某师长又是他交好……某处参谋长又是他表叔……他哥子现任某事……他兄弟又现充某处司令……然而都不中用，早吃四五个护兵和局长几只手按着，剥得精赤条条，四马攒蹄的捆了。局长又喘着跳上公座，这才叫差人架上去。这下汪老爷吃了大亏了，只痛得杀猪似的嘶声乱叫。局长气忿忿的只是不瞅睬。而那一群同病的绅商，也只有泪眼相怜，一个也不敢出头替他说半句求饶的话。

末了，那汪老爷痛得头上汗珠直下，脸上青白不定，口里除了呻吟，再也不多呼号了。还是知事心软，才向局长说："算了，且放他下来说罢！"局长哼了一声，又半响才瞪起两眼，把那一群同病的绅商瞧了瞧，道："你们的捐款到底还缴不缴？"众人慌忙答应："一定缴，一定缴！只是须求大老爷宽限个日期，此时各人家里实在没有现钱，只好专人到乡下去备办。"局长说："也好，就限你们两天！若是过期不缴，我一个个都要请他上一回软板凳的！"

众人莫奈何，只有答应之一法。然后局长才命把少年汪老爷放了下来。是时汪老爷已痛得发昏。差人们把他放在地上，将他手弯脚弯，轻轻搓合了骨节。这也是汪老爷才有这样，若是别人，管你痛不痛，只把脚踏着使力一踩就了事。毕竟汪老爷是本地大绅，这殷勤终不是白效的。所以，虽玩了一回软把戏，究竟还不甚吃大亏。

局长这才问他："所认的三千元，依不依限缴清？"汪老爷毕竟不比那些熬刑蠢贼，知道这软板凳实难再堪领教，慌忙应说："愿缴愿缴！依限依限！"然后，局长才吩咐一齐押到班房去，不准取保。于是一般绅商老爷受了刑辱，出了金钱，只落得买了几天班房消受。

至于一班绅商怎样的倾家破产，著书的虽很清楚，只因他们都依限缴出，并未拖延一时半刻，所以著书的也不便再做题外文章。如今只叙招抚费齐楚之后，团长便提了六千放在自家腰包里，余下的七千，才由中人过付给司令，叫他履行条约，半个月后，定要停止拉、牵、抢、劫。二十天后，将队伍集合开驻城内，以便点验编制。司令把钱接到，都一一允诺了。然而转眼半月，四乡抢、劫、拉、牵依然如故，比起从前并未稍减。团长似乎也觉太不过意，便行文责问："司令何以不照条约行事？"

司令回答得最好，他说："我的队伍，早已洗手。自从受过招抚，并无一步乱行。如今团长忽加责言，敬聆之下，不胜诧异之至！及至仔细调察，才晓得现在一切拉、牵、抢、劫，概是四乡土匪所为，目无法纪，实堪痛恨。现已仰承团长视民如子之仁心，派队分头剿办。惟子弹所储有限，不敷应用，万望从速接济，以便清乡之后，即行拔队进城，听候编制。"

这一来，团长自然不便接济子弹。而司令也并不提起进城编制的那番话。两方相峙起，倒不打紧，只城里城外比兵额多出二十几倍的良民百姓、绅士、商人等都苦死了！以后，团长、司令两方，究竟如何了结，人民究竟怎样过日子，那都是下篇里面的事，如今暂且按下，正是：

> 你尽着狐狸纵横虎咆哮，这威风，何须要俺作些稗官词寄牢骚。这胸次包罗不少，用不完笔抄墨描。能直谏，会旁嘲，只愁那匝地烟尘何日扫！

（原载1918年5月27日至6月22日《国民公报》）

失运以后的兵

这是两个打了败仗归不着队的兵。他们原隶属于四川陆军第几师，第若干旅，若干团，若干营，若干连，若干排。其初都是新都县文家场，靠在田土上吃饭的长年，因为有一次去赶场替主人家卖豆子，无意之间被过路军队用武力强迫请去——俗话叫拉伕——先做些出气力的苦工，后充散丁，再后改为长伕；几次战争之后，正式兵缺额颇多，新兵招募不及，便把他们通通补了兵额。他们以前本名张阿六、李老么，补了兵额后，才正名叫张占春、李得胜。

他们未经正名以前，身上还多少剩有一点田土气，夜间劳苦之余，睡在挺硬的木板床上，尚不免时时梦见打稻叱牛等等有趣的往事。他们对于兵营生活渐次习惯时，田土气也渐干净，有趣的梦也渐模糊；一自正了名，摸着了枪筒，他们当真就变成了兵。他们越能够摹仿那般老伙伴去干一些持枪骇人，奸淫搂抢的事体，才越能合伙，才越能得官长们的青睐，也才越能永远吃粮，简直不怕淘汰，因为不如此，便不会被人民害怕，便不能在各军队中称为劲兵。这是从他们经验中间体会出来的话。

张占春、李得胜补了正式兵额后,也曾东奔西跑,打过几次小仗,到最近半年,却驻防在重庆附近一个热闹县城里,简直不曾开过差。尤其是有损于他们的,就是师部也驻扎在同一城内;他们说的"帽子太大",只管看见师部里天天请客,天天抬女人进去,天天听说某处已筹来多少款子,而他们只管仅仅发点伙食钱,只管仅仅吃一碗"白眼饭"(四川一部分人的土话,无菜的饭叫"白眼饭"),却终不敢明目张胆的抓钱使,为什么?就因为"帽子太大",一个不当心,碰在"大帽子"底下,就不免要被压得口歪鼻塌。所以他们顶希望的就是开差——剿匪也好,提款也好,拿人也好,总之,一出了城,脱离了"大帽子",更可以自由。

这一天,他们的希望竟实现了。师长下令,叫开两营人到本县西乡去打仗,其中当然就有他们。

据说,这仗火并不要紧,不过是一部分的民团。这因为师长要开征一种什么门户捐,大约挨家都得出些钱,大人多出些,小孩少出些,一年一次,本是很公平的;并且师长说:"我的兵多地小,正经粮税捐款不够开销,非大家出点钱不可;我想的这个惠而不费的方法,是最简单而最通行的了!"但西乡的人却说:"我们历年拿出的钱业已不少,倾家破产的遍乡都是,我们为什么要养兵?你说兵多,就裁掉些好了!今年天灾流行,收获又欠丰,我们都穷了。"

他们便公推一位正经团总来城请师长豁免,说这是苛税。师长很年轻,出头极快,平时除了受过上司的纸面申斥外,从未被人顶撞过半句,所以登时就不答应了,拍着桌子叫道:"放屁!!总之,我要钱!"团总是个硬铮绅士,多年就不怕官的,也生了气,挺起胸膛说道:"要钱也得讲道理……"拍的一下,他那左边脸上早被师长赏了一个结实耳光,接着骂道:"狗娘养的!讲理!民国时候是讲理的？……"立刻就把团总押在卫兵室。说定要枪毙了，以为藐视军令，目无官长者戒。其后说情的人太多，而且两三位"太上大帽子"也函电纷来叫放人。师长虽是军人，但深通拉硬弓不放箭的秘诀，遂也借此转弯罚了那团总三千元了事。

团总吃了亏，决心要和师长干一干，回了西乡以后，便把各保团防一齐调集拢来，大大的演说了场，说这种巧立名目的苛税，若果我们承认了，虽把目前暂时敷衍过去，说不定明天又兴出什么捐了，把我们养命的钱勒取了去，多买些枪，多招些匪，回头来又向我们要钱；我们就有金山银海，像这样来回的取，也有穷于供给的一天。况且如今这些东西那有什么实力，都不过用虚声恐吓，你越怕他，他越发的凶恶，倒是同他硬干一下，他反而好说话了。我们西乡团防，有这许多人，许多快枪，照实力说，比他一师人还强。我亲眼在他师部里看见的，土毛瑟枪就有好些；你们不要怕，大胆同他干一干，包管我们动了手，别乡别县的团防都会响应我们的。我们只要打一个胜仗，从此，无论什么苛捐酷税都没有了，这岂不是长痛不如短痛的说法？同时他又做了一篇长通告发出去，不过用的是文言，中间还杂了一些骈文韵语，意思很婉转曲折，语气也卑逊晦滞，只是求苦求怜，说"小民等不胜酷虐，望各大宪有以拯之。"

西乡既发生了天样大的反动，东南北三乡果真就观望起来，说我们事同一体，西乡不出此款，我们也未便独异。师长这才着急起来。师长不曾经过大风浪的，觉得官逼民反这个风声闹到"太上大帽子"耳里，未免有点不妥当，很打算找人出来调停，彼此善休了罢。正好几个素来在军界中走动的绅士忙来献计，叫师长不用怕，只管坚持做去。他们说，发通告是容易的事，他会发，我们也会发，横竖几块钱的印费，几块钱的邮费，只有谁的文章做得好谁就有理。果然，他们便刻了一颗全县公民的木章，发出若干快邮代电攻击西乡团总，说他假借民意，营私报复，抗缴公款，贻误戎机，以致全县军民辣惧，危如累卵，"不惜以一人之狂悖，沦全县于水火"，也是文言，也是四六句子，音调铿锵，比西乡团总做得还好。他们给师长助了威风，便立逼师长委他们做征收委员，并请把捐额加高，比如说：某乡原派一万元的，此刻便增派为一万五千元。他们的理由是：派款照例不能征收足额，派一万，只好收八千，不如多派五千，结果便可收足一万。他们向师长说："这些东西，总不宜好看待的！生成猫儿心性，拔一根毛也喵一声，一把毛也喵一声！"其实，他们也不过想借此捞摸几文而已。

但是西乡团防偏下了决心，硬不想在笔尖上占胜着，公然向师长下了"哀的美敦书"："即速取消苛税，惩办劣绅，不然，便以兵戎相见，败则滚蛋，胜利，任你鱼肉！"师长因为几个绅士的怂恿，老实以西乡的团防为不行，因才下令拣选了两营劲兵前去，相机剿办。其实两营劲兵不过五百人，三百多支快枪。

两营人准备开拔时，师长亲来誓师。礼节很隆重，师长来到营门时，炮兵营架起三磅炮，向天连放了九个空炮，轰隆之声把全城的房子都震动了，幸得县知事早有告示通知，才不致弄到罢市。要开拔的兵都全武装齐集在戏台前面——因为他们驻扎在马王庙里——没有枪的都两手心紧贴在大腿上，拉起耳朵听师长站在戏台上，两手捧着一张纸，慢条斯理的读那有韵而绝不能懂的誓师词。倒是开拔以后，他们才当真懂得了：哦！原来因为西乡百姓太蛮横，抗捐不缴，安心要把他们饿死的原故。张占春、李得胜都是有枪的，不禁火往上冒，大骂道："他娘的，他们倒打的好主意！老子们久经战阵的人，看吧！"

士气很奋激，恨不得一步就踏到西乡。所以他们更像才出槛的野兽，不论村市人家，一走到就破门而入，硬要东西吃，其所以还不致搂抢的原因，正如张占春等心头所想的："此刻还不方便，且等打了西乡回来，再一总喜纳罢！"他们的理由真对，只是运气不好。

李得胜后来曾向省城朋友们说过："我们自吃粮以后，机关枪与大炮也听惯了，但总不如在西乡狗儿峡里听土抬炮的那样骇人！"不错，土抬炮是团防的利器，射击力虽不很远，但有七八架安在要口上，那威力真不可小视；况又在两山高峙的峡里，声音格外来得惊人，炮位又多，弹如雨下，而这五百多个趾高气扬的丘八，走了三十多里，一下无意的在狗儿峡被袭起来，自无怪其要四散奔逃了。

张占春等有六七十人退出峡外，才打算抄出后山，去打团防的后路，不料峡外已有埋伏，立刻快枪、土枪从四面打来。他们都是老兵，不待官长命令，早已散开伏在田埂下、岩石后，连连还击。混战是不兴瞄准的，所以迎面三方打来的子弹，都未必能挫败他们的锐气，吃亏就是背后山坡上的埋伏。五分钟后，他们确乎支持不住了，张占春、李得胜一伙三十多人便不约而同，一齐喊了一声，在枪尖上插上刺刀，跳起来，挺身向前冲去。

他们倒把迎面战线冲破，一口气跑走了三里多路，听枪炮声已在背后很远，算是出了危险界，但是自行集合时，业已不满二十人，官长们一个也没有看见；其间有两个最大胆的，还想从小路上再打转去，不过大家把子弹一清，只剩得两夹——十颗上下，情形如此，任谁那个都会胆寒的，这也无怪张占春、李得胜等都摇着头长叹一声："唉！"

及至他们垂头丧气走回城下时，城门业已关闭，城墙上业已布满了他们的同伴。原来在他们之前，早有百余败兵陆续退回城下，师长大惊，急忙叫关城固守，一面就叫秘书拟出一篇通电，含含糊糊的只说西乡团防造反，围攻县城，驻军力薄，危在旦夕，请重庆那方的"太上大帽子"即速发兵援救。

一连三天，师部里公然谣言甚盛，一夕数惊："西乡团防三千人来扑城了！东南北三乡的团防也与西乡联合了！团防都是快枪，还有机关枪哩！"师长骇得只是叹气，一面出告示，自行取消门户捐，把这次的过失一概推在那几个劣绅身上；一面又另请几位稍有声名的正绅出来做调人，愿与西乡团总讲和，偿还前次三千元的罚款。团总说："这不是我一个人的事，罚款自然要吐出，而他也得把枪缴了滚蛋！"

师长当然不答应，便把全师人一齐集合在马王庙，说："我还有一千多支枪，就与西乡拼一个你死我活罢，我不信正式军队连团防也打不赢！……弟兄们，大家争口气！若是再打败了，团防势焰更高，我们不免到处受气，不消说没有吃饭的地方！胜哩，大家自由三天！"于是，士气又重新鼓舞起来，都大喊："杀！杀！杀！"

城内的人骇死了，以为军队发了气，大祸就在头上。一般有家屋的绅士更怕得很，不断的到师部来磕头，请师长息怒，他们都极力担任去疏通西乡团防。这一下，师长才仿佛寻着了复仇的机会，先要解散团防，次要全县赔偿损失，再次要商会和绅士们筹十万元的军饷，以偿不征门户捐的损失。

张占春、李得胜等也都意气扬扬，天天拖着枪在街上胡撞，不白吃的也得白吃，不霸赊的也得霸赊，这因为"大帽子"一则不很管得着他们；二则仿佛是默许了，似乎越如此才越足以显威风；三则他们在乡下打了败仗，借此报复，出出怨气。只可惜他们这种自由行动不曾使用上五天，就被一种恐怖范围住了。城内的百姓既不胜眼前的骚扰诛求，又害怕往后的祸事，在军队自由行动的第三天就暗暗分头遣人到西乡求救，立刻西乡就拒绝了绅士们的调停，东南北三乡团防也都联合起来，一共开了八九千人，遥遥的把城围住，宣言说：若果某师不赶快滚蛋还要盘踞在城内胡为，他们一定进攻，一定要把他这一师人杀个片甲不留。于是，士绅们都躲了不敢进城，城内百姓有能力的都悄悄跳城出来，加入团防；而尤其令师长和张占春等沮气的，就是重庆、成都几处的"太上大帽子"都来电责备他们的不是，叫他们即刻开往某处，听候查办，并且说若不奉令，就派附近军队联合该县团防进剿，这简直把他们当成土匪了！（这因为，他这一师人实在徒有其名，无论那顶"太上帽子"以及平等的"大帽子"都可以欺负他，而他嫡亲的"太上大帽子"又难于过违公论的保护他的原故！）所以到六天上，师长才在商会勒取了五千元，各丘八也只在殷实商家自由提了一点小款，便全队开出东门，向各"太上帽子"所指定的那地方行去。

这地方原有一队兵驻着在，这队兵又是素来强悍号称能战的队伍。事前他们官长虽奉有命令，说因某师与住在地人民相处不宜，特令暂移此间，听候查办，事了之后，当另移他处住防。但是那长官把以前若干陈例一想，生恐上了"明修栈道，暗度陈仓"的大当，遂不顾上司的面子，当即下令叫住在边界上的重兵对来兵迎头痛击，以追至某县县城为止。

这差不多又等于狗儿峡的暗袭，而且对面又是正式军队，虽少却是很能打的；因此，只一个冲锋，张占春、李得胜等一千多人被冲成了若干段，彼此不能相顾，师旅团长们的轿马行李都不知在那里去了。

张占春等几百人无秩序的乱跑回来，尚未到县城又被团防截住。他们说：最可怕的就是这种麻雀队伍，而最难打的也是这种不依兵事学的仗伙，况乎后面的军队还一步一步的追来，于是他们就不得不散了队伍，各奔前程！

张占春、李得胜一伙共十三个人，有四个是徒手只各带了一柄短刀，向西北一带奔去，直至听不见枪声，大概已跑有十多里，这才各抽了一口大气。就有人说："我们的队伍既解散了，那么，我们往何处去呢？"一个人说："往顺庆去投何五师去！"一个人说："住军队也没有多大的意思，不如绕到永川大'老摆'那里去入伙！"这下便现了裂痕，一部要仍然去当兵，一部要改行去当匪。张占春、李得胜算是正途出身，不曾尝过匪的滋味，便决意加入往顺庆去的那一部，但此地逼近危险界，还不敢分手，十三人依旧合队前进。

过去不远就看见一所腰店子，在沟边林下散立着有七八家人。张占春等都饿了，便说且在这里弄一顿饭来吃。但走到临近，才看见各家都紧关着店门。一个人说："这光景不大对！"那个主张往永川去改行的便说："这是西乡管的地方，大约都往前敌去了，不管他，我们打进去把饭抢来吃了，赏它一件'红衣裳'（它字指房屋，'红衣裳'谓放火也），权当报一回仇！"西乡是他们的生死冤家，这提议当然是对得很的，立刻就分成三股，各向一间房子的大门上去擂打，只听见房子里一阵妇人孩子的号哭声，门总不开，李得胜发了脾气，訇的一声就向屋内放了一枪，把木板门打了一个焦孔，号哭声登时就没有了。张占春说："用不着放枪，可惜子弹了！"几个人便合力拿肩头去撞那大门。撞开了两家，走进去看，没一个人，大约都从后面墙头翻逃走了。于是大家一搜，米只有两升，杂粮倒不少，便烧火做起饭来，又在墙角上搜出三只母鸡，一总杀了，煮在另一锅内。饭熟了，鸡也砍成碎块，大家正待举箸，一个在门外放哨的忙在门外喊道："快跑！人来了！"接着，就听见喊声四起，枪声隆隆，李得胜丢了两根燃着的木柴在床上，张占春捞了两双鸡腿塞在怀里，都提枪奔出，望见向东一里之外，好些人拿着家伙正向这里冲来。

大家无意拒战，只迎头放了几枪，向西方便跑。到傍晚，大家又冷又饿，又极疲倦，然而，都不敢再往市镇上，以及人家去寻舒服的地方休息。张占春捞摸的两双鸡腿早已吃完，大家都失悔不曾一齐带在身上，有枪的便都抱怨那四个徒手兵："你们为什么不抢点东西，比如鸡、饭，都可以用衣裳兜了走的！"

次日上午，他们已走到安岳县属的一个中等市镇。他们打算在这里吃了饭便分手的了，不意走遍全场，没有一家开门的饭店，因为不是赶场的日期，他们便走到一家小客栈里，勒令店小二去买米做饭。店小二说："那么，先生们把买米买菜的钱拿给我！"

大家都发了气，骂道："滚你娘的×，老子们难道不给钱吗？赶快去给老子们赊来，吃了就给钱！……还要说呢？赏你一枪！"

这一枪遂把全场都震动了，大家纷纷的说：鸿发店里滥兵行凶。恰巧，其时各军官都有捉拿滥兵以安闾阎的照例公文发给各团防，于是全场的人都来同本场团总商量要捉拿这十数个滥军。

团总是一个老奸巨猾的袍哥，知道捉拿滥兵本是容易事，所不容易的就是滥兵的枪，他便设了一个妙计，先把从人安顿住，亲自带了几个人到鸿发店来。店小二大腿打伤了，正流着血睡在地上呻吟；滥兵们正老虎一样的吼着要杀人，要饭吃。团总忙上前说了几句江湖话，把众人的怒气平下去，一面叫手下弟兄做饭做菜，并还吩咐打十斤烧酒来请远客享用。

主人情谊既如此殷勤，当客的也只好开怀畅饮，毫未注意在左右供奔走的人越来越多；李得胜内逼得很，放下筷子，把枪挂在肩头上，跑到后墙脚下去输出，还未十分毕事，猛听见前面人声大震，最听得清楚的，就是："绑起来！绑起来！"一片命令声气。李得胜慌忙站起，以为自己弟兄伙在绑人哩，却见张占春飞跑进来："有后路没有？我们中了计了！"

他们四下一望，有一墙缺，便慌忙翻跳到墙外田里，幸而不曾碰见一人……

一九二五年一月脱稿

（原载1925年3~4月《醒狮》周报三十一至三十三号）

棒的故事

距何家大院子三四里远处，一个放牛孩子正伏着骑在一头大水牛背上，叱着那牛向河边青草地上走去时，他忽碰见一个少年，从微微的太阳光里，垂着头，满面忧容的，由小路上匆匆走来。

那少年虽是背着包裹，履着草鞋，模样很能与乡下人合调，但头上却戴的是洋式草帽，身上穿的是蓝洋布长衫，一望而知，还是一个在校读书的学生，他颦蹙的瘦脸上笼罩了一层风尘颜色，知他是从远处而来的。

那放牛孩子因为认识他，便惊怪而高兴的唤了他一声道："咦！何九先生，你回来了？"

何九先生名字叫何九如，并不是排行第九；当下就抬头把孩子看了一眼，猛顿住脚步，仿佛要问他什么似的，但是，他只点了一点头，依然向着前面走了。

那时正是春末夏初，田间迟收的油菜花还碎金似的平铺了好几十亩。放牛孩子从牛背上回过身去看时，仅看见他的草帽，前俯后仰的在菜花上波动。放牛孩子蠢蠢然的笑了笑,自言自语道:"他一定是回去拼命的!"

何九如从小路上一口气走到自己院子的白木大门前,止了步四面一望,觉得风景依然:院墙内的林木还是那样的葱笼,田塍的分划还是那样的整齐,田边的溪水还是那样澄清鲜洁的流着,溪岸上几株大苦楝子树还是那样扶疏如画,甚至树荫下一块巨大的顽石还是那样的光洁。他如梦如寐的恍惚看见一个年轻体面的妇人穿着天蓝麻布衫,印黑花的漂白洋纱裤子,半大的脚上穿着玲珑的青洋缎鞋,脚背上露着才流行的水红线袜;头上发髻挽得高高的,髻边垂着一簇茉莉花球,手上拿了柄大芭蕉扇,正浅浅的噙着巧笑,露出细白齿尖,一手撑着柔颊,坐在那顽石上,向水里一个拍着水花泅泳的少年男子说道:"不洗了,快点起来罢!有人来碰见,又要造我们的谣言,说我们怎样的不正经了。"

这洗澡的少年男子就是他自己,向他说话的少妇就是他才娶半年多的老婆。洗澡这天,是在四年前他刚从中学校毕业,还未往外边读书去时,回家度夏的一个傍晚。

那时,他的身体虽说浸在溪水里,其实可以说是浸在他们俩的爱情之海里,哈!好甜蜜的味道!

这幻景虽和洋碱泡一样,瞥眼就散了。然而,那半年中的种种温馨,却一一的如潮涌上了心头。

她是城里人。他记得第一次看见她时是在火神庙演神会戏的时候;虽然左边女看台上重重叠叠坐了不少的年轻妇女,但她那一双春星般的眼睛,却比一切妇女的还明,她那微红的脸颊,淡白的高额,轮而且直的鼻梁,比一切妇女的还令人爱。她穿的固然也是布衣布裤,或许还不及那般用绸缎做的鲜艳,但衣裤的式样剪裁得极熨帖,极好看。其后,又故意到她家的门口,同她碰了几次头,愈觉得她的身上具有一种极强烈的吸力，可以把他的五脏百脉都吸引了去。几次之后，他就断定她是为他生的；他哩，也是为她生的。假若要把他们分离，除非一个死字。于是他就打定主意，从各方面探听之后，晓得她家是寄寓的单族，她父亲是医生，死了好些年，她母亲更死得早，现时只有一哥一嫂，连侄儿女尚没有。她哥哥是替一家药材行在外收买药材的，不常在家，家事不很好，仅能过活罢了。她是时已满了十九岁，说过了好些人家，都因为妆奁问题没有成功。

何九如自以为是天作之合，便赶快回家向他母亲商量，要讨她来做老婆。

何老太生了好几个儿女，独养成他这一个，原想早日娶一个媳妇进门，好早早的给他添几个小男女的，偏偏何九如自幼在城里读书，不知从什么人学坏了，在十六岁上，公然就敢于不顾羞耻的同他母亲大闹过几次说不讨老婆，要守什么独身主义。其后，经他的母亲同亲戚们拿大道理来好劝歹劝，他虽让了步答应讨老婆，然而条件是老婆要由他自己选择，他母亲只能作一小半的主。何老太的一个亲内侄女儿，就是何九如亲母舅张洪顺的女儿有珍，张家屡次想把她随姑母嫁给何家，何老太自是极合心的。到他十八岁上，张洪顺一个堂侄张阿三到何家来拜年，顺便提起这件事，说亲上开亲，岂不比同不知道的外人开亲好多了！况且，有珍比她表哥才小得半岁，嫁过来就能管家。何九如立刻大怒，简直不给表哥一点脸面，并向他母亲发誓说："偏不讨乡下的女子！"

何老太也生了气道："你不是乡下女子生出的吗？乡下女子难道不算人？难道丢了你何家的脸？好糊涂的东西！我偏答应了，看你敢怎么样！"

何九如冷笑一声道："看吧！……我晓得你们的把戏，也不过因我何家有几文钱罢了！哼！不然时，张家诸事讲道理，为什么就不懂得嫡亲血表结婚等于亲兄妹通奸，公然廉耻也不顾，拿他们的女儿来诱奸我？……"

张阿三还大气盘旋的道："我是种田拿锄的人，倒不懂得这些道理，可是我只听见说同姓不婚，只要不同姓，那就开得了亲。并且男大须婚，女大须嫁，你们正是时候。只要父母做了主……"

他尚未说完，桌上早哗喇一声，一个茶碗碎在他跟前，泼了他一身新衣的酽茶，并听见他表弟就同叱狗似的喝道："滚！……"

这一来，张、何两家的感情伤了好几年。何老太估量自己实在压不下她这其横如牛的儿子，因才绝了念，一概由他去了。

不过，何老太总希望早看见他有讨老婆的意思，平常两母子谈到彼此无忤时，她总和蔼的说："这么大了，你安心要做单身汉呢？为什么还不打主意？你到底看中了那个？"

所以，他这年回去一商量，何老太纵不满意城里姑娘，常说城里姑娘只好供养着看，一点粗事做不来，并且穿要好的，吃要好的，还动辄要拿乡下人来取笑哩，但现在也顾不得许多，就欣然说道："好啦，你也看中了人！不过既是生门生户，也得托人打听一下方好。"

何家也有老亲戚在城里，于是何老太便亲自进城走了一遭，其结果，女家的一切都打听清楚，女儿的本人也借机会看过了一次。何老太再看见她儿子时便说："家世倒还罢了，同我家开亲，原也门当户对，只是穷了些。女儿也不算是天仙，只嫌说话，举动，穿着，一切都不很稳重，恐怕现在城里的风气是这样。不过，我虑的是城里姑娘总是娇滴滴的，即使不做粗事，未必就受得住乡居的苦楚？"

然而，何九如却不挂虑这些，只睁起眼睛道："你又生了枝节了！愿不愿意随便你，以后可别同我提这件事！"

何老太没法，惟有暗暗叹了一口气，便托人去到梁得义家中提说开亲的事。

事隔三月，待梁得义由山上买药回来，也打听了一下，对于何九如本人倒还平常，最合意的就是何家的产业，于是答应了。下聘之后，何家便定期在年底完婚，梁得义回说办不及妆奁，他只有这一个妹子，不愿草草的了事。何九如着急得很，便辗转托人给他说："何家娶的是人，不是妆奁。"同时又暗暗送了三百元来说："晓得梁家不宽裕，大家的面子是应该顾全的，这是何家送来做一切开销用的。以后的酒席钱，他还可以帮助。"

梁得义自然强强勉勉的准如所请。

何家大院子距城不过三十里，男女两家来往并不算远。热闹几天之后，梁家姑娘变成了何家媳妇，在众人看来，自然只觉得是天地间应有的一件平常事。

何九如与梁家姑娘之彼此满意，原是题内应有的文章。何老太对于这新媳妇既满意而又不满意，也是题内应有的文章。

何老太在若干年前就梦想的媳妇，现在有了，这是满意的；媳妇是城里的姑娘，既不能帮着料理家务，何老太又是按着老规矩，天刚见亮就起来的，先到厨房照料了一会柴火、饭菜，提着洗脸水转身时，媳妇的房门尚紧紧的关着，这已是不满意的头一件；其次是多雇用了一名老妈子，给媳妇收拾房间、提水、倾马桶、洗衣服，儿子尚说不够用，更打算弄一名丫头来，简直把自己母亲的辛苦当成应该的，一心只是娇惯那毫无功劳的新人，这是不满意的第二件；还有，就是媳妇不是自己做主选定的，虽然表面觉得她聪明小心，常常有意到自己跟前来献殷勤，但脾气却不很好，一句话也受不得，并且骨子里还仿佛很骄傲，大模大样的，总不把乡下人放在眼睛里；何老太预料久处下去，自己定然有计算不清的损失，于是，由厌恶而至于嫉妒，由嫉妒而至于仇视，到了仇视，便觉逐处俱可生嗔，连那一点略可满意的根株也铲除得干干净净的了。不过，儿子的威风太大，又在新年之中，觉得不是发泄的时候，只好强忍下来，等有机会再说。

何九如在新年之后，依然回城里学校上课，每礼拜六的下午回家住一夜，一直到暑假前行了毕业礼，方畅畅快快到浓绿的钓游乡里来过起两性的调和生活来。

但是，他们俩越调和，何老太越不同他们调和。以前只恨媳妇一个人，积到现在，便连儿子也恨了起来，不过儿子之不孝，原是媳妇引诱成的，所以她的不幸之根，理起来还是在媳妇身上。她从早到晚总是气忿忿的，虽未明白的骂媳妇，然而言外之意，谁也知道，假若她娘家有人来，或者至好的邻院妇女们走来，几句家常话之后，只要媳妇不在跟前，她便得意忘形的罄其所积骂道：

"我那儿子么？简直连形都变了！那杂种，以前虽说横得像一条牛，到底还认得我是他妈，有什么事还同我商量商量；我不舒服时，还常来问问；每次从城里回来，总得给我买点东西，虽不都是我喜欢吃的，总算是他的孝心。所以，我从前气虽是气，还说这杂种到底读过书，比他忤逆的老子就懂道理了。那里想到如今竟这样的可恶！自从那烂货进了门，老娘就不在他眼里了，偶尔说一句，便撑起牛眼睛凶得同恶煞一样；一天到晚被那烂货迷惑得疯疯癫癫的，偏她的骂啦，打啦，他也受得；并把他使得同狗一样，毒日炎天的，只要她说一句要吃什么，要买什么，放着长工不使，管他三十里、四十里，夹起尾巴就跑，要是那样的服伺得我一天，也算得十五孝了。唉！我哩，除了两顿饭，见不着他一面，你们看我从前房间里多热闹呀！他一回来总在我房间里，如今，我这间房子简直比得上破窑古庙，休想有他们的脚迹！我这院子也不算小了，还住不下他们，没明没夜，一味的在外面瞎跑，说是屋里热，难道屋外就不热？说是屋外有山有水，看看有趣，难道坐在屋里看看壁子上这些画，就没有趣？这些都不说了，你们看，到底是如今的世道不同了吗？还是我家里的运气该如此？就是夫妇，也不应该不避嫌疑，两个人年纪轻轻的，走也要拉拉扯扯，坐也要摩摩挲挲，这样的鬼相，我就看不过！我不过略略说两句，也无非从大道理上劝他们谨慎一点，别叫人家笑话罢咧，那烂货立刻就黑起她妈的一张X脸！我那杂种还了得，看见老婆生了气，只差舀碗水把我整块的吞了！……

"还有哩，还有多少你们想不出的丑事哩！别的我也不爱说了，却也亏得他们有脸干出来！就拿前几天的一件事来说：那时，太阳还不曾偏西，多热的天气，我在仓房跟前纺了一回线，听见他们嘻嘻哈哈的从外面跑回来，半天没有声气；我不知为一件什么事要往前头来，从他们房门跟前过时，只听见里面又说又笑的，不晓得在闹些什么；我不由把房门推了推，关得紧紧的，我便绕到后窗下，从纸孔中往里一看，唉！我一世也没有看见过那样难堪的丑相！！两个东西，一丝不挂的，你们说成什么家法！……现时又快要割谷子了，家里的男女工人平添了这许多，若是叫人看见，张扬出去，就不说给何家的祖宗丢脸，还说我也老糊涂了，坐镇在家里，儿子媳妇这样胡闹也不管，所以我气不过才隔窗子骂了几句。你们说呀，有这种道理没有？我那杂种，反转骂我不应该偷看他们，骂我老不懂事，说这是他们年轻夫妇分内的事，接接连连还说了多少我不懂的话，我也不爱再学嘴了！……

"那烂货说起来是城里人，手指能干，又会做针线，又会做菜，其实到我家半年多了，你问她给我做过些什么？只给我绣了一双鞋子罢咧！厨房是不下的，说是脏得很，又说锅太大了，铲子太重了，用不来，哼，我才信哩！牛还可以教来耕田，人就有学不会的，只不过不愿做给我吃就是了！你们又说呀，居乡间的人，那个不是朴朴实实的？独于她打打扮扮，抹得一张鬼脸子又红又白，穿一身换一套，异颜异色的，就是城里的太太小姐也未必像她这样妖精！知道的，说她不懂事，专于打扮出来迷男人；不知道的，还要说我没家教哩！……

"如今我什么梦也做醒了，我也不稀罕孙儿孙女，谅那烂货生出来的，也不是好东西。我只盼望暑天早些过完，我那杂种说他秋凉了要过什么京去读书，我以前还打算不许他走，我这么大的年纪，跟前只一个儿子，我家又不是吃不起饭的，再多读些书又中不了状元，却何苦读呢！如今，我倒想转了，巴望他早点走，走得远远的，免在我跟前刺眼。横竖他现在只有老婆，没有娘的了，我也不承望再做他的娘。唉！人家娶媳妇，进门后就得一个人用，只有我家，自从那搅家精一进门，还没有满月，我就怄了一肚皮的气。"

……

她的话还多得很，无论对于她媳妇的那一点，俱可做一大篇演说。所以在这十里内外，几乎无一人不晓得何家娶了一个妖精媳妇，把何老太的儿子迷坏了。大家都很可怜何老太，一说起来，总不禁为她叹息，尤其是她的娘家人。

但何九如同他的老婆都是只顾欢乐的年轻人，虽有时觉得何老太的脸色口气颇不甚好，却总以为是老年人的普通脾气，得便时解释一下就没有事的。到何九如的行期定了之后，他方向他老婆嘱咐说："以后你诸事俱得谨慎一点，妈妈在乡间住久了，和城里人的性情不大同的；至于其他的人更是难说话，只要你和平一点，就把你欺负到底，没有我在家，你终不免有些闲气怄。不过自己总须把主意打定，得装疯的时候只管装疯，有什么事，等我将来回家再说好了。"

何少娘很难为情的说道："你最好是不忙就走，不然，带着我一道走也好。"

"还要这样说呢？同你一道走，妈妈更不高兴，我如今还要在她手上使钱，假若我们走后，她一文钱不寄，岂不更糟。我走，原因为趁着年轻，还可好好读几年书，假若耽搁下去，眼前倒很快活，将来就免不了烦恼；况且也不过几年，只要走得近，比如在北京、上海等处，暑假期间，我仍可以回来。你不知道外面有火车轮船，往来并不费事的呀！

总之，你耐烦一些时，趁年轻吃点苦，后来享福时才有味哩！"

何九如立意既坚，他老婆挽留了几次，没有丝毫效力，只好忍着酸楚，权且来耐磨这思妇的生活。

他去了，他家里自此又变了一种样儿。何老太追思起来：在未娶媳妇以前，儿子硬是她一个人的，一自这妖精来后，她儿子的什么都属了她，自己二十几年的辛苦，只落得在一旁受人的冷气。

"哈，算来真值不得！要是个个人都像我，真令养儿子的人寒心！可是如今也是我的世界了，从今天起，我硬要做费当老人婆的本分，恶名声哩，不担当已经担当了，充其量，将来怂恿儿子打我一顿完事，现在总要叫这烂货认得我！"

何老太的言语中，我们当然知道她纵不句句实行，何少娘的处境到底是不愉快的。因为这个原故，何少娘便按照她丈夫临去时所定的计划：在家时一切装疯，十分下不去时，就打起包裹进城回娘家住一两月。梁得义夫妇是暗地得了何九如的银钱与嘱托的，对于妹子，当然比未出阁时的看待还周到得多。

何少娘虽认识几个字，却不多，更不会写。所以自何九如走后，他们两个更似乎完全隔绝了。他偶尔也给她寄一篇字大行疏的信，由梁得义转给她，然而中间总不免有好几个猜不出意义的字。至于，她这一面更没有只字寄去，这因为，梁得义既不常在家，她嫂嫂还不及她，此外又求不着能够代笔的人，他们俩的情感就这样不能时时沟通，所以在别离的前二年——何九如读书的地方虽不很远，却因连年战事，道路不通，每逢暑假，他就借此往各处游历，觉得实在比回家的好，所以一直没有回来过——每当春梦初回时，她还偶尔想着他，巴不得他立刻就回来，或自己立刻就到他那里去。渐渐的，因为眼前处境日恶，差不多把以后的美满生活都看作未必能有的幻梦，全身精力都耗费在对付眼前恶劣处境之上，把丈夫临走时的言语全忘记了。

到何九如离家的第三年上，梁得义夫妇染了时瘟，几天工夫都死了。梁家没有亲人，主持丧事的，自然全赖何少娘一个人。她前后在城里勾留了四十九天，满了"七七"，才按照习惯，戴了朵红花回来。何老太的意思：梁家既没有人，媳妇便没有再进城去的必要。然而，何少娘总说哥嫂身后未了的事情尚多，非她进城料理不可。所以整个下半年，何少娘在自己家的日子，算来还不到两个半月。

何少娘近来更丰腴了，脸上也突然光辉起来；爱好的举动，和从前在新婚时一样，尤其要进城去时，头发是要注意梳的，鲜花是要插戴的，脂粉是要涂抹的，衣履是常换着穿的，众人都不免很奇怪的。当其与何九如别离的两年中，她多半是愁眉苦眼，对什么都没兴致，忧郁得十分的可怜。那些时候，何老太常骂她：

"不要脸，那有这等想老公的！你老公又不曾死，不过出门几年，就这样的舍不得了！舍不得吗？就打封信去叫他回来吧！别一天到晚哭丧着脸来气我！"

每一场骂，何少娘总要咽咽哽哽的哭一天。但是近来何老太的骂法又变了调门：

"这婆娘简直是没心肝的东西！自己哥嫂死了，梁家绝了根苗，不见她伤心一点，这还可说是'嫁出门的女，泼出门的水'，娘家的兴衰成败，管不了许多。可是，自己的男人走了这样远，又碰着连年变乱，到处都是刀兵水火，虽然时常有信回来说好，到底晓得他是怎么样的！出门人，谁保得定没个三灾八难？几年说要回总未回来过，叫人如何放得下心。我一想起，连觉都不能睡，亏得她还那么高兴。近来更变了样了：打打扮扮的，以前说是给人看，现在哩，给野老公看吗！唉，夫妇！看来还是老娘靠得住！要不是我，寄钱寄衣的事，那个留心来？"

不过，现在何少娘并不像以前那样，任凭怎样骂，她总是又淡漠又嘻笑的。

到第四年二月初，何老太进城去参与一处老亲戚家的婚礼，因为难得进城，被人留住了七八天。有一天，不知从什么地方，什么人的口中，隐约听得她媳妇自从梁得义夫妇死后，就有了不干净的行为。据说，她相好的就是梁得义相帮的那家药材行的小老板。他们大约在梁得义的丧期中勾搭上的，所以梁家房子至今未退佃的原故，就因留来做他们的会所的。两个人热得比新婚夫妇还厉害，只要何家媳妇一进城，那小老板就溜了去，两个人关着大门，可以整整五六天的不出来。据说，还有好些轻狂儿郎打听得这秘事，正觊觎着，要想借捉奸的机会，也插身进去得点甜头哩。

何老太当下又喜又恨，暗暗的连说："菩萨有眼睛！菩萨有眼睛！难怪啦，这半年多来怎的妖娆，果然偷了野老公了！好！好！"她还很踏实的一个人偷着跑到梁家房子前去打听：大门上了锁，冷清清的，左右邻居都是高墙厚埔的公馆，得不着一点什么。末后，她又转到那做喜事的老亲戚家来商量，看怎么来处治这个败坏门风的淫妇。她一面加倍诉说她所听来的话，一面红着脸像是很惭愧似的说道："家门不幸，出了这种丑事，差死了，差死了！"

那个人家的男子们都曾办过事，有见识的，而且对于何老太的脾气，与乎她儿子媳妇的往事都知道得很深，便劝她道：

"你老人家可不要冒昧，照理说拿奸拿双，你媳妇的行为虽然可疑，但是没有把柄，你敢保外面的谣言就靠得住吗？况且，你儿子同她又那样的要好，一下办差了，弄出事来，你可要后悔的。依我们想，你老人家目下最好是假作痴聋，口说农忙，把你媳妇管束着，不许她再进城，一面托人从实打听，若果事出不虚，也等你儿子回来，告诉他，等他自己去办的好……你儿子不是说今年毕业吗？他离家久了，一定会回来，今年道路正通……那么，先写一封信去也好，不过不能说得太厉害，只微微露点口气，看他回信如何，再办也好。"

何老太被众人劝不过，答应暂时忍下，就请这一众劝她的人代笔立刻写了一封信，用快邮寄出。

何老太自然不能再在城里勾留，保不定她媳妇不会趁她不在家时，卷了东西跟野老公跑了。她当天就出城回了家。才进院子大门，看见何少娘齐齐楚楚的迎了出来，她两只眼睛似乎迸出了火星。假若不是何少娘背后转出一个大姑娘，赶着叫她姑妈，说："你才回来呀？我到府上来，已经两天了。"她那一把烈火定然立刻就烧起来的。

这是张家的有珍，何老太心爱的内侄女儿，二十五岁了，还不曾出嫁。

那夜，何老太同有珍一直叽叽咕咕谈到半夜。她气忿已极，也不管有些话是不是闺女们听得的，她都倾箱倒笼骂了出来。有珍红着脸皮听着，模样似乎是很得意的———一种复仇以后，自然流露的得意——并且遇到空隙间必要插几句嘴道："姑妈也不要怄气，气坏了值不得。城里姑娘本不是什么好东西，好吃懒做的惯了，什么丑事做不出来。表哥从前只希图她长得好，等他回来看看，长得好看的女人更坏，看他以后失不失悔！"

何老太更是拍着手叹息道："我的孩子，你真说得是呀！都是你表哥糊涂，自己要抓矢糊脸，从前若是听了我的话，我们两姑侄团团圆圆的过着，那里会有这些丢脸的事闹出来哩！"

次日清晨，大家刚起身，张阿三就气嘘嘘的打着独轮小车走来，说他五更天就起身来了，因为有珍的后母中了疾，叫接女儿回去服侍。何老太留他们都吃了早饭再走。当他们堂兄妹两人独自在前院时，有珍忍不住就把昨夜听来的话通通告诉了张阿三。张阿三想起了何九如叱他"滚"的旧恨，更是代他姑妈生气，唾着地下道：

"卖烂×的娼妇，丧尽了何家先人祖人的德了！亏得姑妈好脾气，还忍得住。这些事情，管什么儿子不儿子，我是一家的老人，我就有王法处治她！把她处治了，我相信儿子就敢不认我是他的妈！当真到了民国，伦理纲常都不要了么！等我见了那娼妇，先结结实实骂她一顿，看她把我的××咬了！"

他正义忿填胸时，突然间，两个女人相打相骂的声音直从后面响过来。

这正是何家婆媳在大闹。因为何老太正在厨房里调度菜饭，一抬头，看见她媳妇穿了新衣裤走来，一面帮她做，一面就说：她哥哥放出的会期到了，她今天就要进城去收会钱。何老太登时无明火直冲三千丈，把手在桌子上一拍道：

"又要去会野老公了！从今以后，休想我放你进城。"

何少娘起初呆了一呆，继后听何老太越骂越不像话，当着两个长工、一个老妈子在跟前——都在那里等候早饭吃的——放不下脸，便也不服王法回骂何老太诬枉了她。

当张家兄妹奔往去时，何老太正一句一个淫妇的在骂："看你男人快回来了！还忍不住呀！还不要脸呀！"这一个又哭又说："你冤枉我！你含血喷人！……我知道你不容我，不如把我除销了倒好！……权当我不正经，也是你逼我干的，天晓得，我的日子难过呀！"

何老太气得赶过去打她，不料她顺手一掌，何老太踉踉跄跄直撞到砧板角上，连忙按着腰子大喊：

"反了，反了！偷汉子的媳妇公然打起老人婆来！啊哟，啊哟……阿三，快来替我打她一顿！……打死这泼妇，出我这口恶气！"

张阿三早就掏了一根青枫木棒在手上，于是他叫骂了一声："卖烂×的……好脸！"接着便是几棒。

长工们要来拆劝，被何老太打开——因为他们都相信翁姑打媳妇，自然是媳妇该挨打，何况少娘又是做了加倍挨打的事哩——他们便只口头劝两句，就走往一边走了。何少娘的额头鬓角早被打破，滚热的鲜血流了一脸，她还不让步，两手抱着头依然不住的哭骂。何老太只是喊"打死！打死！"也捞了一根顶粗的揉面杖，指着何少娘的下截便打。

何少娘痛慌了，才打算奔出去，却被张阿三吼一声，抓住头发往地下一拖，于是，两条棒只向着背脊，腰眼，头面等处打去……打得何少娘简直只有微弱的呻吟时，何老太还在喘吁吁的大喊："打死！打死！"

张阿三便丢了棒，两手握何少娘的脚胫，很野蛮的倒拖出去，跑了一大转，跑到前院草地上，大约是力竭了，才把两手一撒，把他的牺牲者死狗般丢在草地上。

何少娘那里还是一小时以前婀娜临风的何少娘！她周身的鲜血涂满了厨房、后院、前院的土地；崭新入时的衣裤全拉得粉碎，岂但头面稀烂已不象个人形，就是从大腿一直到颈项也没有巴掌大一块未破裂的肌肤；或者，还有点呼吸，谁敢去探试？

张阿三初撒开手时，倒觉得爽快，及至大大吐了一口气，低头把这不成人形的，血肉模糊的东西一看之后，才恍然感觉自己所做的事，未免错了罢。举眼一看，他的姑妈和有珍也都脸色惨白的站在檐阶上，一言不发。打破这岑寂的，全亏两条看家的大黄狗，它们当人声棒影闹得不开交时，早躲了出去，此刻猛然窜进来，奔到它们不认识的烂肉堆之前嗅了一嗅，登时就扬头向天，大嗥起来。

张阿三才如梦初醒，心头突突跳着，很轻微的唤了一声：

"姑妈！"

事情不干是干出来了，况且打死个把"败坏门风"的媳妇，地方的公论断不会责备的。张阿三只要他姑妈作了主，倒也不担心别的，他姑妈哩，又因为地保同了意，也就无所畏。尤其令他们安心的，就是梁家已没有人，这些事，除却有关系的娘家人外，谁愿出头来打不平的官司呢？事后，众亲戚晓得了这件事，也无非背地怪张阿三多事，对于何老太却没有什么恶批评，并且，因为何老太把她媳妇草草棺葬之后，公然请了二十四个和尚到家，给她设坛诵了七天经忏来超度她——在何老太自身，无非害怕冤魂纠缠，借此壮壮胆而已——所以更赞叹何老太的贤德。

何老太既除了家门之丑，又因佛事把亡灵超度了，在未接到她儿子回信之前，差不多很为心安理得，夜夜都在计划：待儿子回来后，怎样的安慰他，怎样的使他明白这桩举动，然后缓缓的劝他依然把有珍续娶来；那女儿是同我一样受过家教的，将来定能辅佐男人成家立业，定能劝他顺我的；梁家女儿虽死得可怜一点，待有珍有了儿子，先过继一个给她，给她承了神主，也十分的对得住她了。

然而，何九如的回信寄来，信上大意却说："我从种种学理上研究来，此事绝不能止归罪于女人。渠既如此年轻，我与相处又不久，一别多年，彼此又无片纸只字以通情愫，渠之于我，将如路人，但逢狂且，安能禁其不逾尺度！渠倘能为我守肉体之贞，是渠修养到家，是我意外之幸，不能，亦寻常事耳！且我自己之行为，尚难为训，男女一体，我之所难者，即不易责备于人，故我于渠之举动，断不以寻常理法绳之，亦望母亲体谅斯意，勿持世俗不公之见，所有一切，待我夏天归时，自有办法。今我所望于渠者，惟渠真能如我意，于身体之外，慎保其洁白之精神，归而印证，则所感多矣！"信后复慎重加了一行道："家内以外之人，一切不许干与，黑白之言，置而勿理。"还连连打了几个密圈。

何老太特意进城请人把这信仔细讲给她听后，她口头虽仍硬铮铮的说："好呀，好呀！如今的世道越变越奇了！自己当了乌龟，还叫别人不要管他们的事！如今我硬管了，看他回来把我怎么样！"

其实，她心里确乎捏了一把汗，因为如此，所以她媳妇被打死的信息一直不敢寄出去。

也因为她一直没有信寄去，何九如生了疑虑，不待毕业，趁着道路正通，竟自把一切行李书籍丢下，奔了回来。

何九如一路走来时，心里总不高兴。他爱悦他的老婆，确乎比爱悦别的人深切些，所以他纵然因为新思潮的影响，原谅了他老婆之有外遇，但是根本感情中，却总不愿同另一个人来共有他老婆的身体。他心里不自由的想："假如她始终只是我一个人的，岂不更好吗？"至于他在外面的胡闹——几乎染了梅毒的胡闹，他总能够曲谅是"无关大体"的举动。所以，他越走近故乡越有点"不敢问来人"的光景，在离家十里之外，就把轿子打发了，只一个小包裹，自己拿来背在肩上，穿上预备好的草鞋，安心一路打听回去，看他老婆的行为，到底恶劣到何种程度。然而，一路来都未碰见一个熟人，只有别院子的那个放牛孩子，他已不大认得清楚。这种事岂能够问人的？回来之后，当然就一切清白了。

他一直怔忡不宁的来到院子跟前，看见风景依旧，引起了四年前的旧影，于是他就呆住了。一看两头看家的大黄狗从院子中觉得门外来了生人，威风凛凛的狂吠着扑将出来时，他方才觉醒了。他把额头抹了抹，定睛瞅着这忠诚的畜牲。那畜牲也认识了他，不但住了吠声，并跳起来拿前爪扑到他膝上，嘴里还嘶嘶的哼着像正告诉他不幸的事故一般。

到他尘埃满身，神情极其惘然时，听见他母亲委婉告诉他说梁家女儿因为自己失了脚，被人察知后，不好意思，一索子吊死了。他自然伤感以极，但心里又觉得宽慰了一些。伤感是真的吗？宽慰是真的吗？我们难以判定，可是他确乎同未讨老婆一样，痛哭了一场之后，竟能受他母亲的抚慰。何老太的心，一直看见他沉沉睡熟了这才大放下心来，至此，她又想及有珍，不由的暗暗点头道："皇天保佑！大约总可遂意的了！"

何老太也很舒畅的睡了一夜。但是，她万万没有料到她儿子次晨起身往院子外走了一趟，据说因为同王家的放牛孩子谈了一些时，只见他铁青一张脸，气急败坏的奔到自己跟前，简直忘了形的大闹道：

"好！……难为你们干得好事！人命关天，由你们就处治了！你看，我有没有本事，把张阿三的狼心狗肺挖出来，活祭我那梁家的苦人！"

他叫闹着，公然跑往后厅里把防盗匪的杀刀，拖了一柄往外就跑。

何老太骇极了，不由的上前去拦阻他道："你当真要杀人吗？"

何九如顺手一刀拂去道："先杀你！"

何老太的手指碰在刀口上，自然砍出了血，她便回头狂奔着喊道："快救命呀！出了逆伦案了！"

两个长工便从后面跑来，一个拦腰抱住他，一个握着他的手腕。何九如两眼通红，同被伤的野兽一样，咬着牙和两个长工斗了一回，到底力量不济，败了。他便气吁吁的哭道：

"你两个……狗娘造的！我……我杀人……你们就来……阻拦我！……人家到我家来杀……杀你们的主妇……你们……倒……倒袖手旁观了！我先杀你这两个……放……放开我！"

一个长工说："你糊涂了！你杀人要抵命的！人家杀你的人，是不抵命的！你有理，到衙门里说去，别提刀弄斧杀了自己娘老子来害我们！"

长工的话提醒了他。他立刻就进城，住在一个亲戚家——就是曾经劝过他母亲的那一家——口口声声说要控告张阿三，起码也要把张阿三弄来砍头偿命，才消得了这口怨气。他那亲戚一面安慰他，一面就遣人飞奔去通知他家里。何老太生恐连累了自己的内侄，忙叫长工去嘱咐张阿三快躲避，自己也连夜搬到一个邻院中去了。

何九如到底控告了张阿三不曾，这却不很明白。据传说所云：这案子仍虚悬起的，不过有几件可信的事，何九如不再同他母亲合居；有珍仍未当成何老太的媳妇；梁家苦人的坟墓修得很大；而城乡之间——何老太、何九如、张阿三、梁家苦人等的是非仍各执一词，而最占便宜的只有那在疑似之间的小老板，却自始至终都没有人去查问过他。

一九二五年四月脱稿

（原载1925年8~10月《醒狮》周报四十四至五十二号）

好人家

我不知道为什么与人一谈起这个好人家，总是颇感兴会。朋友们往往聚在一处，红葡萄酒摆在跟前，黄淡芭菰挂在嘴上，悠哉游哉，大家都不要再用脑筋，而叫我随便说一件故乡的故事，以为消遣之具时，自然而然，及时被我想起的，必是这好人家。"我们那里有个好人家……"

不过有时才一开口：

朋友们就哄的大笑："又来了，你的那个好人家！……也好，再讲一回，可是不许太过火！"

"太过火？"他们以为我过于"艺增"了罢？甚至有些时，不待我讲完，就有人插口："算了罢，世界上哪有这样人家？"

啊！没有吗？他们要不是蔑视现实的理想者，便是遗忘了故国情形。他们不晓得在我们四川，像这样人家，正是社会的柱石。要没有它们，就没有这多年的内乱，而一般社会也不致永远停顿在十八世纪，而大多数的民众也不致憔悴呻吟得如此其利害，顶少数的聪明才智进步有为之士，亦何致横尸原野，为一般暴君和一般糊涂虫称快哩！

这个好家人，是我家的老亲。他们的姓氏名号，我当然晓得；但是月前回到成都，尚无缘无故多谢过他一顿空前未有的便饭，我们的亲谊如此其笃，似乎不便把真名实姓给他们表彰出来。我为叙述便利起见，姑且把《百家姓》上第一个字借与他们，那位当父亲的，排行老幺，便名之为赵幺粮户，以次该提名的，斟酌提几个名字。

赵幺粮户原籍广东嘉应州，清初入川的祖宗，就定居在成都府新都县，于今二百多年了，自然算是新都县人。但他们还是和其他的嘉应州移民一样，不但大门以内，说的是"不忘本"的客家话，即在老同乡跟前，也不能随便谈四川方言；而一切习俗礼节，据说犹然从广东传来，并没有更改过。

赵幺粮户有好几个哥哥，虽然都分了家，都各有若干亩的腴田肥地，都各有好些商店同住宅，却因为赵幺粮户是后妈的亲生子，照例是父母的宠儿，大家产诚然公平分派了，而父母名下的养膳田和两所典质店，则于父母死后，无条件的通归了他。

为了这笔额外的收入，才惹起了弟兄间的不平。老大哥早死了，老二哥便代表众人，出头说话。訾议老幺没道理，父母的遗产，应该拿出来三七二十一的公平分配，为什么一声不响，就吞没了。老二哥的话一说出，立刻就得了众心，在守孝期间，已经请凭亲戚族里理落过几次，因为两方面都有十分道理：老二哥凭的习俗，老幺则凭的遗命。亲戚族里间的老人们——行辈老的老人们，又都是难得出过里关，没有功名，无权无勇，而又富有作人经验的老人们，既难于褊袒某一方，也断不出一个公道来。一直到终制下葬，三天的复山大礼，那一天，化灵之后，供饭才吃到中途，他们又乌烟瘴气大闹起来。老四哥脾气躁些，越说越起火，先是拍桌打掌，末了，双手一举，一张大八仙桌子，连同满桌的碗盏，哗剌剌直翻下了阶檐。老大哥的第三个儿子没有念过书，更跳有八尺高，骂他幺叔是杂种。他幺叔气白了脸说："反了！反了！"也不管人单势孤，要扑过去抓打小老三，恰被倒在地上的大板凳磕伤了孤拐便蹲下去大喊："打死人！"

我记得很清楚，那一天，这场喜剧中，我也是看客之一。不过才五岁多，并不懂得什么为人的道理，只晓得跟着大人们坐席吃甜烧白。他们唱文戏时，我只顾吃，同我比赛的，是比我年纪大两岁的大老表。到演武戏时，我们便一溜。

后来，当然打了官司。起初是你一状我一状，砌词栽诬，恨不得把知县大老爷耸动到只听自己一面的话，将对方枷号示众之后，再丢卡房。但是像这样打家产的案子，知县大老爷比什么人还明白，也是全衙门审办差人顶喜欢的。待到两方的钱用得差不多时，才批候送案，才挂牌待审，审的那天，从早候到二更，到末了，不过一齐跪在石板地上，被一阵听不清楚的官腔，忘八羔子的骂一顿，堂谕下来，再凭亲戚族里理处。理处不行，又当然你一状我一状打将起来。两方面都有钱，都不肯输一口气，都想把对手打服。本地讼师各自包在家里还不算，连外州府县略有声名的讼师，也你征我聘的请了些去，一如守孝那几年之聘请地师一样。

记得我十岁上，又不知因了何故，跟着大人到他府上去作了几天客。亲眼看见他三个别院，住满了一些斯文人，个个是鸠形鹄面的，头发不剃，辫子不梳，成日靸着两只双梁鞋，躺在床上烧鸦片烟。五老表告诉我说："都是些顶有名，顶会做状子的老师伙。……你到二伯伯那里去看，那里的老师还多些哩！"我们要走的前两夜，听见同去的一位老太太，坐在烟榻边，旋啃甘蔗，旋劝他同二房和了罢："这样的家务官司，有啥子打头？分多分少，肉烂了总在锅里。……你们不是打了几年了？官也见过两个了？总打不出一个输赢……花了那么多的钱，只落得跪堂见官，何苦哩！……"

赵幺粮户把烟签一掷道:"表婶,你老人家不晓得吗?钱,我不在乎,只是输不下这口气!……人活的就是这口气啦!"

一直到光绪末年,我从外省搬运父亲的灵柩回四川成都,在青羊场祖茔上补行祭奠的那天,忽有一位宽袍大褂,觉得面熟的人,到棺材前来磕头上香。我自一身孝服,爬在地上回礼。那人行礼毕,忽蹲到我身边来夸奖我道:

"老表侄,看不出你才十五岁的人,倒干了这桩大事!……山遥水远的几千里,当真亏了你!……唉!要是我的精儿、灵儿也有这能耐时……"精儿、灵儿?……啊!我恍然了,这就是赵幺粮户。他怎么会在成都?也公然老了?更想不到他抽了手不再打官司!——因为始终打不出一个名堂,大家的钱花得不少,也渐渐心满意足,厌烦起来。老二哥又死了,老四哥中了风,几经亲戚族里的劝告,双方答应和解,才把一伙烟饭两开,供奉在家的老师们开销了。赵幺粮户毕竟有志气,不甘心与那几房伤了感情的骨肉住在一个城里,这才把老房子锁上,全家迁到成都,另自买了一所大门道住下(在清朝,城内住宅的名称,是有阶级的,不可乱称呼。官宦人家住的,称公馆,有大有小;没有功名的寻常百姓住宅,称门道,亦有大有小)。

后来,我更晓得他的两个儿子,即是叫做精儿、灵儿,即是我应该呼之为三老表、五老表的都在一个洋人开办的私塾里念英文,——开通得太骇人了!

还不止此哩,我又晓得他的幺娘子(那时还不能随便称太太哩!)死了好几年了。守鳏时,曾和一个三十多岁,颇为风骚的寡妇,——是他佃客的嫂嫂——偷偷摸摸的勾搭上了。他一心安排要讨来做姨娘,带管家务。却给两个儿子把那位出了嫁又出了名的泼辣姐姐接回来,和老头子短兵相接,大闹了几场。老头子强不过,只好投降,把那业已接进门的风骚寡妇送回去。

然而大姐尚恐老头子不安分,不待商量,立逼着将精儿媳妇的一个十七岁的肥头大耳、又粗又蠢的丫头,打扮出来,给众人磕了头,叫老头子拿去收房。

说是暂时作为身边人,好服伺他,好给他烧烟理床,待将来有了功劳——意思就是说待生了子女,再改名称。所以收了房后,一家人还是春梅来,春梅去的呼唤。这事过去不久,赵幺粮户就移了家。

他虽是在米囤中喂养大,而自少就吃了一副大鸦片烟瘾,但是到了中年,本能上有了需要,既尝味过了那风骚寡妇,所以春梅实在代替不了,而成都不比新都,对于性的安慰,不但有的是半开门私窝子之类,而且茶坊酒店间,还有的是相公子。(系古字,音姬,以男作女也。即外省所谓兔崽子,而成都人恰用了这个有考据的字。)恰好他又得了一位一切在行的好友,陪着他东边走走,西边走走,如意倒如意了,只是有一天,正在小金花的床上"短笛无腔信口吹"时,悄悄的突然抢进几个人来,满脸狞笑道:"赵幺粮户的鸦片烟抽得安逸吗?……今天可也拿住了你!"原来是几个专门查拿烟赌的警察总局的便衣密查。

他这回的亏,吃得真不小!第一,登时就被抓到警察总局的察验处关了七天。这七天里,茶饭虽可由家里送去,但每天的十颗烟泡,却得在负看管之责的太爷手里去买,连别的使费,一总算起来,差不多米粒大一颗烟泡,至少也值十大块龙洋。他后来向人说:"好像在吃自己的肉!"其次,就是被总办周大人提去亲审。他本是安分良民,虽曾打过官司,跪过堂,但是你们晓得的,家产案子,无论如何不会挨打受刑,而知县又哪能及周大人的凤厉刻薄?又一时传说,周大人顶恨的是瘾民,对粮户们更其挖苦,只要一句话回得不好,他有本事打了你,还要把头发给你剃去,只留下脑门上一塔做记号,赐以嘉名曰"鞋底板",收你在工厂里去做苦工。据赵幺粮户自己说,那天还好,提审的不止他一人,而且排在后头一点,仅仅挨了一顿臭骂,但是放了回来,已不啻剥了一层皮。亏吃得太大，一连滋补了三个月，才把怔忡病养好了。鸦片烟哩，并没有戒，只是着小金花惹给的一身恶疮，倒大发特发起来。

他曾经读过圣贤之书，自称儒门弟子，所以不相信西医。说那是邪道，说只要吃过洋人的药，就会迷失本性，看见祖宗牌子便要砍了当柴烧。他引证说，从前有位乡邻，尚是赴过小考，调过堂号的童生，就因为害什么病，吃过教室里洋人给的半瓶药水，病固然好了，但立刻就奉了教，投了洋人，把祖宗牌子砍掉，当了他那一姓门中的罪人。所以他才"抱定宗旨"，始终拒绝找西医，而找了好几个有名望的中医，连唱小丑而兼医生的蒋八娃也找过；虽然牺牲了一条腿，弄成一个跛子，到底作了赵姓门中的孝子贤孙！——但是，却又把两个儿子送到洋人私塾念英文，足见他并非感情而是很理智的！

到了辛亥年——即中华民国成立的前一年，按规矩说，应是清宣统三年，时髦点，则应写为一千九百一十年——成都的保路同志会闹得天昏地暗的时候，大隐的赵幺粮户公然受了影响，留心到时事；偶尔也买一两张《西顾报》、《启智画报》、《商务日报》来看看，偶尔也发表一些政论。不过他的见解，总与人不同。人人骂的卖国贼是盛宣怀是李稷勋，而他则偏以为是周浩然——那时已升官做到三司的地位——人人说盛、李等人卖的路，是川汉铁路，而他则咬定说，殆不止此，"光是条把铁路，有啥要紧？不见得人人都走铁路！可恶的就是除铁路外，连四川全省的大路小路，全都卖给了洋人。洋人出了钱，他就可以三里五里设座卡子，你要走路吗？抽你的厘金！……并且这主意全是那个留过洋的周浩然打的。如其不是他，为啥子盛宣怀只晓得卖四川的路，不卖别省的路呢？……照我的主意，并用不着这样的争法，只须把那姓周的拉来砍了，便啥事都归一了"！不过他的高见只能在他府上大门以内发表，所以尚无碍于国家大事。

军政府成立，赵尔丰的脑袋搬了家，中间还发生了一次也是成都最后一次建城以来所未有过的兵变。赵幺粮户的大门，几乎关不牢。惊惧之余，到底把辫子剪了，力表同情于军政府；这因为军政府到底还餍人望，公然定了周浩然的罪名，虽没有"明正典刑"，却将其骇跑了。但是"袍皮闹"（即袍哥）横行起来，世道毕竟不同了，赵幺粮户终得要想办法。

我记得在民元之初，当道的人一时为权宜计，不得不借重同志会以制巡防兵，不惜把自己搅在浑水里，于是袍哥因得揭去秘密集社的黑幕，而充分的光明化起来（俗话叫作闹通了天）！城内各街为了要维持秩序，公然把一伙向不齿于人口的坐堂大爷搬出来，成立一些"公口"——只管是一间小铺面，或破神庙，当中也不过演戏似的放一张白木方案，系一条红桌围；两旁武器架上，仍按十余年前卡子房的办法，插上些生了锈的关刀、矛子、羊角叉，以及两面"公口重地、禁止喧哗"的虎头牌。可是一条乃至三四条街的居民的一切自由和治安，却都系于这里——袍哥气势炙手可热的时候，一天，我不知为了一件什么事情，走到一条热闹的街上，忽见迎面又吆吆喝喝走来一大伙人。还不是那些二十来岁的小伙子！还不是那样的打扮：青纱头巾，鬓边斜插一朵纸花，密排扣子的各色绸紧身，拴一条四寸来宽的腰带，一大把胡子拖在裤裆下面，脚下则大半是漂白琢袜之外，套一双有五色绒球的麻耳草鞋！还不是各人腰带上都挂一把杀猪刀，有的肩头上则扛一杆四瓣火的后膛枪！还不是另有一个稍长大汉，挟着一只大的皮护书，露出一大叠梅红名片纸的头子，满头是汗的在队伍前头飞跑！还不是每到一处公口，便飞出一张片子，一面大喊着："某公口的某山某水某堂某龙头大爷栽培的某街某大爷拜会了"！这是一天要看多少回的把戏，并不足奇！不过这一回，我要特别提说的，乃是仪仗队之后，那顶扎有红彩的蓝呢大轿内，巍然坐着的，正是舍亲赵幺粮户！妙妙！

我不待问询，就直觉的料到赵幺粮户着栽培后，名倒出了，然而定有许多文章在后头哩。可不是吗?他诚然风光了三天,拜了三天公口——也不过只是南门一只角,但因为他是一步登天的白棚大爷,何况又是粮户,照规矩,他就得"叫化子穿草席——满围!"所以从被栽培的前几天起,这一个公口上的几十个弟兄伙——就是排仪仗的那些——便全在他府上打搅起来。饭哩,自然不光是饭,须得有鸡有肉,而且还要喝酒。恩拜兄很仁义,差不多天天要来看他。单是便饭,就不寻常,虽然他哥子很"通方",总是说:"不必过于费事,我既然时常来。"但是据本堂管事说,则不能菲薄。恩拜兄是大瘾,自然应该供应。就是管事以及幺满十排的弟兄伙,又何尝不一天不要烧几十口吗?鸦片烟之外,无所事事,得推推牌九,打打纸牌。赌博了,自然有输家,输家不得不借钱,开口十元,并不大,你不好只借八元;不过人人借,天天借。人聚多了,自然有口角,有时当真打起架来,家具陈设,自然得被损坏一些,譬如条几上的雍正磁博古花瓶,好几只都变了出气的东西。

一言蔽之,赵幺粮户的府上,是朝朝寒食,夜夜元宵,其热闹得无秩序,也和前后两个军政府一样!幸而袍哥极讲义气,只管穿堂入室,没有人我界限,但对于春梅和两个年轻媳妇,尚能维持礼教,不敢随随便便的动手动脚。

这情形一直演到军事巡警总监陆军中将杨维的力量充实了,一张告示贴出,不准办公口!再一张告示贴出,不准奇装异服,佩刀戴花!并因严禁庇护烟赌,不惜把栽培自己的两位龙头大爷——一个开烟馆,一个摆赌场的,立地正法,"以昭炯戒"之后,赵幺粮户的府上,才恢复了原状。恩拜兄们才各自收刀捡挂,躲回去咬自家的豆芽,不再打搅他了!

赵幺粮户之和中华民国不对。与夫厌恶一切世事,依然藏声闭气,回复他城市大隐生活者,我敢说,全是为了这一回事。

赵幺粮户之表示他大隐态度的第一步，便是令灵儿废读。

精儿哩，早就废了读的。因为他有绝顶的聪明，能够写"启者无别"的来往信，而不旋翻新出版的《写信不求人》；能够拿起算盘滴滴嗒嗒打归除，据说比什么钱铺里的先生都强；能够捡便宜，能够说下流话；只不宜学英文，读了几年洋人私塾，赞美歌唱得出口，而英语初级的第三册，却死也记不熟；好在并不用它，倒是忘干净了好些。精儿能干，所以他父亲才说："光是念书可惜了！又不希罕你去考洋状元，回来给我管管家，我老了，（其实还不到五十岁，不过面貌和身体确乎已到了暮年，大概平生操心太过了罢！）该交给你们，待我好好的享几年清福算了。"精儿管了家务之后，犹如蛟龙得水。成绩太多了，数不清，只略举几大端：第一年把各处佃户的积欠就清了一个头绪，并将新都县城的老屋整个出租给福音堂；第二年田屋收入增多了二千七百余两纹银；其次，便商之于父亲，说近年来预征借垫的次数太多，差不多一年上到十多年的粮税，即使佃户永不积欠，也只能划到四厘利息，太微了！买房子哩，倒稳当，利息却不大，顶多划到八厘，而现在城里的摊派也重，比方今年就是四回，名堂多得很，大概都是拿房屋来做标准的。做生意的利息确可以，比方"公泰"只做了一批钟表生意，就赚了十多万，但是不内行，没有得力的脚爪，也不行。想来，还是拿钱下乡去放月息，月月收，月月转，只要利心不重，五分息是保得定的，只要手面宽点，不怕收不回老本。……光是这种打算，赵幺粮户已经只好点头，而不能不向人力夸他精儿了得！何况他尤能打官司，告佃户，告债务者，县里司法是认熟了，公安局长更不用说；而且还交上了团总，交上了驻军。这更合了他父亲"不输气"的口味，时时鼓励他说："面子上的钱该使的。不过总得时时想到使出去一文，至少得拿二文回来。如其到处伸得起腰杆，不受瘟气，这可就值上四文了！我是不打小九九算盘的，一年拼个万把两银子花罢，不在乎，只要争得回气来！"

因为精儿能者多劳，在外面跑的时候多，家里的小事管不了，遂时时骂他兄弟："读他妈的啥子鬼书！借了躲懒罢咧！……"赵幺粮户因才叫灵儿也用不着再读了，"从前读书为的求功名。目下哩，只好说为的找饭吃。我家不是少饭吃的，书读多了，不但无益，说不定还会惹些怪事。回来帮帮你哥哥，外事帮不了，管管家里的小事，也是好的！"这于灵儿倒是正中下怀，因为他一切不如他哥，乃至念英文也不例外。

赵幺粮户移住成都有年。以前虽没有什么朋友交往，但常常尚到亲戚家中走走。自然按照老规矩，无故是不宴客的，可是拉到茶铺喝碗香茶，茶钱总是他开。及至吃了周大人的大亏后，胆子小了，意态也萧索了，不但茶坊酒店绝了迹，就是常来往的亲戚，也疏到只是拜年拜节，贺生贺寿，出头应酬一下。又自大隐以来，就这些应酬，也交代给与儿子去露面。渐渐的，精儿事情太忙，亲戚们的家事又多半和他们的走到反比例的途上，这使精儿听了也头疼，自然而然就"避之一刻大吉"。灵儿简直是上不得台盘的，只管业已当了两个儿子的父亲，但是走到人前，老是面红筋涨，连一句好也不能清清楚楚的说出口。因此，他几年来的家庭中的日常生活情形，好像遮上了一片幕。经我多方打听，才弄明白了只是这么样：清晨，不依季节，不论钟点，除了老头子和春梅外，一家大小完全依照乡居的良好习惯，同乌鸦一齐起床。起床后，并不忙着梳头洗脸，扫地掸灰，而第一忙的便是弄早饭。女的全下厨房，男的则上街买菜，和打扮几个小孩子。菜饭上了桌，大嫂便一把毛竹筷子哗一声撒在桌面上，这等于打乌——吼！于是大人小孩一窝蜂抢去，抓住菜饭就向嘴里掏。前几分钟，只听得见饭筷嘴巴响，过此，必有两个小孩为了争菜而相打，而相骂，而号陶大哭；四个大人——有时是三个，也必因小孩而叱吼，而责难，而口角。这一来，春梅醒了，蓬头垢面，呵欠连天的跑出来发气。饭后，精儿上街，两个媳妇同着老妈洗衣服，做活路。春梅则专门服伺老头子。灵儿则带着孩子们，呆坐在堂屋里古式椅子上养气,有时寂寞不过,也知道张开口长打一个呵欠。

他府上最多的是鸦片烟。赵幺粮户是老瘾,三十多年的老瘾;春梅由于服伺老头子,昼夜烧烟,也吃了一副大瘾;有时精儿劳累了一整天回来,疲乏不堪,老头子说鸦片烟是提神的仙丹,也奉父命抽几口。虽说前后足有八年光景,吃鸦片烟是犯禁的,大而可以杀头,赵幺粮户也曾吃过亏来。可是他能神而明之的知道得很清楚:"鸦片烟禁不了!"他并不害怕禁,"只要我的大门关得紧,不同人家来往,不惹事生非,让他们在门外去禁罢!"他害怕的只是把生泥吃完了,不好买。但他心计很深,在宣统二年鸦片烟尚不大贵时,他便拨了一笔银子,买了好几百碗生泥,藏在极稳妥之处,预计可以吃几代人(但是,只限定一代一支烟枪)。其次,他府上多的是尘埃,无论那件家具上,摸一把,五个指头全会黑,据说并不因为懒,而是由于迷信"打扫干净了,不主财"。再次,多的是鸡粪,多到不能下脚,多到堂屋古式椅子上也是一堆一堆的。银子也多,可是不像尘埃、鸡粪,不大看得见。

田自然多,然而不能摆在家里。至于书籍,不客气的说,确乎太不多了,把省寓所收存的全积起来,怕还不及精儿管家以后,所置备的账簿高。报纸哩,从民国建元起,是不准进门的。一家人顶好消遣的时候,在吃了午饭以后,老头子和春梅吃了特备的早膳,有时精儿也回来了,一家人男女老少(这一点是他变了老规矩而维新了的地方,儿媳不必回避公公,弟媳也不必回避哥哥)全聚在老头子房里——房间很大,安了两张头铺床,若干的老式家具——两个媳妇大抵坐在靠窗子的高椅上做活路,春梅在黄泥小炉子上烧开水,灵儿老是抄着手呆坐在春凳上,孩子们则听便,老头子躺在铺上打烟泡,听精儿站在当地,口讲指画的谈官司,谈利息,谈田上和放债的情形,其后,就该老头子述旧了。

赵幺粮户虽已年过半百,因为命运好,除了成都、新都四十华里的平阳大道外，平生不识跋涉之苦；既没有交游，复不愿读书看报。他所能述的旧事，颠来倒去，自然只有那些；甚至连若干年前，他家畜了一头乌云盖雪的好猫儿，被门前一个穷人偷了，他那还未出阁的姑奶奶，一连几夜梦见猫儿来告状的事，也不止谈了百多回。然而这是他家二十四小时过于安静，过于单调生活内的黄金时刻，也是全家人枯燥的感情得以交流的时刻，所以老头子的话，只管重复了又重复，而在众人耳里，终比光听耗子叫要好得多，到底是人在说话啊！有时两个媳妇极想听点新鲜事情，比方城里的炮火几时又要响起来了之类。然而，问之于当家的精大哥，精大哥则非衙门、佃户、欠债者不谈。再问，只有一句：“哪有闲心去听那些不相干的屁事！”问之聪明内闭的灵二哥，更其"问道于盲"了，面红筋涨之时，也只有一句："少和我开玩笑！"

　　黄金时刻一过，又是吃晚饭的一场大混战。向后，不待点灯，两个媳妇便各自带领小孩去睡了。灵儿睡得也早，并且是从不起夜的。确乎是精儿忙得多，除检点火烛、门户外，还要写账打算盘；大约挨近二更，也便完了。

　　再下去，便是老头子和春梅的世界，一盏幽明烟灯，总要点到三四更。

　　赵幺粮户虽无应酬，但是说良心话，我偏偏打搅过他不少。固然我们是多年的老亲，有往来的，但是光这一点，尚不行哩。而顶要紧的，是我家只管没有田产房屋，只管经了若干年没有人挣过钱，而仅赖四百两银子的分二利息，一家人极其勤俭的过了下去，可是从不曾向亲戚中间求过帮助，更不曾向有钱的人们借过不还的钱，这一点，使他父子们放了心。还有一个重要的因子，就是我常在外面做事，跑过几处衙门，相当认识了一些有势力的人。

　　他家万事不求人，只在不得已时需要一二人代为撑撑场面，也是说不定的事。

我哩，正可以充当这一角。因此之故，除了每年照例吃他一台顶没趣味的候光春酌外，当我第二次出远门时，精老表还公然从百忙里抽空跑来送行，临走时，还用红纸封了两枚袁头，恭而敬之递到我手上，作为干折的程仪。到末了一次，大约在前六年，我将有更远的远行时，他们觉到仍是两枚袁头，似乎不好出手，而加多些，好象我又断不敢领谢，因才借了他的一位老人的百年冥寿，下全红帖子来请我去吃了一台上好的席，作为祖饯。

我记得，那一天，同席的有几位面子上的人，也有两三位多年不见的发了迹的老亲戚。我的年纪与行辈最小，坐在末席上。但是赵幺粮户（他家规矩很严，父子是不同席的。所以精儿弟兄只能站在席旁，上菜斟酒，实行"有事则弟子服其劳"的古训。）一直向我说话的时间多，而且举杯劝饮时，也每每先从我起头。那天的我，很像辛亥年吃他丰肴盛馔的恩拜兄一样！

我远走了后，从没有听过他家的消息。我想，几年来国家大事，日有万变，尤其我们成都的局面！……

现在回来了，果然人事已非，城郭也不像从前的样儿。以前锯齿似的、整整齐齐的雉堞，早不见了！以前砌得很平坦，可以作为绝好的散步道的城面砖，也揭去了！至于雄伟的敌楼，更其年久失修，仍然挺立在高处，真比破落的古庙还难看，然而城里则正在大兴土木，修马路，"啊！都变了！"

就在上月的一天，我到某处去会个朋友，无意间走到一条街上，很熟；又走到一家门道跟前，更熟。哦！原来是赵幺粮户的住宅，就是我常向朋友们谈及的"好人家"。恰好我携了一点异乡的东西，于是我就进去了。……

现在我归结一句话，大概又是许多朋友不大相信的，但是事实的确如此，我有什么办法呢？就是这个"好人家"，简直与儒家的"道"一样，"天下变"，"道"亦是不变的。然而亦有小小不同之处：烟枪多了一支，灵老表也继他哥哥吃了一副大瘾，而两位少娘也学会了烧两口来消遣；烟禁已是大开，每条街上都有彰明较著的"售店"（即烟馆之官称），赵幺粮户自然更可以放胆推行他全家黑化的政策！其次，是孩子们都长大了，只有头三个进了小学。再次，是春梅死了，老头子无意于再纳宠或续弦了。再次，是精儿因为预征借垫，越来越凶，他更专门走到放高利贷的路上去了。仅仅这些不同，但可以说是进步的。此外，全和以前一样！一样！尤其一样而非二样的，便是老头子的述旧，与夫不准孩子们到大门外去走动，说："免得听些怪话进来胡说八道"！

       一九二四年十月于成都指挥街
       一九四四年十二月二十日抄改于成都外东菱窠

（原载1925年9月《东方杂志》二十二卷九号）

大　防

我们故乡——成都,一直到这时(中华民国十三年),男女之间的"大防",尚非常坚固哩。人欲的海波有时也曾汹汹涌涌漫过那道高堤;新的潮流也曾一起一伏,向那广大的基座上作过有力的冲击,但是它仍顽强的界在青年男女中间,好像不毁的万里长城。它何以有此耐力?自然,它的钢骨是历史和习惯锻炼成的,所敷的沥青则得力于三种原料:一是不方便的交通,二是讲面子的绅耆,尤其得力的是"只准州官放火,不许百姓点灯"的有气力的军爷们。

这第三种当沥青的东西,依我的愚见,或许也和楷木、蹲鸱、川芎、榨菜般,是我们四塞之邦的土产吧?我为发扬乡光起见,且谈一件故事(我应该说摆一个"龙门阵"),权当一碗麻婆豆腐,好吗?

且说,有一位大……大……很大的军爷,他成功以来,身上就秉赋了"新"、"旧"两种极其不同的人格。有人说,大似一只浑圆的皮球,"旧"的是其内胎,"新"的恰是绷在表面,叫人看了颇能称好的包皮。不过这是惑人之言,大为肤浅,研究有素者则曰:"一切皆是批评家的无聊之谈，实则这所谓大……大……很大的军爷也者，只不过'浑然一物'耳，极言之，像一枚蛋而已矣，实实说不上什么两重人格！"

幸而他本身无此研究，因才能够长日生活在矛盾当中，而"无视"、"无觉"。他之所以造就至此，大不容易：第一，他固然也进化到把前两只脚变而为手，固然也进化到有一个大脑壳，壳内也有了髓，髓上也布了经，但是经的作用恐怕不很发达吧！——啊，我说错了，不是不很发达，实实因为使用不同，致令它中了毒，化了脓，脓往下流，流到心包络上变为厚厚的一层脂膜（这是我的生物学，与寻常的不同），使得偌大一个壳空出了三分之二，而空间偏又蓄积了些顽强的拒力（这也是我的物理学，不同凡响的），所以，有益的常识，有益的反省，多被拒掉了，此为造就他"无视"、"无觉"的主因。

其次哩，因为在他势力所及的范围以内，他是无大不大的一个大……大……很大的军爷，他没有比他高的师，也没有同他拉平的友，岂特无师无友，而且还没有僚属。在他左右侍奉的，大抵一般"仰承色笑"的奴才，奴才本领在乎没有自己，在乎把主子的周遭造成一种真空，让他一切能以自由膨胀。既然一切自由了，那么，脑壳越空，眼孔越大，真空圈外的反动，即令没有被奴才们全遮住，他也满不在乎了。膨胀之极，自然就只感到"言出法随"、"朕即国家"的快乐，此为造就他"无视"、"无觉"的副因。

已是"浑然一物"，而生活于真空圈内，而"无视"、"无觉"了，那，他就不应该还有烦恼！是的，按理说，是不应该，然而此人也，却公然有了烦恼，岂不可怪！

原来他的烦恼才是这样生出的：

如是我闻：一天早晨，他刚从他顶宠爱的第八那位太太房里出来……这位太太是他讲新文化的神圣自由恋爱时讨来的，样子并说不上，然而却是个女学生。因为这一县的唯一的女子中学第三班快要毕业了，校长是个能干的新人物，打算借机会把学校的声光宣扬一下，在教务会议席上，提出邀请驻防的最高官长来参加典礼，并希望他来一篇动人的演说，好拿去登在某一家新文化杂志上。校长说："和公师座不是平常的军官武人，他是提倡新文化的，又是提倡男女平等的，他的声名业已不仅仅洋溢于四川，并且不仅仅洋溢于中国，果其蒙他垂青了，我们的学校怕不附骥着光华远播于四海吗？"

当然全体赞成，而他也果然届时惠临。此际若说他挟有什么目的，真是诬枉，在他不过不善谦逊，而且喜欢来这一套，以表示他是个"万事通"的通品而已。伟大的嘉宾致了训词之后——当然不免打胡乱说一番，和我刚才的生物学、物理学一样——照例有一个口齿清楚，可以出得众的女学生，代表全班毕业同学登坛致谢；他那时正坐在高台的头把交椅上，对于这位代表观察得可谓无微不至，因而他的本能遂指挥着他，说这位代表有学问，比他现有的那七个婆娘都强，正好配他的文化（这的确是他说的名词）。于是就本着他一贯的作战方法，直截了当的叫校长把那位代表的家属找来，当面夸奖：

"好一位人物！如果把她胡乱嫁跟一个平凡的人，那，太可惜了！你得注意，那，太可惜了！……"

这样一赞美，校长便神会了，赶快和一般有身份，有地位，全受过良好教育，而又富有社会经验的宾主们，一例的摇头摆尾，嘻着大嘴来逢迎这一番有意义的话。而那位当家属的父亲更其若有所悟的连连答应着："和公教训得是！"同时他蓄之已久的想头，似乎已得了一个着落，若干年来抑郁寡欢的境遇，该可以来一个丕变了罢！是的，一点也没有违背他的心愿，在不多几天里，他果然很热闹的，于四面八方"恭喜贺喜"的声中，变为和公师座辕门内的外老太爷，同时也荣任了两个县的征收局局长，三个要口上的护商事务所所长，完全合乎世俗通例。

那时，确也有几位无拳无勇的新文化先锋，大大不以这位新文化师座的办法为然，为了不便于批评他，只好车过话头，专门来讨论那位女的。一种主张，她是受过二十世纪之初"人"的教育的优秀者，她必不甘于这样的糟蹋了自己；相信她到不堪时，一定有一番轰轰烈烈的震惊社会的举动，至低限度，效法娜拉的一走了事，总可以的。别一种则以为受过教育的优秀分子，与其跳出社会去作自爱运动，倒不如身入地狱去说法，纵然不能从里面杀出来，总多少会发生一点影响；因此却主张她姑且忍辱，而徐徐去发展她的作为。但是，无论如何，两派人都具有一种同一的感慨："这是很耐描写的悲剧啊！"

果然是悲剧么？那才大大的不然哩！新文化还新文化，新教育还新教育，"人"还"人"，享受还享受，虚荣还虚荣，直至师座荣升大……大……很大的什么座，而带起八个婆娘，威风凛凛打入成都，平平安安定居下来，那般作新文化运动的朋友才俯首帖耳，取消主张，宣布又得了一次教训。

如是我闻：一天早晨，他刚从他顶宠爱的第八那位太太房里出来，还未走到自己的办公室，便回头向一群跟随在身后的勤务兵中间的一个说："副官处去看，昨夜我下条子去传的那位小姐来了没有，……领她到这儿来见我。"

一伙勤务兵都像平常一样，倒理不理的应着，同时若干双狡猾的眼睛里，都放射出一派讽刺的笑意。在他身边，这模样，只有勤务兵们才敢。

他毕竟是军人，中年了，腰板犹然挺得笔伸。几年来大讲新文化，更猛力的迎接西洋化，尤其心仪西洋人有精神，讲卫生，过科学生活。他曾恢复过早操，并采用了睡午觉的新法；一心想拿自己做标准，恨不得使他范围内的人民，在几天内，全跟着他新文化——西洋化起来。但是，如何措手呢？

一般出过洋、留过学的秘书参事们便激烈主张，贴一张告示出去，限期改变服装，无论男女老少，无论农工商学，一律改着西装，如不遵行，便是腐败分子，"与众弃之"（那时还没有打倒的口号），和处治那般敢于出头反对修马路的老家伙一样！这本来简单，用不着多考虑，何况自他本人起，凡在他左右的，不管文的武的，不就早已整个改装了吗？市上已不像往年了，西装呢绒有的是，西装裁缝也有的是。然而偏偏有人主张慎重，听起来也对：

"我们还不是易服色的时候！我们的巡帅恰是一个国粹派，我们还不能完全不理睬他……"然则不办吗？不，那如何使得，"只是提倡穿短衣裳就是了，用不着一律像秘书们穿那样崭新的不分季节的洋装；比如学生装的制服（他不便说中山装，因为还不是三民主义的四川哩！）不就可以吗？"好，就定学生装为制服罢。不过他本身并不要穿这样的制服。这天上午，在他办公室不甚考究的一些洋式家具中间散着步时，自然是一身熨得很好的西装，而一条花领结打得尤其漂亮，一点也不像中年人。

他来回的走，颇颇有点不耐烦的神气。末后止步在一幅西洋画的拓本前，不知不觉把插在裤袋里的右手取出，伸去放在半背的第一和第二钮缝间，做了个拿破仑姿态，两眼正渺茫的瞅着那画，房门外恰响了一声："报告"！

勤务兵一让开，啊！怎么是两个！……两个！……女人！

身材都不算高大，也不怎么矮小，也不怎么瘦弱。打扮得很素净：蓝洋布上衣，短短的袖口，露出四条微黄的手臂；青绸短裙，可以看见膝盖以下的两对浑圆的不很粗壮的小腿，麻纱袜子全是青色，高跟皮鞋也是青的。乍看去，很像一对孪生姊妹。……深深的一鞠躬。于是拿破仑姿态不能保持了，尊严的脸上也不由摆出了微笑；而且颇有礼貌的点了点头，伸开右手向两张软椅上一让："请坐！"自己则坐在较暗这面一张圈椅上,看得更清楚了,断乎不是孪生姊妹,虽然都挽着髻子,都在前额上打着长长的刘海,可不是大有分别?一个微微抹了点脂粉,年纪比较大些,顾盼之间,并不似那一个略含羞涩,也不如那一个妩媚。

"唔!"他明白了:"这个是嫂嫂,那个才是本人。"

本来,昨天下午,他的第八位太太就向他讲清了的,两位先后同学,很有学问,前几天曾会着,谈得多么投合,有一件要紧事,求他援手。他高高兴兴的答应了:"可是可以,不过得当面求我。"到夜里,再经第八那位太太提说起来,才下了条子到副官处,传的本是一个,而两个都来了,倒出乎意外。

谈话的开始很是枯涩,嫂嫂引起了头,那本人才渐渐镇静了,态度也自然起来,谈到"家父"怎样的遭受冤枉,简直是声泪俱下,如其不受感动,除非是顽固派。

那本人名字叫淑贞,谈话时老是自己称着名字,称他哩,则为先生。简直不像是在一个最高军政机关,向一位手操千百万人生死大权的大……大……很大的人物在控诉,而颇像是在讲堂里,同一位和蔼可亲的老教习在谈家常似的,这更合上了他自以为是"平民化"的口味。于是更加和蔼起来,不惜大喊勤务兵倒茶,以便淑贞小姐好畅所欲言。

她的家父,也即是她嫂嫂的公公,原是下川南某一县的一个大粮户。(粮户者,纳粮缴款之户也。粮额越多,则其从田地上所收获的利益越伙,异乎二簸簸之类,故题目之曰大。即新名词所称为大地主者,是也。)好几年来,就变成被人所共的共产党:先被土匪共产了几次,次被团防共产了几次,又次被军队共产了几次,又次被官府,被豪绅,被……总而言之,他已逐渐感觉到自祖若宗手上苦挣传下来的遗产有限,如其再共几次,虽不致弄到精光,而不出气力不流汗的茶饭穿着,总不能像现在这样,光是张张口,伸伸手,来得撒脱。因而思之思之,才不声不响,采取了时下一般人的办法:把整块的田产,分零卖出一半，惹人注目的高房大屋，出租给洋人；一面到处告穷，逢人借钱，一面就捆载细软，悄悄逃离本土，躲到成都来，"万人如海一身藏！"并且抽上一口鸦片烟，以为消遣之具。

不过富翁到底是富的，富翁头上的金银气，据说和佛光一样。他所佃住的那条穷街，不止三个月，便人人皆知：某门道内的那一户，是下川南避难来的肥猪啦！于是，不管上头有无什么捐款派下来，而每半月，街正、首人乃至左邻右舍，总要踵府拜会；出了钱不算，还要多多少少挨些软骂。他恨极了，每到烟瘾过足，就要发牢骚骂人骂世："妈哟！啥子世道！……亡了国，让洋鬼子来当了家倒好！……大家不是说上海像个洞天福地？妈哟！上海就得亏人家洋鬼子管得好！……你们问问上海作不作兴把人捆去非刑拷打的出乐捐！（乐意捐输的简名，幸勿误会为音乐之乐。）作不作兴十天半月的派一回款！……就说羊毛出在羊身上，人家洋鬼子总不像我们这里杀了羊子剐皮呀！"

后来，有一个同乡人为了见好，代他打了一个好主意，说是这么样，才可以保得后来的清平；并且是已有前例的，不算新奇。他在烟榻上沉沉的想了好几天，同家里人一商讨，大家都说对；尤其赞成的，就是他的小姐和他儿子的老婆，她们两个算是顶有新知识的。他因决了意，打起精神，大捧的钱搬出来，交与他那好心肠的同乡去使用，去联络。恰恰机会来了，正碰着一伙被打出去，一伙杀奔过来，几阵浑水中间，居然被他捐了个不由军功出身的团长。

团长，本来不必有一团足数的兵。顶多有两班乌鸦队伍，有两杆在团部门口执卫的打不响的步枪就可以了。既不必一定要到总部军需处去按月领饷，只要你有本钱，就报捐旅长，也未始不可。然而招牌既打了出来，生意哩，自然而然就有得做。那位好心肠的同乡，又是一位能干内行，于是就给他计划一些方法，又本着他本人平生所受的经验，他的生意倒还顺手，岂特老本已经捞回了一些，如其不出事情，还可看上几十分的利息哩。

他何以不能一帆风顺，而弄到出了事情？说起来很复杂，其实也简单，第一，他有二大缺点：声光不大，手段不辣。第二，他犯了循环律：不能猛进的做到窃国，自然就该是一头只顾在前面捕蝉的螳螂。所以，才在清平无事的一夜，团部忽然被解散了，几杆打不响的滥枪被提去了，好心肠的同乡闻风逃走了，实只把他——团长，像绑票一样，抓了去押在一个什么也不十分正式的司令部。

他家里对于这种绑票式的拘押，倒是早有经验，并不怎么着慌。急其所急的，就是使小费，买通卫兵，先把被盖、饮食、鸦片烟弄进去，光这一次，据说已花了一千多元。几天之后，等风头过了，再到处托人打探消息，运动出险。然而这一回不比往常，传来的话是："冒入军籍，结纳匪类，抢劫拉磕，作恶多端。经本司令调查有据，报呈总部，派队捕拿，严行办理。"怎样严法呢？"枪毙本身，查抄家产，以伸冤抑，而儆效尤。"

谁相信？连他的老婆，连他的儿子，连他管家务的几个管事，都清清楚楚的知道，在才抓去时不加严办，那就算松了，这些唬吓话，不过照规矩有的。到底该花多少钱呢？回答是：十二万袁大头！如其不然，就送总部法办！

并且限期很短，并且几天之后，看管得更厉害，差不多送一回饭，也得花百多块小费，送鸦片烟另议。看来，比真正的棒老二（绑票匪徒也）拉肥猪还轧实得多。第一，棒老二可以供你的伙食鸦片烟，不要你零星花费；第二，你可以软求，也可以硬拼，并且有法律保护，你可以要求官府，要求团防帮忙，你吃了亏，你还有控诉的地方，而司令哩，你却把他莫奈何！他可以杀人，又可以抄家，命也要，钱也要，他只有一个管头，但是你敢拿公事去告他吗？且不说自己确乎不大安分，要找把柄，确乎是有的；尚可说，你的公事未必能够送到办公室，而司令却有本领先斩后奏，奏了还是要抄家，或许还要顺带着多办几个出头的有关系的人哩！那么，怎样办？磋商又磋商，十二万袁大头，顶多可以少纳一万，况且还有其他的花费，其他的人情，都不是千数可了，倾家啊，破产啊，然而未必凑得够数，怎样办呢？

老太婆大少爷管事们通通想不出办法。没有亲戚，也没有朋友，只有几个同乡人，都不大像鲁仲连之为人。于是大小姐挺身而起说："我有办法！"

大小姐，即淑贞，也即是第八那位太太所代表的毕业同学中的一员。那一天，代表致谢，本应该派她的，她学科分数每回都要多一些，口齿也来得，据同学们的公道批评，模样儿也在前五名里面数，就因为仗恃了这些，校长同监学总嫌她脾气高傲，不是驯良的那一类。恰恰老头子正在受欺负的时候，没人看得起，所以才把代表一职，派到那一位所谓优秀的头上。起初倒没有多大的反感，只是不自在罢了。到那位代表因此而荣华富贵，而显亲扬名，而恩被兄弟，而光大门楣，这却把她气炸了肺，痛哭了好几场，方稍稍舒了一口气。但是，一直几年了，只要有人提说到那一位，她犹不免气呼呼的叫道："你们恭维她，羡慕她吗？我才不哩！说学问，历来的国文没得过七十分，英文哩，只会一句'古貌林'，讲到说话，就打比那天的几句道谢话，还是监学先生给打的稿子，前三天三夜就背熟了。为啥子那天会派她？不过会巴结，会献殷勤！……本来要派我的，只是这些人不屑于，不爱出风头，也不会巴结人！……你们恭维她，羡慕她吗？那也不过因为当了人家的第八个小老婆……小老婆呀！是啥子好名色！再说得意透了顶，这些人却瞧不起！不高尚！没人格的东西！如其这些人稍为卑鄙一点儿的话……"好在听见她这番话的，不过一些永远不会出头的同学，和一些成见极深的顽固派。她并未曾写出来登过报，所以她所批评的那位对象，倒一直不晓得有这一回事。

她家移住到成都，她也一直不屑于去会一会那位得意的老同学。倒是有一天，在什么一个讲演会上，两个人碰见了，那一位很是热情的周旋了她一回，极力邀请到她公馆去叙叙旧。她很诧异，那个没人格的家伙何以并不把她当作仇人？并误会了她之周旋她，是有意奚落，有意绷大方，"好个不要脸的！"因而，也才极力赞成她家父去充当团长，认为只要弄得好，三年两载，不也可以爬到师座以上的地位，那时，她要出阁，至少也可充任什么督办、什么会办的正命太太，比当姨太太小老婆，强多了，这口气才算有争得回来的时候。她嫂嫂是高小毕过业的，自认比她丈夫高明得多，对于小姑的打算，常是十二分的同情。

到这时，一家人全没有办法，尤其她——淑贞小姐，更是丧气极了。她细细想来，老头子一多半是她怂恿落水的，她这时怎好再骄傲，再不向仇人低头，别人以后谈起她，倒不说她是在争气，反而会议论她是个昧尽天良的不孝的女儿。于是，挺身而出，认为只有去投降仇人，确乎是一条可走的阳关大道。第一个赞成她，是嫂嫂。两人先商量了一番，又得了母亲与哥哥的同意，才由淑贞低首下心。备办了一份重礼，到她仇人公馆来求救。

她于最初几分钟内，应有的胆怯，和她那少女的羞涩后，已渐渐镇静了。

及至抿了一口茶，她那支配自己的力量也恢复了；她越发看清楚对面那张和蔼的面孔，她越有把握来贯彻她的目的。

她侃侃然的说道："你先生从前在我们学堂讲演过的话，我们至今都记得。你先生教我们要迎合新潮流，要发挥新文化，我们都容纳的了。你先生如其不信，只看我——淑贞，今天来，可搽过一点儿脂粉没有？淑贞可以说受了你先生的影响是很大的，晓得国民顶要紧的修养，就是健康。健康也就是美。这是你先生说过的。何况我们是国民之母，母亲不健康，下一代的国民，不是更令人悲观吗？……"

他更其高兴了，前面一排牙齿整个露了出来道："不错，我说过的。"

"因此，我们舍间都受了影响，家父是第一个……他先前因为气痛病，经医生劝告，不免吃上几口鸦片烟。但是听淑贞一说，健康要紧，鸦片烟哪能治病，他登时就戒了；还同朋友们组织了一个早起会，天亮就起床，下床先讲卫生，半点钟的八段锦，四个鸡蛋……"

他又着手点了点头道："好的。"

"家父一经振作，便想到自己岁数并不大，不过才四十七岁，从前也曾习过武。读过兵书，为什么不给社会贡献了呢？因此，才破了产来练兵……"

他眉头一皱道："这就胡闹！他为什么不直接来我这儿投效？"

"是的，错就错在这里。但是，负过的是淑贞。"

"是你？"

"是我！家父的事，多半要和淑贞商量了才做。淑贞见识不够，满想劝家父练出一支好兵，再来投效你先生，做一个统一的先锋。然后跟随你先生把现在这个腐败社会，大大改革一番，也不枉听了你先生的教训。"

"你有这样大的志向吗？"

她把双眉一颦，微微叹了一声道："现在啥都说不上了！只求你先生念及淑贞是一片好心，把家父救了，再来报答你先生的恩德！"

接着，她嫂嫂也补充了一番，不过没有她说得自然，而且有几个名词和文法都用错了。

他包着牙齿严肃的说道："我老实告诉你们，陈司令还没有公事报上来，就是放人，我也得先派人调查清楚了再定夺。"

"啊！先生，……先生，……我晓得你是向来讲究科学的新人物，怎么还在公事上打磨旋！公事是那些滥官场的把戏，讲科学的，只论是非，如其你先生信得过淑贞的话，家父并没有罪，那你先生只要下个条子，陈司令敢不放人！如其再派人调查，再办公事，担心陈司令来一个措手不及，把家父黑办了呢？"

"他敢！"

"欲加之罪，何患无辞，如其人家故意捏造一些罪名呢？……啊！先生！………"

及至他一个人在办公室中，又做起拿破仑姿态，徘徊起来时，心里很是"不安定，耳朵边犹然鸣响着：先生，你是讲新文化，讲科学精神的！……痛快点罢！要不答应，你就砍砍截截的拒绝我，我死心瞑目！既是答应了，还讲什么公事！……你先生的话，不就是法律吗？要怎么便怎么，不是你先生向来所标榜的吗？谁敢不拱服你？谁敢议论你？何况是救人全家性命的好事啊！……"

使他下了决心的，尚非上面那一派哀鸣，而只是"陈司令没有命令，敢于提枪拿人，他眼中早没有你先生。事后又不报告，只是勒索银钱，其心更不可问。如其你先生命令他放人，他再不奉行的话，那他还能算是你先生的属下吗？从今以后，一切权柄，都在陈司令手上，大家眼里，只有陈司令了！我们遭了害的，只好去向陈司令求情！……"

他才毅然决然坐在办公桌前，用自来水笔在一张洋纸条上，写了几个字，又盖上一颗私章。叫副官持此立刻带一排人到陈司令处去提人，提到后着副官长讯释，连保都不必取。

这一来，两得其便：莫上的权威巩固了，不必卖的情面卖给了。

至低限度，讨情的人应该来道个谢。假使说话作数，那她还应该商量如何来"报答恩德"。按照书上说报恩有两法：一是报于来生，这近乎迷信，太不科学，可以置而不论；一则报以本身，男的用性命，女的用躯体；那么，淑贞的报恩，难道只是拉拉手，哈哈腰，口头再说一番好听的话，就算了吗？那未免太菲薄，太不近乎情理了！若是以那天说话情形而论，把她讨过来，似乎是不成问题的！

"这女子还不错！"他在治公之余，这样寻思："身体健康无病，又没有一般新式女子奇装打扮的怪癖，又有学问。据她同学说，文理很好，字也写得刚劲，讨进门来，倒是很好一位家庭教师，用不着再在外面去找。将来生的子女，一定更优秀，比目前这些都好……"

他已感觉满意了，复又寻思："像那天那一番说话的口才态度，好像还有些真实本领，其本领，一定还在家庭教师之上。我内里只管说是有了八个，其实哩，只能算一个，何以呢？光是生儿育女，多多为我传些优秀的种子罢咧！说到治家，都不行，希望在事业上能够给我帮点忙的，那……"

他黯然了。据他自己表白，他之所以前后连讨八个老婆者（他是尊重女权的，所以他不承认在老婆之中有大小分别，不管先来后到，一齐拉平。那么，在名称上呢？他想了个不着形迹的办法，就是用她娘家的姓来称某太太，而废去那些不好听的数目字），意欲披沙拣金，或许遇得着一个真正的人才。

要是得遇了真正人才，他是不仅以家庭教师待遇之，他可以改变态度，也要期望她在政事上作一位心腹，一位股肱，帮着他来指挥那般奴才。至少，当一位真正的入幕之宾，总不致三心二意的罢！

以此，他于淑贞，更寄了莫大希望，希望她早点践言。然而事乃有大谬不然者，直过了半月，方据派去的人回来报告，那一家早已逃走得无影无踪。

这一下，他大怒了。以他堂堂一位大……大……如此其大的人物，竟被一个女子玩弄得像耍猴戏似的，岂不丢人！但是，据第八那位太太解释来，却又不是淑贞的过失。淑贞曾向她暗示过，就要她当丫头也心甘情愿，何况拉平做太太，听说只有那老头子是个食古不化的东西，或许又因了吃过军爷的亏，一说到军爷，便心惊胆战，不敢亲近。这一定是那老头子在作怪，倒不是淑贞忘恩负义。——不管怎样说法，他行年四十有五，关于女人，他第一次失败了，而且如此的厉害！

于是乎他烦恼了！

他这烦恼，也由于所欲不遂。事情说来并不算大，可是在他心境上，其成分并不下于几年间所怀想的南征北剿东荡西平，而又为种种条件限制着，急切不能着手的那种说来算是大事的成分。而且大事尚在进行，前途希望无穷，排日准备，颇为顺手，烦恼有时诚然不免，但总觉得没有这次失望后，像胶粘着在精神上，越想摆而脱之，越粘牢得可怕。

他自己想不出那古怪女子何以要以烦恼给之的渊源，他只好浩叹：女子确是一个谜！更想起了孔夫子的话："唯女子与小人为难养也。"既是谜，既为难养，则男人们何苦以有用的心思脑力去解她，去驯服她？让她去好了！

给她个不理！岂不免却许多人的许多无谓烦恼？

本着自己的十足道理，再一转弯，因就转到了男女之间实在不应该太自由，而委实应该规规矩矩。顶好是不许两方接近……这未必做得到，何况新政办了一二十年，老腐败的"男女不杂坐，不同椸枷；不同巾栉，不亲授。……外言不入于阃，内言不出于阃。……姑姊妹女子不已嫁而返，兄弟弗与同席而坐，弗与同器而食。……男女非有行媒，不相知名，非受币，不交不亲。……"等等，一定是过了时，行不通的。然而不许彰明较著的胡闹（即所谓荡检逾闲也），却是理所当然。

"新道德建设论"据说便是这样产生，而经在东西洋留过学的秘书们、参事们从而发挥、润色、构成的。

"新道德"的学理说明有几十万言，是一本杰作，并且有好几国的外文课本。这太严肃了，用不着说它。新道德的实施第一个节目，却非常简单，除了不准不找事情做而闲坐茶铺，除了不准包白帕子（即白布头巾），除了在酷暑天气不准打光董董（应该是光秃秃，秃字转为董字音，即打赤膊也）外，对女的则规定出门必戴帽子，最好是荷叶边的白布软帽（很象西洋女人的睡帽），自然其余条款尚多，而对男的，顶严厉的便是严禁觯神了。觯神，也是四川特创的名词，创制于满清末年的重庆，而这个觯字，则是民国元年成都报徒新造的，并不见于字书，与字同音，而意义不但包括流氓痞子，且着重在调戏妇女这一举动上面。向来官中人注重维持风化，以及保障道德，对于觯神，恨之入骨，认为天下兴亡，国家治乱，其惟一的枢纽，便在能否把觯神肃清，也和差不多同时而把这全责归之于妇女的衣袖之长短，和裙子之高低一样。不过到新道德建设论实施后，其办法更为严厉起来，除了把觯神按在街面上，以军棍痛打光屁股外，还特别在通街大衢上竖立一些石条，把觯神缚在上面示众，以昭炯戒，此石条便名之曰"觯神桩"。

其中有一次，是他亲自处理的，据说更加利害。

事情之发生，大约就在淑贞失踪后三个月内。一天，有一个什么高级学堂，举办一个什么讲演会，请他去致训，题目是新道德之养成。顶精采的是在现成稿子之外的一段临时发挥的话，举了西洋人若干行为以示新道德的标准后，便慨然叹息："一句话归总，要完成新道德，先就得把精神振作起来。如何振作精神？先就得爱干净。西洋人不说了，光说日本人，日本人一天洗三个澡，所以他们只要把两手在裤袋里这么一插，站在你们跟前，你们能不自惭形秽吗？你们，哼！……你们还是受了教育的，你们自己看，你们中间有几个人的衣裳是穿整齐了的？拖一片挂一片，肩头上的灰尘那么厚！……不爱干净至此，配讲新道德？配称新国民？配和洋人们站在一块办外交？……"

训了一顿之后，心里很是痛快，连休息室也不再进去，一下讲台，挥着手杖就打伸腿子走了。

心里痛快，精神也更有了，一直大踏步走出学堂，一直大踏步走到街上。街上迎面而来的行人，即使不认识他，而看见他身后几十个武装勤务兵，一顶漂亮的三人藤轿，气焰熏天的漫街走来，也就知道这是一位什么人了。当然远远的避开，而包白帕子的也就自己知趣，连忙取下揣在怀里。背着他走的，以迎面而来的人为鉴，也等于脑袋后面生了眼睛。然而有两个人，公然在他前头街心走着，并没有意思避道。

一个是女人，剪了的头发，白鹤尾巴似的光光的梳在后脑下，衣领很浅，看得见一段黄而粗糙的项脖；一身都还时髦，只脚上是一双不是正派女人所应该穿的平底花鞋。一个是青年男子，一件博大无伦的长袍子，业已可厌了，还格外挽了两只龙抬头的白袖口；身材比女人高大些，耳朵后面的皮色也比较白嫩些。跟在女人肩头后面不远，好象一路叽哩咕噜说了些什么，女人又好象不大理会。男子抢前了一步，一伸左手刚好把女人的微棕色的右腕住，她恰微笑着把身子向右一侧，忽然又正经的大喊道："觯神！……觯神！……"

"假绷啥子……"那片头油抹得极光的后脑壳上，业已很沉重的挨了一手杖。连下半句"谙我不晓得吗"尚未来得及变为破口大骂，而拿破仑发式的前脑壳上，又挨了一下。看清楚打他的是什么人，天然的就护着头，朝石板上跪了下去。同时敲打在肩上背上的手杖，则一杖比一杖重，一杖比一杖快，伴着而来的，"更是象牛吼一样的诛语：觯神！……流痞！……坏种子！……破坏社会的恶徒！……女界的蟊贼！……"

女人也骇着了，脂粉太浓，虽看不出脸色是青吗是白，但站在勤务兵丛中，她全身的确在打抖。

大概手打得软了，才喘息着扶在手杖上，掉头问女人："你是做什么的？"

"我是好人，……我回娘家去的。……我叫王素卿。……我男人是……"实在抖得说不下去了。

"这个坏人你当真不认得吗?"

"不认得!……他跟了我半条街,我正眼都没看过他,尽是他一个人在讲话,天晓得我没有搭过半句白呀!"

"唔!……不干你的事,你好好的回去罢!……这舦神我非枪毙他不可!"

据说这舦神被抓到军法处,后来到底枪毙了没有,则无下文。因为不久,他就开始了他的南征北剿、东荡西平的大工作,更有别的烦恼袭入了他的心灵,不但替代了淑贞给与他的烦恼,而且新道德的建设,也随着他的新文化暂时消沉。在成都最为遗爱的,就只留在男女间的这道"大防"!

一九二四年十二月于成都状元街
一九四四年十月十八日改于成都外东菱窠

(原载1925年2~3月《醒狮》周报十八至二十二号)

编辑室的风波

《日日报》的编辑室在中国内地一个省会的某条街中。这省会有五十多万人口，每日吃的米、面、菜蔬、鸡、鸭、鱼、肉是很多的，独于《日日报》的销数在本城中经过了七八年，依然还只千余份。

有人说，这城里的人因为吃得太多太好，一个个都有肠肥脑满的样子，所以无须再拿眼睛来当口，再拿《日日报》来当粮食，再拿头脑来当肚腹了；又有人说，并不是人家的头脑不想容纳《日日报》，只怪《日日报》太缺少资养料，差不多同芜菁一样，惟有肚腹饿到十二万分的饥人才不得已而欢迎它。这话倒也有理由，我们只消走进《日日报》的编辑室，就知道一切了。

表现《日日报》资格的所在，除了印字钉的模糊，和报眉上几千几百几十号的数字外，最确切的还是要算编辑室里的蛛网尘埃，与夫到处堆积的上海、北京等处被剪裁以后的废报。总经理兼总编辑赵先生每每于对客的言谈中慨然说道："怎么能得一个机会，把这编辑室好好的整理得像个样子！"

然而一直到《日日报》被封之前，这机会竟不曾来。

《日日报》被封的前两三月，已经噩耗迭传。总编辑赵先生一天又向编辑本省新闻的周先生嘱咐说："周先生，我们以后恐怕更要谨慎些才好！许多人向我说，我们近来的报上，对于那有作用的教育联合会的态度不大对，听说其间几个坏人正在鼓动他们的靠山，要向我们生事哩。"周先生抱着水烟袋，撑起两只水泡眼道："我并没有自家拿过主意，他们送来的稿件，我总一字不易的交给排字房，反对他们的东西，一篇也未发表。……"他便把近一周的报纸通通翻出来，把这一类的新闻指给赵先生看。

赵先生大概看了一遍，指着一条短评说："吓，吓，吓！或者这上面生了问题了。"

那短评是周先生做的，标题是"吾人对于新组织之希望"，不过是些普通的说法，中间有这么几句话：

……国人通病，往往因个人之私利，遂不惜举团体之公益而破坏之，窃负之，一而再，再而三，驯致四万万人咸为散沙……惟小人能以利合，事之可悲，孰过于是……今幸而有教育联合会之组织，诚不啻天鸡之一鸣……问主其事者咸教育界之名宿，吾人既祝其成功，且欲观其后效……

赵先生道："你这文章原是恭维他们的，不过他们看法不同，一定说我们又在弄什么鬼了……这样好了，周先生，我们以后对于这些事简直给他个不闻不问，短评的材料宁可向省外的事情上去取用。比如谈谈胡憨在河南的战争不免是和平的障碍，张、冯的暗斗影响必大，望执政有以调解之一类毫不会生关系的东西。再不然就把本城的琐碎事拿来说说也行，比如昨天那条虐媳致死的新闻，就可以大做文章，或是提醒警察叫他们注意街上的疯狗。不过说到官厅，我们的口吻总得放和缓一点，最好是在文后加一句'请勿河汉斯言'或'言之者无罪'的话，那就更活动了。"

赵先生、周先生从此更加小心，不但短评做得几乎等于一幅白纸，而且本省新闻也逐字逐句的加以研究。他们用心之深浅，只须看报上用的某字或一个大口字的多寡便足以测验之；例如说"某师长于某日派某代表往某处议某事"，或"某伟人曾向某人有某种表示"；最使他们感困难的，就是各大人物的通电，或是历数他人的罪状，而文中涉及本省要人，或是自己表白，虽然分明是本省要人的对头，但电上偏要说与之早有联合，这等公电既可以拿来填空白，又可以省俭许许多多的裁剪工夫，当然要尽量的发表；因之，他们才发明用大口字的妙法，就是把一些扼要的字句或本省要人的姓名，一律删去而以大口字来代替。

你们必以为某字和大口字的妙用，一定会使看报的人感受种种不明了的痛苦了。其实不然不然，因为这千把饥渴的读者若干久来，早能和赵先生等的心情息息相通，若干久来早练习成一副特别眼光，专能于无字处看出痕迹，凡是某字和大口字，在他们眼中仍足以显出它们代表的字义。而且每逢周先生一时的忽略，把某种新闻编得略为明显，比如说：某县同事因县民反对勒种鸦片，遂变本加厉，横征暴敛之类。于是乎亲爱的读者们必费纸费墨费邮票，寄信来说："贵报主持正义，诚可佩服，惟处今之世，记事言论总宜少加隐晦，勿多树敌为是。鄙人为贵报之老友，既深爱之，敢贡愚直……"

赵先生、周先生既常常被支配在这种怯懦的暗示之下，所以新闻的编辑越发弄来只剩了一点枯燥的影子。然而还是有风波，这却从他们不甚注意的外省新闻上发生出来的。

《日日报》上本省新闻的材料大概只有四种："衔略钧鉴"的快邮代电，"开奉等因"的例行公文，"委任谒见"的辕门抄等算一种，这是它的骨干，也就是亲爱读者们所最愿看的东西；其次，各人送去替自己登广告的东西，比如说：近闻某人作七言绝句一首，竟将某公姓名官衔概行嵌入，颇为某公击赏，称为巧不可阶之作云云，或是说某名公途经某地，为某将军招宴一次，喝绍酒一杯，大欢而散，这也算一种；其次，是专门把小事化大，不是报告某排长近由火神庙移扎龙王庙，便是报告汪二麻子某日大醉回家，当街踩死老鼠一只，人尽称奇的地方通信，这也算得一种；末了，还有一般以条子而计钱，写"恭呈主笔先生钧鉴"的滥访事们，他们既要吃这一项饭，却又没力量去采访有价值的新闻，只好关着门捏造一些产妇生蛇，城隍托梦的话，也算得一种。末后这一种太滑稽一点，但位置在枯燥无味的新闻中，倒也很别致，既是亲爱读者们欣赏之件，所以周先生也尽量发表，滥访事也尽量制造，居然成了《日日报》的一种特色。

至于它的外省新闻（自然更没有外国新闻，因为太与读者们的头脑不生关系的缘故），比较还更要简单些，既没有无头无脑，残篇断简式的专电，又没有不负责任，捕风捉影式的通讯，我们可以说它这一张纸的材料，完全是由北京、上海报上剪下，叫排字匠拿去照样翻印一次的。谁料得定已经这样简单了，还有风波。

但是这也要怪编辑外省新闻的钱先生。因为钱先生很想用力把这一张纸编好一点，所以分明都是从剪刀上得来的新闻，他偏喜欢改头换面硬做来像是《日日报》自己生产的新闻；又因外省事件牵涉本省的地方不多，历来招灾惹祸，使得赵先生、周先生受坐牢之苦的都在本省新闻，因而赵先生对于这一张纸才视为不足轻重，一任钱先生去掉花头。

他们绝对不料在恭维教育联合会月多天气之后，编辑室忽接到一封口气极为严厉的信，查究"该报某日所载浙江孙传芳占领无锡，张宗昌逃赴徐州的消息从何而来"，并且说"迹近造谣，居心可恶"。原来这是军部副官处称奉谕查考，立等答复的公函。

赵先生把信看后，立刻就蹙起眉头，像是很不舒服的说道："他妈的，又在外省新闻上来搜寻我们的不是了！钱先生，你看……我们这条新闻是从哪里转载来的？"

钱先生站在当面道："这可太怪了！这一条原是他那机关报上汉口专电，我转载时还加了几句按语，就怕弄出事来，像《天顾报》那次载吴佩孚败退，弄来自己停版一样，你先生请看，我原说恐是传闻之误，姑志之以待证实的。"

他们正在商量着要回信时，一个杂役进来，手上持着一张名片说："有客来会赵先生。"

名片上印着两个大字：易平，官衔是军部副官。赵先生还未说清，那副官早已挺着胸脯走了进来，身上穿着呢外套，照例是不脱的，大刺刺的给赵先生点了一点头，便向一张大藤椅上坐下道："你先生，贵姓就是赵！《日日报》的总编辑就是你吗？"

赵先生道："不错的。你先生惠临，想来一定是因为浙江那条新闻来查询敝报的了？我们正要回信哩。"接着，赵先生就委婉曲折把这条新闻的来源说明，并说："敝报登载新闻，素来就很谨慎。凡是稍有可疑的地方总是搁下的居多，就不得已而发表，也必加以按语；我们岂不知道在目前和平运动的时候，是不应该转载这类不实在的新闻，就因为这条既是军部机关报的专电，我们相信必有来历，而且披露在前一日，所以我们才敢大胆转载，却不料果然发生了误会。"

易副官的态度，方比较和平一点道："哦！原来是我们报纸上的专电！可也难怪，虽是我们的机关报，我们倒不常看它。上峰事多，哪里有看报的时候，所以才生了误会。起初上峰很生气，说你们有意捣乱，叫务必彻底查办，我们的副官长因才发了公函，又叫我亲身来问问。我虽是随着上峰东奔西驰的，但我生长本城，早知道你们贵报是不捣乱的，至于别的那些报馆可就难说了。说起来原也叫人生气，比如去年《天顾报》，明晓得我们接近直系，它偏要天天登出一些吴佩孚大败，奉天飞机已到天津的恶消息，难道这些消息不是真的？不过叫别人看见，我们既是接近直系的人，偏偏我们属下的报纸这样不争气，好像我们有心希望吴大帅打败的一样。这几天《中国新报》又在放肆了，天天鼓吹着说萧耀南怎样的和孙传芳联合，奉天内部怎样的不协，明晓得我们正在和张作霖、段合肥携手，却故意造出这些谣言，赵先生，你说像这样不懂事体的报馆该不该封呢？我们的机关不料也这样胡闹起来，等我回去报告，管他那编辑是秘书也好，参事也好，拉到军法处，先捶他几百军棍再说……赵先生，把你们打扰了，我即刻回去报告，这回没有你们的事。不过以后你们仍得谨慎些好！"

赵先生一面答应着，一面又把他们的上峰和他们恭维了一番，并说改日还要请他上馆子，把易副官的倒毛抹顺了，方低声请问这回的事是怎么突然发生的。易副官到底是年轻人，便直爽的说道："我们军部的人同你们并无丝毫恶感，老实说，我们只晓得枪炮，什么报纸不报纸，干我们屁事，恭维我们也好，骂我们也好，谁来管你们的闲事。只是几个在教育界的红秘书，连马弁都不如的人，不知同你们有什么怨恨，常常在上峰跟前毁你们；就如这一回，也是他们把你们的报纸指给上峰看，说你们是敌党，那会儿，若不是参谋长在旁边骂他们是小老婆的嘴时，你们真不免要吃大亏。总之，你们留心着，以后别再惹他们，倒是同我们常常打着交道，于你们有益多了！"

赵先生送客回来，不禁叹道："我看，除非在外国旗子之下，只好闭着口当哑巴的了！"

周先生的头脑简单一点，因就恍然若以为可的说："老实话'我们也学各商轮租一面外国旗子来挂起，就可吐气扬眉了'。"

钱先生道："不行罢？我们这里是省会，不是商埠，不能挂外国旗的。依我说，倒是关门不干的好。"

关门不干是报馆的总收场，在旁人看来，像这样受气办报，岂不深表同情于钱先生的见解？其实他们总是敝帚自珍，谁也不愿当真弄到关门,凡不得已而关门的,不是因本身的经济,就是因外界的压力;内部的人虽在愤慨之际常常发出此种言语,所以但也不过用来从反面鼓励自己的勇气而已。《日日报》依然毫无生气的发行着,直到末了这一天,因为一句极不相干的笑话,又将一位马弁不如的人触怒了,硬说这笑话是对他而发的,影响于他的前程甚大。他遂拿着这张报纸到他上峰跟前,哭说《日日报》的不是,求他的上峰替他作主。他的上峰果然大怒,就叫身边一位秘书开条子给城防司令项必达叫把《日日报》给我封了。

封报馆原本不算一回什么事,不过按照往例,总得加个罪名,以见赏罚之公,可是这位秘书出身于高小毕业,凭着浑身本领,博得他上峰的欢心,赐了他一个专门学校校长,对于公事,历来就主张革命的;因才提笔写道:

"着城防司令项必达即将《日日报》馆封闭,编辑人等逮部重笞,以儆效尤,而重公安。"

于是当天午后三点钟,某街中《日日报》馆的大门上,便交叉着贴了两张城防司令部只用朱笔填过日月而无所谓朱语的封条。编辑室待整理的机会虽不意的到来,但赵先生却拘到城防司令部里静等重笞去了,蛛网尘埃,被剪裁后的废报依然堆积在其间。

《日日报》封了,同城五六家报馆好像简直不晓得有这么一回事,自始至终,没有一个字披露。肠肥脑满的人们只忙着吃,亲爱的读者们虽接到了《日日报》发行部的通知:"本报于某月某日无故被封……"也不过把头摆上两摆,横竖是芜菁之类,不吃也没有大关系。

一九二五年四月脱稿于成都状元街

(原载1925年6月《文学周报》一七九期)

湖中旧画

我与江西的鄱阳湖相别,业经十六七年。在这十几年的长久日月中,虽然走的地方不少,见的事体甚多,但偶一回想起来,湖中的几幅旧画图总尽先展在我的眼前。

我实实在在还很记得清楚我们所乘的那只米船。那船是由江西抚州府临川县城外载白米三千担往湖北武昌去的;我的父亲死在临川县,正要运灵柩回四川成都老家,我父亲的朋友,我叫陈老伯的,便代我们雇定这只船。陈老伯说:"你们盘费短少,既不能由南昌乘小火轮到九江,只好雇一只民船,一直坐到武昌去的好;民船哩,假若雇一只空船,你们的行李不多,载轻,湖里和江里的风浪很大,你们孤儿寡母的不应去犯这种险;我替你们想来,倒是包一只米船的全舱面,现在往武昌去的大米船正多,价钱一定不贵,只是多耽搁一些时日;好在你们运着灵柩,也无须乎急急,多走一两月权当休息。你去和令堂商量商量,看我的话可行得去么?"

陈老伯是广西人,与我父亲同官十多年;又能写,又能画,又能作诗，是个很风雅的人。那时他已六十多岁，故旧之情甚深，他那短命的第二个女儿又曾几乎做过我的未婚妻，所以对于我家的大事，陈老伯的言语，简直就是我们的指南针了。

于是乎，八月十六日，我们便扶同父亲的灵柩在临川县东门外搭上了这只往武昌去的米船。

船价原不算贵，是陈老伯代我们讲定的，由临川到武昌，全包舱面，只烂板洋八十元。可是开船的头一晚，船上又搭了三位河南纸客，并五十包毛边纸。我母亲发气，说船老板欺负人，要送他到临川县衙门去理处。得亏我们的底下人许贵讲人情，说船舱很大，多搭几个人和几十包纸，不过仅占头舱一大半；既于我们无妨，就请太太大量些，老板终究感恩的。说着，又叫老板到内舱门外来磕了一个头道谢，然后这件事才算说好了。

抚河的水很枯，我们一天才走得几十里，还要叫人站在水里来抬船；九月初间，我们这只双桅米船才入了鄱阳湖。

那时湖水大退，到处都露出浅水平敷的泥洲，洲上芦苇丈多高，一眼望去，完全就是漠漠的荒林。芦洲中的港汊，弯环曲折，没有直到一二里之远的；港面也不宽，顶阔处或有三丈多，寻常不过一丈六七上下。

我们入湖时，船家刚吃过午饭。太阳不但不厉害，并且若有若无，只稀稀一点淡白光影从薄云间筛下来。又没有风——风是有的，不大；两幅新白布补旧白布的硬风帆大张在舱前舱后的两道桅樯上，虽是懒洋洋的没甚气力，却也使得动船，能把它左旋右转的在暗蓝色港面上推着走。

船老板站在后梢较高的一段船板上把舵，管理帆索。他是临川县乡下人，原来是当舵工出身，积了几文钱，再经亲友帮助，才买了这只旧船，我们同舱板下的白米算是他当老板后第一次的新载。

船上只有两个船夫，都闲坐在船头上同我乱谈。就中一个癞头，最爱说话。他说若是水路不精的人，一到这里，包他半年也走不出去；他又说湖底浮泥极深，要是失脚落下去，越动越往下沉，一辈子也浮不起来。

　　舱内本来清净，三个纸客都悄悄的约着许贵在打"上大人"，只因那徒弟安生打扫火舱——做饭的火舱，无意的把那头母狗打了一下，它便奔到船头上来汪汪大叫。老板最爱他这头狗的，听见了，便从船舷跳板上跑来把安生打了几拳，安生打哭了，三个纸客都起来拉劝，癞头也骂安生不对，一时之间，全船都闹震了。后来因为我母亲在内舱中假装问什么事这样大闹，许贵借此虚骇了一番，一切方回复了原状。

　　我那时仍静静的坐在前桅之下。十五岁的浑小子，原本说不到欣赏自然，不过每当船随港转之际，远望见几片风帆高出芦叶好几尺，仿佛是贴在天上似的，总觉得好看。港汊中还时时看见许多蟹籅，横划在水面上；起初本不晓得这些竖在水中的竹片做什么用的，船一走过时，刮得船底一片响，后来看见几只大蟹在竹片间爬来爬去，因才直觉的悟出是蓄蟹的东西。

　　我不甚记得真日子了，大约就是入湖这天的午后，薄云已散，很红的夕阳照在淡黄芦苇之上。芦苇渐稀，湖面渐广，风势也渐大了些。似乎我们都吃毕了晚饭，头舱的席篷也全推开了，不甚关心湖景、专门打牌睡觉的河南纸客们也都抽着潮烟，坐在跳板上东瞻西眺。

　　忽然一阵桨声从极近的芦荡中传出来。

　　我问："什么船会在荡里走？"

　　癞头抢着说："打鱼船。"又加一句解释说："打鱼船小。"

　　我好奇的问道："他们的鱼零卖么？"

　　癞头说："怎么不！你看我唤他……你少爷要买鱼么？"于是他就很高的唤了一声。

果然有人回应了,桨声越急,不久就由芦荡中摇了三只渔船出来。都远远的向着我们问道:"买得多吗?"我们高声回说:"几十斤罢咧!"这原是一句开玩笑的话,我想:"哪里吃得了许多。"然而三只船便仿佛端阳节划龙船似的,争着向我们摇来;中间一只较小的较快,距我们的船约莫二三丈远处,那两艘方转了舵。

渔船上也有篷,也有桅,两个男子打桨,一个妇人把舵,还有一个年轻女子手执一根桡钩站在后梢上。我平生没有见偌大的渔船,并且不知道鱼放在它船上何处。

我母亲听见我要买鱼,连忙叫女仆万继娘出来嘱咐我少买点,并且问大鱼价多少,小鱼价多少。癞头做个手势,叫众人都别开口,仿佛他就是买鱼的主人一样,问道:"说罢,百钱多少斤?"

渔船头上一个中年男子答道:"百钱五斤。"

我不信会有这样便宜的鱼。在我们成都,鱼价是历来就比猪肉贵二倍的,在南昌也得四十多文钱一斤,抚州更贵。依我的脾气,当然买了就是,还讲什么价?然而癞头却把嘴一撇道:"算了罢,讲不成功,你载到九江去卖好了。"

"你老多少总得还个价钱。"

"那么,两不相亏,百钱十二斤。"

"你老倒会买,也请到九江去买好了。"

渔船业已开走了,我母亲忽叫许贵给他讲百钱九斤,再不然就八斤也好。

渔船上几个人都争着开口说:"百钱七斤,准卖给你。"

癞头连连说太贵太贵。许贵也还在犹豫,我母亲早在窗孔中答应了,说:"使得,使得,不过我要大鱼!"

渔船上的人都欢然掉过船来道:"有大鱼,随你老选择。"

两船系住了,头一个跳过去的就是我,其次是许贵,再次是老板,他提着一柄大秤。

"鱼呢？鱼呢？"

一个年轻人把中舱船板揭开，我们就看见鱼了。原来中舱竟是一片活水池塘，船底据说是铁网做的，可以与湖中的水相通，池里的鱼，泼泼刺刺，不知有多少。那中年人手提一柄鱼叉，站在旁边道："你们看清楚，指那一尾我就叉那尾。"许贵说："把你那顶大的青波鱼叉几尾来称称看。"

我母亲看见那些十来斤重一尾的青波鱼，好生高兴，说："多买点，拿来腌了晒干，带回成都送人情，比什么还贵重。"于是一连就买了二十几尾，她还要买，癞头便劝道："太太，老实说，你今天买的鱼实在太贵。湖里秋鱼，我们吃了几十年，从没有吃到百钱十斤以下的；你太太要买时，前面还多得很哩。"

末后，渔人又提了一尾大鳜鱼出来，足有六七斤重，母亲也买了。我亲自提它过船，因为它太活泼，把我弄来在船板上跌了两交，还几乎送它到水里去。后来被安生在鱼头上敲了一斧，它才哆着口不动了。癞头说这鱼是闰年产的，因它背翅上是十三根刺。

那一夜的大工作就是杀鱼。

大约是九月初十边罢？我们的船寄泊在一片小沙洲前。

这地方除了那片沙洲和洲上几丛芦苇外，四面都是湖水和圆天。同我们并泊的尚有五艘双桅大米船；不但同行，并且所载的白米，也是一个米贩的。

泊船时已在傍晚，癞头说，若明天再得大半天顺风，明晚定可以到大沽塘。大家看见风色很顺，而且云霞满天，都以为一定是可以的，入夜之后，大家俱安安静静的睡了。

到次日的黎明时，我猛然惊醒，看见母亲已坐了起来（她因为右膝有病，不能行走，所以诸事都过于谨慎，每逢上路，从来是穿着衣服睡的），脸色很不好看；船也颠簸异常；并听见篷外风声怒号，和众人的呼声，觉得光景有点不佳。我便问："有什么事吗？"

母亲说："好大的风！……怕不是好事，你快点穿了起来。"

及至我穿好了要到舱外去看看时，母亲偏不答应，为什么呢？她也说不出来。然而我到底出去了，不过也只好在舱门口望一望。

果然好大的风！遍湖都是排山般的大浪，浪头打在沙洲上，激起的水花总够四五尺高。沙洲上的残芦，昨天傍晚看见时，有八九尺高，然而此刻却只能望得见一点儿叶杪，并且浪头一来，它们便随势倾倒，直待浪过了许多久方软软的翻起；第二第三的浪又接连而来，所以它们便老是那样一起一伏，得力它们没有劲健的力量，所以也才能那样的一起一伏。

天上全是乌黑的云堆，被呜呜的暴风驱得团团乱跑。我们的船业已拉到沙洲边，下了两道大锚；沙洲上又打了三条粗桩，安生同癞头正把一条粗缆用力的拉系在桩上。然而船在浪头上还依然偏偏倒倒，舞个不休。在我们这只船的两侧，那四只米船都一样的泊好了，不过两船之间，仍留有六七尺宽的距离，大约恐怕两船过于并拢时，不免有互撞的危险。

此刻，人声依然在狂风中大吼，原来尚有一只米船在昨夜原泊的地方不曾拉过来；正见乱浪之间，一只小小的划子，上面三个船夫，奋着短桨，一上一下，同风浪之势鏖战着，向沙洲边划来；各船上的人都向着他们一声一声的大吼，大约是替他们助威的意思。小划子好容易的逐渐划了近来，划子上的水载了一半，划子上的人浑身都是湿的，刚到沙洲边，三个人便跳出划子，站在水中，从划子上取出一道大铁锚，埋在洲上，齐吼了一声："拉呀！"

于是那只醉人似的大船上也回应过一片声来："拉呀！"跟着就见一条铁链从抛锚处隐隐由浪花中牵起，一直牵到那只船头上，其间七八个人，都直着两臂，登着两脚，挽着铁链，直向怀里拉，拉一把，打一声哨子，这方法果然好，那船果渐渐的向沙洲移来。船头上的人，我至此才看清了，原来我们船上的老板和那一个船夫叫张老二的都在那里。

那风一直刮了五整天。我平生第一次感受的无聊趣味，也在这五天之中。

上下四周的环境，没一时不是那样的：阴云黯淡的天，浪头起伏的湖；沙洲上不能涉脚，惟有在一只船上，从船头走到船尾；他们年龄大的人当然不是第一次感受无聊，所以他们都能忍耐，都能自寻消遣；打"上大人"，推牌九，骂架，唱小曲，或竟长躺在铺上打鼾。独有我，真太无聊，几本《七侠五义传》翻了不知多少次；唯一的希望，就是哪一天才能开船。

后来又在大沽塘扎了几天风。读者诸君假若有坐过江湖中民船的，便知道行船口号，有什么三不走：逆风不走，无风不走，大风不走。大沽塘的几天就因为既是逆风，又是大风。

不过大沽塘有避风的船埠，有镇市，虽然米船载重，不能泊岸，但各船都带有小划子，上下仍极方便；我也勉强弄得来划子，若遇船夫不在，就是安生划，安生不在，就是我自己划；所以七天之中，我丝毫不感烦闷，因为我在岸上的时候居多。

大沽塘的市镇距船埠还有二三里，这是饶州府景德镇瓷器出口的地方之一，市街很热闹。船埠上仅有三四十家茅屋，日用生活的东西都有卖的，其间最令我注意而生兴会的，就只一家卖茶的茅屋。

这茅屋临在船埠上，门前一个高坡，由坡上直趋下来便是我们泊船之所；

茅屋那一面是沙滩，又一面是倾倒垃圾的空地；而茅屋的盖造又极窳窊：粗糙的木柱只有小饭碗大，两面黄土墙，一面泥壁；屋中一道席篷间隔着，靠里一间算是睡觉的卧房，席篷门上挂了一幅印白花的蓝麻布帘，外面一间就是待客吃茶的地方。白木方桌有四张，然而都备极龌龊，泡茶的碗，十只内只好有两只是完整可观的。靠墙是柜台，柜台之外，一个洋铁炉子，炉上一把洋铁壶烧着开水，这就是茶铺的外表内状，老实说来，真没有令我能生兴会的所在；而且地上又凹凸不平，盐炒葵瓜子的壳，涎浓的口痰，布了一地；风向不顺时，还时时闻得见一派恶臭。然而，我每到岸上，必要在这里来夹在粗鲁的船夫们中间喝一会茶，临去时还不免要恋恋然的，这是何故呢？

读者诸君，你们自然是愿意知其故的。那么，就请你们随着我的笔尖向柜台之侧一看！你们不见那里时常都坐有一位年轻姑娘吗？得呀！就是这姑娘。她姓什么，名字叫什么，我通通不知道，依我那时的揣测，相信她是卖茶老太婆的女儿。她那时或者不止十八岁，但我总觉得她嫩得同初熟的荸荠一样；她的模样到底美不美，我此刻记不清了，不过那时，看见她抹着白粉，涂着胭脂，两只眼睛又大又明，一排牙齿又白又整齐，穿着浅蓝洋布衫，栏臂缘一道水波纹的青洋缎边，总觉得好看极了。每一次去喝茶，差不多偷看她的时候最多。何以要偷看她呢？这个我却说不出所以然来，只是要看一个女人，又害怕这女人觉得我在看她，又害怕旁人觉得我在看这女人，其结果必得等这女人和旁人全不注意时，才从眼角上偷着下死劲的看她。

我第一次登岸，就注意了她，就觉得这地方有生趣；后来听见许贵们也说："这小娼妇还长得好！"我立了几次意，打算从许贵口里问问这女子到底是娼不是，第一我没有恁大的胆量，第二就知道她是娼也等于不知道，第三我宁可不知道她是娼，而且许贵们是年龄已大的人，就说道，"这小娼妇还长得好，"似乎并不很注意，他们在这里喝茶的时候顶少顶少。

这几天里，我每到茶铺去时，总要叫万继娘光光的给我打条发辫；心里总想怎么样才能做出一种出众的举动来，好叫这女子留心我，（至于留心以后又如何？说老实话，我那时还未曾想及哩。）我自以为实实在在总比一般粗鲁的船夫们体面得多，纵然年龄才十五岁，身体还小；然而那姑娘却总把我同一般粗鲁的船夫们看作一律，她笑的时候，多半是向着粗鲁的船夫们，她看我，只是随随便便的看一眼，我一个人暗暗的生气极了，恨不得鄱阳湖的水立刻涨起来把这片高岸全淹了，众人都各顾性命，只有我一个人划着小划子来救她，到此刻看你睬不睬我？

到末了的头二天傍晚，我无意的看见老板把他载的白米量了足一担，用箩筐载了，运上岸去。这原是常有的事：老板常把白米量去贱价卖了做赌博本钱，赢了，把银子装在肚兜里，输了，回来把安生打一顿，说他把饭糟蹋了，为什么倾在水里，不都晒干了掺在米中，将来人家量出来短了载时，还要打断他的狗骨头！

但是，到夜里，却听见许贵们悄悄的笑着说："老板此刻正乐呀！……呸！那小娼妇也值得一担白米吗？……前天老艾去关一回门，才花了五百钱，一个整夜，顶多抵上关五回门罢了，哪里就要花许多！……却也不怪他，白米又不是他的，他已经算是公道人，不比那一般老板了！"

我知道老板竟自同年轻好看的姑娘打相好去了。本来一个接待船夫们的暗娼，算得什么正经事，然而我心里却难过了一夜；就是第二天，我也不再上岸去，直到第三天早间风向转了，大家准备拔锚，我上岸买水果，才末后的偷看了一次。她还是那个样儿，依然和吃茶的船夫们有说有笑的，我们这只船上的老板，此刻正从镇上回来，走门前过时，遂进去在她脸上摸一下，笑着说："好乖乖，等着我，回头给你带点湖北的好土产！"她是如何的回答，我不知道，因为我早就奔下那高坡来了。

我们一行几艘船出发时，是九月二十七日早晨。那一天的风虽是很顺，却刮得不小，略小的船都不开，说要等风声小一点再走。

我们的船已拔了锚，偏又出了事；因为那头花狗奔到岸上，任凭你们唤，它总不肯下船来。纸客们主张不要管它，老板不肯，我也不肯；于是老板又带着安生上岸，费了很大的周折，才捉住它的项毛拖了回来。

　　我们船上的风帆大些，老板又长于把舵，所以耽搁了一些时间，但仍把同行的米船，一只一只的赶过。

　　太阳很晶莹的斜照在水波上，每一个浪头掀起，就象钻出了一条金蛇；风帆影子极长的拖在船的左边。我们每从一只同行的米船旁边驰过时，两边的舵工和船夫都要彼此笑骂一场，竞争一番；各船上都在淘米做饭了。

　　我站在舱门口，遥遥望见小沽山，这是我前六年来江西时见过一面的，还认得它。癞头说它是鞋山，却也像得很，它山头一座白塔，确像一只旧式女鞋的提手；不过这鞋样断不是太太小姐们穿的，完全是丫头大姐裹得倒大不小的脚穿的。船从山脚下经过时，还看得见山间的殿宇，一直引到水边的石梯，石梯下面的小船；遍山是树，觉得景致很好看。

　　我们的船算是快了，船头上激起的浪花也翻银滚雪似的，然而总比不过火轮船。一过鞋山，就遇见了好几艘火轮船。从米船上望去，简直就是一座楼山，并且走得箭似的快；它走过了不算，却一定要在屁股后拖起一派波浪，叫我们的米船朝着它磕头。

　　老板们吃过早饭，接着就是我们吃。老板吃了饭，坐在火舱里抽水烟，后梢把舵的，换了癞头。

　　我记得清清楚楚，那天早间我们下饭的是一碗冻红肉，一碗冻鱼；母亲坐在床边，跟前摆一张矮方凳做桌子，对面就是我。我正吃第二碗饭，船头上忽然大响了一声：沙！船身往后一挫，接着又往前一顿，那碗冻红肉便从凳上跳在床上。母亲胆子最小，便放下饭碗说道："怎么！……"我还镇定的说："或者又是搁浅了！"因为前在抚河中时，常有这种事体发生。

但是老板张张慌慌的奔到内舱门外，从许贵床铺上抢了一床棉被出去。

母亲脸色大变道："完了，一定出了事了！"我也不知不觉端着饭碗走了出去，全船的人都默然无言，但是极惊恐的拥挤在前舱，争着要看外面的事。

许贵从舱门口挤了进来说："船破了！船头打破了，棉被已塞不住！"这一下全船都骚动起来，我丢下饭碗，不由的把棉袍脱了掷在别人铺上，单穿着一身薄棉紧身和薄棉裤，同许贵向船头奔去，纸客们只顾收拾他们的零碎东西。

癞头奔来下风帆，但帆页都被风势鼓涨着，落不下来。许贵拿着劈柴刀抢去把帆索割断，帆才落了。老板同张老二各拿一条长篙向船侧一探，深极了，只船头左右有许多暗礁，可以插得下篙，他们便想借篙的力量把船撑出礁石，移向岸边；但他们枉自费气力，那船头却结结实实的夹在礁石中间。

于是老板便号啕大哭起来。我断不料他这个三十多岁，强壮有力的男子，倒哭得比寡妇哭老公还悦耳；我又气又骇，心里想："这就叫打破船了！大约是实在的罢！"

我自然而然的就跑到后梢把系在船尾的那只小划子拉过来。不知怎么样的一阵手脚，竟将我母亲抢上了划子，三个纸客都抱着被盖衣服要接踵奔上去，却被我同许贵拦着，仅上去了一个，张老二也拿着短桨跨上去，那小划子就在波浪里荡漾起来。万继娘忙极了，从后梢往划子上一跳，董的一下却落在水里，骨都都几个小泡，登时就看不见她。划子上和大船上的人都大喊起来，幸得水神不收容万继娘，刚下水不多久，一送，才将她送到小划子旁边的水面上。张老二抓住她的头发把她拽上小划子,她业已将近昏迷了。

小划子偏又是漏的,仅仅一两分钟,早已小半划子的水,划子上的人复又移到大船后梢上。我这时完全麻木了,向左一望,似乎距岸不远,但岸上的大人看去只像小孩子;江里波浪甚大,任凭善泅泳的人,也未必泅得到岸上。右岸更渺渺茫茫只看得见一点树影,这只破舟,到底还能支持到什么时候呵!

大家都失望已极,打不出一点安全的主意。正这时,三四只同行的米船都从后面乘风驰来,大家遂说好了,有救了!待得头一只船走近时,众人都一齐大叫:"救人呀!我们的船打破了!"大家呼救的声中,直挟着一派喜气。然而这喜气登时就消灭干净,你们说为什么?原来那几只同行的船都害怕耽误了路程,都不愿停下来救人,他们船上的人似乎俱嬉皮笑脸的看着我们。

这又怎么办呢?三个纸客都顿着脚向他们大骂,然而只有风听得见,水听得见,我们自家听得见了!老板到底有见识,见别无生路了,遂也鼓起勇气,把张老二、安生等唤到船头,各拿着面盆水桶将涌到舱里的水极力朝外舀,不过这也只能把沉没的时候多延长一点。

幸而今天的风顺,由大沽塘或湖口县放回九江的空船还多,十来分钟之后,就来了十几只小船;那些小船多半是两三人驾驰的。当它们初来近时,我们又欢喜了;我母亲连连念着佛号说:"阿弥陀佛!天无绝人之路,到底也有救星了!"她才待挣扎着要向一只小船上走时,却不料那般人之来原是别有目的。他们一上大船,就揭开舱板,把下面的白米任情任意的朝他小船上运,约莫抢得二三担,又顺手把河南纸客的毛边纸包和我们的箱笼取一些,立刻拉起风帆,我们只有睁着眼赞叹他们的财运亨通。

这样扰攘了好一会,许贵和我才抓住了一只空船,答应他抢米抢纸抢箱笼,但须把我们几个人载到九江,到后还要给他们两块洋钱。他们答应了，然后才把我母亲和万继娘扶下去，母亲叫我进内舱去拿点东西，我四面一望，都是可拿的，然而都拿不了，只自然的抱了两床被盖完事。许贵自愿留下来设法提我父亲的灵柩，我们约在泰安栈取齐，那只小船上的米和纸抢得差不多了，催着要走，我方跳上去，一同离开月多天气相依的旧米船。

小船从大船前头驰过时，尚见安生一个人双脚站在船板水中，有一桶没一桶的将那浑黄色水舀起向船外倒；那头花母狗蹲坐在篷上，好像很不明白船上何以这样的不安宁。再走远一点，安生和狗都看不清楚，只见大船两侧围了二三十艘小船，仿佛一个小甲虫，正在受着群蚁攒食一般。

在路上我们才问清楚这里叫卵石矶，距九江水程二十五里；这里暗礁极多，假若舵工稍为推板一点，没有不出事的，而今而后，才证明了万事皆通的癞头实乃万事不精。

这天的中午，许贵才押着提运灵柩的小船赶到九江来。然而问题就随之而生。

许贵起初招人提运灵柩时，并没有人瞅瞅他，乃至水已侵入中舱，抢无可抢，才有一只抢了六七担米十来包纸的小船答应帮忙；但是他船上六个人，每人须得一块钱的赏费。许贵一口就允诺定付，仍不行，第二个人嫌少；于是一人一句，从六块钱直涨至六十六块钱，许贵也答应了；可是要现钱，许贵说："你们看，我身上那有这么多钱！主人家已先往九江，行李银钱都在他们手边，到了九江，自然会照付的！"说了许久，众人才用刀将船篷劈开，把灵柩提上了小船。据许贵说，灵柩提后，水已涌入内舱，老板、船夫、安生们都乘别的小船走了，河南纸客们走得较早，所未走的只那头花狗。直到他将次走时，泊在对岸的巡江炮船才开过来，趁水打劫的诸小船也才纷纷逃开，让炮船上的人来扫拿残货。

所谓问题，就是那六十六块钱，那里去筹？

泰安栈的老老板忽然义奋起来，来向我的母亲说道："太太，你们身在难中，并且是异乡客人，就有钱，也不犯着给人敲竹杠。这样罢，我来替你们撕落，你们的管家不必出去，只交六块钱给我，我包把这般东西打发走路。"这是何等的好事，我们当然恭请他去出马的了。

"老老板出去不久，就听见外面人声嘈杂，末后只听得老老板大声说：你们可别乱想，我就去请出少爷的名片，送你们到德化县衙门去！先问你们船上的米是怎么来的，然后再问你们乘危勒逼的罪名！何况这是做官人的灵柩，你们敢这样没王法吗？……多一个也没有，这六块钱还是我替你们说情，太太才肯开赏的哩！"

得亏老老板的文章做得好，这头一重的难关居然打过了；至于以后的难关，不在本题之内，从略了罢。

花狗是殉了船了！醃鱼依然回了水府，不过各个身上多载了斤把盐去，这是我们损失以外的大损失！

一九二五年四月脱稿于成都状元街

（原载1925年7月《小说月报》十六卷七号）

对 门

　　石太太的丈夫在前曾奔走过好几省，似乎并未干过较大的事，携眷回到成都，不到三年便死了。这是前二年的事。

　　石先生辛苦一生，遗留给与他老婆的，除了自住的那个小独院——很小，只有五六间房子，以及三十来亩薄田，以及放在亲戚处用一分二厘月息的六百块洋钱而外，便只有一些衣服古董。然而剩下的活口却多：一个十七岁业已成人的大女，一个十六岁也将要成人的二女，一个还在高等小学校读书的十四岁的儿子，叫大娃子，一个满九岁的三女，还有一个五岁已过的儿子，叫老二。产业如彼的菲薄，活口如此的众多，并且都是在分利的时候，所以石太太便往往在闹饥荒。

　　以前闹饥荒的时候，还有石先生的衣服古董变卖了来贴补，到这一年，凡值钱的东西已没有多少，而田上的收入几乎连纳粮上税等等都还不够——近年来的世道不比从前，一年的正经粮税至少要上四次，而非正经的粮税，更月月都有。生活费用又比从前加高了三四倍，月间所入，哪里够敷衍，所以石太太到拮据过甚之际，往往就想到对门那一家,总是气忿忿的向她的小儿女咒骂:"就是你这些小杂种害人!不是你们,老娘也享福去了!"

石太太虽然行年三十有六,虽然随着石先生吃了许多辛苦,受过许多风霜,虽然从身上分泌出了五个孩子,但是你们看见她,总不能说她老了。一点也不,漆黑的头发依然可以梳大髻头,梳时装的什么爱斯头,眼睛还是像清水碗里的两条黑绒花,眼角上并没有起鱼尾,脸颊与牙齿自然还是当年的那样细腻,那样洁白齐整,虽是说比从前瘦些、黄些。至于她的身材本就颀长婀娜,谁说生过孩子的女人,身材就变坏了,以石太太来为例,可见那说话的人不是疯子,一定是中了洋人的毒的!她比不赢别人的或者就是那一双脚大小,然而端正玲珑,走起路来也得力,她自以为顶小的脚比那放得倒大不小的还好看。并且石先生也说过:"小脚走起来实在比大脚窈窕得多!"

她既有如此其佳的本质,而她自己也很明白,要是石先生不死,那自然是另外一个问题,但处今之时与境,她又未尝学问过,你们又安能不体谅她每一想到对门那一家,而就要咒骂她小儿女一顿的行为哩!

本来,对门那位颜太太哪一样比得上她:虽然别人才二十几岁,但她也没有什么老相;虽然别人生得白胖些,但这是人工制造出来的,只要有那么好的境遇,她也未尝不可以胖;此外更不能比了,她的脸上可有那块钱大的疤痕吗,连粉都掩不住的?她的鼻子有那么又平又塌吗?她的嘴唇有那么厚吗?说到身子,那更是绍酒坛子底下长了两只猪脚!然而别人竟做了旅长的太太,还非常得宠哩!

听说颜太太的出身本不高,不但嫁过三次人,并且还当过两年的私窝子;可是旅长把她讨去做三太太还不到两个月,她就悄悄告诉旅长,说那个二太太的确同一个勤务兵不对相,每逢旅长出门之后,那个勤务兵便溜回来,一径到二太太房里,简直不避别人耳目胡闹。

你们想,旅长听了这番话气不气?二太太竟自偷起勤务兵来,这还成什么话！就说二太太不是旅长心爱的，把她舍与了勤务兵也罢，但是外人说起来，旅长的声名岂不糟糕；大概旅长也顾念到这上头，有一天，竟不动声色的叫这二太太收拾齐整，同他往南门外一个什么庙上去逛。到了庙里，二太太是遇神即拜的，刚刚向着一位不认识的泥菩萨磕下头去，旅长便把手枪摸出，向那云鬟高耸，还剪着后刘海的后脑上只一枪，他的心事完毕了。然后，走出庙来，叫把那犯上的勤务兵捆上，气忿忿的只说了一句："你好！"立刻就叫拉到田坝里枪毙了。据那旅长的老妈子向石太太说来，"真惨啦，连二太太的尸也没有收，任凭庙上的道士化了一副薄棺材，随便掩埋就是了！"

从此，那位三太太便独霸为王，因为大太太还在家乡没有来，于是她就自己封赠为大太太；把当私窝时所拜寄的干妈认了亲娘，随时接来走动，尊之为外老太太。外老太太的一个十六岁亲生女，也照例称为姨小姐。在石太太的眼中看来，姨小姐还不如她大女体面，并且身材也萎琐，假使同那又高又大的旅长站在一块，怕还只齐到他的心口；不过很风骚，一到门口，总是同那几个年轻的勤务兵打打狂狂，两只眼睛总是同走盘珠一样的活动，听说不久就要变作旅长的四太太了。

颜太太天天都要出门，甚至晌午出去一趟回来，下午又走，或是夜晚又走。起初只是坐的是三个大班抬的拱竿藤轿，那轿竿真拱，颜太太坐在里头，差不多略矮的屋檐，还不及她高。颜太太直挺挺的靠着藤轿的轿背，两手搭在两边靠手上，左顾右盼的实在威风，何况穿得又好，一天出三次门，就要换三次衣服，戴得也好，挂在胸前的珍珠项圈足有二尺多长，手上的金钢石戒指也有好几只，据她老妈子说，月月还要添新的。颜太太每次出门尤其令石太太心羡不已的，除此之外，还在那几个跟着轿子飞跑，大都十八九岁，又白净，又体面，腰挂手枪的勤务兵的身上哩。太太而带勤务兵，这是何等动人的事，而颜太太的勤务兵又都是特选出来的！听说其中有两个勤务兵，还能睡在床上替颜太太烧鸦片烟,旅长不但不敢干涉,有时回家来,还故意站在院子当中,高声大气的说一阵话,好让那烧烟的勤务兵得有回避的时候。

对于这件事,石太太又嫉妒,又替旅长不平道:"到底是贱货,哪怕外面做得正经,转过眼,狐狸尾巴就露出来了!就是要偷人,也该悄悄的,何况她既拿这事害了二太太,自己就该正经些才对呀!旅长也太懦弱了,这个丑婆娘就把他制服下了,是我来,就不枪毙,也打你个半死,看你还敢在我眼皮下偷不偷人!"

是时,督理先生是讲究英雄的,不但自己讲究,并连他的几个太太也英雄起来。犹之贾宝玉先生所咏的"桓王好武兼好色,遂教美女习骑射"一样,各位太太美虽不美,骑却是能骑的,射哩,现在不用了,所以督理先生有时骑马出游,几位太太也都骑骋以从。不但太太们能骑,就连丫头也从没有"上得马时才欲走,几回抛鞋抱鞍桥"的怯态。一时流风所被,军官们的太太先就受了影响,所以颜太太便也养了一匹肥马,一天几趟,叫马夫牵到街上,由两个清俊的勤务兵把她扶上去,左右拥着大腿,从这头街口,到那头街口的习骑。起初自然骑不来,嗣后习了半个多月,颜太太就胆敢于独自骑着马走七八条街了。妇人骑马,在成都实在算是创见,而且她们的骑法,又并不像西洋女人只斜坐在鞍子上的那样,她们硬是不客气的分开两条腿在骑,岂特一般讲风化的老先生们要议论为非法诲淫之举,就在石太太的眼里也颇颇不以为然,说是太不好看;但这是督理先生兴的,而实行的又是一般军官太太,老先生们敢出来哼一声吗?还不是同石太太一样,见了颜太太的老妈子还得称赞一番,说骑马果然比坐轿威风、好看,只是关了大门之后,悄悄的叽喳几句,使自己听得见就是了!

其后,成都的市政因督理先生叫办,委了个有力量的旅长当市政督办,又委了个自己说是在美国市政大学毕业的留学生当会办,于是就风行雷厉的办起来。其间最著成绩的便是所谓马路——国制三合泥刷平的马路。颜旅长公馆所在的这街，在几个月后，也修成了；刚成未成之时，有一个常在旅部走动的商人，便体贴旅长的意思，送了旅长两辆新从上海运到的家用胶皮车。

这一来，颜太太出门御用的东西又多了一种：一会儿轿，一会儿马，一会儿车，比起来，坐车的时候似乎要多些。

颜太太坐轿骑马，都是在公馆里骑坐好了才出来，车，因为有几道门槛的原故，便只好先把空车抬出，到街心才坐，颜太太好像也喜欢这样办，或者因为一般寻常没有见过世面的百姓，每每当空车子抬出时，总要簸箕圈似的绕着呆看，而她能在众人极注意的眼光之下，带着勤务兵出来，跳上车去，高叱一声"走！"车夫便拉着车把，冲风奔去，使看的人都不胜其羡慕之情，足以增高她的荣华的原故。然而在石太太看来，却觉得颜太太只是特为显来给她一个人称羡似的，她说："你看她上车时，总要把我们看几眼……好稀奇！东洋车都没有看过吗？人家连马车还坐过哩！"这样，似乎石太太心里是不甚看得起颜太太的了，然而不然，石太太几几乎没有一次同人谈话时，一下谈到颜太太，她总要这样说的："虽说人家出身不高，嫁给旅长是小老婆，可是人家也真享了一些福，死了也值得。"

石太太羡慕颜太太到十二万分，恨不得自己也去嫁给一个旅长，凭着自己的本质，包管比颜太太还高贵些，这是不消说了：纵说要替石先生守节抚孤，那么，外老太太不是也够光荣了，颜太太的妈，就是一个好榜样！

颜太太的妈，是成都颇颇有点小声名的私娼，少年时候，很颠倒过好些人，那时名字叫罗蝴蝶；现在已是四十开外的妇人，因为三十以后便发了体，她的绰号遂也由罗蝴蝶变为罗胖婆。自她易名之时起，自己便不大应酬客人了，只替人当牵头，把自己的房子做成合欢之所。据说在六七年前，颜旅长还在当差遣的时候，因为身体的关系，曾做过罗胖婆三四年的外宠；那时罗胖婆本不晓得他是英雄，所以赏识他的原故，绝说不上什么风尘巨眼，无非因为他是北边人，又正当年轻力壮之时，所以看待他，的确比别的面首不同。

到上年，他忽然做了旅长以后，罗胖婆自己觉得岁数实在大了点，虽然还白嫩如昔，兴会也还好，到底不好去配他；但又怕他势迁情移，把将来的好处，送与别人去享受，因而才同她干女商量，自己愿升上去做外太太。这个办法，她干女同颜旅长自然很高兴赞同，不过颜旅长得陇望蜀，便也提了一个条件出来：一年之后，须将罗胖婆的亲女大姑儿拿与他做四太太，这何消说，自然也是恰如人意的要求，若是不同意，除非不是人。因此，外老太太与姨小姐所以在颜旅长公馆中，才有如此的威势：一出一入也是拱竿轿子、人力车——外老太太年老体胖，不能骑马，自是情理中事，姨小姐偏偏也不会骑马，纵然叫几个勤务兵拥护着她，但她总是一到马鞍上就狂叫起来，好几次把一街的人都惹笑了——也有带手枪的勤务兵跟着。并且，有一次成都的军政绅商各界开了一次很大的什么会，男女都有，去赴会的人不知有多少，督理先生演说，几位旅长演说，什么老绅士、新学者演说，督理太太演说之后，颜旅长的太太也公然登台演说了一篇什么"女教与家政"，这不为奇，而最令石太太称怪的，就是颜旅长的外老太太罗胖婆也演说了来。石太太不禁叹息道："亏这胖婆娘的脸皮厚，叫我来，真是没有那胆量。也怪了，那般人偏肯去听她说！"

外老太太既然也有如此的地位与光荣，所以石太太心里便常想："能够当一天这样的外老太太也值得！"可是她丈夫的家声，与各方面的关系，偏如铁索一样把她绊着，不许她向这条路上走，所以她有时牢骚起来，不禁的总是这样说："啥子亲戚朋友，真正你求起他来时，他连正眼也不瞅睬你，可是，与他们无干的事，他们偏又出起嘴来！要不是为着这般人，我早就把女儿们嫁给人家当小老婆去了。……其实当小老婆又有哪点不好，还不是那样又出得面，又气派，又享福的！"

总而言之，要不是下面就要叙述的这件奇灾飞来时，石太太希荣羡富的心情，真有点忍耐不住了。

算起来，石太太羡慕对门颜太太的日子，仅仅达到几个月上，那红得像太阳，好看得像万花筒的颜太太忽然一天就不见了；外老太太、姨小姐，那个伶俐透骨的老妈子，以及那两个上下不离而最得宠的清俊勤务兵们都不见了。岂但人不见，并且若干的华美家具也都运走了。石太太心想："这必是颜旅外长另外佃了公馆，不在这里住了。"可是，又明明白白看见搬了许多新东西进去，而颜旅长依然在这公馆中出入。石太太诧异已极，用了许多方法，然后才从对门那个看门人口中辗转探听清楚。原来颜旅长的家乡太太早已来到成都，因为三太太不许大太太来同住，颜旅长只好另自佃了所公馆，把大太太同三个儿子安顿下来。却因三太太平日恃宠而骄，凡旅部中的下级军官以及旅长身边所用的一般差遣、勤务兵等，若其因事来到公馆，必得先给三太太请安，若其不然，当面就要领受一顿臭训的。部中有些想升迁，想得好差事的人，因就特意的来巴结三太太，的确靠得住，于是在旅部中早就分了两派，而三太太一派的人遂成了众人的眼中之钉。又逢三太太极想给旅长生个儿子，到正月上九那一天，凡巴结她的一派人遂提议这夜给三太太送个偷来的檐灯去预祝，然而排场很大，费用很多，又不肯多挖腰包，却大锅下面，在旅部中派了一个均匀，早令众人大不愿意了；偏偏最近旅部中出了一个排长的缺额，许多差遣都在希望，然而获得的正又是为三太太所最宠爱的那个入伍不到一年，毫无功劳的勤务兵，这更把众人的不平激了起来。恰好大太太来了，这般非三太太党的人，便蜂涌而去附在这边。这中间的文章，更何消说，无如大太太是老实人，年纪也有了，绝非三太太的对手，自己气愤得很，于是商量之下，遂由大太太出名替旅长讨了一个年轻体面的四太太，顺便也带来一个候补五太太的小姨妹，比罗家那个更活泼有趣。不上半个月，旅长的心思早已改了方向，然后三太太的劣迹才显著出来。据说就在这一天，旅长刚在大太太公馆的四太太房里起身之时，忽然一个勤务兵进来说，三太太得了急病，危险得很，请旅长即刻就过那边去；四太太毫不阻拦，大太太也催他快走，马匹早已配好系在门前。但颜旅长刚进三太太公馆的院子，那个伶俐老妈子早在院子里慌慌张张高喊一声"旅长回来了！"接连就说："太太还没有起来哩！……"旅长已经诧异，及至走进房去，看见三太太正坐在床上穿汗衣——钢丝床，没有挂蚊帐的——而衣架上却挂了一件崭新的哔叽军服，绝不是自己的，再一看肩章，是排长阶级。旅长岂有不了然的道理？

所以登时就变了脸色喊一声："把手枪拿来！"但是勤务兵的手枪虽然送得快，而三太太的举动来得更其敏捷，早已扑到旅长怀中，把他的两只手都给他抱住。……

其下是如何的交涉，却因传言不详，看门的人只说："手枪没有放成，三太太的头发齐根的剪了下来——大约是自剪的，旅长答应每月给她八十块钱，叫她当天就要搬往哪条街新佃的房子里去住；有些家具许她搬去，有些应该留着等大太太、四太太来使用。……"

哈！对门的这番变化，真无异督理先生一战而败，变为下野的总司令一样的大！这变化在身受的颜太太那面，不知有些什么感觉，即是在旁观的石太太这面，却觉得在心上损失了一件什么东西似的；事隔数日，她到底叹了一声："总还值得！"

是时，四川情形大变，颜旅长早已带队出发，听说一连几个败仗，正不晓得是生是死。成都也正在赶办着旧的去，新的来的老把戏。城里乱得很，做生意的都关着铺门看热闹，而诸种热闹之中，再无过于比石太太对门的新戏更热闹的了。

这一天，不过才吃了早饭的时候，天气暴热得很，火一样的太阳笔直射在三合泥刷平的马路上，又没有一点树荫篾棚来遮蔽，简直就像烈火地狱一般。石太太的院子门也人云亦云的掩了半边，还留着半边，以便她一家人坐在那里看街。忽然的，眼睛一亮，她诧异的向她大女儿道："你看，那不是罗胖婆、颜三太太同她的小姨妹吗，她们来做啥子的？"其实还不只她们三个人，还有那个伶俐透骨的老妈子，还有两个面生的年轻勤务兵，还有一个穿青绸长衫戴草帽的男子，约有三十几岁，也是以前不曾看见过的。一群七个人，都从街口上走来，毫无犹豫的就向对门公馆中进去了。

　　石太太母女莫名其妙，还正在猜度之际，早见留守公馆的颜旅长的大儿子——才十四岁——哭哭啼啼从里面奔出，口里一面骂："你抢我们！你打我！咱们瞧着罢……"遂飞一般的跑了，接着就见那个穿青绸长衫的出来，在一家木匠铺里叫了几个背东西的苦力进去，据他向围在公馆看热闹的闲人们说，颜旅长的确打死了，城里的兵都已开完，别人的队伍业经开到东门，颜家已经家败人亡，他的三太太来搬家具的。然而这番话并不很确。何以见得呢？因为两个背子，一根挑子，才把许多粗笨家具运出来，由一个勤务兵押着，不过才走得十来丈远处，就见那头街口上飞跑过来二十几个全武装的兵，声势汹汹的一径奔入颜旅长的公馆而去。颜大少爷也带了几个穿便衣的大汉，手里拿着马棒跟踪奔来，首先就把背子、挑子挡住，将那押东西的勤务兵抓来用麻绳将两只手反剪在背上，因为那勤务兵的口很硬，便被大少爷一路马棒打着，连同背子、挑子依然押进公馆里去了。街上看热闹的人真多，都说："原来颜旅长留守部的兵还没有走完啦……三太太也过于贪心了，这些破滥家伙拿来做什么！这次怕不免要吃点小亏了。……"

　　小亏么！我们看罢。

　　那时颜公馆里人声闹震了，最初只见那个穿青绸长衫的，草帽已不在头上，满脸的鲜血，从里面飞跑出来，后面两个兵挺着上了刺刀的步枪也追跑出来，口里吆喝着道："还想逃脱吗！"一直追过街口，后来听说那穿青绸长衫的终于被刺刀戳死在别条街上。

接着，罗胖婆一群人都被兵队押出来。罗胖婆左腮上被戳了一刺刀，那伶俐透骨的老妈子右膀上染遍了血，小姨妹的右边颈项上也通红的；其中以三太太的伤受得最重：后脑上一伤，血把剪短的头发粘成了一片，肩脖上一伤，那血染在白沙衫子上格外的明显，大约有品碗大一圈；因为她走路很吃力的，有人说她下部也带了一伤，但她穿的是青裙子，却不清楚，一到大门口，兵队便站成了两行，都在说："就在这里枪毙了罢！"似乎三太太还在说什么，因为人声嘈杂，只听见她干妈带哭的声音大喊："我的儿，你还要说呀！快跪倒，给各位求求恩罢！"

石太太从站在她门前的人隙中，果见三太太顶着太阳，跪在热得可以烫脚的街心上，一面作揖，一面磕头说："我错了，我错了！"

假如你们只记得二十天以前的颜三太太，此时你们断不会认得这个跪在她以前上马，乘车那地方的妇人原来就是她。因为，第一，她的头发剪去，梳得同男子们一般，这已变了个大样儿；其次头上，项上，手指上，手腕上又没有一点装饰，而衣裳也大不相同；再次，便是脸上不但没有脂粉，并且此时更青黄不定；而最大的差别，尤其是以前的那种得意万分的态度，而此时却是哀语求命的可怜样子。然而，只听见那带兵的排长说："不行，不行，非就地正法不可！"于是一个兵便扳开机柄，把子弹装进枪膛去。

石太太到底受不住这种激刺，便连忙把门关了，同她的儿女们躲到顶后面厨房里，大家用手把耳朵掩住。好半天，并未听见枪声，把手取开，外面业已静悄悄了。

后来，石太太才从左右邻居的口中听说，颜三太太到底被兵队押着走了，还有那两个勤务兵也押在一路；罗胖婆、小姨妹，以及那个老妈子，没人注意，大概是偷着回去了。至于颜三太太确实下落，那便成了问题,有人说那排长就是从前被枪毙的那位二太太的堂兄弟,那天替他妹妹报仇,把三太太押出城用乱刀戳死了;又有人说她并没有被杀死,是用了一千块钱赎出,回家去后因伤重而死的;又有人说她伤是医好了,因为颜旅长不但不替她报仇雪恨,反把大太太、四太太、大少爷等接到重庆,将侮辱她的排长升了连长,并且还写了一封信来骂她,她气不过便一索子吊死了。事情到底是如何的,石太太至今还没有打听清楚,只好成为疑案。

不过到现在,石太太咒骂起她的小儿女们来,口吻已经不像从前,有人说她心里那一点"值得"的念头,似乎是改了样儿了。

一九二六年三月二十八日脱稿于成都状元街

(原载1926年8月《东方杂志》二十三卷十五号)

梦　痕
——辛亥忆旧中的几缕

一、吃茶时提起了以往

我说："今年真怪！听老年人说起来，也说成都四十几年来，没有像今年这样冷过，照规矩，在赶青羊宫的时节，是应该穿湖绉夹衫，拿折扇的了。今年还要穿狐皮，还要向火，像今天这样晴和，能坐在这里吃茶，眼中稍为有点春意的天气，差不多半个月以来所没有的！"

朋友甲悠然把池塘边一株尚未含苞的双瓣桃花树瞅着道："今年果然不同！往年这时，桃花不已大放了吗？"

朋友乙新从暖和的重庆而来，把肩头耸着道："今年重庆也落了雪，并且前后三天，你说啦！"

朋友甲慨然道："天时到底也有大变动的，与人事一样。老哥，你可记得辛亥年才有这少城公园时，是啥光景？如今二十五年，变得还有点痕迹吗？……"

我笑说："你提起了辛亥年的事，恰好我正打算把那年的变动写一个大概出来，只是材料太不够。光凭记忆，不要又弄成郭大头的《反正前后》，那才糟糕哩！"

朋友甲道："你说到《反正前后》，我好像看过一眼这本书。郭大头把二十年后的思想行动，生生的装在那时人的脑里身上，说不定也就是他的价值所在。只是我们不懂，不懂的就不谈了。我只问你，要写的已着了手不曾？"

"写是写了一点。……"

朋友乙端起热茶来喝了一口道："这藤包里是啥子？"

"就是不成片断的稿子。"

两个朋友都精神了，一齐问我："写得有同志会吗？"

"那是骨干，现在正写到同志会成立的那一天。"

朋友甲呵呵笑道："那天，我是参加过来的，拿跟我看看。"

朋友乙道："我还记得辛亥年城外草堂寺侧，尚有个公园，就是那年被同志军打毁的。……"

"我也正写到这个上。"

三个人都不禁被语言的钩子将一些残梦钩了出来，很是怅惘，虽然从身边走过了好些精力弥满的、正做着新生活运动的青年男女，却都没有把我们三个中年人从旧的梦境中勾引出来。

两个朋友更其要看我的稿子，只管被我拒绝说是不成片断。

"……只当是杂碎罢！"

杂碎待客，这倒是近年喊着国货筵席上顶作兴的。我也吃过，味道并不佳，作法也欠。只是朋友既点着了这样菜，只好厚着脸皮端出来，姑且说了句遮羞的不负责任的话道："拿去吃罢！要是吃翻了胃，可不要怪我！"

二、一个由川边丢了差事，回到成都的管带

这一天，照太阴历算来，是辛亥年——即清宣统三年；中华民国建

元前一年——五月二十二日。

这一天，在四川人民经过的历史上算，是顶可注意的一天。尤其是在自张敬轩讳献忠的残破之后，清康熙初年重修，清乾隆四十八年福康安奏请发币银六十万两彻底重修以来。从东门至西门直径足长九里三分，从南门至北门直径足长七里七分的成都，更是空前未有的一桩掀天动地的大事。

这一天是成都各法团的精英，在三倒拐街铁路总公司内联合成立保路同志会的极可纪念的日子。

这一天，是四川人在满清统治下二百余年以来，第一次的民众——不是，第一次有知识的绅士们反抗政府的大集合。

这一天黄澜生家里的早饭也较往日迟一点，但是，请你放心，这与保路同志会无干，因为来了个奇怪朋友的原故。

此人来得很早，看门的老头子是认得他的，虽然看见他身上只穿了一件洗白了的蓝洋布长衫，下面一双快要没有底的青缎鞋，额上的短发，大约有七八分长了，也没有剃，显得连脸似乎都未曾洗过的，却也相当有礼貌，而又亲热的将他先引到敞厅中坐下，才说："老爷还没有起来哩！吴老爷，请你宽坐一下，我即刻叫菊花禀上去。……吴老爷，我想你是前年走的罢？……吴老爷你更发福了！"

吴老爷很是谦逊，一直站着没有坐，一直是和颜悦色的，不过，说话的声音大一点，把睡在厢房里的楚子材搅醒了——因为是星期日——走出房来看见一个满脸黄汗，身体很结实，年约二十八九的汉子。

吴老爷先就自己介绍道："兄弟贱姓吴，草字凤梧……凤凰的凤，梧桐的梧……和黄澜翁是十年交好，以前在川边赵大人那里带兵，昨天才回来，特来拜访他的。……老哥尊姓楚，尊章是那两个字，……雅致得很！……现在呢？……那就好极了！现在看来，还是老哥们能够读文学堂的高雅些。如今世道只管说文武平等了，不像以前文官开个嘴，武官跑断腿,其实,文的还是要高一头。就拿川边来说罢,当个管带,统领四哨人,一见了师爷就比矮了,还不要说大人身边的文官,说起来,兄弟还是学堂出身的哩!不过,是速成学堂,武的,那就不能与老哥的文学堂相比了!……"

楚子材和学堂以外的人碰头,除了几个同乡的,本不很多,而能像吴老爷这样谦恭和蔼,你哥子,我兄弟的称呼着的,那就更少了,登时心上就发生了一种新奇之感,拿新名词说出来,大概就是什么"同情"罢?既然感觉得吴凤梧这个人真一点不讨厌,够得上做个朋友,遂等不得漱口,赶快把强盗牌纸烟拿出,连同洋火送了过去。

黄澜生的儿子振邦,同着他妹子婉姑,不知为什么,一路笑着闹着撵到敞厅。一下看见吴凤梧,都站住了。振邦很规矩的给吴凤梧请了个安。

吴凤梧赶快站起来还了个安,笑道:"不敢当呀!少爷小姐都好吗?你们都长了一头了,还认得我老吴!可怜老吴运气不好,此番又是空手走回来,没跟你们带一点玩意儿,真对不住!……"又把纸烟加劲嘘了三四口,把其余的半只放在茶几上,并张着两腿,蹲了下去,把婉姑揽过去,握着她两臂问道:"婉小姐长得更好了!你妈妈好吗!现在读书了罢?……如今的小姐们,都是要读书的了!"

黄振邦到底是儿子,年纪大点,比较胆大活泼些,在旁边又笑又跳的道:

"妈妈在教她读唐诗哩,读了两年,连头一本还没有读完,爹爹说,不要她读了,明年叫她捡狗屎去!……"

婉姑在吴凤梧手上连连扭着道:"他乱说的!……你乱说,我前天就把头本读完了的哩!……爹爹说的是你,儿娃子才去捡狗屎。妈妈说,明天起,就教我写字,邦娃子爱逃学,二天拿去当警察兵!"

"哼!当警察兵!我当警察兵,就拿你去当监视户!"

楚子材、吴凤梧都一齐笑着叱他道："振邦不许胡说！这是说不得的，你爹爹妈妈听见，要打你哩。"

黄澜生恰好走来，问道："邦娃子又在这里胡说些啥子？"

吴凤梧忙站起来，彼此一揖到地，一面道："小娃娃的嘴本是没高没低的，倒也没有说啥子。"

婉姑却已扑过去，抱着她爹爹的膝头道："哥哥说，拿我去当……"

黄振邦笑嘻嘻的回头就朝里面跑了。

楚子材便挽着婉姑的手道："来！我还有一张洋画哩！"一直把她挽进了书房。

罗升正好把泡好的茶送出来，黄澜生便道："去跟老张说，早饭添两样菜，就摆在这里来好了！……凤梧，来得这么早，一定还没吃早饭。……我简直不晓得你回来了，是几时到省的？"

"不要费事，"吴凤梧嘘着那半支纸烟道："你我老朋友，家常便饭就好。……我是昨天才到。真说不得，运气坏透了！……这回丢了差事不说，几乎连命都丢了！……真可以说是逃出昭关的。……仗恃老朋友的交情，才敢空手来见你。……以后还有话同你商量，这武行道真干不得！……"

黄澜生捧着水烟袋很留心的把吴凤梧看着道："大概你的行李都损失了？"

"何消说哩！撤差的消息一到，我晓得屠户的脾气，说不定有利害的把戏跟着就要来哩——他是有这个脾气的。我赶不及收拾行李，在一个同事伍管带那里，借了三元钱，连夜连晚就跑了出来。不瞒你老朋友说，一过雅州，钱已使干净了，从百丈驿到邛州的一站，连半碗饭都没吃。幸得在邛州遇见一个同学，告靠了一元钱，才奔回来的。"

"到底为了啥子事，弄到这样凶法？"

"事情本不要紧，粮子上看来，当得狗屁不疼。因是我部下一个兵，赌得输慌了，在外面乱想方子，向一个姓王的茶商估借了几两银子。据那犯兵说，还是凭中写了纸，许了期的。但那王茶商却不是他妈个好东西，竟偷偷的递了个密呈，不但把犯兵告了，竟说我知情故纵！……老朋友，这才活天冤枉哩！那犯兵干这事时，我连一点风声都不晓得！……老朋友你不清楚边上的情形，若遇见了蛮家，你不用顾忌，奸淫占霸，样样都干得，就是不高兴，随意杀块把人，顶多不过打几十军棍，插一回耳箭。汉商你却动不得，哪怕就敲诈一碗糌粑，也算犯了杀头大罪！平时，我于这上头就很在意，屡屡告诫哨官们：小心啦！小心啦！把弟兄伙好生招呼着！就对蛮家，也不要太武辣了。眼见大帅调署总督部堂，我们跟着大帅效了几年的力，吃了不少的辛苦，趁这时候，挣个好声名，看我们还落得一点好处不？我倒这样在想，不料事情偏偏出在我的部下，日他蛮娘！那犯兵才是在关外搞久了，把脾气搞惯了，补到我部下来又不久！老朋友你看这不是运气吗？……这是十八的事，吃午饭时，一支令箭把我扎了去，风声很不好。幸而是傅师爷问的案，同王茶商对质之下，又把犯兵细审了一番，才问明白我没有罪，只把犯兵立刻正了法，说我驭下不严，有损军誉，当夜就把我差事撤去，札子也追了，凭照也追了，叫我静候处分。……若果只是傅师爷在办理，我倒不怕，拼着记过罢了。屠户干这件事情，他是晓得的，他那脾气，……我的妈！倒是逃跑了另自改过到，这个吃饭家伙，或者还牢实一点！"

黄澜生静静的等他说完，一直抽到第九袋水烟上，才道："也好！你在川边辛苦了两年，既着了这冤枉，把差事搞掉，说不定还是你的运气，现在，就借此休息一下不好吗？"

吴凤梧蹙眉愁眼得几乎要哭了道："黄哥，黄老爷！你是便家，收租吃饭的，作官不作官倒不在乎，我们当穷光蛋的，可不能这样说！挣一天，吃一天。……你我十年的老朋友，难道不晓得我的情形，咋个同我打起官话来了！"说到末一句，大有泪随声下的光景。

罗升拿着碗筷出来，调放桌子。

黄澜生笑道："凤梧，你把我的话听差了。我的意思，只是打算说事情是急不来的，你也才回来，稍缓一下，多找几个朋友商量，总有办法的。你的事情，我岂有不晓得？又这样的回来，自然很窘。这样罢，我先借二十元钱跟你，总可以敷衍月把天气了罢？……"

"二十元钱！"这好比救生船了，而且是头号救生船！目前已是热天，不必添补衣服，省俭点用，岂只月把天气，就两个月也够了。

虽然罗升还在那里，楚子材同婉姑也出来了，吴凤梧却感激得忘了形，跳起来，冲着黄澜生便一揖到地，又顺便请了一个安，站起来又把右手举到耳朵边，行了个军礼，一面眉开眼笑的说道："老朋友当中，只有你最是行侠仗义的，所以今早先来找你。也就晓得……是，是，是，感激的空话，我不说了，且等将来有了出息，定然加一万倍的报答！"

黄澜生也觉得高了兴，便叫罗升去给太太说，烫一壶绍酒出来，一面解释道："姑且作为洗尘，改日约几个朋友，再认真接风好了。"

三、一个中学生向管带讲解铁路国有，以及他们参加四川保路同志会成立典礼

楚子材与吴凤梧说得很是投机。他本是一个不通人情世故的中学生，平日在年长者，以及在略有地位者的跟前，全无说话资格的，而今日竟有个年纪比他大，又做过官的人——只管是武官，但在乡下人眼中看来，到底与平民不同呀——居然不拿一点身份，同他攀谈；并且还很谦和，他每一句话，都表示着十分的同情，十分的注意，无形之中，已把他抬得高高的了。虽然还是一个正在读书的中学生，所学的未必就有真知灼见，而对于世事未必便弄得清楚，但是据姓吴的说起来，似乎十分之十都是对的。这种情形，就是平日和自己极说得来的黄表叔也未尝有此，然则黄表叔不过是关心的亲戚，姓吴的方算是一见如故的知己了。

因此之故，在吃了早饭后，黄澜生各自坐轿上局去了，叫楚子材代为奉陪时，他遂向吴凤梧提说，要约他到商业场宜春去喝茶。

有了白花花重沉沉二十枚龙洋放在肚兜里，两个月衣食无愁，既然与成都别了两年，又何必不去逛逛呢？况楚君情致殷殷，就不是老黄的亲戚，自己正在困厄时候，安能随随便便的拂人盛意？并且酒醉饭饱之后，得此消遣消遣也是好的。于是就欣然应诺。

宜春老是那样的热闹！雪白干净的洗脸帕，精白铜抽福建烟丝的水烟袋，一个铜元一碟的五香瓜子，老是来得那样的殷勤！蛮山瘴水的川边，安能有此？

楚子材要让他到中间特别座去，他不肯，说："那太贵了！两个人打伙吃一壶，也要一角钱。并且不能不吃点洋点心，我们才吃了饭的。官场里的人在那里吃茶的也多，碰见了不好。"两个人遂走入右手边的普通座中，角落里正有一张空桌子。

高大而伶俐的堂倌，不等招呼早已高举铜壶，沏上了两碗茶。吴凤梧拿着一枚龙洋，要抢着给茶钱时，楚子材已摸了四枚铜元，放在堂倌手里。堂倌便高叫一声："茶钱给了，道谢啦！"这就表明不必再给，让你们慷慨的人争到打架，也与他无干的了。

吃茶的人都在谈话，都在高声武气的谈话。假如把一个轻言细语的，沉着的，受过中等教育的欧洲人，骤然安置到这种地方来一参听，他一定相信这里是演说练习场，而在这里的人都是在练习演说的。这是四川人，尤其是成都人的天性，叫嚣而光昌，只要两人对语，似乎彼此都在以声子相待，大约除了谈自己的阴私外，绝不会故意把调子放低的。况乎在茶馆酒馆中说话，更是该公开，应该是高嗓子，如其不然，是不能压倒旁桌的语潮，而使你对语的人听得见的。又何况乎现在语潮所荡漾的，正是应该慷慨激昂的题材：四川铁路事件。

幸而宜春茶楼的黑漆桌凳——用黑漆的，式样翻新，高矮合度，大小适中的方桌，配上也是黑漆的，式样翻新的牙牌凳，这是宜春茶楼的创作——安得很稀，不像别的茶铺拥挤到吃茶的人几乎是背抵着背，所以四面涌起的语潮，尚能清清楚楚的传到吴凤梧的耳中。

吴凤梧不胜惊诧起来。什么是铁路收归国有？国有二字，怎么解呢？盛宣怀、端方是两个什么人？为何人人都在提说他们的名字，说他们在卖路？

尤其可怪的是昨天下午要走拢时，在南门城门洞外一家小茶铺里歇脚，便已听见好些人都在说这件事，自己为什么简直不能留心去听？为什么也不问问人？此刻又为什么居然留心起来，自己想了想，真想不出道理。

楚子材正在问他："川边怕也听见这事了吧？"

吴凤梧忙把心神一收道："啥子事？"

"就是四川铁路收归国有的事！"

"我正要请教你哩！说实话，川边真是闭塞得很，同外间硬像隔了一重天的一样。只有边务署常常有电报同外间来往。这件事，边务署里一定有电报，但也只是边务大臣同几个师爷晓得，我们粮子上和百姓是不晓得的。除非这新闻已经闹臭，传到了雅州，再由商号上慢慢传进去，三几个月，我们才晓得。就是在路上，也还没有听见人说，一直到昨天下午在南门外才算听见了。所以许多话我还听不很懂，你们听了这么久，一定是很清楚的了。"

楚子材笑着把头一摇道："这事叫我说起来，倒不大容易。我在学堂里的时候多，又不大看报，自从这事发生，我又不大留心，黄表叔或者晓得详细些，你二天问他罢。"他的强盗牌纸烟又摸了出来，一人呬燃一支。

吴凤梧道："你又谦逊起来了！你们是守在制台脚下的，再说弄不清楚，总比我们耳目清明得多！你只管说，说得不很清楚，也不要紧。我先问你，啥子叫收归国有？"

楚子材嘘着纸烟想了一想，道："大概是这样的：朝廷里曾经向外国银行借了一笔大款，现在没有还的，就打了一个主意，要把我们的四川到湖北的铁路——以前原是答应我们商办的。——收回去，说是这条铁路要归国家所有，大家说，打这主意的，是邮传部大臣盛宣怀，同铁路督办端方两个人。……在名义上，只管说是把铁路收回去由国家修，其实就是抵给外国去了。……我们又是出过多少修铁路的钱，已经动工在修了，大家自然要反对，不答应朝廷收回去。……黄表叔说，王护院也是和我们一鼻孔出气的，我们说的话，递的呈文，都由他打电奏了上去。我们这里，算是官民一致，朝廷再横，总不好过于违反民气的。"

吴凤梧道："借了外国银行的钱，拿我们的铁路去抵，自然该反对，就是我也不答应的。不过我还不甚懂得，啥子东西叫铁路？几年来常听见人人在说：修铁路，走火车，四川也要修铁路了，我可是至今不明白，铁路是啥样子？难道把路修成铁的？"

说到这上面，楚子材到底要高明些，不但在物理学上讲过蒸汽行船、行车的道理，还从朋友买的杂志上，看见过铁路火车的照片，还看过机器局在花会上陈列过的铁路火车的小模型。既经问着便老实不客气的尽其所知，尽其所不知，向吴凤梧长长讲解了一番。这在吴凤梧，真算是闻所未闻了，虽然还有些地方，未经楚子材说得十分明白，但是不好太贻乡愚之讥，只好装做很懂的样子，顺便又把楚子材恭维了一番，说他见多识广。

楚子材更其兴致勃勃起来。忽然听见别桌上有人在说，今天罗子清罗先生，张表方张先生，颜雍耆颜先生，邓孝可邓先生，王又新王先生,一般绅士和铁路股东们在铁路总公司成立保路同志会,"好热闹呀!内内外外全挤满了的人!"于是遂想着铁路总公司离此并不远,王文炳今天一定在那里的,何不去找他谈谈,他于这中间的详细情形,一定比黄表叔还弄得清楚些,并且去看看保路同志会成立的情形。

他遂向吴凤梧提议往铁路总公司去,吴凤梧自然又是奉陪了。

铁路总公司原是杨侯爷的府第,光绪年间捐给铁路总公司的。因为是侯府,所以大门的派头就很不同,迎门一道砖照壁,一丈三四尺高,三丈来宽,二尺来厚,虽不如三大宪衙门的雄壮,却也很够份的。照壁之内,一片砖砌的广场,过去,才是高高大大明一柱的黑漆大门,两畔是水磨的八字砖墙。

今天果然热闹,满街都是人,广场上的人更拥挤得像在戏场里一般。

吴凤梧虽不高大,因是在军营中生活了几年,身体很结实,两膀很有气力,便挤进人堆,从间隙中先生辟了一条路。楚子材紧跟在他背后,慢慢挤到大门门口,猛的听见里面传出一片哭声——号啕大哭的哭声——是男子的宏大的哭声——是许多人全在哭的哭声。还夹着一片叫嚣谩骂的声气。

吴凤梧把楚子材看着道:"出了啥子乱子了吗?"两个人便站住哭声渐渐低了,叫骂声也平了下去了。

楚子材道:"管他啥子事,既来了,总该进去看看!"

大门内正有一个人站在板凳上,大声的向众人说:"各位请到里面去!……今天成立保路同志会!……愿意加入的请进去写名字!……罗先生正在演说!……你们听,大家都感动得正在哭哩!……要听演说的,请进去啦!……别都挤在外面!……外面听不见的!……"然而挤在门口的人,似是痴呆呆的,也不后退,也不前进。

楚子材、吴凤梧才分开人众,一直挤到二门,在这里站立的人就松动的多了。

再进去，便是一个很大的院子，上面搭着蔑篷，下面安了许多条凳，檐阶前搭了一张高台，台上一张方桌，摆着铜铃茶碗之属。

此刻台上正站着一个满脸哭丧着的大胖子，在大声的叫喊："……可怜四川人的血汗钱这样被人抢去！……我们只有誓死反对！……反对到底！……我们的责任……第一在保全国土！……第二在保全四川！……第三在保全……我……们……的……人格！"

坐在院子蔑篷下的好几百人，连同四面檐阶上站立着的人众——都是刚才号啕过来的——都一齐拍着手掌叫道："赞成！"

吴凤梧不由的照样拍着喊着之后，便掉头问楚子材道："这就是罗子清罗先生吗？"

楚子材点了点头道："是他，我们到咨议局去旁听时，看见过他。他是副议长。……"

罗子清用衣袖把眼睛一揩，又喊了起来："我们不是反对朝廷！……朝廷也被一班奸臣蒙蔽着的！……我们只反对勾结英、法、德、美、日本，只知弄钱不惜出卖广东……湖南……湖北……四川……四省铁路的邮传部大臣……盛宣……怀！"

又是震耳的拍掌，又是震耳的"赞成"。

"所以我们才不得已要发起这个保路同志会。……我们的宗旨……我们四川人是一心一德的要保全我们的铁路！……要反对一班奸臣，尤其是盛宣怀！……等到朝廷俯允了，取消了收归国有的成命，……我们的会也就自行取消！……否则！……我们就反对到底！……誓死不当亡国奴！"

会场里的情绪又涌动了。

罗子清正要下去时，忽然一个人跳上台子说道："愿意加入同志会的，请到那里书名！已经写了的，就不必再写了！"说时，指着台侧一张大方桌。

于是遂有百多人拥了过去。

楚子材也兴奋起来，便也跟着人众，走到方桌跟前。吴凤梧抢了一支笔，在一本白纸簿上刚写完了，楚子材接过笔，忽见那行墨迹未干的，并不是吴凤梧——凤凰的凤，梧桐的梧。——三个字，而是孙凰。

楚子材举眼把吴凤梧一看，吴凤梧向他把眼睛一挤，凑着他耳朵，轻轻说道："胡乱写一个，以后再告诉你。"

演说台上另是一位先生在那里煽动。

四、清末的少城公园的素描，三个中学生的慰劳宴

成都有两个城，据说是有来历的。《名胜记》有言曰：

> 初张仪、张若筑成都，屡坏不能立，忽有大龟出于江，周行旋走，巫言依龟行处筑之，城乃得立，所掘成大池，龟伏其中，故曰龟城。周回十二里，高七丈。秦张仪又于大城之西墉，别筑子城，《蜀都赋》所谓亚以少城，接乎其西也。王右军法帖曰：往在成都，见诸葛亮焉，曾问蜀事，云：成都城屋楼观，皆是秦时司马错所修；令人远想慨然，具示，为广异闻。李石诗序曰：张仪司马错所筑大城，自秦惠王己巳岁，至宋绍兴壬午，一千四百八十七年，虽颓圮，所存如断壁峭立，亦奇观也。范成大诗注曰：少城张仪所筑子城也，土甚坚，横木皆朽，有穿眼，土相著不解。然则，秦城至宋犹存矣。隋，蜀王秀附张仪旧城，增筑西南二隅，通广十里。亦曰少城。唐乾符六年，高骈于子城外增筑，周二十五里，曰罗城。亦曰太元城。后唐天成二年，孟知祥于罗城外增筑，周四十余里，曰羊马城。今城周二十二里，非其故矣。后蜀孟昶僭拟宫苑，城上尽种芙蓉，曰芙蓉城。又曰锦城。

可见大城少城，在前原是两个城，直到宋朝犹然。明朝改筑，便合而为一。当时城池甚大，据故书所载，张献忠初入成都时，城郭周长四十余里，光是水井，有三万多口。其后，他先生实施斩尽杀绝主义后，人是杀完了，城池是踏平了，只剩下蜀王宫——即是他先生的皇宫——三道宫门，同一段宫墙，三道横跨御河的石桥，二个雄踞桥头的石狮子，以及一道长二十余丈高四丈余的王宫照壁。——至今名为红照壁，但照壁已在民国十四年，被四川当政的人，抵押给成都商会，着商会将它拆卖了——中间有十八年，不见人烟，而为虎狼所踞。直至清康熙初，才由官吏捐资，修筑土城，便把城垣缩小到周长二十二里，将以前的十八门，减少到四门。直至满洲八旗兵开来驻防，也在大城偏西划出一大片地方，缭以短垣，专驻满人，大家遂叫这地方为满城。现在大城满城又合而为一了，大概在民国五六年以后的成都人，虽然还知道少城这个名词——民国建元以来，满城之名便废，复称少城——可是已不能指其形式，已不知道现在繁华的东城根街，即是以前满城的城垣。

这里且说一说：

> 满城在成都之西，通大城一角。清康熙五十七年建筑，城垣周四里五分，计八百一十一丈七尺三寸，高一丈三尺；门五：北门通大城守经街，小东门通大城羊市街，大东门通大城西御街，南门通大城君平街，以及大城之西门。各门皆有敌楼三间。每一旗，官街一条，披甲兵丁小胡同三条；八旗官街共八条，兵丁胡同共三十三条。每一步甲占地五十方丈，马甲占地六十方丈。

到底地旷人稀，隙土甚多，树木甚众，房屋甚疏，街道甚阔。又因为驻防满人只准吃粮当兵，以防汉人，不许兼营它业。因此，在弓马之余，生活很是清闲自在，消遣之方，全在栽花饲鸟，植树养鱼。以此，满城之内，不但到处古木参天，花树扶疏，抑且到处鸟声繁碎，积潦成池。也因为口粮有限，生活费用逐年增涨，人哩，又都弄得懒懒的，没一点生产能力，所以十分之九的满人，都很穷，到处都显出土垣半圮，矮屋欹斜，没有余力培修。

在大城人烟稠密处住久了的人，往往一进满城，就觉得到了另一世界，是那么的静寂！是那么的荒凉！偶尔遇见几个男子，不是拿住钓竿，就是掌着鸟笼；偶尔遇见几个妇女，都是搽脂抹粉的打扮着，并跂着半截鞋子，吸着长叶子烟竿，又都是那么的逍遥自在！但这绝不是乡野之趣，而是有诗的趣，有画的意。

不过在前满汉之界甚严，你们但从各城门上俱建有敌楼的用意上，就可看得出了，满人是可以到大城来，而汉人却不能随便进去，不是不准，是满人的气焰难受；就是一个小孩，他也有权力可以无原无敌的打你的耳光，唾你的口水，扯你的发辫，叫你做奴才，而且逼你尊称他们的男女为老爷，为太太。更不必说要调戏妇女，要强吃霸赊了。

直到庚子以后，满人一天一天更其不行，穷的越穷，不能振作的越不能振作，气焰也就大不如昔。跟着排满的声浪传来，他们虽然还有所恃，却也不能不略有所恐了，于是稍有资产的子弟，竟有不遵祖训，跑到大城各学堂来读书的了，穷妇女们也有偷偷的溜到大城，给汉人当仆妇，当临时姨太太的了，汉人也有侵进去做叫卖生意的了。后来提倡满汉通婚，想把二百余年来两个民族的仇恨，借男女的性器来调和冲淡，自然是个转机，可是汉人又不肯起来：把女嫁给他，讨厌他那臭架子受不得；娶他们的女，又讨厌她好吃懒做。

宣统年间放来一个将军——专门管理满人的，非满人不能作，官阶与总督同为一品——叫做玉崑的。此人比起一般的满人，要算明白得多。知道驻防满人已经走入末途，再照老规矩办下去，若不改弦更张，则全部满人，就不被汉人排斥杀尽，自己也只有死路一条。因此，一来就提倡招佃汉人到满城内去杂住和做生意，以增进满人的生资，后来又特意把那从大东门进去不远，关帝庙旁，一片广大的野树丛生，杂花满地的隙地，和一片大荷花池，开辟出来，改为公园；马马虎虎修造几所假洋楼，以及一些亭榭，招了几家餐馆、茶铺，出卖门票，每人当十铜元二枚。

这是自有成都以来，破天荒的一个大公园。虽然屋宇修得太不好，毕竟树木还多，地方还大，又有池塘，又有金河，因此，公园一开，生意登时就兴隆起来。玉崑先生便一举两得，既有门票收入的利，又博了个颇为开通的名。

从五月起，天气渐热，少城公园的游人也加多了，荷花池一带，更有佳趣，隔池便是丈多宽的流水的金河。金河边与关帝庙的水榭相对，生生用砖石砌了一只洋船，居然有桅樯，有烟筒。楼头匾额，也居然题了"乘风破浪"四个大字，想来定是玉崑先生得意之作。当时很引起了许多游人的讥笑，说"满巴儿"到底是俗物。却不知他还是临摹那拉氏颐和园的石船哩！

俗物的责任，他真代负得冤枉！

这也是卖茶卖酒的地方。

下午五点过钟，蝉声噪得正厉害。淡淡的太阳，从阵雨后的湿云隙中漏出，照着池里碧绿的荷叶，静观楼周遭苍翠的柏树，从这"乘风破浪"的楼栏边望去，确不是大城里和田野间找得出的。只是相距不远处一排卖茶的水榭，临河撑出的参天的蔑篷，很为碍眼。这种总有缺憾的地方，倒是中国园林的特点，我们姑且置而不论，我们只须拿眼去看那楼栏边，那里不是有一张小桌子，不是有三个年轻人在那桌上小酌吗？你看，他们一面观赏斜阳里的景致，一面举着酒杯，一口一口的抿着，意态萧然，不是很像能与自然接近的三个幽人？

否否，不然！这三个人，并非什么幽人，而是我们已经认识过的楚子材、王文炳、罗鸡公是也。

这日是他们学堂里试验完毕，正式放暑假的头一天。平日各人只管随便听课，用心也好，不用心也好，然而一到年暑假试验，大家都非临时抱佛脚不可。有志气的便不睡觉的温习课本，没志气的，也不睡觉的抄写挟带，名字叫"抄录子"。不过话也难说，罗鸡公是专门"抄录子"的，能于一寸见方的纸上，抄十六个代数公式，两年以来，在同学中，已得了个"矿务大臣"的徽号。然而罗鸡公却抱负甚大，每每谈到天下国家大事，未尝不激昂慷慨，颇有经纶满腹，舍我其谁的样子，如此能说他没志气吗？楚子材怎的平庸小胆，并未打算过自己将来有多大作为，偏是个温习课本的人，希望分数及格，又不敢挟带，自然惟有"三更灯火五更鸡"，把不懂的硬记下来。王文炳则既不温课本，又不抄挟带，他的本事顶大，就是专门写别人的，比如上午试验数学，他先举眼一看，知道姓胡的数学向有心得，一上讲堂，他就坐在姓胡的身边——那时学堂试验，是不编坐次的。——待姓胡的草稿做好，便不客气的拿过来先抄写。以他平日的威望，同学们自不便不受他的驱使，既监堂的监学，与稍差一点的教习们，似乎也未尝想到要得罪他。所以每逢试验，他一直是逍遥自在的，而一直也未考在总平均八十五分以下。不过到底辛苦了，试验完毕，总要捡平日彼此说得拢的，邀约几个，到小酒馆里，结结实实的慰劳一番。

王文炳当下用筷子挟了一块卤鸡，一面吃着，一面问楚子材："你今年还是要回去吗？"

"我很近，通共只有一天的路程，回去转来，都方便，你呢？"

"大概不回去了，明天就搬到会府南街同乡处去。罗鸡公新婚远别，一定不能留在省里的了。"

罗鸡公笑了笑，又把大曲酒呷了一口，悠然望着天上的云花，似乎他的心早已越山渡水，飞回泸州去了。

王文炳笑道："呃！我问你，讨了老婆，到底有啥子味儿？我想，不过睡觉时两个人挤在一堆，有点好处而已。其实是绊脚索，是消磨志气的东西，所以古人才说：匈奴未灭，何以家为？罗鸡公就是一个好例，从今年开学以来，一天到黑，迷迷胡胡。去年的那种豪气，一点都没有了。我劝你，罗鸡公，得看开些，婆娘是到处都有的。……"

楚子材插嘴道："我想鸡母一定生得好看，说不定还是一个美人哩，所以鸡公才念念不忘的。"

王文炳呵呵大笑道："此一说也，姑存之！"

罗鸡公仍微笑道："你们都是些鄙人，女人一定要生得好看，才可爱吗？等你们到有了与女人接近的机会，才晓得女人自有她可爱的地方，自有她使人留恋的地方，好看不好看，那不过是表面上的事！"

王文炳道："好好！我明白了！俗话说的，中看的不中吃，中吃的不中看，大概罗鸡母是中吃的了。这也像朱云石的李小姐一样，在我的眼睛里，真就看不出李小姐的好看地方在哪里，然而我们这位名士却颠之倒之，闹得满城风雨。若不是如罗鸡公一样的见解，就是所谓色重一点了。"

说时把他的折扇递给罗鸡公道："这是上星期请他挥写的。这首诗，就是他去秋草堂情诗十四首之一，正把李小姐迷恋得神魂不定的时候做的。"

楚子材也偏过头去共看那诗：

短束征衣过草堂，马蹄零落乱秋香；

小栏画阁人何处？一树孤花对夕阳。

楚子材呷了一口酒道："听说朱山出省了。那天演说时，激烈得很，硬是把一根指头砍断了，可是真的？"

王文炳笑道："你是从同志会报告上看见的吗？你不晓得，那是邓慕鲁撰稿时，故意跟他渲染的，其实哪里是这样一回事哩！那天是我亲眼看见的，他演说的时候，倒也激烈得很，大概说得高兴了，一拳打下去，刚好就打在面前的茶碗上，碗打破了，手也划破了，果然出了一些血。接着邓慕鲁就登台报告，借题发挥了一长篇，说朱志士不惜断指沥血来反对卖国贼，大家若果都有朱志士的气概，岂止盛宣怀不敢卖国，就是朝廷中一般少不更事的亲贵，也有所顾忌而不敢乱搞了。登时朱云石的志士之名大著，场内场外的人无一个不恭维他。第二天，就由会中派他往川东一带去演讲，并一路去鼓吹成立同志分会、同志友会，拿日子算来，该到重庆了。"

楚子材笑道："如此看来，历史教习刘先生的话真不错！他说，历史根本就不可信，且不说后人与旁边人的记载，有入主出奴的偏见，就是自己记自己的事时，也没有逼真的。我们看朱云石这件事，刘先生的话真不错！"

罗鸡公道："这回事体，想不到一般老酸公然跳得这么有劲。平常说的秀才造反，三年不成，这回却不同了。光看同志会成立那天，罗子清那么一哭，把几百人都引动了，我向来不哭的，都不知不觉流下泪来。那时，只要他喊一声造反，我相信立刻就可以暴动起来的了。"

楚子材道："那天你也会了吗？我咋个没有看见你呢？"

"你在哪一排凳上？我坐在顶前头的。"

"我挤进来时，你们都哭过了，只听见罗先生喊大家一致反对。跟着有人叫写名字，跟着就挤了出来。"

王文炳道："罗子清果然会哭，果然哭得动人，但是据我看来，会哭的先生还多哩！比如王又新先生，他自从二十九那天，同彭兰芬、聂承成几个人担任了讲演部的事情以来，无一次不是开口就哭，闭口也哭，以前啥子人说过，朱太祖的天下是哭得来的，我们清朝的天下，恐怕会着我们四川几个老酸哭丢啦！"

太阳更西下了，湿云散尽，满天碧澄澄的。一阵清风，带过一派荷叶的清香，吹在微醺的发烧的脸上，很是沁脾。酒已差不多了。楚子材拿出纸烟来，与王文炳各咂燃一支，刚回身向栏杆上一靠，忽听见河边一个人在高声的招呼他。

他也打着回声道："啊，吴管带！……在柏树边静观楼上吗？……好！好！我就来！"

罗鸡公道："你的朋友吗？"

"新近才认识的，是舍亲的老朋友，曾经在川边当过管带，才丢了事出来。"

王文炳道："那你就去罢！我们也快走了，只是你吃饱了没有？"

五、清末草堂寺公园的素描，沿路说去，并及笔砚冢的故事；管带讲说赵尔丰杀耍童，乡下人大骂周秃子

六月天气在成都应该大热了，但今年不同，就到了六月半间，犹然可以穿软皮夹衫，即在正午，而洋伞之下，还可以穿两件布衫。因为今年有闰六月，以节候算来，盛暑时当在闰六月下半月，与七月的上半月。

所以在六月十七这天，只管太阳很大的当空照着，而黄澜生居然能毫不怕热的，在局里告了一天假，答应了吴凤梧的邀约，到城外草堂寺侧新建的公园中去游玩了一天——吴凤梧之作此约，一则还他洗尘接风的人情，二则楚子材要回新津去，带着给他饯行，三则有个新都的老亲戚来到成都，借此招待他一下。说是请在家里哩，没人会做菜，老婆是乡下人，就是炒腰花也不大行的；请在馆子里哩，又无趣味，又不免花费大点，所以才约到城外公园，大家散淡散淡，随便吃点东西就是了。

早饭之后，楚子材与黄振邦坐了一乘下乡小轿，他带着婉姑坐着自己的三丁拐轿。一同走出南门——由他的公馆到草堂寺，本应对直出西门,可以少走七八里路。却因历来的习惯,满城里是不大容许你巍轩轩的轿子闯来闯去,而大西门又是除了满人之外,向来不准汉人的棺材出去,汉人的行李进来的。虽然近年已无此禁,却是轿夫们依然守着老规矩,宁可多走七八里,而不取这捷路——过了窄小而全街几乎都是扎鸡毛帚,因而奇臭逼人的柳荫街,来到乡间的大道。

大道很是平坦,是沿着护城河,沿着城墙脚下,一直向西行去。上面是碧蓝的天,天上远处有些白云,下面是油绿的田野,而道旁又点缀了些荒坟乱冢。不到三里,已是城墙的转角,护城河由岷江支流流到此地,也汇成了一个深碧色的深潭。临着潭边建有一所庙宇,占地仅仅几弓,却于神殿方丈之外,还有一座水榭,一间草亭,院子中间的楠树,亭亭如盖,到处打扫得干干净净,居然可以闲眺,可以下棋,这是几十年前一个学台黄云鹄所辟画的。庙宇名叫宝云庵,地方则叫百花潭。经过一道小小石桥,就是有名的双孝祠。这是一个姓马的富商,欲求身后之名,特为他一个害痨病而死的儿,和一个害痨病而死的女,而建造的。祠中花木甚盛,荷舫幽篁里几处池塘亭榭,小楼危阁,布置得颇可观。每逢正月开放,游人很众,就在平常时候,官绅们借以宴客的也不少。祠外横跨大道,还竖了一座石牌坊,刻着孝儿孝女的姓名,和赞美双孝的对联。据一般的传说,单为坊顶上贴金的圣旨两个字,因为刻早了些,不及等到礼部的文到,曾被制台衙门的礼房敲磕了二千多两银子。

石坊之左是放生池。初建筑时,都还看得,有堂有榭,绕池树木森森。

现在既无人培修,又改为了警察派出所,于是能看得的,就只有一首砖门。

石坊之右,是有名的道士庙二仙庵。不过在大路上,尚只能远远的望见庵的围墙,以及墙内的黑压压的丛林,以及庙门外一片秋瓜色的楠木林,而中间还旷出一片几百亩大的菜地。这菜地,就是每年春二月时的花会的会场。

与二仙庵一墙之隔,而在其西的,是有名的道士发源大庙青羊宫。青羊宫的房子虽没有二仙庵的多而衔接,但是占地却长得多,建筑也雄伟些。它的大门就临着大道,八字红墙,大门三楹,旁门二道,石狮一对,石鸾表一对,这气派就超过了许多庙宇,虽然道路上的尘土,给它们穿上了一件灰色外套。

与青羊宫庙门正对的,是一条小街,名曰青羊场北街,街尽头是一座很大很拱的七洞石桥,名曰迎仙桥。过桥向右边一条小路走去,即是往草堂寺去的大道。

来此,又是田畴,又是荒冢,桤木成林,或远或近,若干黄土筑墙,灰瓦盖顶的农家。

由青羊宫来,不过四里,即是草堂寺了。而在半路上还有一个古迹,名字叫做笔砚冢。如今看来,虽然只是一个大土丘,平地堆起,很像一座大坟,但据故老相传,这中间乃有一段令人酸鼻的惨史。

当黄澜生、楚子材已到公园,与吴凤梧同他那位新都亲戚姓廖的会了面——他二人是从迎仙桥乘坐木轮东洋车来的,在公园门口卖票处等候着在——带着振邦婉姑在假山——也不过是一堆尚未生草的黄土小丘——后面,一个茶馆中,痛快的洗脸、喝热茶时,便谈及这个笔砚冢的故事,因为黄澜生熟读过《滟滪囊》、《蜀难纪略》、《欧阳氏遗书》、《蜀碧》等书,所以对于张献忠的逸事,谈得很像亲眼看见的一样。他说:"当张献忠改元登基之后,成都人同川西坝的人都已杀得差不多了,忽然想到当了皇帝总得有一个开科取士的盛典才对,不然就太不合乎称孤道寡的排场了。因就下诏各府厅州县,限定各须解送士人若干来省应试。待要考试时,他忽然想了个杀人妙计,在西门城门口勒着一根绳子,凡应试的士子,由东门进,由西门出,全要走绳子下经过。

高过于绳的杀，矮过于绳的杀，不高不矮，刚刚合式的，张献忠说：别人都长得不合式，偏你这样合式，杀！于是应试的人杀完了，把遗下的笔砚聚为一堆，就成了现今的笔砚冢了。"

吴凤梧道："像我的身材，大概是合式的了。"

黄振邦喝了一碗热茶，正在揩汗，便接嘴道："杀！"还把右手举起，在吴凤梧的项脖上一砍。

黄澜生连忙喝道："太没规矩了！看我捶你！"

吴凤梧笑道："不要紧，他并不是张献忠。……不过，老侄，你这举动，若果拿到我们兵营里去，你却要着打的！吃粮的人，顶忌讳的就是这一下，好在我现在已不吃这碗饭了，倒不要紧。"

黄澜生道："邦娃子这样烦法，又不听话，我真想送你到武学堂去受点拆磨，或者懂得一点规矩。"

"澜哥这话虽是说玩的，其实要学规矩，真正只有在武学堂才行。首先就教你服从，在黑板上写一个牛字，教官说这是马字，那你们要是说了牛字，或者在脸上露出一点不了然的样子，好！你们就准备到禁闭室去吃盐水饭！一定要练到长官们的一句话，比方就是圣旨，要你死，你就得死，那才是顶有资格的军人。"

那姓廖的却打岔了问道："吴老表，我问你，你带了几年兵，可曾杀过人来？"

"杀人分两种，一种是用枪打死，叫枪毙，这只在战阵上看见过，我也用手枪打过夷人。一种是用刀把脑壳砍下，凡是犯了军令，明正典刑的，就砍头。这我却没有干过，看是看得很多。砍头真不是件容易事！专门当刽把手的，都要学，都要练习。我还记得小戴挨刀时，遇着了个新毛子，一连八刀，才把脑壳砍下，看起来真惨！"

吴凤梧把两眼一闭，似乎还看见那惨象：一个身材娇小，生得又好看，又柔媚的小跟班，五花大绑扎出辕门时，青宁绸军衣下面，还露出水红色的里衣。又白又嫩的小脸蛋儿，已惨变得更其白，白得同石灰一样。平日极呼灵的一双水汪汪的眼睛，也呆得同死鱼眼珠一般，大睁着，没一点儿神光。柔丝似的头发，已刷了胶青，在脑顶上挽了个大髻，露出羊脂一样的白项脖。一刀砍下，白嫩可爱的地方，便冒出了一道鲜红的血，刀锋砍在颈骨上，痛得小跟班连声呵呀的呼天唤娘……

黄澜生偏偏问道："小戴？……讲来听听！"

吴凤梧拿白竹布手巾把眼睛揩了揩，似乎把幻景揩去了，又喝了两口茶。

一面挥着广东贩来的芭蕉扇，一面说道："啊！你还不晓得小戴？小戴就是赵屠户身边一个顶得宠的北京小跟班。据说是一个有名的相公。那娃儿长的真不错！在我眼睛里头，还没看过那样好看的子娃娃哩！笑起来迷人得很！大家都晓得他就是屠户的夜壶之一，顶说得起话的。因为打稻城，……"

那姓廖的又插嘴道："稻城？不就是乡城吗？"

黄澜生接着说道："不是的！乡城因为仗火打得凶，成都都曾轰动过，所以很出名。稻城是另外一个地方。"

吴凤梧点头道："着！不错！澜哥留心世事的人，弄得真清楚！……稻城并不大，也没有城，蛮家也少，只有几个喇嘛寺。可是打下来时，却费了不少的事，克实说起来，比打乡城还多死了些人。一则也因仗火打得太久，官兵都打疲了，提不起劲，蛮子却打滑了，会守会攻。打到后来，赵大人没办法了，有一天，忽然下令叫小戴以管带职衔，带了些哨兵去进攻。当时，全营的人，哪个不诧异？哪个不说大人越糊涂了，打仗是何等大事，咋个这样的儿戏！把个子娃娃也提拔起来，带兵掌令，并且一来就是管带，这把我们正正经经的官兵，看成了啥子东西？大家自然不敢明说，却也不约而同，全打算着袖手旁观，看那子娃娃有好大的本领！哈哈！你们万想不到，赵大人的办法真个太妙了，我们从前在武学堂里，除了操典教程外，何尝讲论道这些兵法。赵大人是读过书的人，心思自然细得多，想点方法，哪里是我们武棒棒想得到的。小戴当时自然不懂得，说不定赵大人把他搂在怀里时，还跟他说过一些甜话哩。所以起身时，多得意的，以为大人当真爱他，当真要他立个大功，好归入正途去做官，同湖北的张统制一样。不想从稻城一败下来——也不算败，只是弟兄伙不服气，不甘心受一个子娃娃的统率，还未走到喇嘛寺，一阵空枪，糟蹋一些子弹，便都说喇嘛寺反攻过来了，利害，利害，纷纷的一退，小戴何曾见过仗火，早骇得单人独马，奔了回来，报称打败了——赵大人老实不客气，闻风不动的，只叫绑去砍了！……"

黄澜生把水烟蒂一吹，拿纸捻在空中画了几个圈道："妙极，妙极！赵季帅若不这等心狠手辣一下，稻城如何打得下来？这个计策用得甚好！"

楚子材道："赵尔丰老是这样凶吗？"

黄澜生道："难道你还不晓得他做永宁道时杀人的事吗？所以才有赵屠户之称。凤梧，我们私下说的话，我想，赵季帅将来来省之后，铁路事情恐怕要生大变化哩！首先，他是汉军旗人；其次，不像王护院这等好说话，任凭咨议局铁路公司一般人，咋样说，咋样好。还公然朝衣朝冠的站到大堂上来和小百姓说话，口口声声向大家说，官可不做，绝不辜负四川人的期望。"

"就好的方面说，像王护院这样，自然是好官，又不拿架子，又爱护百姓。就不好的方面说，四川这伙绅士们也由于他太姑息，太纵容，才一天一天的越闹越凶！一般官场也附和着他，没一个敢当硬人，闹到目前，一定感觉到一发而不可收拾的困难，赵季帅来后，必不会再学他的！"

那姓廖的道："黄澜翁的话真对！我们股东中也有半数的人，明白这场事全靠的是王大人。当初若没有他作主,单靠我们绅士,哪里会闹到这种声势!听说湖南闹了一下,就因为巡抚大人不准许,连电报都没打出就完了事。不过,我们已搞到这步田地,赵屠户就来了,也压制不下。也只有照着我们的话去办。上前天同志会已把往各县去演说的人员都派出了,王大人起初还不肯,经罗、邓、张几位先生力争之后,王大人才说,我也快走了,管不了这许多,只要你们规规矩矩,不搞出乱子来,使我对得住朝廷,就得赵大人来,也不会把你们咋样的。王大人都这样说法,所以据我看来,只要我们齐心,赵屠户敢把我们咋个?"

两个小孩子不耐烦听这些没甚趣味的大议论,便闹着要去游玩。

大家既来此处,烟茶吃够了,也觉得要看一看这个园子,遂都起身绕着池塘走去。池塘很大,恰当园的中心。本来是田,却从田中生生挖掘了一个大坑,掘起的土,就堆成了个毫无可取的小丘,赐与一个嘉名曰:假山。如此一来,所谓公园,就只布置了这么一个储积污水的池塘。从池的这面,一眼就把那面的围墙房舍看了无余,新栽的竹木,都未成林,所以丝毫不能遮荫。池心修了一座形式并不甚佳,彩漆十分刺眼的亭子,有一道七曲石板桥通过去,假如新种的菱藕都能成盖朵花,倒也有几分西湖三潭映月的气味,可惜池中只有绿萍,只有孑孓,只有听得见声音,一时寻觅不出的青蛙。不过孩子们到底是爱水的,振邦兄妹早一跳一跳的向池心亭奔去了。

吴凤梧与楚子材走在顶后头,仍然谈着赵尔丰:"我看保路同志会也太闹得无法无天了。遍街演说,把朝里大官们骂得半文钱不值,连一个十二三岁的小学生也会又说又哭起来。闹得人心惶惶,士农工商都不能归业,像这样子,哪个敢保没有革命党、维新党不在中间怂动?一下作起乱来,这只有连累好人的!……就不说这个,我们光看赵屠户赵大人在川边的威风,说一是一,说二是二,哪个敢驳回他半个字?听说他那位四少爷也是很霸道的,搞干点啥子事,同他老子一样,有斩有断的。比如傅华封老爷就算红透了,差不多就是军师,要同他商量啥子,也得低声下气的,敢同他争长论短吗?现在升了制台,官更大了,权更重了,要他卑躬屈节来将就你四川绅士们,像王大人一样,只要你蒲先生,罗先生,张先生,还有啥子商界的学界的先生们,走来就会,说了就依,叫打电就打电,叫出奏,就出奏。噫!赵大人恐怕就不会这样罢?且不说他是一品大员,不能这样太失身份,何况他脾气素来是那么刚法?……那时,若果大家还要拿对王大人的办法去对他,我看,一定要弄出大事来的。"

楚子材忽然害怕起来道:"哦!我懂得那天你在铁路公司写假名字的意思了,这才糟糕哩!那时你没告诉我,我也不曾想到后来的利害,竟写的是真名真姓。……"

"写你的学名楚用吗?"

"不是。是我的号。"

"这还不要紧,自然喽,写个假姓名是顶好的了。像我在川边干过事的,又在赵大人手上把差事弄脱了,他是那样的人,难免不记得我,若是一下出了事,把名簿抄去一查,呵!有你吴丹书在中间吗?好!抓来砍了!那又要逼得我出去跑滩,才犯不着哩!你不要紧,光是一个姓名,晓得你是啥子人?在各学堂去查,多困难,何况又写的是号?"

楚子材心里总觉得横梗了一大块,甚怪吴凤梧当时何不阻止他,或者代他写个假名字也好。

吴凤梧又向他追问道:"你没有写住址罢?"

"没有罢!"却又不敢自信简直没有写,反问他道:"你呢?"

"我自然没有写,我只写了个姓名,就把笔递给你了。"

"那我大概没有写,因为我是照着你在写。……我若是写地址,自然只有两个:学堂与黄表叔家。等我想想看!……像没有写过,你总看见。你站在我的身边?"

吴凤梧想了想道:"我也不甚记得清楚了。那时人很多,我在你耳边说了一句后，就着人挤开了，我觉得你跟着就出来了。……一定没有写！咋个呢？要是写，必不会那么快就放笔的。你再想一想是不是？"

其时，大家都已来到池心亭中，四面飞栏椅，坐有两三个乡下人，并且正在大声武气的谈论：

"八十几亩地，修球一个花圃，少收他妈的一百七八十担租谷，这把草堂寺和尚鸱到注了。"

"说是周秃子出的主意喽！"

"不是他龟儿，还有哪个像他这样烂心肺的？前几年鸱昭觉寺和尚，硬把和尚的老婆、娃娃搜了出来，罚球他千多亩田！如今草堂寺和尚又悖他的时了！这龟儿秃子，有了他，我们四川人该遭殃！"

黄澜生身上穿着湖色熟罗夹衫，香云纱马褂，脚下是长靿青缎粉底官靴。黄黄一张圆脸，两撇黑八字胡，鼻梁高高的，眼睛鼓鼓的，手上捏了柄朝扇。就没有带跟班，打官衔灯笼，而官的气派却是十足的。这一下，就把乡下人的话头打断，并且逼得他们踧踧踖踖的站起来，向着石板桥一溜的就走了。

六、论恶名不可以居，并论园林之不易布置

吴凤梧站在亭子当中，四面一望道："这园子倒清爽得好，光光生生的！我想，在大热天，一定很热啦！"

姓廖的道："那几个乡下人倒说得不错，实在可惜，这一片好地，一年一百八十几担租谷，就拿现在行市来说，三钱七分银子一担，三八二十四，七八五十六，二十九两六分，再加三十七两，一年要收六十六两六分银子的谷价；再加一季小春，也算小小一份家当了，真可惜啦！"

吴凤梧笑道："你们当粮户的，眼睛里看的，心上想的，口头说的，总是租谷，总是钱！草堂寺和尚悖了时，遭了殃，你姓廖的，倒为他抱起屈来。"

"不是这么说法！你不晓得，田地是有用的，天之所生，地之所产，人之所养，土地上一年多出一百八十几担谷子，百姓就多得九十多担白米吃，这是何等好事！如今拿来改为公园，不惟一年里头少养活九十几个人，还要花些钱来修造，修起了，也不过等大家进来游玩一遍。这有啥子好处？难道看一下池塘花草，肚里就饱了吗？岂但如此，……游的人也要花钱的。我们来算算看，来回的轿钱三百文——从青羊宫坐东洋车来回，像我们一样，自然要少些——一碗茶三十文，一盒福烟十六文，若再吃点儿点心，我看过那价目，包子每个八文，就比城里贵四文，炸酱面每碗五十文，也贵多了，城里锦江春的炸酱面，才二十四文啦！你算算看，一个人来游一趟公园，顶少顶少要花费四百文，这就是半元了。开些地方出来，光叫人花钱，反转一年少养活九十多人，这可划得过不？周秃子这东西，真是鸩人的好傢伙！"

罗升把水烟袋提了来，黄澜生接过去，抽了两袋，笑道："廖先生当真相信这园子是周孝怀周大人办的吗？……孟夫子的话真有道理，他说，'纣之不善，不如斯之甚。'又说，'天下之恶皆归之。'可见一个人做事，稍为差一点，众人一传开去，以后就不管是啥子人干的过错，都一齐拿来加到你的身上。周大人，我伺候过他的，人并不坏，又能干；就只为厉行新政，爱打人的头子，得罪了一般守旧的老先生；认真办理警察，犯了事的丝毫不通融，得罪了一般市井小人；现在又因署理提法司，甄别法官，说了些挖苦话，又得罪了一伙法政养成所出身的新人物。这于是乎，省城内外凡是一件新奇点的事，与人不甚方便的事，大家说起来，遂一齐归在他一个人名下。……还有一个人也一样的：就是路广忠号子善的，以前当警察署员时，开办狗捐，喂狗的都须去领铜牌，不准散放在街上，不然，就作为无主野狗论，一律打杀。……"

吴凤梧插嘴道："那时我正在速成学堂读书，亲眼看见，那些狗真打得可怜。有些是喂狗人家怕领了铜牌，狗在街上咬人出了事，自己担当不起，生生的把狗拉上城墙，掀在废炮台里饿杀。那真惨啦！"

黄振邦很有兴趣的问道:"为啥子要打狗呢?"

"说是路广忠出来查夜,着狗咬了一口,所以他把狗恨死了。"

黄澜生道:"也是一因。其实野狗也太多了,清理一下,何尝不可哩!但路广忠就出了恶名了。加以前年南校场办运动会,巡警打伤学生,他因是巡警教练所的提调,就着学界的人指为官蠹,硬要赵尔巽——就是赵尔丰的哥——赵制台惩办,赵制台也有趣,名义上把他撤了差,跟着就委署崇庆州知州。赵制台不过不要学界的人太占上风,但是路子善就成了第二个周孝怀了。不管他做的啥子好事情,全是坏的。象这样的是非,你们如何理论呢?……子材你们在学堂里,每星期都要作一篇史论,批评下子古人的得失长短。我问你,我们眼前的真是真非,尚这样紊乱,而去古远哩数千年,近亦几百年,你们果能把古人的是非看得真切吗?"

楚子材因为心里不乐,懒得高谈,只含胡的笑了笑。

姓廖的曾经下过三次小考,虽没有一回上榜,自己却自负是饱学生员,也公然在鸦片烟灯之侧,看过些杂学书,自以为道理很多;本不以黄澜生之言为然,很想与之一辩的,无如戒而未除的烟瘾发作了,一连几个呵欠。什么精神都没有了。忙丢下众人,溜回茶馆中,背着堂倌,在一只小银盒内取出三枚烟泡,用热茶吞下,方渐渐有了些意思。

黄澜生几人又论到公园的结构上来了。黄澜生少年时候到过杭州,游过西湖,胸中比较有些丘壑。他的意思,这公园应该多种竹木,并间隔一些花朵墙,总使从池的这面,望不见池的那边才好。吴凤梧问是哪个修造的。

黄澜生道:"还不是那个包修花园的马麻子!"

"就是走马街开绸缎铺的马正泰吗?双孝祠就是他为他的儿女修的,听说很不坏,我倒没有进去过。"

"就是他,此人胸中只有那一幅画稿,双孝祠自然修得不错,就是方正街丁公祠的那个小花园,也还看得。不过都是从小处落墨,所以还曲折有致，而拿这画稿来布置这大地方，却太不行了。你们想，竹木既未种成，就该有点假山曲廊，或是小树短墙来取致。我们但看隔壁草堂寺的杜公祠，便懂得了。你们看，只两堆土山，一个小池，一条小小的流水渠，几道石桥，一间船房，一间水榭，百十株花树，岂不就可观？哪里像这里凭中一个大池塘，倒圆不方的，四面一望，啥子部没有，反而不及东门外的放生池。"

吴凤梧点着头道："澜哥见解不差，杜公祠顶好的地方，我说还在进门的那条巷子，两边竹林，连天都遮绿了，热天走去，真爱人啦！雅州桐梓林的金凤寺，经黄云鹄布置过，也不错，依着山坡，筑成三个花台，花树已经好了，还有几百个江西定烧来的大磁花盆。寺外遍山松林，风一吹来，硬像波涛的声音。我说不仅花园离不得树木，你看望江楼、武侯祠、昭觉寺、文殊院，这些地方，全靠的是树木陪衬，就是真正的山，要没有树木，也不好看的。"

他们一面说，一面走，抄着池塘走了一转，仍然来到茶馆中。姓廖的提说："这里太没有意思，馆子想也不好，我们不如到隔壁草堂寺吃和尚的素饭去。"

吴凤梧首先说好。

黄澜生却说："今天是凤梧请我们，我须得先说清楚，还是不宜费事。一则我们也把油荤吃伤了。要吃点简单有滋味的素菜，天气不好，也不要吃酒。你去跟和尚招呼，只做点新鲜豆花，鲜笋，估量我们几个人连大班罗升等，一齐吃下来，不过块把钱就好了。多了，我们就不能要你出钱的，和尚我是认识的，只要我说一声，你这个东一定当不成。"

（原载1936年《国论》十一、十二期）

大师经典

书信

李劼人精品选

致王光祈

润玙兄鉴：

　　少年中国学会成都分会，已于六月十五日借《川报》地址正式成立。目下会员共有九人，除兄弟外，为彭云生、周晓和、穆济波、胡少襄、孙少荆、李哲生、何鲁之、李晓舫八位。分会规约，亦已议定，大致与总会规约相同。票举书记一员，综理会务，及与总会接头；又公举书报保管员一人，购置应用书籍报章，循环送阅。每星期六开谈话会一次，间日共同研究英、法文三点钟。各事皆自下周实行。一月后（或暑假后）尚拟办一定期出版物（多半是周刊），若有长篇研究，则送至总会鉴定，以为月刊材料。现规约、愿书，均正付印，一俟诸事齐备，再具正式报告，并连同规约、愿书进呈总会。

　　九人中，兄弟尚较清闲，书记及保管二职，遂均推兄弟承乏。现在最为紧要之事，即为置备书报，已集有购书费三十元汇上，请将大学出版书籍，及各书局出版之书报杂志，我辈所宜阅看者，"愈新愈好"，尽钱购寄。再前函所说之日报，已在此间订了，请勿再购，惟近来所出各种周刊，此间但闻其名，似应各寄一份。

此外，请代订英文报两种：（一）《密勒氏评论》，（二）《华北明星报》或《华洋公论报》，均请由兄处每次快邮寄下。此不过初次购置，以后购置大约一月一次，兄可随时将宜看之书名目、价值，仔细通知为要！

即此，顺候

大安！

弟李劼人顿首
六月十五夜

（原载1919年7月15日《少年中国》一卷一期）

致谢扬青

（一）

扬青世仁兄：

　　追悼或纪念李、闻，我们成都文协分会实在太落后了一点。请函告翔鹤君，遇此等事，应随时提醒盛亚君，得上点儿傻劲方妙。联语于昨接到来函时，即随意拟定。追悼现代文人，而又要涉及时事，而又出诸文协，故不宜掉书袋，因以白话出之，只在平仄上留了一下意。自以上联颇有意思。不过用得与否，仍须请翔鹤诸君斟酌也。

　　联文录如下：

　　死了宋教仁，也死了袁世凯，历史不重演，岂可以不重演！
　　何论较场口，更何论昆明城，自由应该争，再流血应该争！

杂志二册收楚，尚未细阅，费心谢谢。即颂暑祺！

李劼人再拜
八月一日晨

〔编者附记〕 此信写于一九四七年成都各界民主进步人士为悼念李公朴、闻一多先生在昆明死难一周年举行大会之际。作者从一九三八年春，中华全国文艺界抗敌协会成都分会成立时，到抗战胜利，由"文抗"改称"文协"，均选任为分会的理事长。谢扬青系作者的秘书，当时也是这个分会的理事兼秘书。

（二）

扬青君足下：

《琥珀》已看完，特封还。统观全书，实不如设想之佳：

一、写是写得细腻，只是巧合之处太多，太近乎传奇了，而波澜与结构亦不如《飘》之壮阔和谨严。

二、以结构论，不如大仲马及微尼等浪漫派，而细微处复不及吾国之《金瓶梅》与《儿女英雄传》，极言之，一电影小说耳！一览之下，了无余痕矣！不过，吾人眼忒高而手忒低，议人长短有余，自己一提笔，却无一是处，此又甚可惭悚者也。

再就译文而言，吾宁取鲁迅之生涩，而傅东华之过份熟炼，则无可取；苟一味中化，文言何若林纾？语体何若伍光建？油头粉面以取悦于世俗，非文学士宜为也。

惟写琥珀与科丽娜间倏忽变幻、不可控制之情感，则绝佳。吾国旧小说中，如林（黛玉）、薛（宝钗）；如潘（金莲）、李（瓶儿）间，常写出之，然不如此泼辣，盖国情不同，故形态有异，其中西洋小说中却少见，此则可欣赏者也。

　　即颂
刻安！

李劼人

一月十二日

致竹内实

竹内实先生：

　　七月九日，由中国作家协会转到您于七月二日从北京新侨饭店寄给我的信，深为感谢您对我著作的赞许！可惜您两次访问我国，尤其来我家乡成都的一次，我俱无机会同您握手，更是怅然！现在，想您已经回到东京了，您一定又有很好的印象记之类的文章要写罢？毛泽东主席讲的话，希望您注意。您另寄的《文学界》杂志，还没有读到，想来是邮程之误罢？我曾经向桑原武夫先生说要写的书，其实就是《大波》。《大波》原只安排写两册，不意内容太复杂，两册实在写不完，大约四册是可以写完的。说到写七册，那是说《大波》之外，尚准备换个题目，再写几册。但内容仍是一九一二年以来的历史反映。您说到《死水微澜》，此书第二部为《暴风雨前》，第三部才是《大波》。前两部每部一册，而《大波》竟准备了四册，这也是中国古人说的"其作始也简，其将毕也巨"的意思。我年来患肺气肿和高血压，都是老年病症。我也不管它，有空，还是继续写作。今天抽空给您写复信，只能写这一点，请原谅！

祝您健康！

李劼人

一九六〇年七月十日

致李眉

（一）

一九六〇年十一月二日午

远山：

十月二十日收到尔十月十三日寄信。接信之日，正当我既忙于写作，又值所患感冒强烈之际，初可料一旦搁下，便是十天也。现在患感冒已好了十之九，（初由虎儿动手，全家传染。就中，以我最为厉害。从十月十七日开始流鼻涕起，十日之后，方转呛咳多痰。到今天，只偶尔咳嗽几声，鼻涕亦渐少了。此次全家所患感冒，仅止不发烧、不头痛，而其势之猛，实不亚于流感。根源则起于天时不调）。而《大波》第三部已将第一章约三万字的定稿写出（从十月七日起，开始改写第一章定稿，三周内，只搁笔了两天，实为今年少有。）因为十月二十九日起，连续开市人委会、市人代会，至昨（十一月一日）暮方完。每天绝早起身进城，到夜始回，当然不能写作。今明日必须稍作休息，俟精力恢复后，当继续写作下去。

　　四川今年也是丰收年。但为了救灾准备，粮食定量仍低。以成都市看，八九两月，一般市民为二十五斤，农民有高达三十二斤的。从十月起，突出压低城市，尚好一般压低二市斤，而农村则压至原粮二十市斤，实耗大米十四市斤，小孩有压低至每月三市斤者，不足则以杂粮瓜果济之。平均拉扯，仍在二十五市斤以下。我家每月粮米不足约十余斤，前此尚可以米易面粉（以米四十斤换面粉五十斤）以补不足。而到十月来，面粉忽然不够，（前此有两个月，全市净吃面粉，不配一斤米，大约把小麦吃光了。）不但以米掉换，从一斤顶一斤四两改为一顶一，而且成为珍品，以我之身份，每月只能掉换五市斤，因此，也只能以蔬菜及自种少许红薯掺和食之。至于猪肉，除我之可用票四斤，每月买猪头接近项圈处之肥肉二斤，用以熬取少许油脂，以供全家所需外，尚可买猪蹄四斤。（猪头肉一斤肉票买一斤，猪大肠、猪肝、猪肚、猪肺、猪蹄等，则一斤肉票可买二斤。但大肠与肚，大抵陈货，臭不可吃。肺亦难于洗净，肝则无油可炒，故数月来，光买猪蹄煮之。）然而全市居民，能如我家者颇少，绝大多数已是半年以上不知肉味，且不知油味。此种情形，恐尚须经历若干时日也。

　　餐馆，从今年二月以后，直到最近十月十九日，（即患感冒之第三天），因巴金来成都，才宴请到芙蓉餐厅吃了一席。同席有张秀、李宗林、沙汀夫妇及其子，我们全家。花钱不多，只是包席颇不容易，须经市人委办公厅正式开出通知，而后，由餐馆把菜单呈商业局核定配与材料。当然便非寻常人所能办，而如我辈，也只能一年当中，只此一次而已。（菜肴中凡用淀粉质的，都须付粮票，不只点心与米饭为然。比如此次宴客，未吃一碗米饭，亦付去粮票七斤半）。北京方面，听说几个大餐馆如北京饭店、四川餐馆、丰泽园等，不收粮票，但需一日前订席，今年三月在京，已是如此。而且许多中等馆子，都已关闭。（成都也关闭了好些，有些小馆子则只卖素菜与稀饭，仍需要粮票，要吃先买牌子。而且卖牌子，不在馆子门前，而是在几条街外，而是天天不同地方，不定时间。一言蔽之，不与人方便也。）明年到京，或又有新花样，未可知也。总之，物资不足，不得不尔。但望五年之后，或能基本好转耳！

成都秋来多阴雨，于农事有碍。今年郊区扩大小麦地到十三万亩，（往年只五万亩。）领导已有经验，知四川小麦从未遇灾，且无一年不丰收，故今年全省都重视了小麦。市民现展开送肥运动，每人（平均）五六次积送三百六十斤。市民非常热心，一送四五十里，而农民反淡漠对之，此则令人难解。

家中人都好，且都知道了吃饭之难，且都知道了菜根之香，且都知道了受了不少照顾，从前尚不免有些闲言闲语，现在没有了，并且懂得了"为人不自在，自在不为人"的真理。

及时书复，可尽欲言，即此祝好！

李劼人

（二）

一九六一年一月十三日夜十时　致李眉

远山：

昨天尔母进城在盐市口人民商场（等于北京的东安市场，不过规模小得多，但的确比几家百货商店的货色齐备。）代尔买了一床软缎绣花被面，是苹果绿绣五彩花，花样新颖活动，针脚也细，虽不及湘绣，却比解放之初的绣工好。尔母颇嫌软缎太薄不经事，其实据我看，也佮好了。每床二十七元七角也不贵。（现在黑市红苕，每斤卖六角五分，红萝卜每斤四角五分，以此比较，岂止不贵，实在太便宜了！）只是不能邮寄。邮局新章：从去年十月起，食品和三十七种工艺品，全不能寄出，被面也是其中之一。尔母本想代尔买两床，但每户只能凭证买一床，如你尚需要，可写信来，另找一户凭证仍可买进一床也。不过都只能等我来京时，为尔带来。

今天上午，市人委事务处来电话，居然为我买到花生百斤，每斤三角零五厘，明天将请龚宜昭设法找叽咕车，到跳蹬河油脂公司的仓库内取回。看来生油，还可以吃用对付。当然，在我来京时，将为菡儿带若干斤生花生米。至于胡豆，那便没法购买了。我名下的三种特受照顾的专用票，也是今天发下。猪肉每月仍是四市斤，（已与尔母商定，一二两个月将每月分出两斤或三斤用买猪脚肉，以补不足。）菜油每月比去年多了半斤，为二市斤。食糖每月比去年少一斤，为二市斤。若今年成都食糖仍不开放，我家每月用糖，殊感不足。缘成都不比北京，除病人、孕妇、一周岁以内婴儿（如必须用牛奶的）每月有白糖半斤外，任何人都不配糖，已经两年了，大家深感不便，尤其是老年人。今年我国既已向古巴购买相当数量白糖，而四川甘蔗又连年丰收，对于白糖，或者可能开放，倒是一般人的希望。成都自从恢复市集和对蔬菜准许自由议价以来，市场上的菜蔬供应，已渐成条文，而黑市蔬菜，尤其可以作为粮食用的蔬菜，售价日高，红苕由于渐渐稀少之故，每斤已涨到六角五分左右。最兴旺的红萝卜每斤也涨到四角五分左右。每天总有上千的人（大约是公务人员、工人和一般居民等）骑着脚踏车到东门外，远至大面铺、龙潭寺一带购买。不到一个月，估计现金流入近郊（特别是丘陵地带的东郊）农村的，总在百万元以上。最苦的是一般每月只挣二三十元的人家，设若家有五口，每月收入将不足吃菜。我家在不足一月中，光买红苕就已超过二百元。（杀猪之后，便未买过红苕，但红萝卜却不能免。）因蔬菜之故，其他农产品和小家禽，俱因而带动。鸡蛋每枚已涨至六角五分，鹅蛋每枚达一元九角。而且都不易买到。好在都不是必需品，不买倒可。不过，却也给我们带来一些麻烦，便是偷鸡偷菜的人特别多。

尔之疾病，到底如何？尔母对尔月经不通，非常操心。据尔母说，若不疾速找医生诊治，到无故发烧，那便是干病现象了。在中医说来，非常难治。远岑来信，说尔异常之瘦，回京后直未复原。看来，尔病形成，切切不可轻视，以遗老人之忧。希望尔即刻向组织反映情况，请假就医。若北京不便，不妨请假回家来，一面找医生，一面从饮食上调养。家中正有肉吃，也正有鸡吃，并不费事。此等，望尔慎重考虑。重视自己疾病和健康，也正所以为党为国也。

夜寒指僵，不多写了。即祝尔等安好！

父　劼人

致楼适夷

一九六〇年十一月十六日

适夷同志：

　　久未通函，欢甚。兹特将我对《大波》第三部写作情形，报告一下：我在今年一二季中，因心脏病有所发展，直至八月中，始渐动笔写初稿。究因头昏心跳，精力不支，写得不多，也不好。到十月七日，精力恢复，方专意写作，到十一月十三日，（中间也为了开会，有几天耽搁。）写出定稿第一二两章，约计五万一千余言。以此进度估计，到今年底，可以再写出四万字上下。连前计之，足得第三部三分之一。明年若无耽搁，至少须七个月，才能将其余三分之二写完。但明年全国人代会若仍在第一季度召开，则至少又须增加一个半月。算来，赶在明年七一以前交稿，须不可能，万一所患宿疾再发，更难说了。昨日到作协四川分会听刘白羽同志作报告，得胡海珠同志字条，云出版社托其询问写作进度及交稿具体时间，略述如上，即希朗鉴！并致

　　敬礼！

李劼人

致仲铉

一九六〇年十二月二十八日薄暮

仲铉先生：

一九六〇年十二月廿八日奉到由成都市人委会转来廿二日寄札。适有空，略复如下，不尽之处，谨希谅之！

一、承询师范教程。关于此事，愚抛荒已久，实实不敢妄参末议。倘函询各地师院中文系，所得必多，而且将较踏实。至于法国文学，亦以同样情形，未能臆断也。

二、愚自一九五八年一病之后，至今仍患心脏左心室不匀、冠状动脉硬化、肺气肿、气管炎、高血压等症。不过，服药将息之余，诸疾虽未尽除，特亦未大发展耳。

三、即因宿疾有时复发，故影响写作。现在，正写《大波》第三部，大约明夏方可事。估计至一九六三年，始可将第四部写完。以下便将写作袁世凯叛国至五四运动。倘健康许可，意欲一直分段写至解放前夕。

四、关于我之自传，不便再写，实亦无须再写。记得天津师范学院，及山东大学中文系，都是有此种材料的，试函询之，或有所得。至于评论文章，并不多，愚所知，只一九五六年十一月十三日《中国青年报》青年文艺栏第三十六期方白有过一篇评论，一九五九年八月份山西出版之火花杂志上陈笑雨（即马铁丁）有过一篇评论。但此二篇，都只涉及《死水微澜》《暴风雨前》。惟一九六〇年五月号日本文学界杂志（日文），有竹内实评介一篇，包括了《大波》。（系作者竹内实于七月由北京寄我，方知之。介绍我本人时，说我出身于地主，未免大错而特错。不知我自幼迄今，固是一穷光蛋，而自由湖北入川之一代，迄至我身共八代，并是无产小市民，以教书行医为活计者也。）访问谈话则太多，早已忘怀，殊难从命。

五、林如稷先生仍在川大教书。今年夏，中风，经医抢救，到八月初出院还家疗养，（住家在成都东门外望江楼四川大学静园十一号）现左脚已能缓步，惟左手仍然瘫痪，愚因交通不便，已数月未面，只时与通信耳。《红岩》早与成都之文学杂志合并。洪钟则以修正派之故，已被开除出党，闻自五八年即在长寿劳动，近状不悉。饶孟侃、谢无量仍在北京人大教书。小女李眉于外交学院毕业后，派在中共中央对外联络部（不公开）工作，今年二月下放到河南，十二月却又调回部。小儿李远岑则仍在人大任讲师，今年八月下放在北京西部四季青蔬菜合作社锻炼一年，今尚在锻炼中。

六、愚自一九五四年秋，由城移住原来茅舍（即信封上的地址）。以前，尚时时住在城寓。自一九五八年一月起，退去城寓，即一直乡居。以前每周必进城一二次办公开会，近因节约汽油，而公路又有所改变，别无交通工具，来去诸多不便，非有重要工作，便难进城。不过，成都四郊建设繁兴，例如菱窠，已少□□，而门前池塘，早已变为菜闸，左右及背已为邮电学院包围而逼处矣。

纸尽，恕不多赘，即祝

近好！

李劼人

致周晓和

（一）

一九六一年一月十日下午

晓和仁兄台鉴：

不晤谈真久矣！设非昨日奉到来书，实实不知尊驾竟在成都。且地质学院地层中心站，究在什么地方？年来建设繁多，而弟又伏处一隅，旧日城市，早已生疏。读水调歌头七十自寿，兄与弟同庚生乎？弟出生于一八九一年，即光绪十七年辛卯，以实计之，只六十九年有余耳。岂兄尚长弟一年耶？是真所谓昔日少年今白头！然弟实常自说：何以一瞬息间，居然老大？设不因心脏冠状动脉硬化，百病丛出，真有忘年之慨！故于水调歌头词意，不敢赞成。缘弟既无宗教信仰，而又向来乐观，老而不老，由于自己秉赋，自己意识，与自善摄生而然，并非什么恩赐也。即以兄论，尚能健步健谈健饭，且能作诗填词，出辞轻倩，果皆法王所赐乎？未必然也！

附示十词，弟以为浪淘沙、满江红二阕最佳，题材既新，运用现世语言亦甚熟练；次为诉衷情一阕，亦佳。余词平平。所谓平者，以词与意皆前人用过、道过，非新构也。弟与此道，已抛荒四十余年，不特手底荆棘而已，所言固不足据。

弟自一九五八年初，全家迁回菱窠，城寓退佃后，除会议办公，绝少进城。所谓闭户著书，只以步履艰难，伏案聊以自娱耳！年来郊区交通非便，只好暂时睽违，且俟将来车辆交驰时，再谋良晤，如何？匆复，不尽，即颂

刻绥！

弟　李劼人

（二）

一九六一年二月六日寒夜

晓和兄：

玉楼春词甚佳，感旧而不萧瑟，念逝而不衰飒，适可而止，恰到好处。所谈佛法，却是哲理，我于此都无研究，不能与兄反复。惟"道"之一字，窃意不必讲得太深。道者，路也，人生之所由耳。我受社会培育，比及长成，应当尽其所能，做一些有益于群之事，如是已耳！至于"老""死"固自然规律，顺应之，利用之可也，时到即行，何必时时摆在心上哉？我不讲佛法，自谓尚能比兄得一究竟也。人生七十，"古稀"而今不稀。一九五四年，初开全国人民代表大会时，北京曾有歌谣

三句，以详代表曰："八十不稀奇，七十多来兮，六十小弟弟。"我阅而续成一句曰："五十一子鸡。"以此观之，七十正多来兮也！伏望善保千金，仍教后进，勿迟作引退计。教学之暇多作好词，正是忘年，乌用嗟老为哉！春寒不仅料峭，且过于严冬，菱窠无暖具，手僵，恕草率不尽，顺颂

　　教祺！

李劼人　顿首

致黄仲苏

一九六一年二月六日寒夜

仲苏仁兄：

二月一日奉到一月二十五日来信，得悉垂老奋发，欲将多年搁置的旧稿，继续完成，为此雄心，安得不举手赞成！所提四个问题，都极重要，倘能彻底解决，而又以形象体现出来，（具体描绘，形象体现，最为重要。）在著作林中，必放一异彩。惟此工作等于扛鼎，望以全力为之，勿俟勿燥，初稿写成后，再补充润色，不要在下笔之时，过于求好，过于求备，反生障碍。一得之愚，敢以贡之座右！拙著《大波》一二两部，不知已否誉及？自谓经数年政治教育，思想学习，反观从前，迥异畴昔，构思落墨，固自不同。惟一九五八年大病了后，所患心脏冠状动脉硬化、高血压、肺气肿等病，一直未痊愈，伏案稍久，必须休息；且本岗位工作又不能完全不管，以故，时作时辍，进度甚慢，第三部，迄今才写出三分一，而《大波》之后，（拟共写四部）欲写的尚多，弟不知岁月能我许否耳？足下虽入晚境，毕竟较我年轻，体力亦健，伏望及今努力，幸甚！幸甚！《那一时代》前言，将来或次另自写过，缘行文不畅仍也。世炎烈士所为诗，固是少年之作，惜乎遗漏如此之多，想已抄寄楼适夷同志。菱窠无取暖具，春来及冷，手僵，恕草率不尽，即颂

撰祺！

弟　李劼人

致刘白羽

一九六一年三月二十三日

白羽同志：

　　接到手书已久，见报知足下将有日本之行，使命甚重，不宜以琐琐奉渎，所以略作稽迟者，此也。垂询几种问题，尽力具答如次，若有不明了处，不妨具体指出，再作进一步答复。

　　一、对于二百政策，历来感到既正确又及时；尤其"百花齐放、推陈出新"八字真言，自一九五二年以来，在艺术方面见效之甚，岂可言喻！即在文学方面，亦不知发生多大影响，如区区不才之能重理堕绪，敢作归队之想，便是一例。其它不必言矣。

　　二、关于创作规划，我原有一种妄想，拟将六十年来之社会生活（包括政治、经济和思想生活，在各阶级、各阶层中之变化。）以历史唯物观点，凭自身经历研究所得，用形象化手法，使其反映于文字。《死水微澜》到《大波》，是其间一段落。《大波》之后，另起炉灶，再写第二段落。（从袁世凯窃国到"五四"运动）。而后逐段写到抗战时之大后方，写至成都解放。以现在写作进度而言，估计一九六三年可将《大波》第四部写完。从一九六四年起，可以谋划第二段落之写法。（以后，将以另一种手法写之，不能再用《大波》手法。）若果无病，无痛，无意外耽搁，到八十五岁，或可如愿以偿。不过以我之水平（就各方面而言），而欲完成我之妄想，终恐力不胜任耳！

三、即因暮年多病，（心脏病、肺气肿，迄无治法，每过劳，即发，非常讨厌！）而又自课甚紧，故不能离业学习；并因交通不便，每周到此间政协集中学习一层，（每周至少二次，有时四次。）亦曾向省委统战部领导同志声明不可能参加，得到允许在家自学。自学规划，则是每天必看报纸四种，（其中有《人民日报》航空版。）必读重要文件一篇，（有时是半篇。）此外，则阅读重要理论杂志，（如《红旗》，如此间之《上游》。）阅读其他杂志及作品，若旧书籍，亦辄翻看。要之，每天以大部分时间学习阅读，暇则翻书自娱，已成习惯，不可更改；尤其《人民日报》，一天不看，一天不快！

四、无论创作，无论学习，感到困惑，当然不少。第一，感到时间不够；第二，感到精力不够；第三，感到记忆力太差。但此三者，自己皆无法解决，既承盈盈垂询，姑试提出，恐足下亦无法解决之也。其他自能克服，自能设法解决之一般困难，幸勿置念可焉！

以上四鉴，未必俱符遵旨，再问，当再详复。

云秋别后写作尚顺，至十二月中旬，已写出定稿八万余字。不意十二月中旬因故搁笔，一直不能集中精力，屡写屡辍，屡成废品。到今年三月中旬，始再继续着笔，现又将写得定稿一万八千余字。大约今年第四季度，可以完篇。此则现在写作情形，将来有无变更，不敢预料。

成都今年春寒太久，至今日备衣重棉，则往年所未有也。其他琐琐，沙汀同志可以面告，恕不一一。专复，并祝

　　起居安适！

　　　　　　　　　　　　　　　　　　李劼人　顿首

致巴金

一九六二年一月四日

巴金老哥：

　　今天接到赐寄的《北洋军阀统治时期史话》第六册，非常感谢！得此，则此书便成完璧，将来于我参考时大为有利，感谢，感谢！三月初在京晤面，还要面谢！同时，希望您不要忘记了前岁托购的三星牌蚊香，极愿三月在京当面交我，至请！至请！

　　拙著《大波》第三部，赶在一九六一年十二月二十八日写完，现正复习资料，不日即将着手写第四部了。

　　成都的物质生活开始好转，黑市浪潮已被压退，生活费用开始降低，不过要回复到一九五七年的程度，似乎还有待耳！知泛并闻，一切俟在京面谈可也。专此并颂

　　新年纳福。

李劼人　顿首

致张篷舟

一九六二年九月廿四日夜

篷舟先生：

九月廿四日由市人委会转来大札。承您指出《大波》（三）一些错误地方，谢谢您的盛情！但有个别地方虽错，可以不改，如"家屋事"之与"家务事"，"不可绽纱"之与"不可徒阿也"。有几处却不算错，如"锅魁"本是"锅块"，《大波》（一）或（二），有注注明。又如"魁梧其伟"、"发踪指示"，都是汉四史上的成语，只是"踪"应写作"蹤"，因两字通用，终可不改。又如张陪爵确是列五，不是烈五；杨庄勘，有时可写为戡，其后渠自己方改为堪，但在辛亥年确乎是勘字。又制服并非制伏之误。"跟"未应写作"给"，但此二字在口头常常互用，可改可不改。至若至公堂，确系至而非致，在科举时代，中国各省贡院中，都有一个至公堂，为主考衡文写情之所，故名至公。至于吴凤梧，并非吴鸿，前一吴，在《大波》（一）（二）（三），乃至将来之（四）中，都是重角，后一吴，以不太重要，将来在（四）中，或交代一下，或不交代，无大关系。最令我称谢的，是将上方兵误记为藤甲兵，此则读书不熟，记性太差之故。日前，另一读者由山西侯马市来信，同样指出一误，九八页，小注内，将孟州误记为沧州，其致误之原，亦同也。总之，出版社此次印行《大波》（三），亦与前数册一样，校对实在马虎，据我匆匆看后，发现七处，列下：

九八页　六行二十一字　多出一个"当"字

一三七页　五行　倒二三字　"讯明"倒排为"明讯"

一九二　页十八行　倒八字百　"以"误为"示"

二四〇页　一一行一二字　"找"误为"造"

二五六页　二四二五行　倒二字三字　"畺"都误为"姜"

三二一页　五行　倒一〇字　"来"误为"未"

三五〇页　五行　一二字　"归"误为"规"

再，推石头的叽咕车，就是空车，其木轴头在轮转时，也会发声的。鸡公车实为叽咕车，见《死水微澜》之注。

或许尚有错误地方，希发见，即赐函指出，以便汇寄出版社俟再印时更正。《大波》（四）因今年耽搁太大，不能快，不知明年底能写完否，不敢必也！说到怎么结束，此刻殊难作答，不过一定要结束，这都是规定了的。匆复，并致

敬意！

李劼人